La Nuit du solstice

(l'intégrale)

DU MÊME AUTEUR
CHEZ LE MÊME ÉDITEUR

Déjà parus

Night World, tome 1 : *Le Secret du vampire*
Night World, tome 2 : *Les Sœurs des Ténèbres*
Night World, tome 3 : *Ensorceleuse*
Night World, tome 4 : *Ange noir*
Night World, tome 5 : *L'Élue*
Night World, tome 6 : *Âmes sœurs*
Night World, tome 7 : *La Chasseresse*
Night World, tome 8 : *Le Royaume des Ténèbres*
Night World, tome 9 : *La Flamme de la sorcière*
Les Secrets du Night World

Prémonitions

Un jeu interdit

À paraître

Night World, tome 10 : *Étrange Destin*

L. J. Smith

La Nuit du solstice

(l'intégrale)

Tome 1 : Solstice d'hiver

Tome 2 : Un cœur indompté

Traduit de l'anglais (États-Unis)
par Isabelle Saint-Martin

Michel LAFON

Titres originaux

7-13, boulevard Paul-Émile-Victor – Ile de la Jatte
92521 Neuilly-sur-Seine Cedex

www.lire-en-serie.com

Solstice d'hiver

Tome 1

Ce livre est pour Julie.
Sans ses critiques perspicaces, son optimisme obstiné
et son héroïsme incessant, il n'aurait jamais pu être écrit.

1

La renarde

La renarde attendait.

Autour d'elle, le soleil tachetait de lumière la terre douce sous les orangers, dorait sa fourrure rousse et captait de furtives lueurs dans ses yeux jaunes. Elle attendait là, dans le verger, depuis l'aube, prête à patienter jusqu'au crépuscule si nécessaire. Il ne lui fallait qu'un seul enfant, mais un enfant seul, et il ne devait pas y avoir d'autre humain dans les parages, qui risquerait de témoigner.

Elle était très fatiguée.

Enfin, la porte de la maison s'ouvrit. Une vague de tension traversa le corps de la renarde, fit frémir sa longue queue et vibrer ses moustaches. Ses oreilles soyeuses se dressèrent quand elle vit une silhouette émerger de la bâtisse. C'était la plus jeune, la plus petite. Seule.

Les dents de la renarde crissèrent.

Claudia se dirigeait vers la boîte aux lettres familiale. Par cette fraîche matinée de décembre, son père lisait le journal, sa mère travaillait dans la chambre noire, Alys jouait au tennis, Charles traînait au lit… Quant à Janie, elle faisait du Janie. Alors Claudia, qui avait toujours du temps libre, était chargée d'aller chercher le courrier.

Elle ne vit l'animal que lorsqu'il fut sur elle.

Cela se produisit d'un seul coup, alors qu'elle prenait des lettres dans la boîte. Cela se produisit si vite qu'elle n'eut pas le temps de crier, ni même d'avoir peur. D'un mouvement souple, l'animal avait bondi et elle sentit l'effleurement de dents pointues sur sa main avant qu'il s'écarte.

Elle tomba les fesses par terre en se mordant la langue. Cela lui fit tellement mal qu'elle en eut les larmes aux yeux, quand elle regarda la bête qui lui avait fait si peur.

Un renard, du moins si elle en croyait le souvenir de ceux qu'elle avait vus à une exposition à Irvine Park. Un renard qui venait de lui sauter dessus. Elle faillit céder à son impulsion première de filer à la maison en pleurant pour raconter à quelqu'un ce qui venait de lui arriver.

Deux choses l'arrêtèrent. D'abord, c'était un très joli renard à la flamboyante fourrure et aux yeux comme des diamants jaunes. Son corps mince semblait souple, fort et très, très agile, mais aussi sauvage à couper le souffle.

En même temps, cette petite bête s'éloignait en trottant, une des lettres dans le museau.

Bouche bée, Claudia regarda autour d'elle si personne n'avait assisté à la scène, ne serait-ce que pour témoigner qu'elle ne l'avait pas inventée, mais la rue était déserte. Elle vit alors que le renard s'était arrêté en face et la dévisageait. Quand il vit qu'il retenait de nouveau son attention, il jeta un regard par-dessus son épaule.

Claudia se releva lentement, fit un pas en direction de l'animal. Qui recula de deux pas.

Claudia s'arrêta.

Le renard s'arrêta.

– Hé ! lança Claudia.

Comme elle ne trouvait rien d'autre à dire, elle répéta :

– Hé !

Le renard lâcha la lettre et resta là, légèrement essoufflé.

Cette fois, il la laissa approcher presque à portée de main avant de repartir. Non sans avoir repris la lettre au passage.

De temps à autre, l'animal vérifiait si elle le suivait.

Ils descendirent ainsi Taft Avenue, vers Center Street, le long de l'orangeraie, puis des calmes pavillons et du terrain vague, jusqu'à ce qu'ils parviennent au pied de la colline. Et là, le renard disparut.

Pas de croisement à cet endroit, juste un haut portail de fer qui ouvrait sur un chemin de gravier menant à un grand manoir à l'ancienne. Claudia hésita, se dandinant d'un pied sur l'autre. Les enfants n'avaient pas le droit de s'approcher du manoir sur la colline, même pas pour Halloween. On racontait de drôles d'histoires sur la dame qui y vivait.

Mais le renard avait toujours la lettre de Claudia, et il était si joli ! Elle se faufila à travers les barreaux. De grands arbres donnaient sur l'allée escarpée et, en la remontant, elle eut l'impression qu'ils se refermaient derrière elle, la coupant de Villa Park.

Dominant les cimes du haut de la colline, se dressait le manoir avec ses murs massifs de grès et ses quatre tourelles. En se glissant à travers un autre portail, Claudia perçut une lueur rousse qu'elle suivit tout autour du manoir. Le renard était là, devant un grand porche de bois. S'il voulait s'enfuir, il devrait revenir vers elle.

Mais, alors que Claudia plongeait dessus pour l'attraper, l'animal se faufila dans la maison par la porte entrouverte.

Claudia porta une main à sa bouche puis, à son tour, risqua une tête à l'intérieur.

Un silence total régnait dans la pénombre. Quand ses yeux se furent habitués à cette obscurité, elle distingua le renard, assis au beau milieu d'une salle immense, toujours à la regarder, la lettre entre ses pattes de devant.

Un picotement envahit les épaules de Claudia et se répandit le long de ses bras jusqu'à ses paumes. Le soleil, l'air libre étaient derrière elle et, un court instant, elle se dit qu'il vaudrait mieux prendre ses jambes à son cou, regagner Center Street.

En même temps, elle posait un pied sur le seuil.

Le picotement ne fit qu'augmenter. À l'extérieur, le vent semblait retenir son souffle. À l'intérieur, le manoir était vide, chaque bruit y résonnait comme un écho et l'atmosphère semblait presque froide.

Claudia regardait le renard, et le renard regardait Claudia. Cependant, elle avança d'un pas et se retrouva les deux pieds à l'intérieur du manoir.

– Bon ! lança le renard. Maintenant, reste ici !

2

La requête

Il y avait quatre enfants dans la famille Hodges-Bradley. La mère, née Eileen Bradley, médecin avant son mariage, et le père, Michael Hodges, l'avaient voulu ainsi. Ils avaient décidé de former une large maisonnée, afin qu'aucun de leurs enfants ne manque jamais d'amis parmi ses frères et sœurs. Si bien qu'ils avaient été déçus de constater que ceux-ci, d'un naturel plutôt aimable et joyeux, ne cherchaient pas à jouer ensemble. Ils s'aimaient bien, mais ils ne s'intéressaient pas aux mêmes choses, sans doute à cause de leur trop grande différence d'âge.

Voilà à quoi songeait Claudia en quittant le manoir sur la colline pour rentrer chez elle, une lettre humide et froissée à la main. Tout à coup, ses frère et sœurs avaient pris une énorme importance à ses yeux, depuis que le renard les réclamait.

Enfin, la renarde, rectifia-t-elle intérieurement. C'était ainsi que la bête s'était présentée, lorsque Claudia lui avait demandé qui elle était. Une femelle de renard.

Elle semblait y tenir, cela se voyait à son museau frémissant, et Claudia avait immédiatement reconnu qu'il n'y avait rien de plus extraordinaire que d'être une renarde.

– Je veux que tu reviennes, avait alors ajouté celle-ci, quand le soleil sera couché. Disons aussi près que possible de dix-neuf heures, et avec tes frère et sœurs. D'accord ?

Claudia avait dit « D'accord ». Elle avait donné sa parole. À présent, il lui restait à la tenir, donc à expliquer aux autres, à ceux qui étaient assez grands pour douter de la magie, à leur faire comprendre.

Alys était l'aînée, grande, blonde et gracieuse ; elle venait de commencer le lycée, elle était capitaine d'une équipe de football féminin appelée les Démons bleus, et vice-présidente de sa classe. Toujours gentille avec Claudia, c'était le genre de fille que les adultes considéraient comme « efficace » et « responsable ». Donc, elle ne croyait pas à la magie.

Quant à Charles, on voyait du premier coup d'œil que c'était le petit frère d'Alys. Il savait presque tout faire, mais préférait ne rien faire. D'après lui, c'était une preuve de sa « décontraction ». Charles se voyait dans la peau d'un grand artiste, et en attendant il dessinait une BD, *Hugo l'Hippopotame*, pour le journal du collège. Il aimait la science-fiction. *Ça*, se dit Claudia pleine d'espoir, *ça ressemble à de la magie.*

Elle-même n'avait aucun don particulier, et rien d'une athlète. Elle n'était même pas grande. En revanche, son corps trapu la servait bien dans les sports violents, et elle n'abandonnait jamais. Sa mère lui ébouriffait parfois les cheveux en la traitant de petit soldat. Claudia ne voyait pas trop ce qu'elle entendait par là, mais ça lui plaisait bien.

Enfin, venait Janie. Elle avait beau ne ressembler en rien à Charles, c'était sa sœur jumelle. Tranquille, petite et mince, elle laissait pendre dans son dos ses longs cheveux noirs. Elle avait l'art de vous fixer de ses yeux violets sans la moindre bienveillance. Quand elle avait l'âge de Claudia, l'école lui avait fait passer un test ; après quoi on avait prévenu les parents que leur fille était un génie, ce que tout le monde savait déjà. Janie n'avait que mépris pour la magie.

Finalement, c'était sans doute vers Charles que Claudia devrait se tourner. Elle décida de tout lui dire dès que leurs parents seraient sortis dîner, avant de prévenir les autres. Mais à dix-huit heures, alors qu'elle s'efforçait d'attirer l'attention de son frère, planté devant la télévision avec Janie, elle fut interrompue par Alys qui entrait dans le living, un sac de voyage à la main.

– Où est-ce que tu vas ? balbutia Claudia.

– Passer la nuit chez ma copine Geri Crowle, répliqua sa sœur d'un ton absent.

Ce n'est pas possible, se dit Claudia, le cœur serré. *Elle ne peut pas faire ça !*

– Non ! s'exclama-t-elle. Tu ne dois pas… enfin, tu dois… Alys, j'ai un truc à te dire.

Sa sœur l'interrogea du regard, les autres la dévisagèrent avec curiosité. Ce n'était pas ainsi qu'elle avait imaginé la situation ; elle ne voulait pas les affronter tous les trois ensemble. Mais c'était trop tard.

– Il m'est arrivé une drôle d'histoire aujourd'hui, finit-elle par laisser tomber.

– Ah oui ? dit Alys en se brossant les cheveux.

Claudia décida de changer d'angle d'attaque.

– D'après vous, quelle est la chose la plus cool, la plus sympa, la plus géniale du monde ?

– Un cheval, répondit Alys.

– Le diamant Hope… soupira Janie.

– De la kryptonite ? suggéra Charles.

Ils éclatèrent de rire. Seule Claudia resta impassible.

– Pour moi, c'est la magie, énonça-t-elle. Et je l'ai trouvée.

– Oh ! s'exclama Alys avec un large sourire. Quel genre de magie ?

Une onde de chaleur emplit la poitrine de Claudia ; elle aurait pourtant juré qu'Alys ne la croirait pas.

– Une renarde, assura-t-elle. Je relevais le courrier ce matin et elle m'a volé une lettre. Elle m'a parlé. Elle veut vous voir.

L'expression d'Alys changea du tout au tout.

– Euh… bon, Claudia, tu vois bien que j'allais partir. Alors, on en reparlera demain.

– Attends ! Elle est très embêtée, tu sais. Elle a des choses à nous dire, ce soir.

– Écoute, je suis un peu pressée, mais… hé ! Ce n'est pas elle, là, à côté du canapé ?

Claudia se retourna. Il n'y avait rien à côté du canapé.

– Ah oui ! s'écria Charles, un œil fixé sur Alys. Regarde, Claudia, voilà ton amie. Ça va, madame la renarde ?

Il souriait poliment dans le vide, agitait les mains.

Alors, Claudia comprit et se sentit envahie d'une honte abjecte.

– Je ne suis pas une menteuse ! cria-t-elle, les yeux pleins de larmes.

– Oh, mon lapin ! s'émut Alys. Ce n'est pas un mensonge ! C'est comme quand Charles invente des histoires sur Hugo. Ça prouve que tu as de l'imagination.

Claudia fondit en larmes. Malgré elle. Le nœud dans sa gorge enfla, monta, lui brouilla la vue. Personne ne la croyait... Ils ne viendraient pas, malgré sa promesse à la renarde. Qui attendait. Jetant la tête en arrière, la fillette se mit à hurler.

– Claudia !

Elle fila se réfugier sur la banquette de la fenêtre et entendit, entre deux sanglots, discuter son frère et ses sœurs.

– Ça alors ! Claudia qui ne pleure jamais !

– Elle nous fait peut-être une dépression.

– Arrête, Janie ! Il y a quelque chose qui ne va pas. Euh... Claudia ? Quelqu'un vous a vues quand tu as rencontré cette renarde magique ?

– Per... sonne, hoqueta Claudia. J'étais toute seule... avec elle dans le vieux manoir... sur la colline.

– Attends ! Tu sais qu'on ne doit pas s'approcher du manoir. Et la bonne femme qui y habite, alors ?

– Elle n'était pas là. Je ne l'ai pas vue.

– Mais tu es entrée ?

– La renarde m... m... m'a fait en... trer !

– Alys, dit Charles, il y a quelqu'un dans cette maison qui a une idée derrière la tête.

– Ou qui lui a donné des hallucinogènes.

– Tu as de ces idées, Janie ! Charles, on dirait plutôt qu'un de tes amis nous joue un tour.

– Mes amis ? Et les tiens, alors ? Qui a accroché le drapeau des Démons bleus au sommet de l'horloge de Villa Park ? Qui...

– Peu importe ! coupa Alys. De toute façon, ils n'ont pas à se moquer comme ça des enfants. Claudia n'a que sept ans. C'est dégoûtant.

– Tu n'as qu'à aller leur dire ! s'esclaffa Charles.

– À qui, d'abord ? Je suis déjà en retard.

– De toute façon, observa Janie, c'est sûrement elle qui a inventé…

Alys, qui se penchait déjà pour récupérer son sac, s'immobilisa, l'air contrarié, puis jeta un regard vers Claudia, qui ne la quittait pas des yeux, l'air désespéré.

Un ange passa.

Avec un énorme soupir, Alys laissa retomber son sac.

– C'est bon, Claudia, dit-elle. Arrête de pleurer. Tu as gagné. On va avec toi voir la renarde magique.

Charles et Janie commencèrent à rouspéter ensemble, mais leur petite sœur se joignit tout de même à eux, en essuyant ses larmes. Elle se fichait de ce qu'ils pensaient, du moment qu'ils venaient.

– Ça pourrait être dangereux, fit soudain remarquer Charles, plein d'espoir.

– Je vais chercher ma batte de base-ball, dit Alys.

Aucun d'eux n'était content. Le temps qu'Alys prévienne Geri, qu'ils s'équipent d'une batte et d'une torche, ils se retrouvèrent dans l'entrée, prêts à partir.

– Tu es sûre de ne pas avoir inventé tout ça, Claudia ?

Celle-ci fit farouchement non de la tête.

Alors ils prirent la direction du manoir.

3

Le récit

Claudia à leur tête, ils contournèrent le manoir pour gagner la porte donnant sur le jardin.

Armée de sa batte de base-ball d'une main, de sa torche de l'autre, Alys ordonna à Claudia :

– Frappe.

– Mais elle ne peut pas…

– Allez !

Claudia frappa sur le lourd panneau, mais ses petits poings ne produisirent qu'un bruit étouffé.

Personne ne vint ouvrir.

– Appuie sur la sonnette.

– Il n'y en a pas, observa Charles.

– Très bien, dit Alys.

Et de frapper à coups de batte sur le bois… ce qui fit sursauter Claudia.

– Ça devrait les réveiller, ricana Janie.

– Elle est réveillée ! protesta Claudia. Mais elle ne peut pas ouvrir, avec ses pattes !

Alys considéra un instant sa sœur, puis la porte.

– Tiens-moi ça.

Elle tendit la torche à Claudia, puis essaya d'actionner la poignée.

– Ce n'est pas fermé !

Doucement, elle poussa le panneau, qui grinça comme dans n'importe quel film d'horreur.

– J'y vais la première. Éclaire-nous, Claudia.

Les deux sœurs entrèrent, l'une sur les talons de l'autre, et le rayon de lumière éclaira d'abord le sol et les murs de la grande salle obscure. Charles bouscula presque Claudia, et Janie se faufila derrière lui.

– On est là ! lança la petite d'une voix intimidée.

Cette fois, elle éclairait un lustre puis un miroir sur la gauche, mais la renarde ne se manifestait pas.

– On s'en va, marmonna Charles. Il n'y a personne.

Alors, la porte claqua violemment derrière eux. Il étouffa un cri, prit la torche des mains de sa sœur, mais ne capta que Janie, la main encore sur la poignée et qui riait aux éclats.

– Espèce d'idiote ! s'exclama Alys en abaissant sa batte de base-ball. J'ai failli t'assommer.

– Chuuut ! dit Claudia. J'ai entendu quelque chose. Par là…

Dirigeant le faisceau de la lampe droit devant eux, Charles capta deux yeux jaunes, puis le mouvement souple de la renarde qui sautait sur un fauteuil renversé.

– Vous êtes là tous les quatre, observa-t-elle. Tant mieux. J'avais craint…

Ils ne sauraient jamais ce qu'elle avait craint, car Alys poussa un cri étouffé en reculant sur Charles, qui hurla de douleur et laissa tomber la torche, qui s'éteignit. Janie cherchait à tâtons un interrupteur quand elle heurta le visage de Charles d'un coup de coude, ce qui le fit hurler de nouveau.

– Cherchez en face ! ordonna dans le noir une petite voix sèche qui ne pouvait appartenir qu'à la renarde.

Janie passa de l'autre côté de la porte, la main toujours sur le mur, jusqu'à ce qu'elle trouve l'interrupteur. Alors la lumière jaillit.

Les enfants se tournèrent pour découvrir l'animal. Ils avaient tous le souffle court.

– Ça suffit ! dit-elle. À votre âge, on est plus malin que ça. J'ai quelque chose de très important à vous dire, et je ne veux pas de coups (à Alys), ni de cris (avec un regard vers Charles), ni de discussions inutiles (avec un regard appuyé vers Janie). Est-ce bien compris ? Alors, asseyez-vous et écoutez-moi.

Seule Claudia s'assit. Les autres ne paraissaient pas prêter attention aux paroles de la renarde. Janie restait comme paralysée, Charles allait et venait comme un somnambule entre l'animal sur son fauteuil et l'entrée, tandis qu'Alys faisait mine de frapper la renarde de sa batte.

– Arrêtez ! ordonna celle-ci.

– Vous… ouah… là…

Ce dut être à peu près ce qu'articula la sœur aînée, tout en faisant des moulinets avec son arme au-dessus de la tête de la renarde.

– Oui, je parle… Là, c'est dit, qu'on en finisse ! Je suis même un… une espèce de sorcière, si vous voulez, un familier de sorcière à vrai dire. Mais je ne suis pas mauvaise, et je ne veux pas vous voir souffrir. Au contraire, j'ai terriblement besoin de votre aide.

– À l'aide… gémit Charles. (Par la suite, il jurerait n'avoir fait que répéter les paroles de la renarde.)

Cependant, Alys posait un regard affolé sur Claudia assise tout près de l'animal ; avec un hoquet, elle alla se placer entre elles deux, puis attrapa sa sœur par le col et, tout en brandissant la batte de l'autre main, essaya de l'entraîner.

– Non ! protesta Claudia. Alys, non ! (Elle tomba sur le ventre, se retint aux chevilles de sa sœur.) Alys, s'il te plaît !

Celle-ci ne fit que resserrer son étreinte, l'œil habité d'une folle détermination. Elle se dirigea ainsi vers l'entrée, en menaçant de temps à autre la renarde de sa batte. Au sol étaient éparpillés livres et bibelots, que Claudia heurtait chaque fois avec un petit couinement. La renarde les observait d'un air aussi étonné que méprisant.

– Alys, implora la petite, arrête !

Alors que sa sœur atteignait la porte et cherchait la poignée, Claudia lui ordonna d'une voix suraiguë :

– Alys ! Calme-toi !

Le regard d'Alys parut s'éclairer, elle cligna des paupières et son souffle s'apaisa. Claudia put enfin la lâcher, s'asseoir en se frottant le ventre.

– Elle ne veut pas nous faire de mal, Alys, articula-t-elle plus calmement. Elle a besoin de nous.

Comme pour approuver cette déclaration, la renarde inclina sa tête rousse.

Une expression de défaite marqua le visage d'Alys, et elle baissa lentement sa batte, jusqu'à la laisser échapper de ses doigts gourds. Après avoir jeté un dernier regard dans la salle, comme si elle disait adieu à toute raison, elle s'agenouilla.

Charles se dandina encore d'un pied sur l'autre et, soudain, fit comme sa sœur. Seule Janie n'arrêtait pas de faire le tour de la renarde sans la quitter des yeux.

– Projection holographique ? suggéra-t-elle.

– Assieds-toi et tais-toi, répliqua froidement la renarde. Bon, tu peux me toucher si tu insistes, mais fais vite. J'ai une longue histoire à vous raconter et peu de temps devant moi.

Janie dut bien constater que la renarde était là, en fourrure et en os, même si elle resta un instant à regarder ses doigts comme s'ils l'avaient trahie ; alors un étrange sourire se dessina sur son visage, le sourire de celui qui, sans comprendre comment un prestidigitateur a exécuté son tour de magie, reste bien décidé à ne pas se laisser avoir.

– Assise !

Janie s'exécuta.

– Je n'ai plus le temps pour ce genre de sottises, reprit la renarde. Écoutez-moi bien. Vous et votre monde courez un terrible danger…

– Quoi ? s'écria Charles. Notre monde ?

– … car dans quinze jours, la nuit du solstice d'hiver, les miroirs s'ouvriront à tous, et Cadal Forge pourra les traverser. Et il le fera, sauf si Morgana peut passer la première et le chasser.

– Morgana ? répéta Alys, interloquée.

– Morgana Shee est ma maîtresse et la dame de ce manoir, la plus grande sorcière des temps modernes ; mais elle a été trahie, capturée, emprisonnée, prise au piège et qui sait quoi encore ! Il nous revient de la sauver parce que c'est la seule personne qui peut fermer les miroirs ! Alors ? (Elle promenait sur eux son regard de feu.) Allez-vous m'aider ? Allez-vous lever le petit doigt pour vous sauver de l'esclavage et de la destruction ? Ou rester assis en attendant que le sort vous tombe dessus ?

Après un long silence, Alys réagit :

– Pardonnez-nous. Je suis sûre maintenant que vous ne voulez pas nous faire de mal. Mais, franchement, je ne vois pas du tout de quoi vous voulez parler.

– Certes… soupira la renarde. Je vais vous expliquer. (Elle hésita un instant, comme si elle ne savait par où commencer.) Je suppose qu'on vous a appris à ne pas croire à la magie ?

– Eh bien…

– C'est normal, je comprends. Car il n'y a pas de magie dans ce monde… ou si peu. Du moins, il n'y en a plus. Mais ça ne signifie pas qu'il n'y en ait jamais eu.

« Le monde d'où vient la magie a pour nom Findahl, Féerie, le Wild World, le Monde sauvage. Il est, ou plutôt était, connecté à ce monde-ci par d'innombrables Passages. Ce sont les Quislais qui, les premiers, ont découvert ces Passages… enfin, à ce qu'ils disent ! Ces gens… je suppose que chez vous on dirait que ce sont des fées et des lutins. Toujours est-il qu'ils se sont mêlés au genre humain et ont rapidement été suivis par d'autres créatures magiques : sorciers, gnomes et chimères, qu'on trouve seulement dans les légendes.

« En ces temps-là, les créatures magiques s'entendaient assez bien avec les peuples de la Terre. Mais la plupart n'approuvaient pas votre civilisation. Et puis les humains se sont détournés de la magie, au point de brûler les sorcières.

« Les plus grands sorciers étaient trop puissants pour se laisser capturer, mais bon nombre d'esprits mineurs ont été tués, et la chasse aux sorcières a été le coup de grâce pour les créatures magiques. Elles ont décidé de fuir ce monde.

« Le Conseil Weerul, l'organisme responsable de Féerie, a décrété que les créatures magiques devaient immédiatement être évacuées de la Terre, après quoi les Passages seraient fermés à jamais. Les humains devaient rester enfermés dans leur monde, et les créatures magiques dans Féerie, sans qu'il subsiste aucun rassemblement entre eux. Des lois ont aussitôt été promulguées en ce sens, contre lesquelles une seule voix a osé s'élever : celle de Morgana. (Le regard de la renarde s'emplit de tristesse.) Ma maîtresse a toujours été quelque peu rebelle, mais là c'en était trop. Voyez-vous, juste avant la Grande Séparation, elle était tombée amoureuse d'un Amérindien de la tribu Yuma, un chanteur de rêves. Ce n'était qu'un jeune homme, mais elle l'aimait. Elle ne l'aurait abandonné pour rien au monde.

« Le Conseil Weerul est puissant, mais ma maîtresse était si intelligente ! Elle s'est présentée devant eux avec un seul et unique argument. Voyez-vous, bien que la mère de Morgana ait été une Quislai, son père était humain, alors elle a objecté que, selon ce décret du Conseil, elle était obligée de passer la moitié de sa vie dans le monde humain et l'autre moitié dans Féerie.

« Cela a provoqué un énorme débat, et c'est Thia Pendriel, une magistrate du Conseil, qui a pris la tête de l'opposition. En fin de compte, il a été décidé que seul le Grand Passage côtier du Pacifique resterait ouvert, et que le contrôle en reviendrait à Morgana...

à une condition : elle devait le consacrer à son seul usage, sans jamais laisser aucun humain y accéder. Le prix de toute désobéissance serait la mort pour elle et pour l'humain impliqué.

– Le Grand Passage côtier du Pacifique ? répéta Charles, intrigué. C'est loin ?

– Ici, idiot ! répondit la renarde. Vous êtes assis dessus. Non, ne vous levez pas, vous ne risquez pas d'y tomber accidentellement. Morgana y a veillé. Voyez-vous, elle a bâti ce manoir directement sur le Passage et, dans Féerie, à l'autre extrémité, elle a érigé une demeure réplique. Après quoi, elle a noué tous les pouvoirs de ce grand Passage, les a soumis à sa seule volonté et en a tiré de nombreux petits passages qui relient les deux maisons, les fameux miroirs.

– Les miroirs… souffla Claudia.

– Oui. Vous êtes à Fell Andred, le Manoir aux Miroirs, et on peut en traverser un dans le salon, pour émerger dans le grand salon du château de Morgana, dans Féerie, en une seconde et demie… pourvu que vous bénéficiiez du clair de lune et de l'amulette.

« C'était par l'amulette que Morgana fermait le Passage, le rendant infranchissable par les humains. Elle n'en a jamais communiqué le secret aux autres sorciers. Elle s'est installée dans cette demeure avec son nouveau mari, qui avait accepté de ne jamais lui demander où elle allait quand elle disparaissait.

« Mais le jeune chanteur de rêves était humain, d'une curiosité insatiable, et… enfin, vous devinez la suite. Il ne pouvait supporter de ne rien savoir. Il l'a cajolée, câlinée, menacée, suppliée jusqu'à ce qu'elle lui fabrique une amulette et l'emmène dans Féerie ;

en un mot comme en cent, il a fini par se faire surprendre, et Thia Pendriel l'a condamné à mort.

– Oh non ! s'exclama Alys.

Elle savait que sa réaction était idiote, mais n'avait pu s'en empêcher.

La renarde ne releva pas.

– Morgana elle-même a été présentée enchaînée devant le Conseil. Bien sûr, elle ne s'est pas laissé faire mais, le temps qu'elle arrive, elle avait la mort de nombreux sorciers mineurs sur la tête. Thia Pendriel voulait la faire jeter dans une Zone Chaotique, un lieu où la magie est tellement débridée que seuls quelques Quislais ont pu y survivre sans devenir fous. Une bataille s'en est suivie. Les gardiens du Haut Conseil, les Serpents à Plumes, y ont promptement mis fin mais, profitant de la confusion, Morgana est parvenue à se réfugier dans ce monde, où aucun sorcier n'a pu la suivre.

« Le Conseil a décidé que la compassion était de mise et qu'il serait plus judicieux de commuer la condamnation de Morgana en exil, étant entendu que la mort l'attendait si elle remettait les pieds dans Féerie. Elle s'en moquait. En revanche, folle de chagrin, de colère et d'amertume à cause de la perte de son amour, elle a jeté sa Crosse d'Or et son grimoire, puis a bouclé son officine et juré de ne jamais plus toucher aux miroirs, ni pratiquer la sorcellerie. Et elle a tenu sa promesse, jusqu'à ces derniers jours.

« Écoutez attentivement, car j'arrive au point crucial.

La renarde prit un ton plus grave :

– Durant tout le temps qu'a duré son exil du Wild World, ma maîtresse est restée éloignée des créatures magiques, à l'exception d'une seule : Elwyn aux Cheveux d'Argent, sa demi-sœur, fille d'une reine des fées. Elwyn l'écervelée, l'indolente, l'inconstante, la futile ! Si vous lui trouvez une seule qualité, je deviens végétarienne ! Les amulettes ne signifient rien pour les authentiques Quislais. Ils sont immortels et peuvent ouvrir n'importe quel Passage à volonté. Une seule chose peut les arrêter : une branche d'épines prise dans leurs cheveux. Et si les amulettes ne les impressionnent pas, la simple politesse signifie encore moins pour eux. Les sottises qu'a pu commettre Elwyn ! À entraîner de jeunes hommes dans Féerie pour ne les ramener que vingt ans plus tard, à libérer des dragons, et… Enfin… moins on en dit, mieux ça vaut. De toute façon, Morgana n'avait pas le choix : elle ne pouvait que la laisser circuler à son gré, d'autant qu'Elwyn nous apportait des nouvelles de Féerie ; et un jour, il y a cent ans, elles se sont brouillées.

« Depuis, nous ne l'avons plus vue, jusqu'à la semaine dernière, quand elle a émergé d'un miroir comme si elle était chez elle, ricanant comme une idiote, ses longs cheveux flottant derrière elle. Je ne sais pas ce qu'elle a dit à Morgana mais, en dix minutes, la rencontre a tourné au pugilat. Elwyn a invoqué la foudre et vous pouvez en voir ici le résultat.

Suivant son geste du menton, ils découvrirent la brûlure ronde sur le mur du salon.

– Morgana a plus d'un tour dans son sac, reprit la renarde.

Soudain, ses auditeurs prirent conscience des dégâts qui les entouraient : tables et chaises renversées, vaisselle cassée, tapis déchirés, bric-à-brac répandu sur le sol.

– Et Elwyn est peut-être insensible à la douleur, à la mort, à la peur, mais ma maîtresse s'est arrangée pour la renvoyer dans Féerie. Pour ce que ça a changé ! Dès le lendemain soir, Elwyn est revenue en s'excusant si bien que j'aurais dû me méfier. Elle s'est entretenue des heures durant avec Morgana, tout ça pour que ma maîtresse ressorte son grimoire et nous fabrique des amulettes, à elle et à moi.

La renarde tendit le cou pour montrer son collier d'or d'où pendait un sachet vert.

– Ensuite, elle m'a expliqué que nous allions retourner le soir même dans Féerie. Ça m'a surprise, mais je me suis présentée comme prévu, une heure après le coucher du soleil, pour découvrir qu'elle était déjà partie, et cette maudite Elwyn avec elle.

« Comme elle ne revenait pas, j'ai compris que quelque chose n'allait pas. Le lendemain, au lever de la lune, j'ai moi-même traversé un miroir et, à ma grande horreur, je me suis rendu compte que dans la maison flottaient les odeurs d'étranges sorciers... dont un que je ne connaissais que trop. Cadal Forge était là. Je l'ai épié, j'ai écouté ses conseillers et j'ai compris. C'est lui qui a persuadé Elwyn d'entraîner Morgana dans Féerie, lui qui la garde prisonnière. Pourquoi ? Parce que ses desseins passent par les miroirs et que, dans chacun des deux mondes, seule Morgana peut les lui fermer.

« Quand j'ai entendu en quoi consistaient ses plans, je ne voulais pas en croire mes oreilles... Pourtant, j'aurais dû voir depuis longtemps combien il était fourbe. Morgana le connaissait quand il n'était encore que le plus jeune porteur d'une Crosse Rouge dans la Guilde. Comme elle, il vivait dans le monde humain.

Tous deux partageaient le même goût d'apprendre, et Cadal était alors l'apprenti d'un alchimiste humain… ce qui se rapprochait le plus d'un scientifique à l'époque. Mais l'Inquisition est arrivée, et l'alchimiste a dénoncé Cadal pour sauver sa peau. Aussi superstitieux qu'assoiffés de sang, vos ancêtres n'exécraient rien tant que la science et la sorcellerie. Ils ont torturé Cadal avant de le mener au bûcher. Morgana l'a sauvé puis l'a emmené dans Féerie pour le soigner, mais sa pire blessure n'était pas physique.

« Il s'est retourné contre tous les humains, a pris une atroce revanche contre le malheureux alchimiste et, lorsque le Conseil a annoncé le Projet de Séparation, il a objecté passionnément qu'au lieu de se retirer du monde des humains, les sorciers feraient mieux de le conquérir. Les Conseillers n'ont pas voulu l'écouter, évidemment, et après qu'il a intrigué une fois de trop, ils l'ont condamné pour trahison. Ils l'ont jeté dans une Zone Chaotique dont il a tout de même fini par s'évader ; je me rends compte à présent qu'il ne lâche jamais prise. Il a trouvé d'autres sorciers qui partageaient ses opinions et a créé une Société destinée à reconquérir et à maîtriser le monde humain.

– Mais comment pourrait-il entrer ici ? demanda Charles. Je croyais qu'il vous fallait cette amulette pour traverser les miroirs.

– Effectivement… à une exception près. Savez-vous ce que c'est que le solstice d'hiver ? La nuit la plus longue de l'année, le 21 décembre… dans quinze jours ! Même Morgana n'a pu complètement maîtriser le Passage et, la nuit du solstice d'hiver, dans la lumière de la pleine lune qui se lève à minuit, il s'ouvre à tout venant. Du moment où la lune atteint son zénith jusqu'à l'aube, n'importe qui peut le traverser. Seule Elwyn était au courant, elle doit l'avoir dit à Cadal Forge. Cela signifie que, dans deux semaines, il passera, avec le reste de sa Société. Et il détient Morgana dans Féerie, où elle ne peut rien faire pour l'arrêter.

– Mais, comment pourrait-il l'empêcher de revenir ici ?

– Il peut la tuer… Toutefois, comme il ne l'a pas encore fait, j'ose espérer que ce n'est pas dans ses intentions. Cependant, il a encore mille façons de la retenir. Si on n'est pas un Quislai, on a besoin de trois choses pour traverser un miroir : d'abord d'un clair de lune dont les rayons doivent frapper le miroir avant qu'on tente de le traverser. Cadal peut avoir emprisonné Morgana dans une pièce aux fenêtres condamnées. La deuxième, c'est l'amulette. Il la lui a sans doute confisquée, même s'il ne peut rien en faire. La troisième, c'est le miroir lui-même. Si Morgana n'en a pas un près d'elle, elle ne peut évidemment pas traverser. Cadal peut avoir tracé un cercle magique autour d'elle ou lui avoir jeté un sort, ou simplement l'avoir attachée sur une chaise.

– Attachée sur une chaise ! s'écria Janie. Si c'est une sorcière aussi extraordinaire, elle n'a qu'à se libérer !

– Et toi, peux-tu enfoncer un clou à coups de coude ? rétorqua la renarde. Elle s'est rendue dans Féerie en toute confiance, sans même y emporter sa Crosse d'Or. Une sorcière sans ses accessoires magiques n'est pas plus puissante qu'une femme ordinaire. Et voilà pourquoi elle a besoin de notre aide. Depuis sa disparition, j'ai traversé tous les miroirs. Je sais qu'elle se trouve quelque part dans le château, j'ai humé son odeur, mais les pièces sont tellement imprégnées d'enchantements qu'il est difficile de la localiser précisément. Les autres sorciers semblent avoir quitté les lieux pour le moment. Si vous voulez m'aider, si vous traversiez les miroirs à votre tour…

– Nous ! s'exclama Claudia au comble de l'excitation.

– Oui, vous ! Pourquoi croyez-vous que je viens de passer tout ce temps à vous raconter l'histoire de Féerie ? Pour m'amuser ? J'ai besoin d'aide et de vous quatre, car vous possédez un corps souple et une intelligence au-dessus de la moyenne. Du moins, je l'espérais. (Les canines blanches s'entrechoquèrent avec impatience.) Alors ? Puis-je compter sur vous ? Allez-vous aider Morgana à fermer ces miroirs une fois pour toutes ?

– Moi, oui ! assura Claudia avec ferveur.

– Moi aussi, dit Charles.

Alys restait stupéfaite, désorientée, effrayée. Elle regrettait amèrement d'avoir accompagné Claudia dans ce vieux manoir et se sentait prise de l'étrange désir de tourner le dos à la renarde, de claquer la porte derrière elle et de s'enfuir. Cependant, la raison lui disait que ça n'empêcherait pas cette bête d'exister, ni ce manoir de se dresser à la même place. Avec ses miroirs.

Lentement, elle écarta une longue mèche de ses yeux.

– Très bien, dit-elle. J'accepte. Nous acceptons.

Sans la quitter de ses iris d'ambre, la renarde inclina légèrement la tête. Alys n'aurait pu jurer que ce geste ne marquait pas un rien d'ironie.

Et tous de se tourner vers Janie.

– Oh, je ne manquerais ça pour rien au monde ! lâcha celle-ci dans un sourire. Mais ce Cadal Forge…

qui vous dit qu'il peut s'emparer du côté humain ? C'est fini, l'Âge des Ténèbres. La technologie…

– La peste, la famine, la guerre… est-ce la technologie qui vous en sauvera ? Il les contrôle toutes. Oh, ne comprenez-vous donc pas ? Cet homme détient une Crosse Rouge. À ce qu'il dit, il compte se déclarer le Seigneur du monde des humains, directement assisté par sa Société, et ils feraient ce qu'ils voudraient de vous. Écoutez-moi ! L'alchimiste qui l'a trahi avait une fille, une innocente que Cadal avait autrefois aimée. Quand il a tué le père, il l'a tuée elle aussi… Je préfère ne pas vous dire comment. Et quand il dominera le monde, que croyez-vous qu'il fera de vous ?

Après un court silence, Alys prit la parole :

– Très bien, mais… Je ne veux pas avoir l'air de me défiler, mais… pourquoi nous ? Je veux dire… vous feriez peut-être mieux de vous adresser à quelqu'un de haut placé, aux autorités…

– Comment voulez-vous ? Pour commencer, vos « autorités » me chasseront de cette maison et me mettront en cage pour m'étudier. Ici, comme dans Féerie, toutes les langues ne font qu'une ; mais dès l'instant où ils repasseront cette entrée, ils ne comprendront plus un mot de ce que je dis. Après quoi, il reviendront boucler les lieux et les inspecter avec tous leurs spécialistes et leurs militaires, et ils seront encore là, au solstice, lorsque Cadal Forge entrera. À vrai dire, vous n'avez aucune chance contre lui… mais ni plus ni moins que n'importe quel autre humain. Tout dépendra de Morgana.

– Ah ! souffla Alys.

– S'il vous plaît, s'interposa Claudia, je peux poser une question ? Vous venez de Féerie ?

Quand la renarde reprit la parole, ce fut très doucement :

– Non. Je suis de ce monde-ci. Voilà plusieurs siècles que Morgana a trouvé un renardeau blessé dans les bois, un animal ordinaire destiné à mourir. Elle a senti sa présence, l'a pris sous sa protection, et lui a donné le don de la parole et de la longue vie. (Elle marqua une autre pause et, pour la première fois, les enfants sentirent son inquiétude, sa tristesse.) Depuis, nous ne nous sommes plus quittées.

Reprenant ses manières un peu brusques, elle ajouta :

– Il faut que je traverse un miroir maintenant pour partir à la recherche de ma maîtresse. Ne dites à personne, et surtout pas aux adultes, ce qui s'est passé ici, mais revenez demain avant le lever de la lune, vers quinze heures. Nous préparerons l'amulette.

– Attendez… reprit Janie, je n'en ai pas fini avec mes questions. Et si Morgana fermait les miroirs du côté Féerie ?

– Il lui faut les instruments de son art, qui se trouvent ici. De plus, enfermée dans Féerie, le Conseil la trouverait et la tuerait.

– Bon. Encore une chose… Si vous vous trompiez et que Cadal Forge l'avait déjà tuée ?

La renarde grinça doucement des dents.

– Alors, dit-elle, vous avez de très gros ennuis.

Là-dessus, elle traversa en courant le salon pour filer droit vers le miroir accroché au mur du fond, les faisant tous sursauter ; mais, même s'il ondula en une myriade de couleurs, il ne présenta pas plus de résistance à son corps qu'un souffle d'air. Et elle disparut.

4

La police

Le lendemain, Alys ne cessait d'aller et venir, l'air inquiet ; Janie restait absorbée dans ses pensées ; quant à Charles et Claudia, ils s'étaient plongés dans un livre de magie, à la recherche d'un « élément interne attestant de l'existence de Féerie ». Personne ne bougea jusqu'à quinze heures, moment où, d'un commun accord, les quatre enfants sautèrent sur leurs vélos et foncèrent sur la route menant au vieux manoir sur la colline.

La renarde n'était pas là.

Ils l'attendirent. Alys, qui, toute la journée, avait pressenti quelque menace inconnue, ne tenait plus en place. Elle fit le tour de l'immense salon au plafond cathédrale qui s'élevait à hauteur du troisième étage, et dont les galeries longeaient les murs sur deux niveaux. En revenant, elle trouva Claudia et Charles occupés à se bâtir des forteresses avec des coussins, et Janie examinant le miroir à travers lequel la renarde était partie ; Alys vit avec effroi qu'elle le grattait à l'aide du diamant de fiançailles de leur mère.

Ils attendirent encore tandis qu'à l'extérieur les ombres s'allongeaient. Finalement consciente de ce que, si elle ne faisait rien, elle allait devenir folle, Alys leur proposa de fouiller toute la maison. Elle se crut plus ou moins dans une chasse aux œufs de Pâques, alors qu'ils entraient partout, soulevaient des tentures, ouvraient commodes et armoires. Le manoir était si grand qu'à la fin ils n'auraient pu affirmer avoir fouillé chaque pièce. Une chose au moins était certaine, ils n'avaient pas trouvé la renarde.

– Qu'est-ce qu'on fait maintenant ? lui demanda Claudia, en toute confiance.

En rentrant dans le salon, Alys jeta un regard en coin vers Janie qui, à l'évidence, en était arrivée aux mêmes conclusions. Mais il ne fallait pas compter sur son aide.

– Je crois que le mieux c'est... d'appeler la police.

Charles et Claudia levèrent des yeux ébahis sur leur sœur.

– Mais la renarde a demandé de ne rien dire aux adultes !

– Je sais, Claudia, et si elle était là, je le ferais. Seulement, elle n'est pas là. Et c'est grave ce qui se passe ici. Ça nous dépasse. Je ne peux pas prendre une telle responsabilité.

– Quand elle reviendra...

– Elle ne reviendra pas ! coupa brutalement Janie. Tu ne comprends pas ? La seule raison qui aurait pu l'empêcher de venir aujourd'hui, c'est d'avoir été capturée... ou tuée. Regarde les choses en face, Claudia. Elle doit être morte.

La fillette en parut bouleversée.

– La ferme ! s'écria Alys, furieuse. Ça te fait plaisir de dire des méchancetés aux autres ?

Là-dessus, elle prit sa petite sœur dans ses bras.

Cependant, Janie s'empourprait, son regard violet devint glacial, et elle s'enfonça dans son fauteuil sans répondre.

Quant à Charles, il préféra changer de sujet :

– Alys, si on prévient la police, il vont nous prendre pour des fous furieux.

– Je sais, j'y ai pensé. Mais si je fais attention à ce que je dis, si je raconte l'histoire dès le début…

– … ils te feront une piqûre calmante et te mettront dans une cellule capitonnée. Arrête ! Tu as cru Claudia la première fois qu'elle nous a parlé d'une renarde magique, peut-être ? Et c'est notre sœur !

Alys considérait Janie d'un air éperdu, mais le fin visage de celle-ci restait froid comme le marbre.

– Si on pouvait leur montrer une preuve…

– Sauf qu'on n'en a pas. C'est ça le problème. Et ils ne voudront jamais écouter des enfants.

Sans cesser d'aller et venir, Alys se passait la main dans les cheveux ; elle s'arrêta devant un bureau à cylindre qu'elle regarda distraitement, jusqu'au moment où son attention se fixa sur un objet devant elle.

Prise d'une inspiration subite, elle se retourna vers son frère.

– Charles… et si on arrivait à les convaincre ? Et si on possédait une preuve ?

– Et si les poules avaient des dents ?

– Et si… (Alys saisit une plume d'oie qu'elle brandit devant lui.) Si on avait une lettre de Morgana ?

Alys leur fit ses dernières recommandations avant de partir pour le poste de police :

– J'aimerais que tu te laves la figure, Claudia. Et, Charles, je ne crois pas que ce tee-shirt provocateur va te faire bien voir.

Leur décision prise, tout s'était déroulé sans peine. Alys n'était pas une artiste comme Charles, mais elle possédait un talent qui faisait l'envie de tous ses amis, surtout ceux qui manquaient souvent le lycée sans excuse valable. Elle pouvait imiter n'importe quelle écriture.

Un don parfait pour faire des farces. À leur grand étonnement, ses professeurs s'aperçurent ainsi qu'ils avaient rédigé de longs commentaires élogieux pour un médiocre travail scolaire. Des filles recevaient des messages d'amour de garçons qui ne se rappelaient pas les avoir écrits. Jusque-là, fidèle à elle-même, Alys n'avait utilisé ce don que pour des farces innocentes. Mais maintenant…

Bien sûr, ils ne disposaient d'aucun spécimen de l'écriture de Morgana. Mais Alys avait pris un cours de calligraphie l'été précédent, où elle avait appris à utiliser une plume et un encrier ; si bien que la lettre qu'elle venait de rédiger ne ressemblait en rien à l'œuvre d'une adolescente. Le contenu allait droit au but : lettre écrite par Morgana Shee, scellée (ils avaient trouvé de la cire et un sceau dans le bureau), au cas où celle-ci viendrait à mourir ou disparaître. Le texte reprenait exactement l'histoire racontée par la renarde et s'achevait sur un appel à l'aide. Quand elle eut terminé, Alys cacha la feuille à moitié sous le cylindre en se disant qu'il vaudrait mieux que la police la trouve elle-même en fouillant la maison. Cela se passait ainsi dans les films.

Une fois Alys partie, Charles remit son tee-shirt à l'envers pour qu'on ne puisse pas en lire le slogan, puis il débarbouilla le visage de Claudia.

– N'empêche, tu n'as toujours pas l'air respectable, dit-il en recoiffant les cheveux châtains de sa petite sœur.

Elle avait encore les yeux gonflés, le nez rouge. Il lui conseilla de se cacher dans la cuisine quand la police arriverait.

Un temps infini parut s'écouler avant qu'ils entendent une voiture se garer devant la maison. Charles se précipita vers la porte au moment où elle s'ouvrait et s'écarta de justesse à l'entrée des deux policiers. Alys était blême, avec juste deux taches roses sur les joues, mais elle lui adressa un clin d'œil triomphant.

– Vous voyez, dit-elle aux policiers, c'est dans cet état qu'on a trouvé la maison. C'est moche, non ?

Le plus grand se tourna vers Charles après avoir évalué les dégâts :

– Tu sais quelque chose là-dessus ?

– Ma sœur vous a déjà tout dit, répondit-il gêné.

Le plus petit des deux policiers regardait autour de lui, mais d'un air plutôt distrait. Comme il se dirigeait vers la cuisine, Charles tendit le cou pour ne pas le perdre de vue.

– Ne t'en fais pas, intervint le grand policier. Dis-moi juste ce qui s'est passé, d'après toi.

Charles parvint à lui répéter le récit de la renarde.

– Ça a l'air dingue, conclut-il, mais je jure que c'est vrai.

– Mmmouais… maugréa son interlocuteur.

Alys se tenait devant le bureau, d'où l'on voyait dépasser un coin de la lettre.

– Il ne faudrait pas… fouiller la maison ? suggéra-t-elle.

À cet instant, le petit policier sortit de la cuisine, tenant Claudia par le bras.

– En voici une autre.

Les deux agents se penchèrent sur la fillette en marmonnant des paroles inaudibles. Alys jeta un regard inquiet à son frère. En même temps, elle tirait discrètement sur un coin de la lettre pour la rendre plus visible. Pour le moment, ça ne se passait pas trop bien. Certes, la police l'avait écoutée puis suivie, mais quant à savoir s'ils la croyaient ou non… La lettre devrait les aider à se décider.

– Pardon ? demanda-t-elle au policier qui venait de lui parler en ramenant ses mains devant elle. Ah oui ! Je sais qu'il est un peu tard pour Claudia, qu'elle devrait être couchée.

Elle se sentit affreusement rougir. Pire, ils ne fouillaient pas la maison, ils n'allaient pas trouver la lettre. Ils n'avaient donc jamais vu de séries à la télévision ? Misérablement, elle tira encore sur la lettre et la sentit tomber par terre. Elle se pencha, la ramassa, sous leurs regards attentifs.

– Regardez ce… que j'ai trouvé ! s'écria-t-elle.

Le plus grand déchira silencieusement l'enveloppe et lut le message. Puis il le tendit à son collègue.

Dans le silence qui suivit, le cœur d'Alys se desserra un peu. Elle savait très bien que ce papier allait faire un excellent effet ; elle avait l'habitude.

Les deux hommes échangèrent un regard éloquent.

– Ça m'a l'air grave, conclut le premier.

– Oui ! assura Alys.

– Je vais vous prier, commenta-t-il en sortant un carnet de sa poche, de m'écrire chacun une phrase.

Un silence de plomb tomba sur la pièce.

– Que… C'est-à-dire ? demanda finalement Alys. Quelle phrase ?

– Oh, celle-ci par exemple : « À ouvrir au cas où je viendrais à mourir ou disparaître », répondit-il placidement.

Tout se mit à danser autour d'Alys. Cette demande paraissait claire – et invraisemblable. Jamais personne ne s'était montré si sceptique devant ses œuvres, pas même ses professeurs face à l'imitation de leur propre écriture.

Pourtant, qu'est-ce que cela changerait ? Les caractères calligraphiques de la lettre ne s'apparentaient en rien aux siens. Janie prit la première le stylo que leur tendait le policier, suivie de Charles puis de Claudia. Alys s'efforçait désespérément de se calmer, de réfléchir.

Pourraient-ils la démasquer ou non ? Elle devait en avoir le cœur net.

– Je… je voudrais savoir pourquoi vous nous demandez ça. Parce que, si vous croyez que c'est nous qui avons écrit cette lettre… on aurait déguisé notre écriture, non ?

– Personne ne peut tromper un expert.

Ce fut tout. Alys allait devoir se contenter de cette explication. Elle aurait dû s'en douter. Tous les regards étaient tournés vers elle. Claudia avait rendu d'illisibles gribouillis, et le grand policier reprenait son stylo.

Impossible d'espérer une aide de l'extérieur… L'expression de Janie restait impénétrable, celle de Charles misérable, le regard flottant dans le lointain. Sur le moment, Alys n'eut qu'une envie, prendre ses jambes à son cou.

Elle laissa tomber sa main devant le carnet en murmurant :

– C'est moi qui ai écrit cette lettre.

– Je vois, rétorqua le policier avec une suffisance insupportable.

– Mais tout le reste… est vrai… Tout ce qu'on a dit.

Les paroles se bousculaient dans sa bouche, en même temps que des larmes inondaient soudain ses joues.

– C'est vrai ! C'est vrai ! On ne savait pas comment vous obliger à nous croire. On…

– Vous vouliez qu'on vous croie, alors vous avez fabriqué cette lettre et menti. C'est ça ?

– Oui… Non…

Alys ne savait plus quoi dire. Charles, lui, avait repris son souffle et désignait la brûlure laissée sur le mur par la foudre.

– De toute façon, vous voyez bien qu'il s'est passé quelque chose ici. C'est clair, ça, comme preuve, non ?

– Vous avez allumé un feu d'artifice ?

Pour la première fois depuis l'entrée de la police, Janie prit la parole :

– Vous avez déjà vu un feu d'artifice faire un truc pareil ?

– Oui, ceux qui sont fabriqués au Mexique. C'est illégal.

Furieux, Charles se détourna tandis que le grand policier saisissait Alys par le bras et l'entraînait dehors. Dans la cour illuminée par le clair de lune, il expliqua aux enfants que les autorités ne goûtaient que très moyennement ce genre de farce.

– En fait, ajouta-t-il d'un ton tranquille, j'estime qu'il s'agit de beaucoup plus qu'une simple farce. Je crois que la personne qui s'en est prise à cette maison doit être considérée comme un pyromane. On a constaté beaucoup d'actes de vandalisme dans le quartier, ces derniers temps, et aussi du côté des écoles. Si je découvre la moindre preuve qui vous lie à ces actes, vous êtes bons pour la détention immédiate en établissement pénitentiaire. Maintenant, je vous conseille de reprendre tout de suite vos vélos et de filer. Et que je ne vous revoie pas traîner à moins de cinq cents mètres de cette maison ! C'est compris ? Allez, fichez-moi le camp !

Charles tira Alys vers leurs bicyclettes. Il n'y avait plus rien à faire.

5

Le sortilège

– Ne pleure pas, Alys, dit Charles dès qu'ils eurent tourné au premier carrefour.

Sa sœur s'était arrêtée en pleine rue pour se cacher le visage entre les mains. Un peu gêné, il regardait un buisson de bougainvillier dans un jardin voisin.

– Tu as fait ce que tu as pu, assura-t-il.

Elle haussa les épaules sans répondre, et Claudia posa sa petite main sur son bras.

– De toute façon, insista Charles, c'était une très bonne idée.

– C'était une très mauvaise idée, rétorqua Janie. Évidemment que le premier graphologue venu pourrait deviner qui a écrit cette lettre !

Ces paroles eurent l'effet que n'obtinrent ni les consolations de Charles, ni la tendresse de Claudia. Alys releva la tête.

– Tu le savais ? Et tu m'as laissée faire sans rien dire ?

Janie soutint son regard d'un air de défi.

– La prochaine fois, tu n'as qu'à pas me dire de la fermer !

– Espèce de... commença Charles.

– C'est ça, Miss Dugénie ! Et pendant que tu restais là à te marrer, tu n'as pas pensé que tu laissais passer notre seule chance de trouver de l'aide ? Et que le solstice arrive dans moins de deux semaines ? Ça nous retombe sur les bras, maintenant !

Secouant la tête, Alys se retourna vers Charles et Claudia.

– Bon, reconnut-elle, vous aviez raison et j'avais tort. On y va.

– Quoi ? demanda Janie. Où ça ?

– Dans la vieille maison, bien sûr.

– Mais pour quoi faire ?

– Je n'en sais rien. Il faut bien que quelqu'un fasse quelque chose.

– Et la police ? Ils nous ont dit de ne pas nous approcher à moins de cinq cents mètres.

Pour la première fois depuis longtemps, Alys esquissa un sourire.

– En fait, corrigea-t-elle, ils ont dit qu'ils ne voulaient pas nous voir traîner dans le coin à moins de cinq cents mètres. Et ils ne nous verront pas. On va y veiller.

– Mais...

– Personne ne te force à nous accompagner.

Pourtant, Janie les accompagna, tirant lentement sa bicyclette derrière les autres, une étrange expression sur le visage.

– La renarde a dit que le sortilège qui permettait de fabriquer l'amulette était écrit quelque part, observa Alys quand ils entrèrent dans le manoir.

– Dans un grimoire, souligna Charles. Qu'est-ce que c'est, un grimoire ?

Claudia se rapprocha d'Alys.

– C'est un grand livre ? demanda-t-elle à voix basse. Un grand livre sur un pupitre avec une drôle d'écriture dessus et une couverture noire ?

– Oui, quelque chose comme ça. C'est un livre de magie et il faudrait… (Elle s'interrompit.) Qu'est-ce que tu voulais dire avec ton « un grand livre sur un pupitre avec une couverture noire » ? demanda-t-elle à Claudia.

– J'en ai vu un dans une petite pièce à côté de la cuisine, quand Charles m'y a envoyée pour vous attendre. Je ne savais pas ce que c'était.

Janie considérait Alys avec une horreur non feinte.

– Et là, on va touiller un sortilège à notre façon, c'est ça ? Comme si on se faisait un milk-shake à la banane ?

– On n'a pas le choix. Grâce à toi.

Le grimoire représentait effectivement le plus grand livre qu'ils aient jamais vu, avec ses pages de parchemin aux enluminures de dentelle et son élégante écriture gothique. Un seul problème : ils ne parvenaient pas à la déchiffrer.

– Du latin ? s'interrogea Alys, sceptique, quand ils eurent posé le livre sur la table de la cuisine.

Elle avait beau se pencher dessus, elle ne parvenait pas à distinguer un seul mot.

– Pourquoi du latin ? dit Charles. Si tu veux du vieux, il y a plein d'autres langues beaucoup plus vieilles que ça. Ça pourrait être du… du grec, ou du babylonien, ou des hiéroglyphes égyptiens.

– Ça veut dire qu'on ne pourra pas le lire ? demanda Claudia, déçue.

– Regarde, marmonna Charles, ces lettres ne ressemblent même pas à notre alphabet.

– Je sais, dit Alys. C'est peut-être bien du grec. Ou du russe. Ils ont un autre alphabet en russe, le cyrillique ou quelque chose comme ça, non, Janie ? Janie ?

Celle-ci avait inspecté l'écriture aussi intensément que les autres mais, cette fois, elle n'y jeta plus qu'un bref coup d'œil.

– Pas du cyrillique, décréta-t-elle en se levant pour aller se planter devant la fenêtre.

Alys la suivit d'un regard exaspéré avant de revenir sur la page. Ce n'était pas du grec non plus. Elle ne reconnaissait aucun caractère, ils lui semblaient tous beaucoup plus mystérieux, plus abscons. Pourtant, elle croyait y déceler un rien de familiarité… Sans doute fallait-il les considérer autrement pour pouvoir les déchiffrer.

– Ce qu'il nous faudrait, énonça Charles d'un ton lugubre, c'est un je-ne-sais-pas-comment-on-dit, une personne qui étudie les langues.

– Ouais, grommela Alys qui commençait à avoir mal aux yeux.

En relevant la tête vers lui, elle cligna des paupières devant un détail qui attirait son attention :

– Qu'est-ce que tu as fabriqué avec ton tee-shirt ?

– Je l'ai mis à l'envers. Tu as dit…

– Je sais. Mais j'arrive encore à lire le slogan.

Charles baissa le menton vers sa poitrine.

– Ah oui ?

– Oui. On voit très bien les lettres à travers le coton blanc. C'est juste à l'envers… (Elle s'interrompit.) À l'envers ! C'est ça !

– Quoi ?

– C'est notre alphabet, juste à l'envers.

– Pas à l'envers, intervint Janie. Spéculaire. C'est l'écriture en miroir.

Alys n'en revenait pas. Pourtant, elle parvint à lui répondre sur le même ton tranquille :

– Alors tu le savais et tu n'as rien dit ? Pourquoi ?

– Parce que j'émets de sérieuses réserves sur toute cette affaire.

Toujours penchés sur le grimoire, Charles et Claudia essayaient de décrypter les lettres inversées de droite à gauche.

– Pour... la... euh... T-r-a-v... Pour la Travail...

– Pour la Traversée des Miroirs, corrigea Janie, l'œil toujours fixé sur Alys.

– Oui, c'est ça ! s'exclama Charles. Exactement ça !

Il commença à déchiffrer la phrase suivante, mais sa sœur l'interrompit :

– Il suffit de lire ça dans une glace. Claudia, trouve-nous-en une petite. Je cherche un crayon.

Arrivée à la moitié de la page, Alys s'arrêta, vérifia à plusieurs reprises dans le miroir que ce qu'elle avait écrit correspondait bien au texte du grimoire, puis elle reprit son travail, l'air appliqué, sans prononcer un mot.

Quand elle eut terminé, Charles ne put cacher davantage son impatience :

– Alors, qu'est-ce que ça donne ?

– Vas-y, tu n'as qu'à lire.

Il saisit la feuille de papier couverte de la jolie écriture ronde de sa sœur.

« Pour la Traversée des Miroirs :
revêtir ses atours immaculés de la teste
aux pies chaussant de brodequins
céruléens, à la taille ceinte
d'un cilice rouge tressé.
Prendre chaque ingrédient après
mentionné, les broyer
dans un mortier finement
pour obtenir une poudre
qu'accueillera ensuite un
creuset d'or additionné
du sang et de la salive de qui
va traverser les miroirs. Mélanger dans
le sens inverse des aiguilles d'une montre
et l'éveiller aux premiers reflets
du clair de lune. Laisser refroidir,
puis répartir dans quelque sac
de soie verte. Nouer au cou. »

– C'est ça ! s'exclama Charles. Et là, il y a la liste des ingrédients. Ne fais pas cette tête-là !

– Tu n'as qu'à lire la liste des ingrédients.

– Ah oui ! Attends, euh… cerise enragée et wulfénite rouge, vif-argent et queue-de-paon, hornblende et gouet sauvage, tritici de Tilletia et utriculaire, mouche du vinaigre, plumes de phénix, écailles de poisson-lune, dent de faucon et… (Il s'interrompit, l'air horrifié.) Et là, il y a : une éclisse d'os humain…

– Qu'est-ce que c'est, une éclisse ? demanda Claudia.

– Un petit morceau, dit Janie. Comme une écharde.

– Oh là là ! Tu es sûre d'avoir bien copié ? Parce que, quand même… un os humain ! Où est-ce qu'on va en trouver un ?

– Bof ! lança gaiement Janie. Ça va de soi !

– C'est-à-dire ?

– On a tous des os, non ? Il suffirait d'un minuscule, comme celui-ci. (Elle attrapa le petit doigt de Claudia.) Il est tout mignon, pas plus gros qu'une éclisse.

– Janie !

– Je suis certaine que tu seras d'accord, Claudia. Maman acceptera sûrement de te mettre un anesthésiant. Ça ne prendra qu'une minute.

L'air fou, elle se pencha sur sa petite sœur, qui écarquillait les yeux de terreur.

– Janie, la ferme ! intervint Alys.

– Je t'ai dit de ne pas…

– À propos des ingrédients, intervint Charles en s'interposant entre ses sœurs, il y en a d'autres qui semblent aussi sinistres.

– Je sais. Il faut d'abord voir à quoi ça correspond. N'oubliez pas que ce sont des noms à l'ancienne. On va se partager la liste pour faire des recherches. Et quand on saura exactement ce qu'il nous faut, on verra comment se le procurer.

Ainsi, la liste fut divisée et, comme Claudia tenait à participer, Alys lui confia le premier ingrédient, la cerise enragée ; elle fit copier les quatre suivants à Janie, qui s'exécuta en silence mais, en se levant pour partir, elle agita ses doigts sous le nez de Claudia.

– N'oublie pas, Claudia. De toute façon, tu ne joueras jamais du piano ni rien.

– Il faut que je copie ça ? demanda Charles tandis qu'elle quittait la cuisine. Ou bien je déchire la feuille en deux ?

– Copie, dit Alys en se levant. Attends…

Elle rattrapa Janie devant la porte.

– J'espère que tu vas garder ton sens de l'humour, lança celle-ci, que tu ne vas pas dire…

– Je n'ai qu'une chose à dire : si tu ne fiches pas la paix à Claudia une bonne fois pour toutes, je t'arrache la tête !

Janie en resta bouche bée.

– Je ne suis peut-être pas un génie, poursuivit Alys, mais je m'y connais en travail d'équipe. Alors tu décides maintenant si tu fais partie de la nôtre. Si tu ne veux pas nous aider, si tu as peur, très bien ! Mais si tu comptes travailler avec nous, tu dois te conduire comme l'une d'entre nous, faire tout ce que tu peux pour nous aider… Et si tu as une bonne idée, tu dois nous la communiquer aussitôt. Sinon, je te déracine le cerveau par les narines. Pigé ?

Janie ouvrait et fermait la bouche comme un poisson.

– Bon, vas-y maintenant !

Tournant les talons, Alys rentra dans la maison.

L'après-midi suivant, ils se rassemblèrent à nouveau dans la cuisine. Ils avaient progressé dans leurs recherches. Même Claudia, qui avait découvert que la cerise enragée était un autre nom de la morelle furieuse, ou belladone. Ils savaient que le vif-argent était du mercure ; la wulfénite rouge, la queue-de-paon, et la hornblende, des minéraux ; que le gouet sauvage, le tritici de Tilletia et l'utriculaire, des plantes ; les plumes de phénix, les écailles de poisson-lune, les mouches du vinaigre, les dents de faucon, des parties animales. Mais, comme le disait Charles, savoir et pouvoir se le procurer étaient deux choses différentes.

– J'ai appelé la grande pépinière de Tustin où papa a acheté son sagoutier, et ils n'avaient aucune de ces plantes. Le type a bien rigolé quand je lui ai parlé de gouet sauvage et d'utriculaire, et quand j'en suis arrivé au tritici de Tilletia, il a raccroché. Et au sujet des autres ingrédients… on va en trouver trois ou quatre ? Sans parler de l'os humain…

Là, tous regardèrent Janie, mais elle semblait très absorbée par sa propre liste.

– Je vais vous dire autre chose, fit-elle sans lever la tête. J'ai trouvé un livre de magie où on raconte que les sorcières cueillent elles-mêmes leurs herbes. Au clair de lune. Nues.

– Nues… répéta Charles.

– Dévêtues, comme elles disent. Et il pourrait y avoir des incantations spéciales à réciter… Alys, tu n'écoutes pas.

– Non, excuse-moi. Mais Charles a raison. On n'arrivera jamais à récupérer tous ces éléments, nus ou pas.

Janie lui jeta un bref coup d'œil.

– Tu veux dire qu'on laisse tomber ?

6

La chambre secrète

– Non, bien sûr que non, on ne laisse pas tomber, dit Alys. Mais j'y ai réfléchi toute la journée, et on prend les choses à l'envers. La renarde voulait qu'on prépare l'amulette en un après-midi, comme le faisait Morgana. Si les ingrédients étaient si difficiles à trouver, elle demandait l'impossible.

– Peut-être que ça pousse dans le jardin, suggéra Charles.

– Pas la wulfénite, ni la queue-de-paon, ni la hornblende. Mais réfléchis… Où est-ce qu'une sorcière se procure les ingrédients pour ses sortilèges ? Elle ne va pas traverser l'Atlantique chaque fois qu'elle a besoin de belladone européenne. Elle n'élève pas de jeunes faucons et n'a pas d'aquariums de poissons-lunes…

– Un laboratoire ! s'exclama Janie, les yeux brillants. Elle devait avoir son propre laboratoire. Ou du moins une officine. Je parie que ça se trouve dans cette maison, peut-être caché derrière un faux mur…

– La cave ! cria Charles.

– Trop humide et mal isolé, contra Janie.

– Les sorcières aiment l'humidité.

– Les tours ! couina Claudia en renversant une chaise alors qu'elle se précipitait hors de la cuisine.

Charles sauta par-dessus.

– Hé, minute ! cria Alys. Qu'on s'organise un peu…

Trop tard, ils étaient partis. Elle jeta un coup d'œil à Janie, qui avait nettement changé d'expression par rapport à ces derniers jours.

– Faust opérait dans sa bibliothèque, énonça celle-ci, pensive.

– Il y en a une au premier étage, dit Alys. J'y monte. Toi, tu inspectes le rez-de-chaussée. Essaie de ne pas te perdre.

Elle ne plaisantait pas. Ce manoir contenait tellement de pièces, tellement de virages inattendus dans les couloirs qu'on avait vite fait de s'y égarer. Il était construit comme une suite de galeries entourant un patio. Les ailes sud et ouest étaient barrées par des portes qu'il suffisait d'ouvrir pour révéler une enfilade de pièces apparemment fermées depuis des siècles. Et vides.

Au nord, la vieille cuisine aux murs noirs de suie donnait sur le salon aux deux étages, la plus grande salle de la bâtisse. Janie et Alys inspectaient maintenant l'aile est : le premier étage en était accessible par un escalier en colimaçon au cœur de la tourelle nord-ouest.

Alys arriva dans un grand corridor en arche, qui donnait sur la cour à droite et sur un alignement de portes à gauche. La première correspondait à la chambre de Morgana, où trônait un magnifique lit à baldaquin tendu de draperies de velours. Dans une alcôve, se faisaient face deux miroirs en pied. Quand Alys se plaça au milieu, elle aperçut sa silhouette répétée à l'infini. Tout d'un coup, il y avait un monde fou dans cette pièce.

La deuxième pièce du couloir avait été aménagée en bureau, la troisième en salon, la quatrième en bibliothèque ; quant à la cinquième, elle contenait un énorme rouet. Chacune possédait un miroir : certains étaient magnifiques, comme celui du salon en bronze poli, et d'autres affreux, comme celui du bureau, tellement terne qu'on y devinait à peine son reflet. Nulle part, Alys ne trouva la trace d'un panneau pivotant ou d'une porte secrète.

La sixième pièce, entièrement nue, semblait très différente des autres : pas de tapisserie aux murs, pas de placard, pas même une bougie dans l'alcôve, rien qu'un petit lit poussé dans un coin.

On dirait un lit d'enfant, se dit Alys ; elle se demanda si Morgana avait jamais eu un enfant et, dans ce cas, pourquoi cette chambre paraissait si désolée. À croire qu'elle avait été vidée de son contenu sur un coup de colère, comme pour effacer tout souvenir lié aux objets qu'elle avait pu contenir.

Ses pensées furent interrompues par un cri dans la tourelle :

– Alys, viens vite ! Charles dit qu'il a trouvé !

Elle rejoignit Janie dans le couloir, et toutes deux dévalèrent les marches pour regagner la cuisine, d'où un autre escalier descendait vers la cave.

Claudia s'y trouvait déjà et, avec Charles, collait l'oreille contre un mur. Non loin d'eux, scintillant dans un rayon de soleil rouge dispensé par une lucarne, se trouvait un vieux miroir rouillé.

– Écoutez ! lança Charles en leur faisant signe d'approcher.

De l'autre main, il frappa plusieurs fois le mur ; à quoi Claudia ajouta de furieux grattements.

– Écoutez maintenant !

Tendant le bras, il frappa encore et, cette fois, le son fut très différent.

– Et regardez ! ajouta-t-il. On a l'impression de voir le contour si on se tient bien droit. Cette fente, là, c'est le côté, l'autre, là-haut, c'est le haut. Une porte.

– Et là, c'est la serrure, dit Claudia, quatre de ses doigts enfilés dans un trou.

– Hé, minute ! intervint Janie.

Écartant Claudia, elle glissa à son tour des doigts presque aussi fins que ceux de sa sœur dans l'anfractuosité.

– Il y a du métal, là, commenta-t-elle. C'est bien une espèce de verrou. J'essaie de le tirer par là…

Avec un léger déclic, tout un pan du mur pivota.

La petite chambre ainsi révélée était éclairée par de minces lucarnes en hauteur ouvertes juste au rez-de-chaussée ; elle contenait aussi un miroir. À part cela, les murs étaient entièrement occupés par des étagères remplies de bouteilles, de pots, de fioles et d'ampoules.

Claudia poussa un cri d'admiration.

– Je parie qu'il y a plein de poison dans tout ça, observa Janie.

– Quand je vous disais que les sorcières aimaient l'humidité ! triompha Charles.

Alys se sentait moins enthousiaste devant l'effrayante quantité de bouteilles auxquelles ils devaient faire face.

– Ça va nous prendre des heures… murmura-t-elle.

– Des traces de pas ! coupa Claudia.

Effectivement, le sol empoussiéré était clairement marqué d'empreintes, qui se dirigeaient vers une étagère et en repartaient.

– Morgana ! conclut la fillette, ravie.

– Elle a de petits pieds, nota Charles.

Janie, qui était déjà entrée dans la pièce pour examiner quelques bouteilles, laissa échapper une plainte :

– Alys, Alys, Alys !

– Quoi ? Une veuve noire ? cria Charles en se précipitant vers elle. Elle t'a mordue ?

Janie le repoussa et revint vers sa sœur aînée en titubant.

– Alys !

– Respire un bon coup et compte jusqu'à trois.

Janie s'accrochait à sa manche pour l'entraîner vers le mur.

– Alys, regarde... Regarde, Alys ! balbutia-t-elle d'un ton affreusement grave. Elles ne sont pas étiquetées. Tu sais ce que ça veut dire ?

– Misère ! murmura Alys à son tour en se laissant tomber sur le sol.

– Il doit y en avoir un million, soupira Charles.

– Peut-être juste quelques milliers, dit Alys, mais un million, ce serait pareil.

Voyant ses lèvres tremblantes, Alys prit Claudia dans ses bras, lui caressa la tête. Ils s'étaient tellement approchés du but. D'un geste machinal, elle prit une bouteille, en considéra la poudre verdâtre sous le verre poussiéreux. Ce pouvait très bien être de la queue-de-paon, pour ce qu'elle en savait, ou du gouet sauvage, ou de la cerise enragée.

Devant le mur d'en face, Charles sifflotait distraitement. Il secoua une bouteille, l'examina, la remit à sa place, regarda l'étagère suivante, puis la suivante, se frappa les cuisses à plusieurs reprises du plat de la main, pliant les genoux. Puis il sortit une autre bouteille.

– Ne la respire pas, dit aussitôt Alys pendant qu'il essayait de la déboucher. Ça pourrait être du poison.

– Je n'arrive même pas à l'ouvrir, grommela-t-il. Le bouchon est coincé.

Alys tenta de tourner un bouchon de verre.

– Le mien aussi.

– Elles sont fermées sous vide, conclut Charles avec un faible sourire. (Il se pencha pour en taper le sol.) Là ! conclut-il. Cette fois, je la tiens.

– Bonne idée, dit Alys en tapant la sienne à ton tour.

– Stop ! cria Janie. Que personne ne bouge ! Charles, ne remets pas cette bouteille à sa place.

– Janie… protesta Alys.

– Gardez bien ces bouteilles ! N'oubliez pas lesquelles ce sont. Vous ne voyez pas ? (Son timbre avait grimpé vers l'aigu.) Elles sont scellées, gardées sous vides. Personne ne les a rouvertes depuis cinq cents ans. Sauf…

– Bien vu ! souffla Charles.

– Janie, dit Alys, tu es un génie ! Claudia, tu comprends ? On n'a plus qu'à vérifier toutes les bouteilles, et celles qui seront ouvertes seront celles qui renferment ce que Morgana met dans ses amulettes. On a réussi, cette fois !

Elle étreignit violemment Claudia, Charles poussa un cri de joie et Janie sourit.

– Mais on a du travail, reprit Alys d'un ton plus sec. Il va nous falloir des chaises pour atteindre les étagères les plus hautes…

– Je m'en occupe, dit Charles.

– … et aussi des bougies. Il fait tellement sombre que… Oh mon Dieu ! La nuit tombe. Le dîner !

S'ensuivit une course folle dans l'escalier.

*

* *

Le dîner se déroula dans une ambiance étonnante. Leurs parents n'en revenaient pas de les voir si bien s'entendre. Voilà des années, commenta le Dr Hodges-Bradley, que leurs quatre enfants n'avaient pas passé un après-midi ensemble.

– C'est… c'est une surprise, expliqua Alys. Vous savez, l'anniversaire de papa est pour bientôt. On va retourner le préparer encore ce soir.

M. Hodges-Bradley parut enchanté.

– C'est gentil, mes chéris ! dit leur mère. Mais quand même, je ne voudrais pas que Claudia se couche tard.

– Tard… tard… C'est-à-dire ? bafouilla Alys en voyant sa petite sœur s'apprêter à hurler.

– Tu sais qu'elle va au lit à vingt heures.

– Une demi-heure de plus pour une fois ?

Claudia était maintenant rouge comme une tomate ; Charles lui avait pris la main sous la table pour la faire taire, mais il ne la retiendrait pas longtemps.

– Juste ce soir, insistait Alys avec ferveur. Je m'occuperai d'elle. Maman, s'il te plaît, juste ce soir !

Le Dr Hodges-Bradley eut un petit sourire.

– Bon… si c'est tellement important… Mais n'oubliez pas qu'il y a école demain.

Ainsi, Claudia put les accompagner dans l'officine secrète de Morgana. Ils avaient emporté des bougies prises dans la réserve des parents, ainsi que celles de Noël, et la torche de camping. Alys et Charles se juchèrent sur des chaises pour inspecter les étagères en hauteur ; Janie et Claudia prirent celles du bas.

Ce fut Alys qui fit la première découverte : une bouteille de plumes dorées dont le bouchon céda aisément. Triomphante, elle la passa à Janie. Après quoi, Claudia trouva un pot rempli de cristaux rouges. Alys brandit bientôt une autre bouteille, puis ce fut le tour de son frère. Ils firent ainsi le tour des étagères.

– Oh ! s'exclama soudain Charles. Il y en a une vide.

Tandis que Janie la mettait de côté, Alys continuait d'essayer d'autres bouteilles. Elle avait un mauvais pressentiment : et si celle que tenait Charles avait contenu du mercure ou des mouches du vinaigre ? Mais elle pensait que non.

Janie les prévint quand ils eurent rassemblé treize flacons, mais ils préférèrent tout vérifier pour prouver la véracité de leur hypothèse. Alys espérait seulement qu'ils allaient mettre la main sur une dernière bouteille, afin de pouvoir éliminer le flacon vide.

Tous les autres bouchons étaient bloqués et, finalement, la nuque quelque peu coincée, Alys descendit de sa chaise.

– Alors ? demanda-t-elle à Janie.

– On a exactement treize flacons. Mais l'un d'eux est vide, et on ne sait pas quel ingrédient il contenait.

Janie proposa de les emporter dans la cuisine, afin de mieux les examiner ; elle ouvrit tous les flacons et, chaque fois qu'elle parvenait à en identifier un, notait son contenu sur la liste des ingrédients. Elle finit bientôt de les passer en revue.

– C'est bien ce que tu craignais, conclut-elle. Je n'arrive pas à identifier toutes les plantes, mais je peux affirmer qu'on a les quatre. Pour les plumes et le mercure, c'est facile. Ces petits trucs bruns doivent être des mouches du vinaigre, et ces paillettes, des écailles de poisson-lune. Ce qui nous laisse…

– L'os humain, évidemment.

– On se retrouve donc au point de départ, dit Charles.

– Pas exactement, corrigea Janie d'une petite voix.

Elle n'insista pas pour en dire davantage.

Tôt, le lendemain matin, Charles frappait à la porte de la chambre noire de sa mère. Dans la lumière rouge, ses cheveux cuivrés brillaient de tout leur éclat.

– Entre, lui dit-elle, penchée sur la cuvette. Qu'est-ce qu'il y a ?

– Euh… tu gardes beaucoup de fragments d'os à ton bureau ?

– Quelques-uns, répondit-elle, amusée.

– Parce que, tu sais, les gens qui viennent avec un os à moitié arraché de la peau ? Avec plein d'échardes qui s'en vont…

– Ça, ce sont des cas qui vont directement aux urgences. Pourquoi veux-tu savoir une chose pareille ?

– Oh, je me demandais…

Il ressortit sans en dire davantage. Il savait très bien ce qu'allait répondre Alys, il aborda tout de même le sujet en plein petit déjeuner.

– Attends ! rétorqua sa sœur, on ne va pas traîner dans les hôpitaux en attendant de voir venir des blessés. Tu es aussi infect que Janie, toi !

Il haussa les épaules.

7

Une éclisse d'os humain

Sur le chemin de l'école, Alys annonça :

– On a besoin d'argent.

– Comme tu dis, renchérit Charles. Si on veut engager des pilleurs de tombes…

– Je ne plaisante pas. Même si on peut se passer de tu-sais-quoi, il va nous falloir plein d'équipement pour préparer l'amulette. Le creuset d'or, par exemple…

– Il est dans l'évier de Morgana, avec le mortier et le pilon.

– Très bien, mais il nous faut aussi la ceinture de corde rouge et les souliers bleus en étoffe, c'est ce que signifient les « brodequins céruléens » de la formule. D'après le livre de Janie, le cilice n'est pas un instrument de pénitence, juste une ceinture. Il faudra donc acheter de la corde rouge et la tresser comme une natte ; quant aux atours immaculés, c'est juste des vêtements qui n'ont jamais été portés. On va bien trouver ça dans nos placards, à nous trois. En revanche, il faudra acheter les chaussures bleues.

– J'ai des tennis bleues, proposa Claudia.

– Non, tu les as déjà portées. On doit aussi trouver de la soie verte pour fabriquer les sachets. Et la soie, ce n'est pas donné.

– C'est bon… souffla Charles. Le Dr Foster m'a demandé si je pouvais surveiller Kevin et Amy cet après-midi, au lieu de les déposer à la crèche. Je ne voulais pas, à cause de ce chien qui essaie de s'échapper chaque fois que j'ouvre la porte et de Kevin, qui mord. Mais si on a besoin d'argent, je vais dire oui.

C'est ainsi qu'après l'école Charles se rendit à bicyclette chez les Foster, dans Center Street, presque au pied de la colline de Morgana. Le Dr Foster, qui enseignait à l'université de Californie d'Irvine, promit de rentrer pour le dîner. Il prévint également Charles – comme si c'était nécessaire – de ne pas laisser Zochimilcho, le danois, entrer dans la maison quand le chat s'y trouvait.

Kevin et Amy ne se montrèrent pas plus turbulents qu'à l'accoutumée et, dès dix-huit heures, Charles commença à guetter le retour du professeur. Il avait promis de retrouver Alys et les autres au vieux manoir. Vers six heures et demie du soir, il apparut clairement que la réunion à la faculté allait se terminer tard ; alors Charles décida de proposer aux enfants de choisir entre un sandwich ou des corn-flakes pour le dîner, puis il s'installa devant la télévision avec le chat. À dix-neuf heures, Janie apparut, furieuse.

– Ce n'est pas ma faute, dit Charles. Il devrait être rentré, à l'heure qu'il est. Tu ferais mieux de me remercier d'avoir passé tout l'après-midi avec des gosses braillards et un chien enragé.

Janie jeta un regard critique vers Zochimilcho, qui se chargeait d'éprouver le facteur de stress des portes vitrées coulissantes en s'y frottant avec ardeur.

– Hyperactif, commenta-t-elle.

Là-dessus, elle alla regarder de plus près une collection de bibelots aztèques dans une vitrine.

– C'est un anthropologue, non ? demanda-t-elle.

– Le chien ?

– Oublie ! Où sont les toilettes ?

– Première porte au fond du couloir, après le bureau du professeur.

Janie s'absenta plusieurs minutes, et Charles en profita pour zapper de chaîne en chaîne. Lorsqu'elle revint, ils entendirent une voiture approcher.

– Tu vois ? dit-il en éteignant la télévision et en se dirigeant vers la fenêtre. Il rentre. Si tu… qu'est-ce qu'il y a ?

– Tu es sûr que c'est lui ?

– Oui, il amène d'autres gens. Tu veux bien m'aider à débarbouiller Kevin et Amy ?

Il se rendit dans la salle de jeux, mais elle ne l'y suivit pas, pas plus qu'elle ne bougea quand il fit entrer les deux enfants, alors que le Dr Foster arrivait avec ses amis.

– Pardon pour ce retard, dit celui-ci à Charles. Bonjour, vous devez être sa sœur, j'imagine ?

– Oui.

Janie remuait bizarrement les épaules et la tête ; Charles eut l'impression qu'elle essayait de lui transmettre un message, mais il ne comprenait pas lequel.

– Combien vous dois-je ? demanda le professeur. Voyons, je dois avoir quelques billets dans mon bureau.

Il tourna les talons, suivi de Kevin et Amy, tandis que les invités restaient dans l'entrée. Devant Charles stupéfait, Janie se dirigea vers la porte coulissante.

– Suis-le, souffla-t-elle à Charles.

– Quoi ?

– Occupe-le un moment !

Stupéfait, il obtempéra et fila vers le bureau, se figea soudain, horrifié, en reconnaissant le bruit des portes vitrées qui s'ouvraient. Avec un aboiement terrifiant, Zochimilcho se rua dans la maison pour aller s'exploser contre la table de la salle à manger.

– Qu'est-ce que…

Le Dr Foster surgit en courant, et Charles parvint à le retenir assez longtemps dans le couloir pour laisser au danois le temps de gagner le salon où dormait le chat. Un feulement hésitant retentit, suivi d'une autre collision.

– Mauvais chien ! Zochi ! Non ! J'ai dit nooooon !

Le Dr Foster bouscula le garçon pour se précipiter, et ce fut à peine s'il parvint à se faire entendre par-dessus les autres bruits ; Charles se tourna vers sa sœur, l'interrogeant d'un regard furieux, mais elle se frayait déjà un chemin parmi les invités.

– Je vais aux toilettes ! lança-t-elle bien que personne ne paraisse l'entendre.

– Mauvais chien ! criait le Dr Foster. Sage, Zochi ! Qui l'a laissé entrer ?

Charles se précipita pour l'aider à faire sortir Zochimilcho.

– C'est ma sœur, monsieur. Elle… euh, ne savait pas…

– C'est malin ! La prochaine fois, vous lui direz ! Enfin, il semblerait qu'on s'en tire bien cette fois-ci, ajouta le Dr Foster à l'adresse de ses invités. C'était mon chien, Zochimilcho !

Il avait dit cela non sans une certaine fierté.

Quant à Charles, il inspectait anxieusement les alentours. Où était passée Janie ? Pas aux toilettes, il l'aurait juré.

– Au revoir, Charles ! crièrent en chœur Amy et Kevin lorsque leur père le raccompagna jusqu'à la porte.

À son grand soulagement, sa sœur reparut à cet instant.

– Au revoir, au revoir Dr Foster ! lança-t-elle en passant devant Kevin. Au revoir !

Et de balancer un grand coup dans l'épaule de Charles pour le faire sortir plus vite. Ce fut tout juste s'il eut le temps de se retourner pour apercevoir le Dr Foster, qui les suivait des yeux en secouant la tête.

– Mais qu'est-ce que tu as fabriqué ? siffla-t-il alors à l'adresse de Janie.

– Tais-toi, il faut d'abord qu'on sorte de là. Vite, Charles !

Enfourchant son vélo, elle fut la première à foncer vers la rue, pédalant en danseuse pour aller plus vite. Il fallut presque une minute à son frère pour la rejoindre.

– Tu es folle ? cria-t-il en arrivant à sa hauteur.

Elle lui jeta un regard noir, manqua rentrer dans une voiture garée le long du trottoir, mais ne lui répondit pas. Elle arriva la première devant chez Morgana, et ce fut seulement en entrant dans l'ancienne cuisine aux murs enfumés, où les attendaient Alys et Claudia, qu'elle voulut bien s'expliquer.

– J'ai réussi ! annonça-t-elle. Il finira bien par s'en apercevoir et me fera envoyer en prison, mais je m'en fiche. D'abord, c'est la faute de Claudia. Tenez !

Là-dessus, elle sortit de sa manche un paquet enveloppé dans du papier toilette, le jeta sur la table. Alys le ramassa, l'ouvrit. Un objet ressemblant à une petite pierre grisâtre en tomba.

– Qu'est-ce que… bégaya-t-elle.

Elle s'interrompit.

– J'ai sorti ça d'une vitrine, j'en ai taillé un morceau avec son coupe-papier. J'ai massacré un objet archéologique, je suis une vandale, une voleuse. (Alys la prit dans ses bras comme elle l'aurait fait pour la petite Claudia.) Et j'en suis fière !

Perplexe, Charles ne quittait pas le caillou des yeux.

– Qu'est-ce que tu racontes ? Qu'est-ce que tu as fait ?

– J'ai massacré un crâne d'Aztèque que j'ai trouvé dans une armoire du bureau de M. Foster.

Elle se détacha des bras de sa sœur.

– C'est un os humain.

Il fallut à Charles un certain temps pour digérer la nouvelle.

– Mais… c'est blanc, les os. Ce truc-là, c'est trop foncé…

– Quel débile ! Cet os a des centaines d'années. Tes os non plus ne seront pas très jolis dans six cents ans.

Charles éclata de rire. C'était le genre d'humour qu'il adorait, et il n'était pas le seul. Tous quatre se tordirent jusqu'à n'en plus pouvoir, ce qui eut pour effet d'apaiser la tension de ces dernières minutes.

– Tu es trop marrante, Janie ! commenta Claudia, enchantée.

Sa sœur rougit. On ne lui avait encore jamais dit ça.

Ce fut Alys qui reprit la première son sérieux.

– On a tous les ingrédients, maintenant. Et avec l'argent de Charles, je vais pouvoir acheter le matériel qui nous manque. Demain après-midi, on sera prêts. Et demain soir, au lever de la lune, on s'y mettra.

8

La préparation de l'amulette

Aucun d'eux ne savait trop à quelle heure se levait la lune ce mercredi, si bien qu'ils se dépêchèrent dès l'après-midi. Alys fabriqua en hâte quatre sachets coupés dans le fragment de soie verte achetée chez le marchand de tissus de la ville. À quatre heures et demie de l'après-midi, elle rangeait les sachets dans son sac à dos, avec un petit marteau, une aiguille et du fil, une paire de ciseaux et un couteau ; elle y ajouta la ceinture tressée par Claudia, une paire de pantoufles bleues trouvées au bazar – cela revenait moins cher que de teindre de véritables chaussures.

Sur le point de partir, elle se rappela les vêtements immaculés.

– Zut ! J'ai des sous-vêtements et des chaussettes neuves. J'espère que j'entrerai dans le pantalon rose que tante Phyllis m'a offert à Noël. Mais je n'ai pas de chemise neuve.

– J'ai le tee-shirt que j'ai acheté à San Francisco, indiqua Charles. Celui que papa ne veut pas que je porte dans la rue.

– Tu ne l'as jamais mis ? Tu l'as essayé ?

– Jamais eu l'occasion.

– Alors, envoie.

Elle alla se changer dans sa chambre et reparut peu après, sa veste boutonnée jusqu'au cou. Charles jeta un coup d'œil à son pantalon trop court et éclata de rire.

– Tu comprends pourquoi je ne l'avais encore jamais mis ? grommela-t-elle. Allez, on se dépêche, Janie nous attend.

Dans le vieux manoir, celle-ci avait installé le mortier et le pilon sur la table de la cuisine, à côté du creuset et des bouteilles.

– Je suis prête, annonça-t-elle. Je vais te lire la liste des ingrédients. Il est horrible, ton pantalon…

– Merci quand même. Vas-y, lis.

Tandis que Janie énonçait le sortilège, Alys ôtait sa veste et nouait la ceinture de corde rouge par-dessus le tee-shirt noir au slogan indécent de Charles. Ensuite, elle enfila les pantoufles bleues à pompon, et s'assit devant le mortier.

S'y trouvaient déjà la mortelle belladone, le gouet sauvage et l'utriculaire, le tritici de Tilletia. Des gouttes de mercure roulèrent sur les herbes réduites en poudre quand Alys renversa la bouteille dessus. Elle écrasa aussi les minéraux avec le marteau avant de les pilonner pour leur donner une consistance sablonneuse. Après quoi, elle ajouta une pincée de dents de faucon, une poignée d'écailles de poisson-lune, les mouches du vinaigre et une seule plume de phénix, qu'elle découpa en petits morceaux à l'aide des ciseaux. Finalement, après une brève pause pour marquer le cérémonial, elle pila l'éclisse d'os humain.

– Maintenant, tu tournes dans le sens inverse des aiguilles d'une montre, continua Janie.

Alys s'exécuta calmement, jusqu'à ce que le contenu du bol ressemble à une mixture multicolore plutôt vert foncé à cause des herbes, mais additionnée de l'éclat des minéraux.

– À présent, le sang et la salive, dit-elle en se tournant vers son sac à dos. C'est bon pour tout le monde, là.

– Hé, pas avec ce truc, si ? demanda Charles devant le couteau.

– On a besoin de sang, oui ou non ? rétorqua Alys.

– J'aurais plutôt pensé à une épingle… marmonna-t-il.

– On ne va pas non plus passer la nuit à faire couler le sang goutte à goutte d'une piqûre. Et puis, tu sais bien que j'ai pris des leçons de secourisme.

– Comme ça, si tu me coupes une artère, tu sauras faire un garrot ?

Néanmoins, Charles la laissa opérer une légère coupure au bout de son index. Une grosse goutte apparut.

– Laisse-la tomber dans le bol, lui dit sa sœur aînée.

Elle se tourna ensuite vers Claudia pour lui faire subir le même sort, puis se joignit à eux.

Seule Janie resta en retrait.

– Même pas mal, dit Claudia. Pas trop…

Silence.

– Je ne veux pas… maugréa Janie.

– Viens ici ! s'impatienta Alys. Ne me dis pas que tu as peur d'une petite coupure !

Les narines frémissantes, Janie serra les lèvres, mais ne bougea pas.

– Écoute, dit Charles, tu étais prête à sacrifier un doigt entier de Claudia, et là tu nous fais un fromage pour quelques gouttes de sang. Dégonflée !

– Arrête ! intervint Alys en constatant que la nuit était tombée. Si elle ne met pas son sang dans le mélange, elle ne pourra pas traverser les miroirs, c'est tout. On la laissera ici.

Après un nouveau laps de silence, Janie poussa un hurlement. Alys avait fait son possible pour opérer en douceur, pourtant elle avait entaillé le doigt de sa sœur plus profondément que celui des autres. À moins que celle-ci n'ait un sang plus fluide que la moyenne, car il fallut lui faire un bandage hâtif pour l'empêcher de continuer à saigner – ce qui eut pour résultat de lui rendre son expression de tueur impassible.

Quand ils eurent tous craché dans le récipient, Alys s'agita de nouveau.

– Maintenant, on va sortir pour capter le premier rayon de lune sur le creuset.

– Au cas où vous n'auriez pas remarqué, intervint Janie d'une voix polie, le sortilège ne parle pas du premier rayon de lune ; il dit « aux premiers reflets du clair de lune ». Comme dans un miroir.

– Hé, elle a raison ! confirma Charles en relisant le papier.

Alys avait envie de secouer sa sœur comme un prunier.

– Tu ne pouvais pas le dire plus tôt, au lieu d'attendre la dernière minute pour montrer comme tu es intelligente ?

Les iris violets scintillèrent.

– Il y a des dizaines de miroirs dans cette maison ! On n'a qu'à en prendre un.

– Assez petit pour le déplacer. Claudia, cours nous chercher ça pendant qu'on emporte le matériel dehors.

L'herbe était déjà humide sous les pas d'Alys et, au-delà de la pelouse, le terrain descendait en pente abrupte jusqu'aux bois qui peuplaient la colline au-dessus de Villa Park. Les enfants arrivaient à l'endroit choisi par Alys lorsque Claudia surgit, à bout de souffle.

– J'ai détaché la petite glace du mur de la cuisine, mais je n'arrive pas à lui faire passer la porte. Ce n'est pas qu'elle est trop lourde, c'est que… elle ne veut pas sortir !

Il fallut un certain temps à Charles pour s'assurer qu'elle avait dit vrai. À son tour, il revint en courant.

– C'est comme s'il y avait un mur invisible, magique. Aucune de vous n'a un miroir sur elle ?

Serrant le creuset contre sa poitrine d'une main, Alys reprit son sac à dos et la torche de l'autre.

– Tu crois qu'on t'attendrait là si on en avait un ? Oh non… regardez !

À l'est, une pâle lueur apparut dans le ciel par-dessus les collines. Aussitôt, ce fut la panique.

– Où est-ce qu'on va trouver un miroir ?

– Nulle part, c'est trop tard.

– On ne pourrait pas utiliser un autre reflet ?

– On n'a plus le temps.

– Janie, je vais te tuer !

– Attendez ! cria Charles.

Un demi-croissant de lune s'élevait au-dessus des collines alors que le garçon tirait sur la fermeture d'une poche de son blouson. Quand il l'eut enfin ouverte, il en sortit une tablette de chocolat.

– Charles ! cria Alys écarlate. Si tu crois que c'est le moment de te remplir l'estomac…

Il décolla l'emballage d'un geste précis, en sortit le papier d'aluminium.

– Tiens, le voilà, ton miroir ! Ça reflète la lumière.

À l'est, le croissant blanc semblait étiré, comme si sa pointe inférieure s'accrochait à la terre. Alys jeta son sac à dos, arracha presque le papier de la main de son frère et tomba à genoux, le creuset tendu devant elle.

– Je ne sais pas si ça va marcher… Je ne sais même pas si je le tiens bien.

D'un geste tremblant, elle orienta la feuille d'arrière en avant en essayant de trouver le meilleur angle pour capter le rayon qui se projetterait sur le récipient. Les autres se penchèrent vers elle.

– Le clair de lune, ce n'est pas comme le soleil, précisa Charles. Je te parie qu'on ne saura même pas exactement quand ça va marcher.

En quoi il se trompait. Au mot « marcher », la lune se sépara complètement des montagnes. À cet instant, ils virent l'aluminium éclater d'un pur rayon d'argent, qui heurta dans un éclair le creuset… Alys faillit tomber à la renverse, tous en furent aveuglés. Quand ils parvinrent à distinguer de nouveau quelque chose, ce fut cette flamme transparente qui brûlait sur le creuset, haute de plus de trois mètres, aussi blanche et brillante que la lune elle-même.

– À votre place, je n'y toucherais pas, prévint Alys.

– La toucher ? cria Charles.

Fascinés par cette colonne de feu qui lançait son énergie à l'assaut du ciel, ils avaient perdu la notion du temps. Bien plus tard seulement, ils commencèrent à ressentir le vent et prirent alors conscience que la colonne diminuait, vacillait ; elle finit par s'éteindre et, autour d'elle, ce fut comme s'ils se réveillaient sous les assauts du froid.

Dans le creuset, la mixture grisâtre s'était métamorphosée en un sable fin couleur de l'étrange flamme, du clair de lune, d'un torrent ou de la surface vide d'un miroir.

Dévorée de curiosité, Janie passa le doigt dessus.

– Cool ! commenta-t-elle.

– Donne-moi les sacs, dit Alys.

Immobiles, ils la regardèrent diviser en quatre le sable couleur d'étoile, avant de le mettre dans les sachets de soie. Silencieux, ils la laissèrent les coudre maladroitement un à un.

Quand ce fut fait, chacun en prit un, le regarda de près, éprouvant la douceur du sable à l'intérieur. Et puis, ils comprirent qu'ils en avaient fini et qu'ils prenaient l'humidité, à genoux sur l'herbe mouillée, à demi glacés par l'air nocturne. L'heure de rentrer à la maison devait être largement passée.

Avec raideur, ils récupérèrent leur matériel et descendirent la colline.

Au-dessus d'eux, la lune croissante montait dans le ciel.

9

Le premier miroir

– Je passe la première, dit doucement Alys.

– Bon, mais on y va, répondit Janie.

C'était le lendemain soir, juste après le lever de la lune ; ils s'étaient disputés tout l'après-midi pour savoir quel miroir ils allaient traverser. Charles et Claudia voulaient essayer la cave, assurant que c'était l'endroit le plus logique où garder une prisonnière comme Morgana, mais Alys et Janie estimaient qu'il serait plus pratique et moins dangereux de commencer par le corridor entre la cuisine et le salon. Comme d'habitude, Alys eut le dernier mot. Maintenant, elle mettait fin au débat portant sur qui entrerait le premier dans Féerie.

Alys marqua une pause, considérant leurs quatre reflets dans le miroir tout en caressant le sachet de soie suspendu à son cou par un lacet.

– Ne me suivez pas immédiatement, reprit-elle. Si un danger nous guette de l'autre côté… genre Cadal Forge… je reviendrai en vitesse. (Elle hésita.) Tout le monde est prêt ? Personne ne veut aller aux toilettes ou quelque chose comme ça ?

– Vas-y, dépêche-toi ! s'impatienta Claudia.

– Bon.

Redressant les épaules, elle fit face au miroir, leva une main comme pour écarter un rideau de perles, avança d'un pas.

– Alys de l'autre côté du miroir, énonça Charles avec un petit rire anxieux.

Janie se pencha et, d'un seul coup, poussa sa sœur en avant de toutes ses forces.

– Hé…

– Attention !

Charles voulut la retenir, mais trop tard. Alys tomba directement dans le miroir. Cependant, au lieu de provoquer une explosion d'éclats de verre maculés de sang, elle se fondit dans une nuée de lumière kaléidoscopique. Charles distingua une silhouette rouge orangé qui évoquait une fille tombant sur un fond bleu-vert. Soudain, les couleurs disparurent sans laisser la moindre trace et, bouche bée, il ne vit plus que son propre reflet.

Il se tourna brusquement vers Janie :

– Qu'est-ce que tu as fichu ?

Les yeux violets parurent s'agrandir, mais elle répondit calmement :

– J'essaie d'aider. Sinon, elle ne se serait jamais lancée.

Charles et Claudia étaient trop excités, trop abasourdis pour rester en colère.

– On y va, dit Claudia. Moi, j'y vais !

Elle plongea dans le miroir comme si elle faisait ça tous les matins. Les couleurs rejaillirent, ainsi que la silhouette rouge orangé qui les traversa.

Quand le miroir eut repris son aspect habituel, les jumeaux se regardèrent, puis Charles fonça tête baissée. Il ne sentit aucune résistance en traversant mais, un court instant, l'air parut s'épaissir et frémir autour de lui. Il posa le pied par terre tout en s'apercevant qu'il se trouvait dans une pièce inconnue. Alys et Claudia la parcouraient du regard d'un air étonné.

– Ça a marché ! lança-t-il en regardant ses mains sorties intactes du contact avec la glace.

– Voilà Janie ! s'écria Claudia, survoltée.

C'était encore plus extraordinaire de voir quelqu'un émerger d'un miroir. D'abord apparut la silhouette rouge orangé, puis la jambe désincarnée de Janie en émergea ; enfin, ce fut elle tout entière qui se tint face à eux.

– Ça fait drôle, non ? demanda Claudia en frissonnant de joie.

– On se croirait dans de la gelée électrifiée, commenta Charles.

– Chut ! dit Alys aux aguets.

Ils se trouvaient toujours dans une sorte de corridor, mais le plafond de celui-ci atteignait au moins six mètres de haut ; quant au sol et aux murs, ils semblaient taillés dans des blocs de calcaire brut. Sous les arches apparaissaient de massives portes de bois à croisillons de fer. Les lieux étaient éclairés par des torches à la flamme bleue, brûlant sans fumée.

– On se croirait dans un château fort, souffla Claudia.

Charles s'approcha d'une fenêtre profondément encastrée dans le mur. À travers les vitres épaisses, il aperçut une cour sous le clair de lune.

– Je ne vois personne, murmura-t-il. Et je n'entends rien non plus.

Ils tendirent l'oreille. Les murs massifs ne répercutaient qu'un lourd silence. Seules les flammes des torches bougeaient.

– Peut-être que Cadal Forge n'est pas là, soupira Alys. Bon, Charles et Claudia, vous cherchez la cellule dans la cave. Si vous trouvez Morgana, envoyez-la immédiatement dans le monde humain, puis prévenez-nous.

Elle avait longuement pesé le pour et le contre avant de donner ces dernières instructions mais, finalement, la sécurité de Morgana semblait passer avant tout le reste.

– Si vous apercevez quelqu'un d'autre que Morgana, fuyez. N'oubliez pas que la renarde a déjà dû être capturée.

Charles hocha vivement la tête et partit en compagnie de Claudia, ils franchirent une arche en direction de la cuisine.

Janie essaya une porte menant à la cour, mais elle était fermée à clef.

– Je me demande combien de portes sont bouclées dans cette maison.

– Pas celle-ci, en tout cas.

Alys désignait la monumentale issue à double battant qui, dans leur monde, séparait le salon du corridor. Celle-ci était tellement immense qu'il fallut le poids des deux filles pour la pousser.

D'un seul coup, elles se retrouvèrent dans le grand salon de Fell Andred. Comme dans le manoir humain, le plafond atteignait le deuxième étage ; mais, dans Féerie, ceux-ci étaient beaucoup plus hauts et les ogives de la voûte semblaient défier la gravité. De gigantesques colonnes sculptées comme des statues supportaient les galeries et, au fond, apparaissait un escalier menant à la tourelle nord-est.

En traversant la salle, Alys se sentait minuscule sous ces colossales cariatides qui semblaient les contempler, les unes l'expression impassible, les autres avec un sourire tordu, l'air de les guetter patiemment…

– Il y a une cheminée.

Le feu suivait les proportions des lieux : il fallait tout un tronc d'arbre pour alimenter l'âtre. À plus de trois mètres, la chaleur envahit les joues d'Alys, qui s'en approcha pourtant, jusqu'à ce que Janie la saisisse par le bras, l'écartant de justesse de la trajectoire d'une braise qui sautait dans sa direction. Le souffle court, Alys la vit traverser la salle dans un sifflement hargneux.

– Merci, dit-elle dès qu'elle put parler. Ça t'excusera de m'avoir poussée à travers le miroir.

– Je n'aurais pas cru que tu te rendrais compte que c'était moi, avoua Janie. Désolée.

– C'est pas grave !

De plus en plus mal à l'aise, Alys regarda encore autour d'elle. Cet homme aux cornes de bœuf… l'avait-elle déjà vu de l'autre côté ? Et la femme ailée, elle ne souriait sûrement pas avec cette cruauté.

– Je ne crois pas que Morgana soit ici, dit Janie d'une petite voix.

– Non, reconnut Alys.

Impossible de cacher quiconque dans cette salle immense et dénudée, avec son estrade près de l'escalier et ses éclatantes tapisseries accrochées aux murs. L'endroit aurait pu paraître magnifique à qui ne frissonnait pas devant ces statues ou au son de cette musique lointaine qui s'évanouissait dès qu'on essayait de l'écouter.

Pourtant, un autre objet attira l'attention d'Alys : une cage à oiseaux aux grilles d'or, accrochée devant la cheminée.

– Regarde, Janie, souffla-t-elle en se hissant sur la pointe des pieds. Oh !

– Qu'est-ce qu'il y a ?

– On dirait... Je crois que c'est un serpent.

Elle était horrifiée à l'idée qu'on puisse cajoler un serpent comme un canari ou une perruche. Ils étaient vraiment dans un autre monde.

– De toute façon, il est mort, ajouta-t-elle.

– Tant mieux. Si on allait voir par là ?

Janie désignait l'estrade devant le plus grand miroir qu'elles aient jamais vu, assez large pour y accueillir quatre personnes de front. À ce moment, se fit entendre un autre son, à peine audible par-dessus les craquements du feu, comme si on chiffonnait du papier.

– Si ces dames veulent bien...

Alys se raidit, leva la tête, la tourna, la baissa, regarda Janie qui faisait de même.

– Mesdames... s'il vous plaît...

– C'est le serpent, dit Janie, impressionnée.

Alys se rapprocha de la cage. Le serpent y gisait aussi immobile qu'auparavant, mais ses yeux noirs brillaient.

– Par pitié, mesdames... je vous supplie...

La voix ne faisait pas plus de bruit que les battements d'ailes d'un papillon.

– Il est blessé, souffla Alys sans savoir pourquoi elle disait ça. Qu'est-ce qui se passe ? Que puis-je faire pour toi ?

– Si ce n'était trop vous demander… La chaleur… le feu est mortel pour mon espèce…

Maintenant qu'elle y pensait, elle se dit qu'il était fou de tenir un oiseau ou n'importe quel être vivant devant ce grand feu. Cependant, elle eut beau essayer, elle ne pouvait détacher cette cage de sa chaîne. Elle allait devoir saisir le serpent à mains nues.

– Arrête ! dit Janie.

Alys hésitait. Elle ne tenait pas du tout à faire ça, mais elle ne se voyait pas repartir en laissant mourir cet animal.

– Tu ne vas pas… me mordre, j'espère ?

– Ah, ma Dame …

La petite voix était tellement navrée qu'Alys en eut honte. Après un regard de côté vers Janie, elle ouvrit la porte de la cage et en sortit le serpent ; le contact ne lui parut pas visqueux, pas plus qu'elle ne sentit d'écailles. En fait, elle le trouva sec et très chaud. Il se pendit à sa main tel un vieux bout de ficelle.

– Il fait plus frais de l'autre côté de la salle, dit Janie.

Elle était parfois difficile, mais ne perdait jamais la tête et harcelait rarement son monde – un réel avantage. Alys la suivit sans se faire prier et alla déposer le serpent sur le sol, à proximité de la porte à double battant.

– Ça va mieux ?

Le serpent frétilla.

– Ma vie… vous appartient…

– Qu'est-ce qu'il faisait là-bas, d'abord ? demanda Janie.

– Tais-toi. Il est fatigué. Il ne peut pas parler.

Alys avait presque envie de caresser ce corps bleu et corail de près de soixante centimètres de long, parcouru de petites bosses qui le faisaient plutôt ressembler à un mille-pattes.

– Qu'est-ce que tu faisais dans cette cage ? insista Janie. Parce que si c'est Morgana qui t'y a enfermé, tu as intérêt à nous le dire.

– Dame Morgana… Oh non ! C'était ce démon… Cadal Forge.

– Lui ! s'exclama Alys.

Elle avait encore du mal à entendre cette voix de papier.

– La cage était destinée à un oiseau de feu, un phénix, mais il m'a attrapé et m'y a mis pour que je ne m'envole pas.

– Voler ? dit Janie.

– Comme un papillon, conclut Alys, enchantée de ses capacités de déduction. Tu es une chenille, c'est ça ?

La créature finit par répondre d'une voix un peu plus forte :

– Gente Dame, vous vous moquez. (Il partit d'un rire étouffé.) Bien qu'encore un enfant pour mon espèce, je suis un Serpent à Plumes.

– Tu as des ailes ?

Alys se pencha en essayant d'effleurer une des bosses. Maintenant qu'elle y regardait de plus près, celles-ci n'avaient rien de décoratif. On aurait plutôt dit… des blessures…

– Cadal Forge me les a arrachées, murmura le serpent.

L'escalier menant à la cave partait de la cuisine et plongeait dans l'obscurité. Peu après que Charles et Claudia y eurent mis les pieds, ils ne virent plus rien. Charles sortit une lampe de la poche de sa veste, l'alluma, mais il n'en sortit qu'une lumière lamentable tout juste capable d'éclairer une faible partie des hautes marches. Quand il voulut prendre appui sur le mur de sa paume libre, Charles l'en ôta vivement au contact d'une sorte de… fourrure – de limon, de toiles d'araignées, de champignons et d'on ne savait quoi d'autre. Il préféra ne pas braquer sa torche dessus.

Derrière lui, Claudia s'agrippait à son blouson. Il voulut dire quelque chose pour la rassurer, mais l'obscurité et le silence lui serraient la gorge. À croire qu'aucune voix ne s'était plus élevée en ce lieu depuis des siècles.

Arrivés en bas, ils se sentirent complètement coupés du monde, dans une salle tellement immense qu'on se serait presque cru à l'extérieur. Du faible rayon de sa lampe, Charles traça les parois de rocaille en les suivant pas à pas, toujours avec sa sœur, qui ne se détachait pas de lui. Et si quelque chose ou quelqu'un venait à jaillir devant eux…

Tout au fond, se dressait un miroir d'acier terni. Charles se sentit un peu mieux. Rien n'avait bougé. Mais ils ne trouvaient pas non plus de trace de Morgana. Pour s'en assurer, il décida de se coller encore à la muraille pour reprendre la direction de l'escalier, afin d'aller voir l'équivalent de l'officine secrète de Morgana, mais il était déjà certain de ne rien trouver. Cette cave était vide, déserte comme une tombe oubliée.

Une voix s'éleva alors dans l'obscurité, derrière eux.

10

Le jeu des questions

La voix était grave, froide, épaisse comme une boue glacée, rappelant le cruel et inexorable processus de la terre, l'érosion des montagnes, la désagrégation des glaciers, la lente dérive des continents.

– Qui… ose… entrer ?

Charles et Claudia sursautèrent comme des marionnettes au bout de leur fil. Le rayon de la torche parcourut la muraille dans une oscillation hystérique.

– C'est… c'est quoi ? s'étrangla Claudia.

– Qui… ose… entrer ?

La lumière capta un mouvement. Il y avait quelque chose, là, dans les ténèbres, une chose qui semblait sculptée dans la roche moisie, qui nageait dans le sol comme si cette terre compacte n'était que de l'eau. Une chose avec des épaules massives qui l'aidaient à progresser sans peine et une gigantesque bouche. Claudia laissa échapper un petit cri plaintif.

– Que… qui êtes-vous ? glapit Charles.

– N'étiez-vous pas à la recherche du Souterreux ?

– Le… Souterreux ? déglutit Charles.

– Quelle sorte de lutin Weerul êtes-vous ? demanda la créature en se rapprochant.

– On n'est pas des lutins. On est des humains. Et vous…

– Ha ! s'esclaffa-t-elle. J'ai encore gagné ! Mais vous n'étiez que de tristes partenaires, il n'y a pas beaucoup de gloire à ça.

– Attendez, on ne joue pas, là…

Charles poussa une exclamation d'effroi quand il eut l'impression de couler à pic. Tournant la lampe vers ses pieds, il vit que la terre et la roche fondaient comme de la mélasse, qu'il s'y enfonçait jusqu'aux chevilles.

– Charles ? appela la voix douce de Claudia près de lui. Charles, je m'enlise.

– Moi aussi… Claudia. (Il releva la tête, à la fois terrorisé et furieux.) Hé ! Qu'est-ce que vous faites ? Lâchez-nous !

– Vous lâcher ? Stupide enfant, tu as perdu.

– Perdu quoi ?

– Le Jeu des Questions, bien sûr. Je suis le Souterreux, Celui qui pose les Questions. Tu m'as donné une réponse, et tu as perdu. Alors je vais te donner la mienne, ce qui implique que je vais te dévorer.

Il éclata de rire dans un gargouillis de fosse de bitume.

– On a répondu à une question… alors vous nous mangez ?

– C'est le jeu. Un très bon jeu. Voilà longtemps que je n'ai plus eu de compagnie, même si un petit elfe est passé ici l'autre jour, à la recherche d'une pelle. Il était délicieux.

– Je veux Alys, geignit Claudia. Alys ! Alys !

– Pas comme ça, Claudia, elles ne t'entendront pas. On va faire ça ensemble. Un, deux, trois. Alys ! Alys ! Janie !

– Mais comment donc ! s'exclama le Souterreux en replongeant dans la roche. J'ai hâte de rencontrer vos petites amies.

Alys et Janie se trouvaient beaucoup plus haut dans le château, là où aucune oreille humaine ne pouvait percevoir les perturbations du sous-sol.

– On va l'avoir, dit-elle, reconnaissant à peine sa propre voix. On va avoir Cadal Forge. Promis.

– Ma Dame, il ne faut pas vous affliger… je ne vaux pas grand-chose…

La voix du serpent diminuait de volume.

– De toute façon, c'était prévu, coupa sèchement Janie. (Au moins, Alys savait qu'il ne fallait pas mal le prendre.) Il est là, dans le château ?

– Je ne… crois pas… Je ne l'ai pas vu… depuis des jours…

– On peut faire quelque chose pour t'aider ? s'enquit Alys.

– Il y a… une grotte dans le jardin d'hiver… où je pourrais reposer jusqu'à ma guérison. Mes ailes ne repousseront pas… mais je saurai m'en passer. (Le serpent laissa tomber sa tête au sol, la releva faiblement.) Pardon, gentes Dames, mes bienfaitrices, mais l'une d'entre vous est-elle Dame Alys ? Ou Dame Janie ?

– C'est nous, répondit Alys surprise. Enfin, moi, c'est Alys. Comment le sais-tu ?

– Deux voix vous appellent d'en bas.

– Charles et Claudia… Oh non !

– Attendez, gentes Dames, attendez…

Mais Alys était déjà à la porte, Janie sur ses talons. Le serpent demeura immobile encore un moment avant de rassembler ses dernières forces. Et péniblement, lentement, telle une fleur se tournant vers le soleil, il se traîna derrière elles.

Dans sa course folle vers la cave, Alys faillit se rompre le cou sur la première marche.

– Charles ? Claudia ? Vous êtes où ?

– Alys ! (La voix de Charles retentit sous ses pieds.) Alys, ne dis rien ! Ne parle pas !

– Quoi ? Qu'est-ce que tu veux dire ? Ça va ?

– Oui ! Enfin, non ! Écoute, Alys, ferme-la ! Ne dites rien du tout tant que je n'aurai pas fini de vous expliquer. D'accord ? Bien ! (Le ton de Charles devint très professionnel.) Il y a… une chose, ici, un Souterreux. Il nous tient, Claudia et moi. Mais il ne peut pas vous attraper, sauf si vous répondez à une de ses questions. Compris ? Il va vous poser des questions, et si vous y répondez, il a gagné. Si c'est lui qui répond, vous avez gagné. Vous pouvez dire ce que vous voulez, mais il faut que ce soit une question. Compris ?

Au pied de l'escalier, Alys s'était arrêtée, interdite. Fallait-il poser une question ?

Derrière elle, s'éleva la voix glaciale de Janie :

– Qu'est-ce qui se passe quand il perd ?

– Il devra faire ce que vous lui direz. Si vous gagnez, il nous relâchera. Je… je ne vois pas d'autre moyen de nous en sortir.

– Où est-il, là ?

– Où pourrais-je bien être, ma chère ?

La tête émergea du sol à quelques mètres d'elles, des yeux pâles qui scintillaient comme des minéraux dans un simple rayon de lumière. Épouvantée, Alys hurla et recula, se demandant soudain si un cri pouvait être pris pour une réponse.

Janie apparut à ses côtés et prit la parole d'un ton calme, arborant cette expression froide, préoccupée, qu'elle prenait quand elle jouait aux échecs.

– Alys, tu as compris le règlement ?

– Je... euh... je... plus ou moins... euh... Oui, n'est-ce pas ?

Sa sœur aînée leva les bras et se mordit les lèvres, le souffle court. Janie hocha la tête avant de se retourner vers la créature :

– Vous êtes le Souterreux ?

– Ma chère, dans le domaine de qui vous immiscez-vous ? rétorqua-t-il avec un rien d'amusement.

– Qu'allez-vous faire de Charles et de Claudia ?

– Cela ne se voit-il pas ?

– Je crois qu'il va... nous manger, lança Charles. Du moins, si tu ne gagnes pas. Mais tu vas gagner.

Janie réfléchit un instant avant de reprendre :

– Connaissez-vous Morgana, la sorcière qui a bâti ce château ?

Le Souterreux remua mollement.

– Qui ne connaît la Maîtresse des Miroirs ?

– Êtes-vous de connivence avec Cadal Forge ?

– Cherchez-vous à m'insulter ?

– Savez-vous où se trouve Morgana en ce moment ?

– Pourquoi demandez-vous cela ?

Janie hésita, incapable de trouver sur le moment une réponse qui ne soit pas une affirmation.

Le Souterreux, qui l'avait volontiers laissée jusque-là prendre les devants, passa soudain à l'offensive.

– Ne saviez-vous pas quel risque vous couriez en venant ici ?

– Euh… où ici, la cave ou le château ?

– Ou le monde ? intervint soudain Alys.

Aussitôt, elle recula avec désarroi. Le Souterreux s'avança encore et, cette fois, les questions fusèrent de part et d'autre :

– De quel côté du monde humain venez-vous, ma chère ?

– Pourquoi vous le dirais-je ?

– Comment êtes-vous arrivée ici ?

– À quoi servent les miroirs, d'après vous ?

– Qu'avez-vous à voir avec Cadal Forge ?

– Ça ne vous regarde pas… euh, n'est-ce pas ?

Il allait l'avoir à l'usure.

– Quel est votre nom, petite ?

– N'avez-vous pas entendu les autres m'appeler ?

– Je me demande qui je croquerai la première, de Janie ou d'Alys ?

– Ne… croyez-vous pas qu'il soit imprudent de manger un seul ami de Morgana ?

– Dans ce cas, la sorcière viendra-t-elle à votre aide ?

– Qu'en pensez-vous ?

– Et vous, qu'en pensez-vous ?

Janie se sentit acculée :

– Hé… on a le droit de répéter ?

– Oui, dit le Souterreux.

Un lourd silence s'abattit sur la grotte, jusqu'à ce qu'Alys pousse un cri de triomphe, avant d'attraper Janie par le cou.

– On a gagné ! Je veux dire… on a gagné, n'est-ce pas ?

À tout hasard, elle préférait utiliser encore la forme interrogative. Le Souterreux restait – ou barbotait, ou n'importe quoi d'autre – pétrifié, comme revenu à son état naturel.

– Impossible, finit-il par articuler.

– On s'en va ! brailla Claudia. Vous aviez promis !

– Promis quoi ? grogna-t-il.

– Arrêtez ! lança Janie. J'ai gagné et vous prie de les relâcher.

Le Souterreux émit un bruit de volcan, de glacier et de carrière de gravier qui s'écrouleraient. Autour des chevilles de Charles et de Claudia, la roche se liquéfia et fondit. Ils étaient libres.

Nul ne grimpa jamais un escalier plus vite que ces quatre-là en remontant de la cave. Enfin à l'abri dans la cuisine, ils se mirent à parler tous à la fois et prirent la direction du miroir du corridor.

– Qu'est-ce que c'est ?

Charles s'était arrêté net devant une sorte de ficelle bleue longeant le sol du couloir.

– Oh, le serpent ! Ne marche pas dessus, Charles !

Le garçon n'en avait pas du tout l'intention et recula d'un mouvement indigné. Alys tomba à genoux.

– Tu n'aurais pas dû bouger comme ça.

– Gente maîtresse... je venais vous...

Sa voix se cassa.

– Il a dit « vous prévenir », intervint Janie.

– Oh ! s'émut Alys. Oh... merci ! Mais qu'est-ce qu'on peut faire pour toi, maintenant ?

Dans le faible sifflement qui s'ensuivit, seuls quelques mots parurent audibles : jardin d'hiver et grotte. Faiblement, le serpent les guida vers le grand salon, puis vers une petite porte située à l'opposé de la cheminée. Le jardin d'hiver représentait plutôt un enchevêtrement d'herbes et de ronces, parcouru de quelques étroits sentiers à demi enfouis sous la végétation. Derrière, apparaissait la grotte.

Alys et les autres s'arrêtèrent net.

Par un mur effondré, passaient non seulement la lumière de la lune mais aussi le froid de la nuit. Mais les autres murs ! Ils étaient incrustés de toutes sortes de minéraux : cristaux de quartz évoquant des diamants roses, cinabre rouge hérissé, malachite vert sombre, gypse transparent et, oui, wulfénite rouge, hornblende et queue-de-paon, sertis de topazes, de tourmalines, d'améthystes, de grenats et d'opales.

Pourtant, si les murs formaient comme un arc-en-ciel, le sol devenait un rêve. À hauteur des chevilles, parfois jusqu'aux genoux, ce n'étaient que trésors dignes des plus beaux contes de fées : carafes et coupes d'or pur, rangs de perles, monceaux de colliers, de bracelets, de broches et de diadèmes… Sans compter les calices incrustés de pierres précieuses, les chandeliers et les sceptres d'or.

– Les gens m'apportent ça, expliqua simplement le serpent. Ils n'ont cessé de le faire depuis que mon œuf a éclos. C'est… traditionnel, quand le Conseil envoie un œuf de serpent… d'apporter des cadeaux…

Alys déposa doucement la créature au milieu de ses possessions.

– C'est le Conseil Weerul qui t'a envoyé ?

– Toute grande maison a son serpent gardien. Mais j'ai échoué… tant envers le Conseil qu'envers ma Dame…

Le léger espoir qui avait jailli dans l'esprit d'Alys s'évanouit.

– Tu ne sais pas où Cadal Forge a emprisonné Morgana.

– Il s'est d'abord emparé de moi… Devant ce terrible feu, je n'ai rien vu. Je ne vous serai donc pas d'une grande utilité. Toutefois… je puis vous donner quelque chose. Choisissez ce que vous voulez parmi mes trésors. Tout ce que j'ai est vôtre, il vous suffit de demander…

Alys secoua la tête, mais les autres ne perdirent pas de temps en vaines protestations. Charles tendit la main vers une couronne sertie de rubis bruts gros comme des noix ; Janie saisit délicatement un ravissant vase d'émail et Claudia plongea tête la première dans un tas pour en émerger avec deux espèces de grosses vis argentées.

Cependant, quand Alys comprit que le serpent n'avait pas parlé en l'air, elle posa immédiatement la main sur l'unique arme qu'elle aperçut, une dague dans sa gaine de cuir usé.

– Pas ça ! dit Charles. C'est affreux.

Alys tira la lame, qui scintilla comme un flot d'argent liquide, éclipsant toutes les autres pièces du trésor. Les bordures en étaient légèrement cannelées, parcourues de fines diagonales encore plus claires que le fond iridescent.

– C'est une dague ganneline, expliqua le serpent. Fabriquée durant l'Âge d'Or. Il n'en existe que trois autres à Findahl. (Épuisé par son discours, il rampait parmi les objets.) Au revoir, Dame Alys. (Après ce dernier murmure, il s'enfonça dans un tas de pierres précieuses et disparut en émettant un ultime sifflement.) Jetée ou brandie, elle ne manquera jamais son but…

Alys rangea la dague dans sa gaine pour en cacher l'éclat, et elle la fixa à sa ceinture. Elle se sentait soudain très fatiguée.

– Venez, dit-elle. On rentre à la maison.

11

Les ombres sur les murs

– « Je me fonds parmi les ombres sur le mur / Pour contempler de mes tristes yeux d'argent / Les poètes soliloquant… »

– Janie, ne sois pas morbide ! dit Alys.

– « … sur le sort qui nous attend », acheva Janie dans un murmure.

Elle se regardait dans le miroir du bureau, si sombre et terne qu'il ne reflétait qu'une vague silhouette de fille. Quand elle eut achevé son poème, elle mordit dans le sandwich qu'Alys lui avait préparé. Il était près de vingt et une heures, en ce vendredi soir, et ils attendaient le lever de la lune près de la fenêtre donnant sur l'allée centrale, afin de repérer l'éventuelle arrivée des policiers.

– Ce qui m'inquiète, dit Alys, ce sont les portes fermées. On en trouve tellement dans Féerie, et ça signifie chaque fois une nouvelle traversée de miroir. On n'a pas le temps.

Ils recommencèrent à discuter sur l'opportunité qu'il y avait ou non à se séparer dans Féerie, afin de couvrir tout le château quatre fois plus vite. Alys venait de déclarer qu'à partir de maintenant ils resteraient ensemble, qu'elle passerait la première pour les traversées ; ce fut alors que Janie réagit.

Depuis un moment, elle contemplait le miroir obscur d'un œil morne ; elle attrapa une serviette pour en frotter la surface. Le geste n'eut aucun effet sur la poussière, mais, d'un faux mouvement, elle effleura la surface du doigt, provoquant un éclat bleu-vert, suscitant une silhouette vermillon.

Ils ne furent plus que trois dans la pièce.

– La lune doit être levée ! cria Charles en sautant sur ses pieds. Et Janie portait l'amulette !

– Elle a intérêt à revenir, maugréa Alys entre ses dents. (Le silence s'étira sur quelques minutes.) Elle a intérêt à avoir une bonne raison de ne pas revenir.

– Il va falloir la suivre, dit Charles.

Ils avaient eu l'intention de traverser le miroir de la cuisine et d'explorer l'aile ouest mais, finalement, Alys accepta et passa une main légère sur le miroir crasseux.

Elle arriva dans une pièce éclairée par une seule grosse bougie sur un haut chandelier. La flamme s'agitait bizarrement, mais suffit à lui montrer qu'elle était seule. De plus, alors qu'elle s'apprêtait à ouvrir la porte pour se lancer à la recherche de Janie, elle se rendit compte qu'elle aimait à être seule, et n'éprouvait aucun désir particulier de trouver sa sœur ou qui que ce soit d'autre. Elle se sentait étrangement légère et libre. Elle avait envie… Oh, elle avait envie de s'insinuer dans quelque lieu obscur et isolé pour y rester à jamais, les yeux grands ouverts…

– Alysssss…

La sinistre voix semblait venir de très loin, comme la musique dans le grand salon de Morgana.

– Alys, viens iciiiii…

Ce fut comme si un signal d'alarme retentissait au milieu de cet étrange bien-être. Elle se tourna dans tous les sens, mais ne vit rien d'autre que la flamme et les ombres dansantes. Sa main se posa sur la dague ganneline accrochée à sa ceinture, cependant elle restait morose. Elle ne rêvait que de cachettes obscures.

– Alys, c'est moiiii…

Le choc fut terrible. Alors qu'elle se retournait en cherchant qui parlait, elle se vit dans la glace, immense et immaculée dans ce monde-là. Et derrière son reflet apparaissaient… clairement… Charles, Claudia et Janie.

Elle fit volte-face, cherchant encore tout autour d'elle, non sans remarquer au passage que les autres en faisaient autant ; la pièce retentissait de voix fantomatiques.

– Je n'y crois pas…

– Où vous êtes ?

– Intéressant, non ?

– Alys !

La pièce n'était pas si déserte que ça. Si elle y regardait de plus près, elle finissait par distinguer trois formes vagues dans le clair de lune, apparemment composées de fines ténèbres.

– On est des spectres, dit la plus petite en levant les bras d'un geste désespéré. Oh, Alys, je n'aime pas ça !

Un rire lointain résonna à ses oreilles.

– Pas des spectres, dit la voix de Janie. Des ombres. Et ce que je n'aime pas, c'est cette bougie. Trop brillante. Allons-nous-en.

– Mais comment cesser d'être des ombres ? geignit Claudia.

– C'est bon, soupira Janie. Ça m'avait pourtant l'air clair. Si on veut changer, on traverse ce miroir où on se voit comme on était avant.

– Il faudrait d'abord ouvrir le volet pour laisser entrer les rayons de la lune.

La frêle silhouette de Charles parut frémir à cette évocation.

– On s'en occupera plus tard, dit Alys.

À vrai dire, elle ne tenait pas du tout à devenir autre chose qu'une ombre. Pour la première fois depuis qu'elle avait rencontré la renarde, elle se sentait légère, libérée de toute responsabilité. Une impression très agréable, comme si nul autre qu'elle n'existait au monde. Elle ne souhaitait que trouver un coin noir, tranquille et retiré.

Mais lorsqu'elle essaya de saisir la poignée de la porte, elle s'aperçut qu'elle ne pouvait l'actionner.

– On est incorporels, murmura Janie. On peut se frôler les uns les autres, mais c'est tout, on ne peut rien toucher de solide.

Pas plus qu'ils ne pouvaient ouvrir le volet. Janie estimait qu'ils pourraient se faufiler à travers la matière solide s'ils le voulaient vraiment. Mais personne ne savait comment s'y prendre.

Un long silence s'ensuivit.

– Alors, qu'est-ce qu'on fait maintenant ? demanda Charles d'un ton plutôt insouciant.

– Rien, laissa tomber Alys. On ne peut strictement rien faire.

Janie et Charles acceptèrent la perspective sans broncher et s'adossèrent au mur, contents d'attendre… Seule Claudia gémit un peu.

– Chut ! lui intima Alys d'une voix lointaine.

Rien ne semblait plus réel. Jusqu'à ce que Charles souffle :

– Écoutez !

Ils l'entendirent tous, ce grattement nasillard dans le couloir. Et la porte s'ouvrit brusquement, heurtant Alys au front et à l'épaule, mais le choc parut la fondre dans le bois. Sa spectrale indifférence en fut secouée et elle tomba en arrière, surprise et horrifiée autant par l'impact que par la vue de l'animal qui se tenait sur le seuil.

Les chats… Elle n'avait jamais aimé les chats. Et celui-ci était plutôt un mélange de panthère et de reptile, avec sa tête et sa queue de félin, son museau et ses griffes de crocodile, ses épaules couvertes d'écailles épaisses comme des armures métalliques. Elle se rendit compte que la bête ne pouvait ni la voir ni la flairer, et que ses yeux jaunes qui ne cillaient pas regardaient à travers elle ; en revanche, elle entendait sa respiration saccadée.

– Écarte-toi d'elle, conseilla Charles à genoux derrière la porte.

La lourde tête se tourna aussitôt vers lui, distraite, et de la gorge écailleuse jaillit un son strident. Tremblante, bloquant sa respiration, Alys se réfugia dans le cocon protecteur de l'obscurité.

Une main glacée toucha la sienne, bien qu'elle ne puisse distinguer aucune forme.

– On s'en va, je t'en prie, murmura Claudia.

Ce bruit léger suffit à alerter la bête, qui gronda avec fureur.

– Brione ! lança une voix masculine dans le couloir. Qu'est-ce qu'il y a ?

Le cœur d'Alys lui bloqua la respiration. Tout cela semblait trop réel maintenant, d'une terrifiante réalité. Mais ce n'était pas le moment de réfléchir ni de bouger, car il se tenait là, dans l'encadrement de la porte, le monstre félin faisant le beau devant lui. C'était un humain, ou du moins un homme, mais on percevait une étrange similarité de mouvements entre lui et l'animal, une grâce sinueuse et arrogante. Du coup, Alys en vint presque à regretter le Souterreux.

– Oui, dit l'homme qui caressait l'horrible tête de l'animal tout en parcourant la pièce du regard. Je le ressens aussi. Quelque chose cloche.

Il entra et la lumière de la bougie tomba sur son visage, assez beau à première vue, jusqu'à ce que les ombres se creusent autour de sa bouche et soulignent la tension de sa peau sous ses yeux aux paupières tombantes. Tout cela indiquait une certaine lassitude, se dit Alys, mais aussi une farouche volonté, une cruauté tenace.

La lumière changea encore pour ne plus montrer qu'un homme de haute taille aux courts cheveux noirs, à l'expression détachée. Il portait une sorte d'uniforme militaire composé d'une redingote rouge foncé et de cuissardes. Même s'il continuait d'inspecter les lieux, son attention parut s'intérioriser, comme pour mieux se moquer d'une lointaine image de douleur divertissante.

Derrière lui apparut un autre homme, plus jeune, l'air plus las, moins sûr de lui, revêtu d'une longue tunique qui lui donnait une allure d'ecclésiastique. Pourtant, malgré sa jeunesse, sa fatigue, son apparence de moine, il dégageait la même impression de puissance que son compagnon, si forte qu'elle en devenait presque palpable.

– Cadal ! lança le jeune d'un ton assuré. Nous la tenons.

Un long moment, Cadal Forge parut ne pas réagir, comme si cela lui était égal. Remuant à peine, il soupira :

– Tant mieux, Aric. Amène-la-moi.

Le dénommé Aric jeta un coup d'œil dans la pièce obscure :

– Ici ?

Cadal Forge hocha la tête et recula, comme s'il replongeait déjà dans ses pensées, murmurant un « Oui » à peine audible.

Alors que le jeune sorcier s'éloignait en laissant la porte entrouverte, Alys sentit la main affolée de Janie se poser sur son épaule.

– On s'en va... lui souffla-t-elle dans l'oreille.

– Calme-toi, répondit Alys devant Brione qui s'étirait dans leur direction. Je veux voir ce qui va se passer. Je crois que c'est de Morgana qu'ils parlent.

– Rien à fiche !

Alys l'attira dans l'obscurité, et elles se fondirent parmi les ombres sur le mur alors qu'Aric revenait.

Il amenait une fille, très jeune, aux traits délicats, en simple tunique blanche évoquant un chiton grec ; un ruban doré enserrait ses cheveux raides et fins, couleur de clair de lune. De la main droite, elle tenait une branche de salicaire pourpre encore humide, sur son poignet gauche était perché un petit faucon aux yeux perçants. En sa présence, l'atmosphère s'allégea instantanément, et les quatre ombres se tapirent davantage dans l'obscurité.

– Bonjour tout le monde ! lança la jeune fille en tendant son bouquet à Cadal Forge.

– Oh ! Lâche cette saleté ! s'exclama Aric en envoyant promener les fleurs.

– Doucement, Aric, doucement ! dit Cadal Forge.

L'air grave, il se pencha pour les ramasser, puis les rendit à la jeune fille.

– Ainsi, tu les as cueillies près du marais, tu as joué près de l'eau ?

Il parlait d'un ton courtois, affectant des manières charmantes mais, à l'évidence, il s'adressait à elle comme à un enfant demeuré.

– Eh bien, je vais avoir de quoi te distraire un peu, ajouta-t-il.

Cette fois, on percevait clairement à son ton la puissance de sa personnalité, la force de ceux qui sont habitués à se faire obéir. Il sourit et reprit d'une voix presque mélodieuse :

– Viens, tu as bien aimé notre dernière aventure ensemble.

La fille partit d'un rire mélodieux qui s'interrompit soudain.

– Oui, approuva-t-elle. Mais tu vois, là, je suis prise. Je viens d'attraper cette gentille bestiole dans mon Bois.

Elle tendit les lèvres au faucon, qui poussa un sifflement rauque et agrippa cruellement de ses serres la chair blanche ; mais elle ne montra aucun signe de souffrance.

– Charmant ! rétorqua Cadal Forge sans aménité. Mais pour ce que je te demande, tu vas devoir te détourner quelques minutes de lui. Écoute-moi, Elwyn.

Jusque-là, tu étais contente de me suivre et de jouer des tours à ta mégère de sœur.

Alys n'entendit pas ce qu'il dit ensuite. Ainsi, elle se trouvait en présence d'Elwyn aux Cheveux d'Argent, la demi-sœur de Morgana, la Quislai ! Celle par qui le monde humain avait été mis en danger, celle qui avait su se montrer plus maligne que la Maîtresse des Miroirs en ouvrant les portes de l'asservissement de la Terre...

– Mais je n'ai plus envie de jouer ! dit Elwyn en tapant de son petit pied. J'ai déjà fait ce que tu m'as demandé.

– Oui, tu m'as amené Morgana. Seulement, tu as négligé son familier et j'ai dû m'en charger moi-même. Or, entre-temps, j'ai de bonnes raisons de craindre... qu'il ait enseigné à d'autres le secret des miroirs. Ce que je te demande, Elwyn, c'est de retourner dans le monde des humains pour vérifier ce qu'il en est au juste. Parce que, si je dois recevoir la visite d'humains, j'aimerais... leur préparer un accueil digne d'eux.

Dans l'obscurité, Claudia posa la tête sur les genoux d'Alys.

– Mais je t'ai déjà dit que j'avais autre chose à faire, objecta Elwyn en penchant la tête de côté avec un sourire. Tu vois, par exemple, des pipeaux de roseau, des bouquets de fleurs ; et puis, je voudrais entraîner mon faucon à m'apporter d'autres oiseaux...

– Je comprends que tu as un emploi du temps très serré. Mais au nom de notre longue amitié, je suis sûr que tu pourras me consacrer une heure. J'insiste, vraiment.

À son ton, Alys avait du mal à imaginer qu'on puisse lui refuser quelque chose. Mais...

– Non ! laissa tomber Elwyn en secouant la tête. J'ai pris ma décision, Cadal Forge, inutile de revenir dessus. Je n'irai pas.

– Dans ce cas, tu resteras ! cria le sorcier, soudain ivre de fureur. (Curieusement, ses yeux sous leurs paupières tombantes semblaient à peine la voir, mais plutôt voir à travers elle.) Tu resteras prisonnière dans cette maison jusqu'à ce que tu m'obéisses !

– Et comment comptes-tu me retenir ? Je ne vois aucune branche d'épines par ici.

– Tu vois une Crosse Rouge.

Un objet passa, à la vitesse de l'éclair, des mains d'Aric à celles du maître sorcier. De la taille d'une canne, rougeâtre, il présentait à une extrémité une tête sculptée évoquant un griffon et, lorsque Cadal Forge le pointa vers Elwyn, de longues branches chargées d'épines sortirent de sa gueule.

Avec un rire sonore, la jeune fille esquissa un pas de danse qui la mena droit vers la fenêtre. Nul ne vit comment le volet s'ouvrit mais, d'un seul coup, elle sauta sur le rebord et s'envola dans un nouvel éclat de rire.

Aric bondit, se pencha.

– Il faut l'arrêter ! cria-t-il. Si elle parle de ça...

– Non, non, laisse, dit Cadal Forge en reculant. Elle aura tout oublié d'ici une heure.

Comme à regret, le jeune sorcier referma le volet.

– C'était notre seul espoir de découvrir ce qu'il y a derrière les miroirs, marmonna-t-il.

Cadal Forge s'était repris et affichait un fin sourire.

– Non. Je me doutais que ça finirait ainsi. Mais nous avons un autre allié plus intelligent et plus fiable sous la main.

– Qui ?

– Thia Pendriel.

Aric le dévisagea comme s'il venait de perdre la raison puis articula :

– Thia Pendriel. Maîtresse de la Guilde et magistrate du Conseil. Initiatrice du Projet de Séparation. Thia Pendriel qui a ordonné votre exécution pour trahison, qui a contribué à ouvrir le portail destiné à vous jeter dans une Zone Chaotique pour que vous y mouriez…

– Ce qui l'a rendue responsable malgré elle de ce que j'ai trouvé dans cette Zone.

Fouillant les plis de son vêtement sur sa poitrine, le sorcier en sortit une pierre précieuse de la taille d'un poing, un rubis, non taillé, mais si clair qu'il faisait penser à un glaçon rouge. Il le soupesa sans cesser de parler :

– Thia Pendriel, qui hait Morgana pour avoir remporté la Crosse d'Or à sa place dans sa jeunesse, plus qu'elle ne m'a jamais détesté. Thia Pendriel, qui possède des dons supérieurs à ceux de n'importe qui d'autre pour amener en pleine lumière des scènes reculées, et qui peut transformer les miroirs eux-mêmes en fenêtres afin de nous permettre de voir de l'autre côté.

Aric secouait toujours la tête comme s'il n'y croyait pas.

– Mais s'il arrivait que le Conseil soit informé de l'existence de la Société…

– Ils ne l'apprendront pas d'elle, dit Cadal Forge, l'air toujours aussi lointain. Il y a encore beaucoup de choses que tu ne comprends pas, Aric. Thia Pendriel a étudié les miroirs, elle sait tout ce qu'il faut savoir à ce sujet… excepté ce que personne à part Elwyn n'aurait pu lui en dire, que la nuit du solstice ils s'ouvrent à tous. Et ce dernier secret, elle paiera cher pour le connaître. Elle a des raisons personnelles de s'intéresser au monde des humains.

– Que nous ne connaissons pas.

– Pas plus qu'elle ne connaît les nôtres, murmura Cadal Forge.

Son regard se fit rêveur alors qu'il se perdait dans l'obscurité. Il sourit. Aric semblait de plus en plus mal à l'aise.

– Elle va pourtant devoir les connaître si nous voulons qu'elle nous aide, murmura-t-il. Et j'ose dire qu'elle a droit à sa part du monde des humains, elle aussi…

– Oui, oui, quel que soit son prix, nous devons accepter. (Cadal Forge renouait d'un coup avec la réalité, toisant Aric de la tête aux pieds.) Tu n'es toujours pas d'accord. De quoi as-tu peur ? (Il se redressa, son ombre se projetant sur le mur d'en face.) Tu crois que je ne peux pas affronter son pouvoir.

Le teint cireux, le jeune sorcier évita son regard.

– Non, monseigneur. Je sais ce que vous avez découvert et comment vous vous en servez.

– Je préfère le garder pour les humains, ne me pousse pas à l'utiliser contre toi, reprit l'autre en souriant de nouveau. Détends-toi, mon vieil ami. La Conseillère et moi nous sommes rencontrés plus d'une fois depuis mon « exécution », et je connais sa faiblesse. Je pars demain pour Weerien.

Il vint poser une main sur l'épaule d'Aric, qui paraissait maintenant au bord de la nausée – et s'arrêta net. Alys était tellement fascinée par cette conversation qu'elle avait abandonné son abri dans l'ombre pour s'avancer peu à peu afin de mieux entendre. Sans s'en rendre compte, elle était entrée dans le champ du miroir, et c'est ainsi que Cadal Forge se trouva face au reflet d'une jeune fille parfaitement visible.

Leurs regards se croisèrent dans le miroir, et Alys se sentit aussitôt brûlée par la force volcanique de ces yeux d'un gris limpide. Elle regagna en gémissant son abri parmi les ombres, et son reflet disparut.

– Qu'est-ce que c'est que cette sorcellerie ? s'écria Aric.

Cadal Forge virevolta pour repérer l'endroit exact où Alys s'était réfugiée en tremblant, avec ses frère et sœurs. Néanmoins, il ne distingua rien et se tourna vers son associé.

– Je ne sais pas, dit-il en vérifiant à plusieurs reprises le miroir et le mur. Mais il va falloir m'apporter la Crosse Grise et préparer un sortilège pour débusquer ce qui se cache dans cette pièce. Et je... je dois tout de suite ouvrir un portail sur Weerien. Nous avons encore plus besoin de Thia Pendriel que je ne l'aurais cru.

Aric acquiesça et sortit en courant. Cependant, malgré ses paroles, Cadal Forge hésita, contemplant toujours les ombres sur les murs. À côté de lui, Brione grondait sourdement, ses yeux jaunes fixés sur le faucon d'Elwyn, qui ne s'était pas échappé avec sa maîtresse, mais perché au bord d'une poutre. Le sorcier finit par suivre son regard, puis tendit les doigts vers la Crosse Rouge. L'oiseau s'envola et tomba soudain comme une pierre sur le sol, une aile brisée.

Alys couvrit les yeux de Claudia lorsque Brione fonça.

– Êtes-vous vraiment au-delà des miroirs, amis de Morgana ? Pouvez-vous me voir ? Regardez ! lança Cadal Forge par-dessus les bruits de lutte.

À nouveau, il exposa le gros rubis, cette fois face au miroir et aux ombres.

– Voici Cœur de Bravoure, joyau des temps de la Destruction, recréé… par moi. Dois-je vous dire comment je m'y suis pris ?

Le sorcier parlait tranquillement, comme s'il s'adressait à des hôtes qu'il voyait.

– Quand le Conseil m'a envoyé dans la Zone Chaotique, mon fidèle Aric est parvenu à m'envoyer secrètement ma crosse. Malgré tous les pouvoirs de la Rouge, j'ai failli succomber au maelström. Mais mon désir de vivre était grand. J'ai lutté contre cette grande Zone comme s'il s'agissait d'un ennemi que je pouvais vaincre… et je l'ai vaincue. Je me suis éveillé de ce sommeil de mort pour ne plus trouver que désolation autour de moi, mais pas le Chaos. Tout était tranquille. La loi naturelle avait été restaurée. À mes pieds, gisait une pierre précieuse. J'ai reconnu une des *bas imdril*, une de ces Gemmes de Pouvoir que le Conseil avait détruites longtemps auparavant et que, dans mes luttes, j'avais en quelque sorte non seulement recréée, mais aussi maîtrisée. (Le sorcier plaça la Gemme sur sa crosse et le griffon en parut comme couronné de feu.) Même le Conseil n'en soupçonne pas l'existence, encore moins que je puisse faire ceci.

Le rubis traça un large cercle dans l'air tandis que le sorcier marmonnait une formule entre ses dents ; le cercle devint cylindre, un tunnel de lumières éclatantes qui s'étendait à l'infini.

– Je vous défie de vous opposer à moi !

Là-dessus, il pénétra dans le portail de lumière, qui se referma sur lui.

La pièce se retrouva plongée dans une pénombre où dansait une flamme légère. Une vague silhouette jaillit de l'ombre, se matérialisa devant la bougie.

– Vite, on y va ! lança Charles. Avant le retour d'Aric.

– Aller où ? demanda Janie.

La porte et le volet avaient été refermés. Pas de clair de lune, pas d'évasion.

– Il faut bien faire quelque chose…

– On ne peut pas ! s'esclaffa-t-elle. Rien du tout !

– Arrêtez ! dit Alys. Janie, calme-toi !

Elle-même était malade de peur, non parce que Brione avait fini son faucon et tournait maintenant ses prunelles languides en direction des voix… S'ils n'étaient vraiment que des ombres, ses griffes ne pourraient rien contre eux, mais en l'occurrence…

– Il revient ! cria Charles depuis la porte.

Plaquée contre le mur, alors que Brione reniflait à ses pieds et que Claudia sanglotait dans ses bras, Alys s'efforçait de réfléchir. Si seulement ils étaient véritablement des ombres – mais Janie avait bien dit qu'ils devraient espérer en être, qu'ils ne le désiraient pas assez. Elle écarta Claudia et se précipita vers le volet clos.

– Brione ! Viens là, horrible iguane !

– Alys !

– Charles, si ça ne marche pas pour moi, tu ramènes les autres. Au moins, vous aurez la lune. Je suis là, minette ! C'est moi que tu veux, non ? Viens donc me chercher, espèce de reptile !

Elle sortit la dague ganneline, qui aussitôt scintilla, solitaire dans la pénombre. Des pas résonnèrent dans le couloir. Brione se tapit sur elle-même, comme fascinée par cette lame éclatante.

– Viens là, ma fille !

Dans un rugissement terrifiant, la bête lui sauta à la gorge et Alys ferma les yeux, pensant de toutes ses forces aux ombres, à la vapeur, au brouillard, à l'éther. Le hurlement sauvage se transforma en cri de surprise lorsque Brione passa à travers elle et alla s'écraser contre le volet, trop ancien pour résister à un tel impact ; dans un craquement sinistre, il céda, emportant la bête dans le vide. Au contraire du rire d'Elwyn, son hurlement descendit, accompagnant sa chute désespérée.

À présent, la lune inondait la pièce.

– Allez-y ! lança Alys.

Tandis qu'ils plongeaient dans le miroir, elle aperçut le reflet d'Aric derrière eux, qui brandissait sa Crosse Grise, le visage tordu par la fureur.

Dans un ultime saut, elle atteignit le Passage et l'air vibra de bleu turquoise autour d'elle.

12

Le troisième miroir

Cette même nuit, au cœur de Féerie, dans une pièce vidée de tout ce qui aurait pu lui servir, Morgana Shee appuyait sa tête contre les barreaux magiques de la fenêtre.

Voilà douze jours qu'elle avait été capturée, et elle ne comprenait toujours pas ce que cherchait Cadal Forge. Cadal dont elle avait connu la mère, issue d'une des grandes familles de Findahl. Cadal qu'elle avait connu enfant, jeune homme et adulte. Elle l'avait vu remporter une Crosse Rouge à un âge étonnamment précoce et l'avait écouté avec délice se défendre adroitement des préceptes traditionnels de l'apprentissage à Weerien. En s'installant dans une cité du monde des humains nommée Florence, il avait étudié auprès d'un maître humain, et elle lui avait souvent rendu visite.

Elle se rappelait la dernière fois qu'elle l'avait vu, là-bas, quand il lui avait montré – oh, avec quel enthousiasme ! – ses composés chimiques et ses réactifs, ainsi que son dernier traité sur la nature de la matière. Elle s'était extasiée – avant de le supplier de se rendre dans l'un de ces pays d'Orient où la magie n'était pas un crime ou, au moins, de l'accompagner en Angleterre, où l'Inquisition avait moins d'emprise.

Il lui avait ri au nez, superbe dans sa chemise de soie noire et son justaucorps bordé de fourrure.

– J'ai assez voyagé. Et comment pourrais-je jamais quitter Florence ? Mon professeur, le signor Gallura, est ici.

– Et sa fille aussi ?

– Ah... (Il lui décocha un sourire en coin.) Ainsi, tu as vu Céleste. Eh bien, ils sont tous les deux là, et je ne saurais abandonner ni l'une ni l'autre.

– Oh, mon ami, tu es si jeune... Reste donc, mais tiens-toi sur tes gardes. Ce qu'enseigne ton professeur n'est pas très orthodoxe et ceci – le traité – est proche de l'hérésie. Si tu as besoin de mon aide, envoie-moi ta cousine Terziane en Angleterre.

Là-dessus, elle l'avait quitté. Terziane était venue moins d'un an plus tard, non par un portail, car la Crosse Blanche n'avait pas le pouvoir d'en ouvrir, mais par la terre et par la mer. Le temps qu'elle atteigne Morgana, Cadal était tombé aux mains de l'Inquisition depuis un mois.

– Ils vont bientôt le brûler, car ils ont peur de lui, avait annoncé la jeune sorcière en frissonnant.

– Ils peuvent ! s'était exclamée Morgana en commençant à préparer ses bagages. Le porteur d'une Crosse Rouge... Comment pourraient-ils seulement le retenir ?

– Quand ils ont convoqué le signor Gallura pour interrogatoire, mon cousin l'a accompagné, mais sans emporter sa crosse. Il a préféré prendre ses cahiers de notes et ses dessins. Il était convaincu que même l'Inquisition pouvait se laisser amener à la raison, qu'il parviendrait à leur faire comprendre que la science n'était pas une hérésie, ni une œuvre du démon.

– Oh, Cadal !

– Quand ils ont montré au professeur les instruments de torture, le pauvre homme est tombé à genoux en pleurant. Il a reconnu que tout ce qu'il enseignait, tout ce qu'il écrivait était contraire à la doctrine et il a juré ne pas être un hérétique, mais que Cadal était un sorcier. S'il s'était douté à quel point il avait raison sur ce point, il n'aurait jamais osé dire cela.

Morgana était arrivée à Florence juste à temps pour arracher le jeune sorcier au cœur des flammes. Elle savait, en jetant une sphère protectrice autour de lui le temps de le tirer du bûcher, qu'il avait déjà été horriblement blessé ; mais ce fut seulement de retour à Féerie, à Fell Valdris, le château du père de Terziane, qu'elle put voir ce que lui avaient fait les humains.

Peu à peu, ses articulations guérirent, ainsi que ses mains, dont on avait déchiqueté et brûlé la chair, mais son esprit demeura dans l'obscurité. Il ne voulait entendre aucune excuse des créatures qu'il avait tant aimées ; et quand Morgana avait tenté de le réconforter, il l'avait rejetée.

– Tu ne sais pas… lui avait-il dit, ses yeux d'anthracite brûlant de haine dans son visage encore émacié. Tu n'as aucune idée de ce dont ils sont capables… Oui, ce que ces faibles humains à la vie si courte peuvent faire à un porteur de Crosse Rouge ! Avec elle, j'aurais pu les tuer d'un mot, d'un geste…

Il s'était détourné, sa voix se perdant dans un murmure.

– Au lieu de quoi, je priais pour mourir.

– Cadal, je comprends…

– Tu ne comprends rien du tout. Comment le pourrais-tu, toi, une Quislai !

Elle regagna l'Angleterre sans plus lui adresser la parole. Pourtant, trois mois plus tard, lorsque Terziane apparut à sa porte pour lui annoncer qu'il avait été emprisonné par le Conseil, elle n'avait pas hésité.

– Je ne t'ai pas demandé ton aide, cette fois-ci, souffla sa cousine alors que Morgana ouvrait un portail vers le passage d'Avalon, mais j'ai pensé que tu avais le droit de savoir. Quant à moi, je renonce à lui. S'il n'avait tué que l'homme… mais sa maisonnée, ses servantes ! Sa fille n'était qu'une enfant.

– Une enfant humaine, corrigea Morgana.

Elle redoutait l'effet que cela pouvait avoir produit sur Cadal, de sortir de son état de fureur avec le sang de Céleste sur les mains. Car il l'avait vraiment aimée.

Le Conseil s'était contenté de lui confisquer sa crosse et de l'enfermer dans une pièce de Fell Valdris. Son oncle Calain dit que Cadal n'avait ni dormi ni mangé depuis son arrivée ; et quand Morgana entra dans la chambre, elle le trouva assis loin du chandelier, la tête enfouie sous les bras.

Son corps fut parcouru d'un frémissement, mais il ne manifesta pas d'autre réaction. Elle n'en éprouva qu'une immense pitié.

– Tu ne dois pas rester assis dans le noir, dit-elle. Écoute ton oncle et mange.

Elle soupira, ferma les yeux, cherchant ce qu'elle allait bien pouvoir faire. Alors seulement il lui répondit, d'une voix tellement cassée, tellement inaudible qu'elle dut se rapprocher de lui.

– À la fin, dit-il, elle m'a supplié de l'épargner. Elle pleurait en disant que j'étais beaucoup plus épouvantable que l'Inquisition…

Morgana se détourna en frissonnant puis, s'obligeant à revenir vers lui, posa une main sur son épaule.

– Cadal. Je sais. Tu dois essayer d'oublier.

Comme elle se penchait pour le réconforter, elle vit qu'il souriait.

En sortant, elle ne dit qu'une phrase à Calain, qui attendait devant la porte :

– Si le Conseil ne le fait pas interner, je vous conseille d'y songer.

Elle avait ensuite regagné l'Angleterre, mais n'y avait plus rien trouvé à son goût ; peu à peu, elle se faisait, malgré elle, à l'idée de partir pour le Nouveau Monde.

Néanmoins, elle n'arrivait toujours pas à croire qu'il puisse lui faire ce qu'il lui faisait là. Ses intrigues contre le Conseil, soit, mais cette folie…

Oui, la folie ! Quand l'ambition de Cadal Forge avait-elle atteint cette soif de pouvoir suprême ? Morgana avait entendu ses discours devant les membres de sa Société, ses promesses d'un ordre nouveau où ils régneraient sur les humains comme le voulait leur destin. Pourtant, elle ne parvenait pas à y croire.

Quoi qu'il envisage pour le monde des humains, c'était encore pire.

Les mains agrippées aux barreaux lumineux, elle leva son visage blême vers la lune croissante.

– La lune se lève de plus en plus tard jour après jour, dit Janie le lendemain matin.

– Ne m'en parle pas, répondit Charles. On a failli arriver après les parents hier soir. S'ils découvrent qu'on est partis…

– Ce soir, indiqua Alys en contemplant d'un œil morne son bol de corn-flakes, ils ne rentreront pas avant minuit. Comme tous les samedis. Ça devrait nous laisser assez de temps. Enfin, j'espère…

Personne ne répondit. Quatre petits déjeuners étaient intacts sur la table, et la page BD du journal, que Charles lisait en général à Claudia chaque matin, restait pliée dans son coin.

Tout avait changé depuis qu'ils avaient vu Cadal Forge face à face.

– Hé… tu pourrais demander ! grogna Charles quand Janie plongea devant lui pour saisir le journal.

– Où est la première page ? C'est encore papa qui l'a prise ?

– Pourquoi ? demanda Alys.

– Tu voulais savoir combien de temps on aurait ce soir ? Les levers de lune sont indiqués dans le journal. Et si elle se lève assez tard… disons après vingt-deux heures…

– Je sais, Janie, crois-moi, ça m'inquiète déjà.

– Ça ne sert à rien de s'inquiéter. Je vais chercher un almanach à la bibliothèque.

La petite pièce réservée à cet usage se trouvait dans le centre commercial de Villa Park, à côté de la mairie. Janie conduisit sa bicyclette à l'écart des voitures du shérif et tomba sur Danielle Selby devant la porte. C'était une nouvelle élève, française du côté de sa mère, certainement la prochaine mascotte annuelle des pom-pom-girls. Janie marmonna un vague bonjour en réponse aux salutations de la jeune fille, avant de plonger derrière le comptoir pour y trouver ce qu'elle cherchait. La plupart des personnes n'avaient pas le droit de passer là, mais la bibliothécaire connaissait bien Janie.

Alors qu'elle fouinait, elle entendit une voix lancer :

– Salut, Dani... tu es là ! Je me disais bien que je t'avais vue entrer ici. Qu'est-ce que tu fais ?

C'était Bliss Bascomb, la chef des pom-pom-girls, et de loin la plus jolie fille du collège Cerro-Villa.

– J'ai un livre à renouveler, dit la voix de Danielle.

– Bof, les devoirs... C'est pour le cours de littérature ?

– Non... juste un bouquin que je voulais lire.

– C'est vrai ?

– Il m'intéresse.

– Écoute, Dani, reprit la jeune fille après un silence, tu ne vas pas encore passer la semaine à lire pendant le déjeuner. Comme vendredi ?

– Pourquoi pas ? J'aurai tout le temps de m'entraîner.

– Oh, Dani ! soupira Bliss. Je dis ça pour ton bien, tu sais. Tu veux devenir mascotte, mais personne ne votera pour une... une intello. Tu ne vas pas faire comme Janie Hodges-Bradley, devenir une encyclopédie ambulante ?

Danielle laissa échapper un glapissement de surprise suivi d'un grand silence, indiquant que la discussion se poursuivait sur de grands gestes ; puis Bliss s'esclaffa. Après quoi, une course et des rires étouffés laissèrent entendre que les deux filles prenaient la fuite.

Derrière le comptoir, Janie restait à genoux, les joues en feu. Après une vague excuse à la bibliothécaire, elle s'esquiva à son tour. De retour à la maison, elle vit que les autres l'attendaient.

– Tu en as mis un temps ! s'exclama Alys. Papa a rapporté le journal. On a vu que la lune se levait à neuf heures et demie ce soir. Ça devrait nous laisser… Hé ! Où tu vas encore ?

La porte de sa chambre claqua derrière elle.

– Hé, Janie ! lança doucement Alys. On s'en va au vieux manoir. Tu ne veux pas venir ?

Silence.

– Janie, on doit y aller ce soir. On fera très attention. Tu viens ?

Silence. Puis Janie ouvrit la porte.

– Je me fiche que vous fassiez attention ou non. Je me fiche tout autant du sort de Morgana, et de celui de toute la planète, d'ailleurs. Laissez-moi tranquille !

– Tu rigoles ? Tu ne viens pas avec nous ?

– Quelle perspicacité !

– Cadal Forge va traverser…

– Qu'il vienne ! hurla Janie comme elle n'avait jamais hurlé de sa vie. Foutez-moi la paix !

Elle claqua la porte de toutes ses forces à la figure d'Alys.

Toute la journée, elle resta dans sa chambre, refusant même de descendre dîner. À vingt heures, allongée sur son lit, elle entendit ses parents partir, et à vingt et une heures, Alys revint frapper. Elle ne répondit pas. Elle finit par entendre ses frère et sœurs partir à leur tour.

La maison se retrouva plongée dans le silence. Janie alla s'asseoir à son bureau et prit un livre.

Les mots dansaient devant ses yeux, pleins de sens cachés qu'elle ne parvenait pas à déchiffrer. Elle relisait sans cesse le début de la même phrase et, chaque fois, avant d'atteindre la fin, elle se retrouvait le regard perdu dans le vide. La tête vide.

Elle espérait qu'il allait se passer des choses indicibles en Féerie. Elle ne savait pas trop pourquoi elle le souhaitait, mais cette pensée semblait apaiser une sorte de volcan en elle. À plusieurs reprises, elle pensa à ce qui pourrait se passer dans ces conditions. Bientôt, son réveil indiqua que l'heure du lever de la lune était passée, et elle serra si fort les dents qu'elle en eut mal aux tempes ; elle tenta de se replonger dans sa lecture.

En fait, elle avait un mal fou à se concentrer, au point qu'il lui fallut se reposer les yeux un moment… Elle se réveilla la tête sur le bureau, avec des crampes dans les épaules, se redressa lentement en se demandant d'où venait le bruit qui l'avait tirée de son sommeil. Un bruit familier… Oui, la porte du garage qui s'ouvrait. Mais pourquoi se réveiller, les nerfs tendus, à cette fausse alerte ?

Elle jeta un regard vers sa pendule, sauta si vite de sa chaise qu'elle s'en cogna les deux genoux. Une heure et dix minutes ! Et elle n'avait pas entendu Alys ni les autres rentrer.

Peut-être qu'ils avaient été discrets, qu'ils dormaient… Pourtant, après avoir ouvert la porte de la chambre de Claudia, elle ne vit qu'un lit vide.

En bas, une clef tournait dans la serrure. Ses parents n'allaient pas vérifier si Charles ou Alys dormaient, mais pour Claudia, c'était autre chose. Forcément, l'un d'eux viendrait jeter un coup d'œil avant de se coucher.

Janie chercha du regard ce qui pourrait l'aider, ouvrit le placard de sa petite sœur ; au sol gisaient des dizaines de jouets et de peluches, ainsi qu'une vieille poupée de près d'un mètre de haut. Sa figure en plastique était écrasée, mais ses cheveux étaient de la même couleur que ceux de Claudia. Janie la fourra dans le lit, la tête sur l'oreiller, remonta les couvertures. Elle eut juste le temps d'éteindre la lumière et de retourner dans le couloir avant que ses parents apparaissent dans l'escalier.

– Bonsoir ! lança son père. Encore debout à cette heure ?

Sentant ses joues rosir et son cœur s'emballer, Janie parvint à murmurer :

– Je croyais avoir entendu quelque chose, alors je suis allée voir dans la chambre de Claudia si ça allait.

– Alys l'a couchée à l'heure ?

Sans attendre de réponse, sa mère ouvrit la porte, jeta un coup d'œil à l'intérieur, la referma doucement.

– Elle dort comme un ange.

– Une vraie poupée, reconnut involontairement Janie.

– Eh bien, bonne nuit ! Ne te couche pas tout habillée.

– Non. Bonne nuit à toi aussi, papa.

À l'abri dans sa chambre, elle se laissa tomber sur le lit, frappa son oreiller à coups de poing. À quoi jouait Alys ? Elle était folle de rester aussi tard ! Dire que Claudia l'accompagnait... Elle ne se rendait pas compte, ou quoi ?

Lentement, Janie se redressa. Si quelqu'un avait la tête sur les épaules, c'était bien Alys. Jamais elle ne commettrait à dessein de telles erreurs. Donc, il était arrivé quelque chose.

Janie n'était jamais descendue par la fenêtre le long d'un tuyau, si bien qu'à mi-chemin elle lâcha prise et tomba sur le côté gauche, se blessant au bras. Sous le ciel illuminé par la demi-lune, elle tremblait autant d'angoisse que de froid en se rendant au manoir ; elle atteignit la porte arrière dans un silence mortel.

Elle ne pouvait plus supporter cette vieille bâtisse abandonnée. Pourtant, elle y entra en coup de vent, fila droit dans la chambre de Morgana, au premier étage. Elle crut d'abord y voir plusieurs personnes, mais se rendit aussitôt compte que c'était seulement son reflet dans le double miroir ; complètement abattue, elle écarta la tenture du baldaquin, s'assit au bord du lit.

Les autres se trouvaient encore dans Féerie, forcément. Elle ne voyait absolument pas ce qu'elle pouvait faire. Elle avait repéré un vieux tisonnier dans la cheminée du salon et alla le chercher, l'examina, le remit à sa place. Idiot. S'ils avaient été capturés par la Société de Cadal Forge, il faudrait toute une armée pour les délivrer.

Dans un sens, bien fait pour eux...

Dans l'autre... elle respira un bon coup, fronça les sourcils, reprit le tisonnier, le soupesa puis se tourna vers les miroirs, pensive.

– On n'a rien à vous dire, articula Alys d'une voix rauque.

Elle cligna des paupières pour évacuer la sueur qui lui coulait dans les yeux.

Acculée contre le mur avec Charles et Claudia, elle faisait face aux sorciers, qui étaient cinq, grands et gracieux, au sourire inhumain. Trois d'entre eux tenaient une crosse.

Aric était l'un d'eux et la Grise tremblait dans sa main tandis qu'il goûtait déjà le plaisir de les amener devant Cadal Forge.

– Vous finirez bien par parler, assura-t-il.

Voilà près d'une heure qu'il leur faisait cette promesse tout en plaquant sa Crosse Grise contre le cou d'Alys en souriant tendrement.

– Et si nous préparions quelque charme pour les retenir ? proposa un autre sorcier.

– Oui, dit Aric. Je vais leur jeter un sort de détention. Ainsi, mon seigneur pourra les interroger à loisir dès son retour.

Il ajouta quelque chose à voix basse.

Dès le début, tout était allé de travers. Alys ne cessait de se répéter qu'elle avait eu tort de venir sans Janie ; ils en avaient perdu leur belle assurance. Désormais, ils se réuniraient dans la chambre d'enfants sans meubles, l'une des rares pièces du manoir dépourvue de miroir. Ainsi, même si les sorciers avaient trouvé un moyen de transformer les miroirs en fenêtres, ils seraient à l'abri des regards espions.

Ils avaient choisi de traverser celui du salon au rouet, la pièce voisine de la chambre d'enfants, après avoir inspecté tout l'étage. Ils étaient entrés dans Féerie en prenant toutes les précautions possibles, surveillant encore le couloir avant de se lancer. À la plus grande contrariété d'Alys, ils avaient trouvé les autres portes bouclées. Néanmoins, ils s'étaient faufilés discrètement le long des couloirs éclairés à la bougie.

Le silence et la tension avaient été difficiles à supporter, surtout pour Claudia, déjà fatiguée. Charles proposa que, parvenus au pied des tourelles, ils rentrent à la maison.

– Ça suffit pour un seul voyage, avait-il murmuré. D'autant qu'il y a quelque chose que je n'aime pas du tout, ici, ce soir. Ça sent mauvais.

Fatiguée elle aussi, mais refusant d'admettre qu'elle éprouvait la même impression, Alys avait répondu de manière assez brusque avant d'ouvrir la dernière porte du corridor.

Et de tomber sur un conclave de sorciers.

La chasse qui s'en était suivie les avait conduits dans le grand salon, où la Crosse Grise avait soudain virevolté dans leur direction, solide comme de la pierre. Depuis, elle avait exécuté d'autres tours, alors qu'Aric tentait de les persuader de dire qui les envoyait, quels étaient leurs alliés. Heureusement, il n'avait pas poussé trop loin ses menaces – *du moins, pas encore*, se dit Alys, le cœur serré. Il laisserait sans doute Cadal Forge s'en charger.

Il avait lancé le sort de détention en leur jetant une poudre sortie d'une bourse accrochée à sa ceinture, tandis que les Crosses Grise, Azure et Jade traçaient des barreaux de feu multicolores dans les airs. Alys frémit. Elle avait déjà essayé de leur échapper, pour constater qu'ils brûlaient comme de l'acide.

– Rapprochez-vous, souffla-t-elle à Charles tout en tenant Claudia encore plus serrée contre elle. Si quoi que ce soit pouvait les distraire, ne serait-ce qu'une seconde…

Mais elle savait bien qu'il n'en serait rien. Impossible d'espérer la moindre intervention extérieure dans ce monde totalement hostile. Dire que c'était elle, Alys, qui avait entraîné son frère et sa sœur dans ce piège… C'était cela le pire, l'insupportable. Non pas la peur, quoique la Crosse Grise l'ait déjà secouée plus qu'elle ne l'avait jamais été dans sa vie ; non pas la douleur, ni même l'impuissance. Mais savoir que, quoi qu'il puisse leur arriver désormais, elle en était seule responsable…

– Pardonne-moi, Claudia, souffla-t-elle.

À ce moment-là, dans l'escalier, entre deux piliers, surgit un mouvement, comme une chute prismatique.

– Janie ?

Sur le moment, Alys crut que ses yeux lui jouaient un tour. Mais c'était bien Janie, ou plutôt un millier de Janie, une armée de Janie qui dévalait l'escalier ; des Janie de la taille d'une écolière, de la taille d'un arbre, de la taille d'une épingle, de toutes les tailles intermédiaires, brandissant des armes qui évoquaient des tisonniers. Alys en resta sans voix.

Et les innombrables Janie continuaient de dévaler les marches, attaquaient Aric, s'en prenaient aux autres sorciers, moulinaient dans les airs. Car pour chaque Janie tombée, une dizaine d'autres se levaient immédiatement.

La grille de feu qui les menaçait tomba sur le sol, libérant Charles et Claudia. Alys se releva et courut en chancelant derrière eux. Les sorciers n'avaient pas perdu la tête : tout en se battant, ils s'étaient placés chacun devant une des sorties du salon. Mais en se répartissant ainsi, ils oubliaient un détail.

– Sautez dans un miroir ! crièrent les Janie.

Cependant, l'effet produit ne ressemblait en rien à l'intention. Certaines Janie commencèrent à crier avant les autres, certaines finirent après, si bien qu'on n'entendit qu'un chœur désaccordé, des paroles incompréhensibles.

Il fallut toute une armée de Janie pour escorter les frère et sœurs vers le grand miroir de l'estrade. À la dernière seconde, Alys se tourna vers la Janie la plus proche d'elle, plus petite que la moyenne, à la silhouette bordée d'un reflet arc-en-ciel.

– Mais tu…

– J'arrive-j'arrive-j'arrive-j'arrive !

Éperonnée par la vague rugissante qui lui répondit, Alys grimpa sur l'estrade et se précipita en avant.

Dans le monde humain, un grillon crissait.

– Où est Janie ? cria Charles en se détachant de Claudia.

Une voix s'éleva au-dessus d'eux. Une seule voix.

– Je suis dans la chambre de Morgana.

Ils coururent l'y retrouver.

– Comment tu as fait ça ? interrogèrent-ils en chœur.

Une seule Janie se tenait dans la chambre, les cheveux emmêlés, un tisonnier à la main. Elle chancela.

– Vous prenez… les propriétés du miroir… que vous traversez, balbutia-t-elle. Comme le miroir sombre… Élémentaire…

Elle tituba et serait tombée si Charles ne l'avait pas retenue.

– Mais…

– Un reflet ombré fait de vous des ombres. Alors un reflet multiple…

Elle désigna les deux miroirs en pied qui se faisaient face dans l'alcôve derrière le lit de Morgana, et dedans d'innombrables Janie s'agitèrent avec elle.

– Maintenant, on ferait mieux de rentrer, ajouta-t-elle d'un ton las. Avant que papa et maman trouvent la poupée dans le lit de Claudia.

Alys avait écouté d'un air égaré, confondu. Finalement, elle balbutia :

– Avant que… Oh, Janie, quelle heure est-il ? Qu'est-ce que tu as fait ?

– Il est tard. Je vous expliquerai en route.

13

Féerie

– Une dernière fois, dit Janie : les bicyclettes dans le garage, la porte du garage ouverte. Les oreillers prêts. Les réveils réglés…

– Chacun son métier, et les vaches seront bien gardées, maugréa Charles. Ça va, Janie, on en a marre.

Le soleil de ce tranquille dimanche après-midi éclairait le sol dénudé de la chambre d'enfants. Pourtant, la paix ne régnait pas dans cette pièce. Ce soir, la lune allait se lever à vingt-deux heures dix-neuf, et ils devraient quitter leurs lits en cachette pour entrer dans Féerie.

C'était Janie qui avait proposé cela, et elle avait ensuite dominé toute la discussion. Alys restait tendue, sur ses gardes, et se contentait de hocher la tête quand elle entendait sa sœur déclarer sans ambages qu'ils devaient envisager une nouvelle stratégie.

– Ils sont au courant pour nous, maintenant. Ils ne sont pas assez nombreux pour garder tous les miroirs, mais on ne peut plus se balader comme on veut dans le château.

– Qu'est-ce qu'on peut faire d'autre, alors ? demanda Charles.

Janie leur avait exposé son idée : ils devraient renoncer à chercher Morgana et plutôt transmettre un message au Conseil Weerul. Sans doute ces gens n'étaient pas complètement fiables, mais ils avaient toujours voulu garder les créatures magiques à l'intérieur de Féerie ; en outre, ils étaient nettement mieux équipés contre Cadal Forge que la fratrie Hodges-Bradley. D'ailleurs, si la Société semblait redouter une chose, c'était bien le Conseil.

Cela semblait si logique que Charles se dit surpris de ne pas y avoir pensé plus tôt.

– Pourquoi la renarde ne nous a pas dit de faire ça ? demanda Claudia.

Janie jeta un regard vers Alys, toujours silencieuse, puis baissa ses longs cils.

– Elle... elle devait penser à Morgana... Je veux dire, Morgana qui a regagné Féerie... vous voyez ? Elle a enfreint la loi au moins autant que Cadal Forge. Et je crois que la renarde a dit qu'elle encourait la peine de mort.

– Mais on ne peut pas... s'écria Claudia.

Sur quoi Charles renchérit en la coupant :

– On a promis à la renarde...

– Il ne reste que cinq petites journées avant le solstice, dit Janie en regardant Charles refermer lentement la bouche.

Faisant la même constatation, Claudia se tourna vers sa sœur aînée :

– Alys...

– Oh, je ne sais plus ! lâcha celle-ci. Je n'aime pas ça, mais rien de ce que j'ai fait ou dit n'a marché. Janie, comment veux-tu qu'on leur transmette un message ?

– J'ignore par quel moyen. Peut-être que le serpent…

Alys leva les mains.

– Fais ce que tu voudras, après tout. Désolée, Claudia…

Celle-ci ne dit rien, les yeux pleins de larmes.

Ainsi fut-il décidé. Chacun allait régler son réveil sur vingt-trois heures trente ce soir-là. À cette heure-là, leurs parents dormiraient. Après quoi, ils glisseraient leurs oreillers sous leurs draps, s'habilleraient et sortiraient par la fenêtre. En principe, cela devrait suffire à rassurer les parents, pourvu qu'eux-mêmes rentrent à temps le lendemain matin…

Tout se passa comme prévu. À minuit moins dix, ils étaient rassemblés dans le garage : Claudia, les yeux rouges, tenant à peine debout, les trois autres vibrant d'impatience. Silencieusement, ils sortirent leurs vélos dans la nuit éclairée par une lune gibbeuse croissante.

L'air frais réveilla Claudia, mais pas au point de la faire déborder d'énergie. Alys elle-même avait perdu beaucoup de son entrain en arrivant devant le miroir du jardin d'hiver. Finalement, Charles se porta volontaire pour passer le premier et inspecter un peu les lieux. Alys se contenta de hausser les épaules. Il revint peu après pour annoncer que personne ne semblait s'y trouver. Cette fois, ils traversèrent tous les quatre.

Ils trouvèrent le fouillis de verdure tel qu'ils l'avaient quitté, petite jungle au clair de lune. En revanche, cette fois, une sourde impression de menace flottait partout où ils mettaient les pieds, à travers les vignes et les buissons, jusqu'à la grotte regorgeant de trésors. Alys appela le serpent d'une voix douce.

Dans un bruissement, apparut le corps bleu et corail, un joyau en soi, juché sur une pile d'or. Alys s'agenouilla, tendit les mains.

– Nous avons besoin de ton aide, dit-elle.

– Si seulement j'avais mes ailes... se désola le serpent.

– Ce n'est pas ta faute, répondit tristement Alys. Ainsi, il n'y a aucune possibilité de rencontrer le Conseil ?

– De tous les Finderlais... de toutes les créatures magiques... seuls les serpents et les Quislais ont le pouvoir de voyager assez vite. Ainsi que les sorciers, avec leurs portails. Si j'avais mes ailes...

– Il n'y aurait pas un autre serpent par ici ?

– À vrai dire, il n'y a pas d'autre grande maison dans les parages. Fell Andred... (Il s'interrompit.) Aurai-je l'audace de m'enrouler sur votre poignet, Dame Alys ? Merci. Cela me fait du bien. Fell Andred est isolé en raison de sa proximité avec la Zone Chaotique du nord. À chaque éruption du Puits du Chaos, la destruction se rapproche. À l'est, il y a les marais, à l'ouest et au sud, le Bois d'Elwyn. Seuls les élémentaux habitent les marais... ainsi que des êtres encore plus étranges, que d'aucuns prétendent issus de la Zone Chaotique. Et dans le Bois...

Un frisson fit onduler son corps.

– Tu as parlé du Bois d'Elwyn ?

– Elwyn aux Cheveux d'Argent, qui se commet parfois avec les Dirdreth, les élémentaux des bois. Mais je vous conjure, ma Dame, de ne pas vous rendre là-bas.

Vous y mettriez votre vie en péril. Les Dirdreth ne connaissent que la loi d'Elwyn et ne portent pas un amour immodéré aux étrangers.

– Nous n'avons aucune raison de nous rendre là-bas, dit Alys en se frottant la tête de sa main libre ; il semblerait que… Quoi, Charles ?

– J'ai entendu quelque chose, indiqua-t-il, inquiet. Tiens, encore. On dirait quelqu'un qui bouge… Alys, on devrait aller…

– Ma Dame ! Vite…

S'ensuivit un moment cauchemardesque durant lequel ils voulurent courir, puis un autre, comme figé dans le temps, où Alys aperçut les visages de sorciers clairement découpés sur le fouillis des buissons obscurs. Sorciers qui se tenaient entre eux et le miroir.

– Vite, vite ! Au fond de la grotte. Il y a une issue…

Alys ne sut pas si elle obéissait à la voix du serpent ou à une panique aveugle, mais elle attrapa Claudia par sa veste, la poussa devant elle et s'enfuit. Vers le fond, la grotte se resserrait en un tunnel glissant, au sol et aux murs ardus. Derrière eux retentissaient des bruits de poursuite. Éclairés par la seule lumière des joyaux qui les entouraient, ils galopaient, dérapaient se rattrapaient et repartaient à travers cet étroit tunnel qui semblait maintenant s'enrouler autour de lui-même. Ils se coupaient contre les pierres qui déchiraient leurs vêtements. Des cris indistincts emplissaient l'air. Soudain, le sol se déroba sous leurs pieds, ils glissèrent et basculèrent durant ce qui leur parut une éternité, jusqu'à déboucher sous la lune, sur la colline au pied du château.

Charles se releva d'un coup, aida Janie puis Claudia.

– Ne vous arrêtez pas ! Continuez !

Lui-même filait comme un cerf, dévalant la colline à l'ombre du château qui se dressait derrière eux. La lune brillait comme en plein jour, mais les couleurs rendaient ce monde étrange, les distances semblaient inappréciables.

Lançant un coup d'œil derrière elle, Alys crut voir des lumières qui bougeaient sur la colline. Difficile à dire, car elles émettaient une sorte de vapeur, mais on aurait cru des torches. Dans un sanglot, elle reprit sa course ; ils étaient tous épuisés, les jambes tremblantes, le souffle court, le sang leur martelant les tempes. Ils tombaient sans cesse, et un véritable brouillard les envahissait maintenant, jetant un voile blanc autour d'eux. Alys sentait vaguement que quelque chose n'allait pas, mais elle ne parvenait pas à se concentrer avec ces battements dans sa tête. Ce fut seulement lorsque l'atmosphère devint une authentique muraille blanche, aussi épaisse et opaque que l'air entre les miroirs, qu'elle prit conscience que le serpent l'appelait.

Il avait escaladé son bras pour venir s'enrouler autour de son cou, afin de lui crier directement dans l'oreille. Cependant, sa petite voix restait à peu près inaudible.

– Ma Dame ! Dame Alys ! Arrêtez, s'il vous plaît !

Elle était seule, elle ne voyait rien dans cette purée de pois.

– Claudia ! cria-t-elle.

Pourtant, elle sentit que sa voix s'étouffait ; au moins Claudia finit-elle par surgir, pour venir s'effondrer à ses pieds en s'efforçant de ne pas pleurer.

– Janie !

Boitant, la face livide comme la brume, Janie apparut et s'assit sans un mot.

– Charles !

Durant le long silence qui s'ensuivit, Alys se tourna lentement vers ses sœurs. Claudia s'était figée en pleine crise de larmes et Janie avait relevé la tête, aux aguets.

– Charles ? Charles ! Charles !

Tous ne regardaient plus qu'elle, maintenant, même le serpent. Tous attendaient qu'elle leur donne une réponse. Dévorée d'effroi, elle se sentit tenue de faire quelque chose, immédiatement.

– Reste là ! glapit-elle à l'adresse de Janie. Restez là, toutes les deux. Je vais le chercher et je reviens. Je...

Sans terminer sa phrase, elle plongea dans la grisaille en criant :

– Restez là !

Longtemps, elle courut au hasard, les poumons brûlés par l'air humide, criant le nom de Charles. Le serpent restait souplement autour de son cou. Quand elle ne put plus courir, elle tituba, et quand elle ne put plus crier, elle gémit. Elle arriva à proximité de ce qu'on aurait pu appeler le sol, de plus en plus humide et instable, jusqu'à ce qu'il cède entièrement sous ses pieds et qu'elle se retrouve enfoncée dans la vase jusqu'aux chevilles.

– Les marais d'Eldreth, ma Dame, murmura le serpent, épuisé.

– Les marais...

La boue s'accrochait à ses chaussures, qui ne s'en détachaient qu'avec un bruit de succion. Elle appela encore Charles d'une voix rauque, mais à chaque pas elle s'enfonçait davantage. Il allait falloir rebrousser chemin...

Alors seulement elle se rendit compte qu'elle ne savait où aller.

– Qu'est-ce qu'il faut faire, maintenant ? balbutia-t-elle, affolée.

Le serpent la regarda d'un air un peu surpris.

– Les marécages sont dangereux, certes, mais pour une héroïne comme vous…

Elle se mordit les lèvres pour ne pas hurler.

– Je ne suis pas une héroïne, ne dis pas ça, je t'en prie !

– Oh, ma Dame ! rétorqua-t-il d'un ton plein de reproche. C'est vous qui ne devez pas dire ça ! Vous qui, dans votre sagesse, êtes digne de siéger en majesté au milieu du Conseil. Vous…

– Non ! coupa-t-elle en écartant le serpent de son cou.

Brusquement, elle laissa éclater la colère qu'elle réprimait depuis des jours.

– Tu ne comprends pas ? J'ai tout fait de travers. Tout, depuis le début. Chacune de mes décisions a tourné au désastre ! J'ai menti à la police, j'ai laissé Cadal Forge me voir et Aric s'emparer de nous. Quand je pense à ce qu'ils auraient pu nous faire, à Claudia… Et maintenant Charles est perdu, et je suis perdue, et j'ai peur. Et je ne veux plus que personne compte sur moi. J'en ai marre !

Rejetant brutalement le serpent sur sa veste, elle plongea les pieds dans ce qu'elle espérait être la direction d'où elle venait. Rien d'autre ne pouvait la guider que la sensation de remonter vers la terre ferme : dès qu'elle aborda un sol plus sec, elle s'efforça d'y rester. Dès qu'un de ses pieds glissait dans la boue, elle l'en arrachait et changeait de direction.

Réfugié à l'intérieur de sa veste, le serpent ne se manifestait plus, au point qu'elle regretta de lui avoir parlé trop brusquement ; en même temps, elle lui souhaitait de ne plus rien dire, car elle risquait de se montrer encore plus agressive. Son pied glissa encore et elle recula d'un bond pour ne pas se laisser happer. Seigneur, cette vase était si profonde, et se cramponnait comme un être vivant !

Cette fois, son pied n'émit pas un bruit de bouchon, mais plutôt de succion, et elle vit avec horreur que s'accrochaient à sa cheville une main et un bras grisâtres sortis de ces abysses ; elle écarquillait encore les yeux quand ils tirèrent plus fort et entraînèrent toute sa jambe dans la fosse. Là, elle pouvait crier. S'accrochant désespérément aux plantes, elle trébucha, car la terre cédait sous son corps, et se sentit attirée irrésistiblement, emportant des touffes d'herbes avec elle dans un hurlement de terreur.

Tandis qu'elle tombait au fond d'une sorte de nid, le bras avait lâché son pied et maintenant, sous la lumière opalescente de la lune embrumée, elle apercevait la créature, qui rappelait vaguement un homme de très haute taille aux membres couverts de poils mêlés de fange, à la puanteur intense. Il avait des pattes griffues comme un oiseau, mais les doigts noueux qui s'étaient refermés avec une telle force sur sa cheville s'achevaient par de longs ongles tordus. Alors, un rayon de lune éclaira sa tête et Alys recommença à crier,. car il n'avait pas de visage, juste un trou béant en guise de bouche, d'où pendaient des barbillons de chair molle.

Sans yeux, sans oreilles, il tâtonnait autour de lui pour tâcher de la rattraper. Elle avait trop peur pour sortir sa dague, trop peur pour continuer de crier. L'esprit et le corps paralysés, elle gisait parmi les esquilles d'ossements éparpillées sur le sol de l'antre, attendant la mort. Et là, ce fut lui qui cria, qui poussa un long glapissement ; attirée par un mouvement à ses pieds, Alys baissa les yeux et aperçut la tête bleue et corail qui frappait et frappait encore avec fureur les pattes d'oiseau. En même temps, elle sentit la froide poignée de la dague ganneline sous ses doigts. Pourtant, elle n'eut pas le courage de bouger, pas même lorsque les serres envoyèrent promener le serpent, dont le corps alla s'écraser sur la paroi.

– Non, oh non ! sanglota Alys.

Elle n'avait même pas envie de s'enfuir, juste de se tapir sur place et de mourir. Les mains aux ongles fourchus la cherchaient encore et elle tentait de leur échapper en sautant de côté, mais l'une d'elles finit par s'abattre sur son bras ; cette fois, elle sortit la dague pour l'en frapper. Le sang jaillit, lui arrosant le visage. Le glapissement prit une intensité insupportable alors qu'elle frappait en tous sens les membres de la créature ; jusqu'au moment où elle s'avisa qu'elle ne faisait que l'exaspérer davantage, que l'attirer un peu plus vers elle.

Soudain, le monstre se redressa, la gueule déformée par ses vociférations de rage et elle imagina le serpent, avachi, sans doute mort, sur le sol.

Jetée ou brandie, elle ne manquera jamais son but…

Libérant son bras droit, Alys saisit la lame ganneline de sa seule main gauche et, de toutes ses forces, l'envoya droit dans la gueule béante. Les criailleries cessèrent d'un coup, comme si la dague les avait coupées. Un instant, la créature chancela, et Alys tomba en arrière pour la voir porter ses griffes à sa propre tête. Dans un soubresaut, toute la masse poilue s'effondra.

Libérée par l'impact, la dague rebondit près d'Alys, qui pleurait sans oser la toucher.

Elle avait le corps lacéré de plaies sanguinolentes. Quand elle parvint enfin à se lever, ce fut à peine si ses jambes la portèrent. Elle pleurait et tremblait encore en fouillant cette fange infâme à la recherche du serpent. Quand elle le retrouva, elle enroula son corps inerte autour de son poignet, puis ramassa la dague si maculée d'alluvions rougis qu'elle faillit la laisser retomber. Sanglotant, elle se hissa hors de l'antre et se remit à marcher à travers le marais sur des jambes de plus en plus flageolantes.

La brume s'allégeait, de nouveau la lune brillait au-dessus d'elle, mais Alys était trop épuisée pour savoir où elle allait. Elle savait seulement qu'elle ne devait surtout pas s'arrêter, que le danger pouvait surgir de partout. Serrant le serpent contre elle, pointant la dague en avant, elle chancelait, mais continuait d'avancer, les jambes lourdes et douloureuses, le cerveau noyé d'un brouillard rouge. Et puis, la dague sembla se dédoubler devant ses yeux, un insurmontable vertige la saisit, la plongeant dans le noir.

14

Bois et marais

Alys rêvait d'yeux. Des yeux gris vert, couleur du marécage, tellement grands qu'ils rapetissaient encore le mince visage dans lequel ils étaient enchâssés. Ils la considéraient avec une expression intense et compatissante à la fois, et ils voulaient qu'elle dorme… qu'elle dorme…

Elle s'éveilla, se sentit légèrement bercée.

– Que… Où…

Elle se redressa sans prendre garde à son mal de tête, la voix cassée – et croisa les yeux vus dans son rêve.

– Chut ! souffla la créature en la repoussant doucement.

Mais Alys en avait assez vu. Elle se trouvait sur un bateau, une petite barge pilotée par deux autres êtres au poil brillant qui glissait en vitesse sur le marais.

– Je suis Ariadne Bordeleau des Eldreth… les habitants du marais, dit l'agile petite créature.

En guise de reconnaissance, Alys ne sut que cligner des yeux. Le buste souple de l'élémentale était beaucoup plus long que ses membres minces et elle avait de fines mains agiles au dos couvert de fourrure, de même que le reste de son corps, ainsi que les contours de son visage, comme si elle portait une capuche ; son seul vêtement n'était d'ailleurs qu'une veste de tulle ouverte et sans manches. Les autres élémentaux ne portaient rien du tout.

– Où… reprit Alys, la gorge sèche.

Une main douce lui caressa le front.

– Nous nous rendons sur les bords du marais, dans un lieu où l'on te soignera. Ce n'est plus très loin. Repose-toi.

– Non, s'il vous plaît. Où… est le serpent ?

– Ah !

Les yeux gris vert s'assombrirent, couverts un instant de paupières latérales. Ensuite, un paquet fut placé près d'Alys, un petit paquet de roseaux tressés. Au fond, sur un lit de feuilles, était enroulé le serpent, immobile. Ses yeux n'évoquaient plus des perles noires, mais des boules laiteuses, opaques.

– Il est… mort ?

– Non. Et je ne pense pas qu'il meure si nous atteignons assez vite le bassin de guérison. Les gardiens à plumes sont résistants. Lorsque mes gens t'ont trouvée évanouie près de l'eau, j'ai craint pour vous deux. Mais avec un peu de chance, tout ira bien.

Alys resta immobile une minute, les yeux fixés sur la lune. Puis, douloureusement, sentant le bateau remuer, elle se souleva sur un coude, se rassit. La brume était toujours là, basse, envahissante. Mais le marais avait changé d'aspect par rapport à l'endroit où elle était tombée.

D'étranges arbres aux silhouettes fantasques se dressaient aux alentours et disparaissaient à mesure que la barge avançait, une végétation bizarre trempait sous la surface des eaux. Pourtant, malgré sa richesse, toute cette végétation était complètement silencieuse.

– C'est l'influence de la Zone Chaotique, expliqua Ariadne Bordeleau. Une magie sauvage s'y est répandue et a transformé ces lieux. Comme elle a tout transformé.

Adossée au bord du bateau, Alys écoutait, trop lasse, les idées trop confuses pour réfléchir ou parler, tandis que l'habitante du marais lui racontait l'histoire des Zones Chaotiques ; comment elles étaient soudain apparues lorsque le cœur de la magie avait affleuré à la surface de Féerie, jaillissant des failles pour former les Puits du Chaos. Comment le Chaos s'était répandu dans toutes les directions à partir d'un Puits, formant une Zone Chaotique, comment il refluait de temps à autre pour ne revenir que plus fort. Elle décrivit les désastres laissés par une Zone Chaotique lorsque celle-ci se retirait. Parfois, bien entendu, le Chaos laissait un souvenir étrange et beau, comme le glacier perpétuel de Selessor au beau milieu d'un désert ou les prairies brûlantes de Balinarch. Mais, habituellement, ce n'était que simple désolation, terres dévastées où ne restait aucune forme de vie excepté les êtres tortueux créés par le Chaos lui-même.

– Comme cette chose menaçante que tu as tuée, ajouta Ariadne.

Alys détourna les yeux, la tête encore plus embrumée que son corps était douloureux.

– J'avais peur, reconnut-elle. J'ai attendu trop longtemps pour la frapper… Et vous ne m'avez même pas demandé qui j'étais.

Cette question soudaine, ce ton accusateur, n'altérèrent en rien le regard gris vert.

– Tu as été blessée, dit Ariadne Bordeleau, tu voyages avec un Serpent à Plumes et tu as tué un être malfaisant qui ne cessait de menacer mon peuple. C'est tout ce que j'ai besoin de savoir. Mais peut-être... voudrais-tu nous en dire davantage.

Passé un élan de colère, Alys se rendit alors compte qu'elle avait en effet envie d'en dire davantage à cette femme des marais. Il le fallait. Tremblant d'agitation, elle laissa échapper toute l'histoire : sa promesse à la renarde, ses tentatives pour la tenir, ses échecs. Tous ses échecs. Sur un ton de défi, elle les énuméra un à un. La lettre, Cadal Forge, Aric.

Et le monstre de boue. Ce soir, à cause d'elle, le serpent avait failli mourir.

– Vous voyez où j'en suis maintenant, acheva-t-elle en éclatant d'un rire amer. Couverte de gadoue, et Charles et les autres perdus quelque part dans le brouillard. Qui l'aurait cru de la part de cette chère Alys, qui savait si bien prendre ses responsabilités ?

Ariadne Bordeleau gardait les yeux rivés sur le marécage, puis elle laissa tomber gravement :

– Tu es responsable... responsable de ce qui va t'arriver désormais, tu es la créatrice de ton propre avenir. Tu es ce que tu es... parce que tu l'as choisi.

– Mais je n'ai rien choisi ! Ou alors je change d'avis maintenant. Je ne peux plus prendre de telles responsabilités. Je ne peux plus !

– Alors tu laisses tomber ?

Avant qu'Alys ait pris le temps de bien y réfléchir, les rameurs s'arrêtèrent et la femme du marais ajouta d'un ton très différent :

– Tiens, regarde le sillage d'une Zone Chaotique.

Gris sous la lune, un désert de boue s'étendait à l'avant du marais. Rien n'y bougeait, pas une brindille, pas une feuille. On n'en voyait pas la fin.

Cela sentait aussi fort que l'horrible créature. Alys frissonna et vit qu'Ariadne Bordeleau descendait du bateau.

– Vous n'allez pas là-dedans, quand même ?

L'un des rameurs tendit à sa maîtresse le panier du serpent.

– Il le faut, dit-elle. Le bassin dont j'ai parlé se trouve ici.

– Dans une Zone Chaotique ?

– Dans le Puits lui-même. Quand le Chaos se retire, il reste le bassin. Attends ici, je vais revenir avec l'eau.

Emportant le panier, la fine élémentale sortit parmi les laisses de vase.

– Elle est la seule à s'aventurer dans un lieu pareil, observa l'un des rameurs. Et encore, elle n'y va pas souvent, seulement quand c'est vraiment nécessaire.

– Vous voulez dire, demanda Alys, que personne d'autre n'est jamais venu ici ? Personne sauf elle ?

– Trois fois depuis qu'elle a découvert que le Chaos était revenu inonder les lieux. Le danger est toujours trop grand. Personne d'autre n'ose y aller.

Accrochée au bastingage, la tête basse, Alys fermait les yeux. Elle savait ce qu'elle devrait faire. Mais elle était blessée, fatiguée… Elle avait toutes les excuses du monde pour ne pas bouger. Ariadne elle-même lui avait dit de l'attendre. Nul ne le saurait jamais. Nul ne lui reprocherait rien.

Maladroitement, manquant faire chavirer l'embarcation, elle se laissa tomber dans l'eau boueuse et pataugea vers la Zone.

– Revenez ! cria l'un des rameurs. Ce n'est pas la peine...

À quoi l'autre ajouta énigmatiquement :

– Vous n'avez pas été invitée !

Alys ne leur répondit que d'un signe de la tête tout en suivant les traces de pas devant elle. Elle-même n'aurait su l'expliquer mais, pour la première fois depuis qu'Aric passé la Crosse Grise contre son cou, elle y voyait clair.

Ariadne Bordeleau ralentit quand Alys la rejoignit et, après un long regard interrogateur, elle lui tendit le panier.

– Bon, dit-elle, viens...

Durant tout le trajet, le chemin ne varia pas : boue gris foncé, collante comme du goudron, empestant la pourriture. Alys se sentait prête à sauter sur tout ce qui bougerait, mais aucune créature vivante ne se manifestait.

Le marécage et le bateau avaient depuis longtemps disparu de leur vue quand elles approchèrent du bassin. Étonnamment petit, il était entouré de roches grises et plates. Il n'y avait pas plus de quatre ou cinq centimètres d'eau au-dessus du limon gris du fond.

– L'eau suinte très lentement, année après année, dit Ariadne Bordeleau. Nous essayons de l'économiser.

Alys, s'agenouillant près d'elle, fut envahie par une délicieuse odeur, pure et fraîche, qui chassa de son cerveau la puanteur des marais ; elle se pencha et constata que l'eau était transparente comme du cristal. D'ailleurs, accrochée au rocher, les racines plongées dedans, s'élevait une petite plante. Quand Alys effleura une de ses feuilles vert foncé, elle trouva dessous une fleur, blanche comme la lune, veinée d'argent, pas plus grande que l'ongle du pouce.

Quand, d'un geste, Ariadne Bordeleau l'invita à plonger son visage dans l'onde claire, elle ne se fit pas prier. L'eau était glacée, mais lui donna aussitôt l'impression de se sentir propre, forte, rafraîchie. Les blessures sur ses bras se refermèrent dès que quelques gouttes les effleurèrent. Quand elle eut fini, Ariadne sortit doucement le serpent amorphe et l'immergea un court instant.

– Je reviendrai tous les jours, jusqu'à ce qu'il soit guéri annonça-t-elle.

Alys comprit qu'elle le ferait en dépit de tous les dangers qui pourraient la menacer, sans jamais toucher l'eau elle-même.

– Pourquoi ? demanda-t-elle.

– Pourquoi es-tu entrée dans Féerie ? demanda Ariadne Bordeleau en souriant.

– Parce qu'il fallait que quelqu'un le fasse. Et...

– Et ?

– Et... il n'y avait personne d'autre.

Fermant les yeux, elle prit une longue inspiration, s'imprégnant du parfum du bassin. Quand elle les rouvrit, elle eut l'impression de voir Ariadne pour la première fois.

– J'étais idiote, reconnut-elle, de croire que je pouvais abandonner parce que je commettais des erreurs. Ce n'est pas pour ça qu'on est nul. C'est juste qu'on fait ce qu'on peut. Et puis, il y a certaines choses qu'on ne peut pas refuser.

– On peut...

– On peut, mais ça ne les fait pas partir pour autant. Et il faut parfois y revenir. Je le sais maintenant. Mais est-ce que j'oublierai quand je partirai ?

Très prudemment, l'élémentale tendit la main vers la petite plante et en cueillit la fleur, qui portait l'odeur fraîche du bassin. Elle la déposa dans la main d'Alys.

– Garde-la et n'oublie pas. On l'appelle malthrum, et elle ne fanera jamais. À présent, viens te reposer dans ma demeure.

Alys toucha d'un doigt un pétale de la minuscule fleur, puis sa main se referma dessus et elle leva les yeux.

– Désolée, dit-elle en se redressant. Mais je ne peux pas. Je vous saurais gré de bien vouloir me ramener au bord du marais. Voyez-vous, mon frère et mes sœurs sont perdus, et je dois les retrouver.

Charles courut, jusqu'au moment où il percuta un arbre.

Pendant un certain temps, il avait sauté par-dessus les racines et les buissons, et maintenant, alors qu'il se dégageait des branches basses entremêlées, il devait bien se rendre à l'évidence : il se trouvait dans le Bois d'Elwyn. Le choc de cette révélation, le simple fait de s'arrêter l'obligèrent à reprendre ses esprits. Il ne fallait plus courir, mais s'asseoir et réfléchir à ce qu'ils allaient faire ensuite. Il s'étonnait qu'Alys n'ait pas pensé à ça. D'ailleurs, où était…

Le deuxième choc fut beaucoup plus puissant que le premier.

Ils s'étaient mis à courir tous ensemble, tombant ensemble, s'aidant à se relever les uns les autres. Mais, alors que l'effort de la course devenait une torture, il ne s'était plus préoccupé que de lui-même. Maintenant, impossible de se rappeler quand il avait entendu les autres pour la dernière fois.

Il cria :

– Alys !

Le silence qui s'ensuivit constitua une réponse des plus éloquentes. Il reprit alors sa route entre les arbres ; parmi les racines poussaient des orchidées et des liserons, des Circées de Lutèce, des dispores de l'Oregon, ainsi que de minuscules champignons luminescents qui scintillaient comme des vers luisants. Nulle part n'apparaissait la moindre clairière.

Pas de panique, se dit-il. *Pas de panique… Siffle.*

Il siffla pendant près de deux minutes, avant d'entendre comme un écho.

Un oiseau ? Peut-être. Il s'interrompit pour le cas où ce serait un oiseau attiré par la musique. Dès lors, le silence ne fut plus brisé que par le crissement des feuilles mortes sous ses pas, par de petits chuintements derrière lui… à moins que ce ne soit sur sa gauche ? Il pressa le pas. À présent, les bruits venaient de sa droite. Et de sa gauche. Et…

Il faillit heurter la fille.

Son visage laiteux brillait dans la brume. Elle arborait un joli sourire très doux et le clair de lune se reflétait dans ses yeux.

Bruissements derrière lui. Charles se tourna vivement pour découvrir une autre fille. Celle-ci portait un cor de chasse à l'épaule. Et une troisième, elle aussi vêtue de noir, et une quatrième, toutes dotées de ce regard argenté. Alors, Charles fut persuadé qu'il était en présence des Dirdreth.

– Euh… (Il déglutit, s'arracha un sourire.) Excusez-moi. Excusez-moi… s'il vous plaît… mais je dois…

Les deux filles les plus proches de lui se prirent par la main pour lui barrer le chemin. Au lieu de lui répondre, elles s'interpellèrent.

– Qu'allons-nous faire de ce cramoisi safran ? Le plumer et en faire un coussin pour s'asseoir dessus ?

Un rire cristallin s'éleva. Charles jeta un coup d'œil inquiet vers son blouson jaune et son tee-shirt rouge. Elles se tenaient toutes par la main, formant une ronde autour de lui, tandis qu'il virevoltait dans tous les sens en essayant de répondre à chacune.

– Le mettre en terre ou le plonger dans l'eau ?

– Le mettre dans le calcaire et lui donner un pipeau !

– Allez, il est tout joli...

– Deela dit de le garder !

– Faites-lui boire un coup et ne troublez pas son sommeil.

La ronde tourna dans l'autre sens.

– Qu'allons-nous faire de ce pauvre minime ?

Une douzaine de voix répondirent en chœur :

– Le conduire à Elwyn ! Le conduire à Elwyn !

Riant et chantant, elles se rapprochaient et le poussaient, le forçant à marcher, puis à courir, dans la direction de leur choix.

– Mais je ne veux pas...

Sans tenir compte de ses protestations, elles le relevaient s'il trébuchait... Elles couraient comme des lévriers, légères comme le vent. Charles avait perdu toute notion du temps lorsque le cor sonna et reçut un appel en réponse ; alors les filles sauvages ralentirent, s'écartèrent devant lui comme il déboulait dans une clairière.

De lourdes fleurs nocturnes pendaient aux arbres ; il y avait là des dizaines d'élémentaux attentifs, plus ou moins masqués par la nuit. Et, au centre du cercle, entre grisaille et clair de lune, trônait Elwyn aux Cheveux d'Argent.

– Assieds-toi, dit-elle en souriant.

Il sentit la peur faire place à la colère.

– Je ne veux pas m'asseoir, rétorqua-t-il. Je n'ai pas du tout demandé à venir ici, et vous n'avez pas le droit de me retenir. Je… j'ai des droits !

Étonnée, Elwyn pencha la tête de côté. De toutes les créatures qu'il avait vues dans Féerie, celle-ci était la plus jolie… et la plus étrange. Le monde humain n'aurait jamais pu produire une telle délicatesse de traits, une telle grâce liquide dans chaque mouvement. Elle semblait émettre un léger halo qui éclairait chacun de ses gestes.

– Tu ne veux pas t'asseoir ? demanda-t-elle.

– Tout ce que je veux, c'est quitter ces bois puants.

Rire général parmi les élémentaux des bois. Elwyn aux Cheveux d'Argent semblait plus surprise que jamais.

– Mais tu es entré de ton plein gré dans ces bois puants. Alors, ne boude pas ton plaisir.

Elle saisit une coupe ornée de pierres précieuses et, recueillant l'eau d'une source voisine, la lui offrit.

Après une telle course, Charles avait effectivement soif ; mais, au moment où il allait saisir la coupe, plusieurs flashs lui vinrent à l'esprit en même temps, formant un collage plutôt qu'une série d'impressions. La renarde disant : « À entraîner de jeunes hommes dans Féerie pour ne les ramener que vingt ans plus tard. » Le serpent : « Vous y mettriez votre vie en péril. » Et les voix sauvages et mélodieuses des esprits des bois : « Faites-lui boire un coup et ne troublez pas son sommeil. »

Il laissa retomber sa main.

– Non merci.

Elwyn éclata de rire et porta la coupe à sa bouche. Des yeux de lapis-lazuli le regardèrent par-dessus le bord, comme les pierres qui ornaient sa ceinture ; elle portait aussi une petite coiffe couverte de perles et de saphirs, d'où s'échappait sa chevelure couleur de lune.

– Eh bien ! reprit-elle, qui es-tu jeune homme, et que venais-tu chercher dans le Bois d'Elwyn ?

– Je m'appelle Charles et je… Écoutez, je vais vous dire, c'est à cause de vous que je suis là !

– Ah oui ?

Ses cils étaient argentés comme ses cheveux.

– À cause de ce que vous… Écoutez. Vous savez où est Morgana en ce moment ?

Elle réfléchit, puis :

– Non. Je l'ai vue il y a quelque temps, mais… Aimes-tu la musique ? Moi oui.

Elle adressa un signe de tête à une fille, qui commença à jouer de la flûte en mineur.

– Vous vous rendez compte de ce que projette Cadal Forge ?

Elwyn mordit ses lèvres brillantes.

– Il m'a parlé très grossièrement.

– Ah oui ? Pas possible !

– Je n'ai peut-être fait que rêver. Et toi, rêves-tu ?

– Est-ce que vous avez compris un seul mot de ce que je viens de vous dire ?

– Bien sûr que j'ai compris un seul mot de ce que tu viens de me dire. Tu es un Charles et tu n'as pas soif. Mais peut-être voudrais-tu manger quelque chose ?

Il s'assit et se prit la tête dans les mains. Il échouait dans ce monde étrange parmi des elfes mentalement retardés…

– Vous avez quel âge, au fait ? marmonna-t-il.

– Oh, je suis très vieille ! Je ne sais pas trop, à vrai dire. Pourquoi, c'est important ?

… parmi des elfes mentalement retardés qui ne savaient même pas leur âge. Et impossible de s'enfuir ! Pendant ce temps, comment imaginer ce qui pouvait arriver à Alys et aux autres…

– Tu n'es pas malade ? Si tu veux, je pourrais essayer.

Il releva lentement la tête.

– Essayer quoi ?

– De trouver mon âge. Cela pourrait prendre un certain temps…

Il se redressa. Elwyn aux Cheveux d'Argent le contemplait d'un air anxieux, le menton sur les mains. Le pire était qu'il commençait à bien l'aimer. Certes, elle était plutôt évaporée, mais sans malice, et beaucoup plus jolie que Bliss Bascomb.

– C'est bon, dit-il, un rien gêné de sa mauvaise humeur.

Les paumes en coupe, il alla recueillir un peu d'eau à la source.

– Arrête ! s'écria Elwyn. À moins que tu n'aies envie de devenir poisson.

L'eau lui passa entre les doigts alors qu'il la dévisageait.

La brume disparaissait et, au bord du cercle, il remarqua un nouveau venu, un jeune homme en haut-de-chausses comme les compagnes d'Elwyn, mais sans chemise. Il paraissait un peu moins insouciant que les filles. Alors qu'Elwyn étalait une nappe et y déposait du pain et du fromage, Charles se pencha vers le garçon pour lui parler en douce :

– Hé, toi ! Tu saurais comment on sort de ces bois ? Parce que, là, ça fait un peu bizarre, et je dois y aller.

Le silence qui s'ensuivit dura si longtemps que Charles finit par l'interroger du regard. Les yeux topaze du garçon le fixaient, mais il ne disait rien. Jusqu'à l'instant où il renversa la tête en arrière et hurla comme un loup.

En trois bonds, Charles avait rejoint le centre de la ronde, auprès d'Elwyn.

– Du miel ou du beurre ? demanda-t-elle.

Il s'assit, se prit de nouveau la tête dans les mains.

– Écoutez… marmonna-t-il. Je ne vais pas vous expliquer, mais il y avait des gens avec moi et nous avons été séparés. Peut-être que vos amies ont vu quelque chose ?

– Deela ? lança Elwyn.

Une fille aux cheveux cuivrés s'avança.

– Il y a quelque temps, nous en avons vu trois autres, petits mais maladroits, maîtresse. Un peu comme lui, quoique revêtus de couleurs beaucoup moins éclatantes.

– C'est ça, dit Charles tristement. Ces petites choses maladroites sont mes sœurs. Et maintenant je suis perdu, et elles aussi, et on n'est même pas perdus ensemble. La seule raison pour laquelle on se trouve dans ce monde, c'est vous. Alors, qu'est-ce que vous comptez faire ?

Elwyn lui tendit un morceau de pain, vit à son expression que cela ne suffisait pas, essaya autre chose :

– Nous pourrions chanter et danser sous la lune.

– Non !

– Écouter de la musique douce et compter les étoiles…

– Non !

Elle fit la moue, se tordit les mains dans un effort suprême.

– Je… je pourrais envoyer Deela chercher tes sœurs ?

– Oh oui ! S'il vous plaît ! C'est ça. Ensuite, vous nous montrerez comment sortir de ces bois.

Ainsi, au milieu des cris excités et des éclats de rires mélodieux, Deela partit avec quelques autres élémentaux. Charles s'allongea sur le sol, s'efforçant de ne pas regarder sa montre.

Le temps passa, lentement, et la flûte elle-même semblait lui jouer des berceuses. Il s'endormit.

Il fut réveillé par un cor de chasse et, alors qu'il s'asseyait, Deela se faufila au milieu de la ronde. Derrière elle, les filles accompagnaient une seule personne, exténuée.

– Alys ! cria Charles. Qu'est-ce que vous avez fait des autres ? demanda-t-il aux filles.

Alys était pâle, mais calme et résolue. S'asseyant sur ses talons au centre de la clairière, elle parvint même à se faire comprendre par Elwyn.

– Il va falloir trouver un moyen de nous mettre à leur recherche. J'ai accepté de suivre ces filles parce que je me doutais qu'elles avaient emmené Charles, mais j'espérais qu'il n'y avait pas que lui. Parce que, voyez-vous, je viens de passer un moment avec les Eldreth, et ils disent que Janie et Claudia ne sont pas sur le marais. Et voilà que les Dirdreth me disent qu'elles ne sont pas non plus dans le Bois. Alors, je vous le demande… Où peuvent-elles bien se trouver ?

15

Château

Janie et Claudia avaient regardé Alys plonger dans le brouillard, qui s'était refermé sur elle avant que Janie trouve le souffle de crier.

– Attends ! Tu reviens nous chercher… comment ? Alys !

Seul le silence lui répondit. Elle se retourna vers Claudia.

– Génial ! maugréa-t-elle en se frappant la paume du poing. C'est la meilleure ! Qu'est-ce qui lui prend ? Ça ne lui ressemble pas.

– Je crois, renifla Claudia de sa place solitaire, qu'Aric lui a fait peur. Elle a dit quand il nous a retenues qu'elle était… était plus… complimente pour prendre des décisions.

– Com-pé-tente, corrigea Janie.

Elle avait un mauvais pressentiment. Mais pourquoi ? Sa sœur l'avait toujours agacée à trop vouloir tout prendre en main. Janie n'aimait pas qu'on la commande. Sauf que là…

Si Alys baisse les bras, se dit-elle, soudain très sûre d'elle, *on est tous perdus*.

Claudia renifla encore et Janie la considéra d'un œil neuf. Jusque-là, elle ne s'était jamais beaucoup occupée de sa petite sœur qui, d'ailleurs, avait plutôt tendance à se réfugier auprès de Charles ou d'Alys quand elle avait un ennui. Or, voilà que Charles avait disparu et qu'Alys perdait la tête ; il ne restait donc plus personne pour s'occuper de Claudia.

– Très bien, dit Janie en s'asseyant près de sa petite sœur. (Elle s'efforça de paraître enjouée, ou du moins compétente.) On va attendre un petit peu ici. Tu n'as qu'à te coucher et te reposer.

La fillette obéit, se pelotonna sur le côté pour faire semblant de dormir. En la voyant ainsi plisser les paupières et crisper les lèvres, Janie aurait éclaté de rire si elle n'avait pas eu envie de pleurer. Elle se prenait soudain à regretter de ne pas avoir été le genre de sœur vers laquelle Claudia aurait voulu courir se réfugier.

– Janie ?

– Oui ?

Elle releva le menton, qu'elle avait appuyé sur ses genoux.

– On pourrait… se tenir la main ?

Sur le moment, Janie ne trouva rien à répondre. Alors elle prit sans rien dire la petite paume carrée de Claudia dans la sienne..

Toutes les deux étaient gelées lorsque la brume se leva suffisamment pour laisser apparaître les étoiles. Le moment que Janie attendait. Elle tapota la main amollie de Claudia.

– Viens, dit-elle. On va au château. C'est le seul endroit qu'on connaisse tous, et si les autres se donnent la peine de réfléchir un peu, c'est là qu'ils iront.

– Mais comment ? demanda Claudia en se frottant les yeux.

– On prend la direction de l'ouest. Tu sais comment trouver l'ouest ?

Claudia regarda ses mains. La droite puis la gauche, il devait bien y avoir un rapport…

– Oublie ! En route, je vais te montrer l'étoile polaire. Ensuite, ce sera facile.

Il leur fallut un bon moment pour rentrer mais, à mesure qu'elles s'éloignaient du marais, la grisaille disparaissait. Et elles virent bientôt la lune briller sur la colline de Fell Andred, puis se coucher alors qu'elles grimpaient la pente.

– Surtout, pas de bruit, murmura Janie en aidant sa sœur à escalader le mur en ruine qui fermait la cour. Ils doivent encore nous chercher.

Si le château représentait leur seul refuge, c'était aussi le pire des pièges.

– J'ai soif, souffla Claudia.

Janie réfléchit. Elles avaient autant de chances de tomber dans le puits du château que d'en tirer de l'eau. Mais elle avait vu une fontaine derrière le jardin d'hiver.

Sans bruit, elles traversèrent le fouillis de plantes qui jonchaient aussi la cour, et arrivèrent à la fontaine. Bien que craquelé et verdâtre, le bassin recevait toujours un filet d'eau qui se faufilait à travers la mousse.

– Maintenant, j'ai faim, reprit Claudia quand elles se furent bien désaltérées.

– Le potager... Il se trouve de l'autre côté du château. Mais il y a peut-être quelque chose par ici...

Claudia parut en douter. Cependant, elles avaient toutes deux assez faim pour gratter le sol à la recherche de racines comestibles. Et, tout à leur collecte, elles en oublièrent de surveiller le château.

Si bien que Janie eut un vrai choc en apercevant le sorcier au fond de la cour.

Aric et sa crosse. La mine du sorcier exprima reconnaissance, colère, puis une joie immonde balaya les autres expressions de son visage.

– Va-t'en ! cria Janie.

Mais Claudia restait paralysée comme un lapin pris dans les phares d'une voiture.

Cette fois, Janie n'avait pas de tisonnier. Tout en elle ne cherchait qu'à fuir. Elle serra les poings puis les dents et courut droit sur Aric ; au passage, elle ramassa une pierre, anguleuse et solide. Alors qu'il s'apprêtait à saisir Claudia, Janie envoya son bras en arrière comme Alys le lui avait enseigné et lança la pierre, qui atteignit Aric dans le ventre.

Cela n'arrêta même pas le sorcier dans sa course, mais il en oublia Claudia et vira vers Janie, grimaçant de haine ; il brandissait sa crosse comme s'il voulait la frapper plutôt que l'ensorceler.

Soudain, un éclair argenté le frappa par derrière, formant un nimbe autour de lui qui scintilla tandis qu'il tombait en avant.

Janie sursauta.

Près de la grotte en ruine, se tenait une femme armée d'une crosse aux éclats d'argent sous la lune. Comme Aric ne bougeait plus, elle l'abaissa et se dirigea vers eux sans se presser.

– Vous n'avez pas l'air particulièrement dangereuses commenta-t-elle. Qu'avez-vous fait pour vous attirer la colère de ce fou ?

– Je… Nous…

Cette femme était quelqu'un, cela se voyait au premier coup d'œil. Aussi grande que Cadal Forge, l'allure à la fois impériale et gracieuse, elle portait une longue robe bleu nuit brodée d'argent et ses cheveux tressés, noués d'un cercle d'argent, étaient d'un éclatant roux foncé. Des anneaux sertis de pierres bleues et blanches brillaient à ses doigts.

– Allons ! Suis-je si effrayante ?

Et de soulever en riant une Claudia tremblante.

– Si tu as faim, tu seras nourrie.

Janie hésita.

– Vous êtes… une sorcière ?

La femme hocha la tête.

– Vous êtes… vous êtes avec Cadal Forge ?

Cette fois, l'expression de la femme changea : ses joues s'empourprèrent et elle parut sur le point d'exploser. Cependant, dans un effort visible, elle parvint à se dominer.

– Ne prononcez jamais plus ce nom en ma présence, dit-elle d'un ton calme. Vous n'avez rien à craindre de moi… Vous êtes des enfants, vous ne savez pas ce qu'il a fait. Mais ne prononcez plus son nom en ma présence.

– On sait ce qu'il a fait ! s'exclama Claudia avec véhémence. C'est pour ça qu'on est là.

La femme fronça les sourcils.

– Je vais vous expliquer, intervint Janie. Mais pour ça, il faut que je mentionne C… je veux dire, ce nom que vous ne voulez pas qu'on prononce. Lui.

Elle montra du doigt le château.

– Vous m'intéressez beaucoup, souffla la femme. Venez vous asseoir près de la fontaine. Vous avez mon autorisation de parler.

– Et Aric ? Il va se réveiller ?

– Pas avant trois jours.

D'un geste courtois, elle leur fit signe de regagner la fontaine, hors de la vue du château, et elles s'assirent.

– Voilà… commença Janie.

Prudemment, précisément, elle lui raconta comment la renarde les avait fait venir, comment ils avaient fabriqué l'amulette, comment ils avaient tenté de trouver Morgana. Elle évoqua aussi la Société de Cadal Forge et ce qu'il comptait faire de la Terre.

Leur interlocutrice eut une réaction inattendue. À mesure que l'histoire se déroulait, elle souriait, amusée, et, quand Janie acheva en expliquant comment Aric les avait poursuivis à travers le château, elle rejeta la tête en arrière pour mieux rire.

– Et dire qu'il a été sous-secrétaire du Conseil ! dit-elle en s'essuyant les yeux. Mais, vous, les enfants, vous avez été courageux et ingénieux. Vous pouvez être fiers.

– On n'a rien fait du tout, assura Janie. (Elle était parvenue à ses fins. Cette femme allait être une puissante alliée.) Si vous pouviez trouver un moyen de parler de tout ça au Conseil…

– Nous en reparlerons plus tard. En attendant, j'ai promis de vous donner de quoi vous restaurer. Dites ce qui vous ferait plaisir et vous l'aurez.

– Euh… des corn-flakes ? hasarda Janie.

– Des corn-flakes. Je ne connais pas cette friandise.

– Ce n'est pas… Enfin, qu'est-ce que vous avez à proposer ?

Après un instant de réflexion, la femme prit un peu d'eau et, à mesure que les gouttes retombaient, elle effectua quelques passes avec sa crosse ; puis elle leur présenta tout un repas qui, s'il ne correspondait pas exactement à ce qu'elles avaient l'habitude de manger, avait au moins l'attrait de la nouveauté.

Tout d'abord de la tarte au pigeon, des boulettes de bœuf dans du lait, du pain frais avec du beurre et du fromage, et une salade d'herbes sauvages. Ce furent ces plats que mangèrent Janie et Claudia, mais il y eut aussi du pâté de chevreuil, du hareng salé et des lamproies en gélatine, auxquels elles ne touchèrent pas. Quant au dessert, il se composait de figues et de raisins secs.

– Et maintenant, dit la femme quand elles eurent avalé tout ce qu'elles pouvaient, lançons-nous à la recherche de vos intrépides frère et sœur avant le coucher de la lune.

– Vous croyez que vous pourrez les trouver ? Mais comment ?

Elle fit taire Janie d'un geste de la main. Murmurant des formules magiques, elle trempa le bout de sa crosse dans l'eau de la fontaine ; devant les yeux étonnés de Janie et de Claudia, apparut une image, tremblotante, un peu floue, mais parfaitement reconnaissable d'Alys et de Charles, debouts dans un enchevêtrement de buissons d'hortensias. L'étonnant étant que ces fleurs évoquaient à s'y méprendre celles qui poussaient derrière la fontaine…

Janie se tourna un instant avant que les buissons s'écartent sur Alys, qui en sortit.

Elle tenait sa dague à la main, le visage fatigué ; cependant, elle ne détacha pas son regard de la sorcière. Et, comme la lune émergeait d'un nuage pour venir l'éclairer directement, Janie et Claudia crurent voir émaner d'elle une vibration nouvelle et se levèrent, bientôt imitées par la sorcière, qui les domina toutes de sa haute taille. Elle arborait toujours sa crosse, mais c'était la dague ganneline qui scintillait.

Janie sentit ses nerfs frémir d'inquiétude.

– Non... attendez... balbutia-t-elle.

Après un autre moment de tension, l'enchantement se brisa. La sorcière abaissa le bras, la lune disparut derrière un nuage. Et Alys ne ressembla plus qu'à Alys.

Passé le premier moment de soulagement, Janie retomba dans son agacement habituel. Sa sœur n'avait finalement pas changé. La preuve, elle brandissait une dague contre leur seule amie dans Féerie. Alors elle cria :

– Cette femme vient de nous sauver la vie !

Alys lui fit la grâce de paraître déconcertée et, lorsque la sorcière les invita, avec Charles, à venir s'asseoir, elle accepta et raconta ce qui leur était arrivé.

– Finalement, conclut-elle, les Dirdreth nous ont guidés vers le château dans l'espoir que vous aviez choisi d'y revenir.

– C'est ce qu'on a fait, approuva Janie.

À son tour, elle fit le récit des péripéties de leur retour du marais. Alys écoutait attentivement, mais semblait encore un peu désorientée. Quand sa sœur eut fini, elle poussa un grand soupir et leva ses yeux gris bleu vers la sorcière.

– Je suis désolée, dit-elle doucement, je vois bien que vous ne nous voulez pas de mal, mais il faut que je vous demande, comme l'a fait Janie, si vous nous voulez du bien. Pourriez-vous porter un message de notre part au Conseil Weerul ?

La femme sourit.

– À présent que nous sommes tous réunis, je peux parler librement. Et la réponse à votre question est non.

Murmure de déception.

– Écoutez, ajouta-t-elle gentiment, même si je pouvais l'envisager, ce ne serait pas la peine, mes enfants. Vous aviez pour mission de trouver et de délivrer la Maîtresse des Miroirs, n'est-ce pas ?

– Oui, mais…

– Dans ce cas, vous pouvez mettre un terme à vos recherches. Vous avez accompli votre mission. (Elle se leva en souriant.) Je suis Morgana.

*

* *

C'était la deuxième fois, cette nuit-là, que Janie restait sans voix. Comme les autres.

– Alors, voyez-vous, continua paisiblement la femme, le Conseil n'a désormais d'autre tâche que de punir Cadal Forge… ou ce qu'il en restera quand j'en aurai fini avec lui.

– Mais nous… mais vous… mais… comment ? balbutia Janie.

– Comment j'ai recouvré la liberté ? (Le sourire de Morgana se crispa.) L'une des soubrettes de Forge a été assez idiote pour me rendre visite avec une crosse à la main.

La sorcière souleva la crosse argentée pour la faire briller à la lumière.

– Elle a osé s'approcher de moi avec ça. Grave erreur… Bien, maintenant je voudrais me préparer avant d'affronter Cadal Forge.

– Je crois qu'il est allé chercher Thia Pendriel à Weerien.

– Il est rentré ce soir, du moins si j'en crois la sorcière imprudente à qui j'ai pris cette crosse. Au fait ! Tenez-vous à l'écart de lui, car ce que je peux pour un, je ne le pourrai pas pour cinq.

Claudia avait une idée derrière la tête :

– La renarde ! Elle n'est jamais revenue. Qu'est-ce qui lui est arrivé ?

– Je… je ne sais pas. Je n'ai pas vu ma fidèle amie en ce monde. Peut-être… peut-être s'est-elle échappée dans les bois. Je… j'avoue que j'ai peur pour elle. Mais ceci me regarde, mes enfants. Tout comme Cadal Forge. Vous avez écouté ses conseils et m'avez donné de précieuses informations, ce dont je vous remercie. Je vous promets que je ne l'oublierai jamais. Votre mission s'achève ici, et vous devez vous échapper avant le lever de la lune.

– Mais Morgana… euh, madame… Ma Dame, bafouilla Alys. Pourrez-vous vraiment affronter seule Cadal Forge ?

La sorcière posa sur elle son regard saphir énigmatique.

– Ne craignez rien. Mais je ne sais combien de temps cela prendra, et vous ne devez pas retraverser les miroirs avant mon retour. Les choses pourraient devenir quelque peu… frénétiques… de ce côté-ci. Promettez-moi.

Ils promirent tandis qu'elle les accompagnait vers le jardin d'hiver. Le ciel commençait à s'éclaircir aux premières lueurs de l'aube.

– Au revoir, dirent-ils.

– J'espère qu'on vous reverra, ajouta Claudia.

– Au revoir, répondit la sorcière. Vous pouvez compter là-dessus.

Lorsque le Dr Hodges-Bradley vit Claudia, elle poussa un cri.

Ses enfants étaient paisiblement rentrés à bicyclette au petit jour grisâtre, pour constater que le pire s'était produit : leur mère, entendant un volet battu par le vent, était entrée dans la chambre de la benjamine pour découvrir la poupée dans le lit. Cinq minutes plus tard, elle appelait la police, qui se souvenait très bien d'Alys.

– Déjà, cette histoire de drapeau, c'était beaucoup ! lui reprocha sa mère. Grimper au sommet de l'horloge, d'où tu aurais pu tomber à tout instant... Mais là ! Les policiers nous ont raconté ce qui s'était passé dans cette maison la semaine dernière, et cette nuit au lycée de Loara, ça tenait du vandalisme. En plus, tu emmènes ta petite sœur avec toi ! Comment as-tu pu faire ça ?

Apparemment, cette même nuit, une ou plusieurs personnes non identifiées avaient jeté des seaux de peinture bleu et argent – les couleurs du lycée de Villa Park – sur les fenêtres des classes de l'école rivale, Loara. Rien de ce que pourrait dire Alys ne saurait convaincre ses parents que leurs enfants n'avaient rien à voir avec ça.

Charles fut le seul à essayer de s'en tenir à la vérité. Il renonça quand M. Hodges-Bradley jeta à la poubelle l'amulette qu'il leur montrait en guise de preuve, en disant que si Charles se croyait drôle, c'était raté, et que s'il voulait faire croire qu'il était devenu fou, c'était réussi.

– C'est mieux comme ça, assura Janie quand ils furent priés de monter faire leur toilette à la salle de bains, privés de télévision, de sorties et d'argent de poche pour une durée indéterminée. À force de vouloir leur expliquer, ils vont finir par penser qu'on se drogue, et là, on sera coincés à la maison jusqu'à notre majorité.

– Sans compter les colles au collège, ajouta Charles d'un ton lugubre, les tours supplémentaires à la gym et les corvées ne nettoyage.

– N'empêche qu'on a réussi, dit Alys.

La transition entre l'authentique terreur de Féerie et les crises de nerf dans ce monde-ci lui donnait le tournis. C'était le monde des humains qui commençait à lui paraître délirant.

– On a trouvé Morgana, on l'a aidée. Alors, qu'est-ce qu'on en a à faire de ces privations de sorties, quand c'est notre vie qu'on vient de sauver ?

– On voit que tu n'as jamais été collée sous la surveillance de Wizinski, marmonna Charles.

En bas, Claudia récupérait discrètement l'amulette dans la poubelle. Elle voulait la garder en souvenir.

16

Elwyn aux Cheveux d'Argent

Le 20 décembre, veille du solstice, avant-veille des vacances de Noël, Claudia attendait le début des cours. Voilà quatre jours que Féerie avait disparu dans une sorte de rêve fiévreux, et toutes ses pensées ne s'orientaient plus maintenant que sur les Fêtes. L'année précédente, elle était devenue trop grande pour croire au Père Noël mais, cette année, elle en avait vu assez pour se demander s'il n'y avait pas un fond de vérité dans ce personnage.

Grâce à son jeune âge, elle s'en était tirée plus facilement que les trois autres et ressentait un pincement de culpabilité à l'idée qu'ils passent tous leurs après-midi à nettoyer les fenêtres de Loara. Mais c'était encore pire quand elle songeait à ce qu'elle pourrait trouver dans sa chaussette devant la cheminée, au matin de Noël. Elle ne pouvait s'empêcher de l'imaginer seulement remplie de cendres…

– Je ne suis pas une méchante fille, dit-elle à Kirsten Spiegel, qui approuva vivement.

En CE1, on s'intéressait beaucoup aux chaussettes de Noël. Aux récréations, on s'asseyait pour en comparer les tailles et plaindre Amanda Butler, dont la famille utilisait de véritables chaussettes, comme celles qu'ils portaient tous les jours.

– Et je suis la plus jeune, alors j'ai la plus petite, se plaignit-elle ce matin-là avant la sonnerie. Regardez…

Elle ôta sa chaussure pour leur montrer sa socquette bleue.

– Tandis que mon frère chausse du 44, c'est énorme !

– C'est sûr ! approuva Kirsten. Mais il mesure presque deux mètres cinquante, c'est grand, aussi.

– N'empêche que c'est injuste. C'est pas ma faute si je suis petite !

La cloche retentit et Amanda remit sa chaussure avant de se précipiter dans sa classe. Claudia traînait derrière, gênée par une pensée qu'elle n'arrivait pas à cerner. Le jeudi, la journée commençait par un test d'orthographe, mais elle ne parvenait pas à chasser de son esprit cette histoire de pieds, sans trop savoir à quoi ça rimait.

Tout d'abord, Mme McGiffen demanda des conjugaisons et Claudia écrivit, effaça, ratura. Pourquoi ces pieds ne quittaient-ils pas ses pensées ?

Au beau milieu du cours, elle comprit pourquoi et n'en crut pas ses souvenirs ; mais bientôt, l'horreur envahit son esprit.

Incapable d'écrire un mot de plus, elle se sentait au bord de la nausée et, alors que la maîtresse ramassait les feuilles, son cœur se serra si violemment qu'elle ne put attendre davantage. Elle savait ce qu'elle avait à faire.

Elle regarda la pendule. Huit heures plus cinq, dix, quinze, vingt minutes… Il était huit heures vingt. Elle leva le doigt pour demander la permission d'aller aux toilettes.

– Mais vous venez d'arriver ! s'étonna Mme McGiffen.

Claudia ne répondit pas et la maîtresse accepta en soupirant.

Le corridor était désert. La petite fille entendit ses pas résonner le long des murs alors qu'elle passait devant les toilettes sans s'y arrêter, puis devant le bureau de la direction, où personne ne bougea. Elle longea le jardin d'enfants où les balançoires vides se laissaient pousser par le vent, traversa le parking et se retrouva dans la rue.

Des cendres dans ma chaussette, pensa-t-elle, et ses yeux s'emplirent de larmes, mais elle n'arrêta pas de marcher pour autant.

Dans le lointain, un chien aboyait, un klaxon retentit. Le monde paraissait étrange et paisible, comme lorsque sa mère venait la chercher en plein cours pour l'emmener chez le dentiste. Cependant, cette fois, Claudia n'était pas avec sa mère. Elle faisait l'école buissonnière.

Le collège se trouvait à quelques pâtés de maisons. Des garçons en tenue de sport qui effectuaient des tours de piste derrière la palissade la regardèrent.

Janie et Charles se trouvaient dans les parages, mais la question était beaucoup trop sérieuse pour les laisser s'en charger. Claudia devait en parler à Alys.

Les deux rues qui la séparaient encore du lycée lui parurent les plus longues du parcours. Un homme qui arrosait sa pelouse jeta un regard dans sa direction. Un chien la suivit. Le monde entier savait qu'elle avait quitté son école au beau milieu du cours d'orthographe.

Elle n'avait pas oublié où se trouvait le gymnase, elle y avait pris des leçons de natation l'été précédent. Cependant, il n'était pas facile d'entrer dans le lycée. Les filles devaient porter une tenue spéciale pour l'éducation physique ; le vestiaire serait sûrement plein de filles nues. Mais Claudia n'en démordait pas : au vu de ses notes, leur mère avait déclaré qu'Alys devait passer son temps à la gym. Alors, sûrement, c'était là qu'elle se trouvait.

La salle sentait la vieille chaussure. Des rangées de casiers métalliques dominaient la fillette, mais il n'y avait personne à l'horizon.

– Hé ! Qui es-tu ?

Une adolescente aux longs cheveux sortait la tête d'un bureau ; elle devait avoir l'âge d'Alys et portait un joli sifflet en pendentif.

Claudia recula.

– Je... Claudia Hodges-Bradley. Je cherche Alys.

– Alys Hodges-Bradley ? Elle n'est pas là pour l'instant. Je crois qu'elle suit un cours de géométrie.

Claudia ne savait même pas ce que signifiait le mot géométrie.

– Attends, je vais te montrer. Tu vois ce bâtiment préfabriqué ? C'est là que M. Blanchard donne ses cours.

Claudia grimpa les marches qui menaient à l'entrée et, en se penchant par la porte entrebâillée, aperçut des rangées de bureaux occupés par de grands étudiants. Elle eut tôt fait de repérer sa sœur.

– Alys ! souffla-t-elle.

Le garçon qui se trouvait le plus près de la porte lui jeta un regard surpris.

– Alys ! Alys ! insista-t-elle plus fort.

Le garçon donna un petit coup au bras de sa voisine, qui fit de même avec sa voisine, qui se pencha vers Alys.

Celle-ci se retourna, aperçut la fillette.

Elle en lâcha son crayon puis, les yeux écarquillés, lui fit signe de partir.

– Alys ! murmura Claudia, ce qui eut pour effet de faire pouffer de rire les lycéens proches de la porte.

Alys restait très raide à sa place, le regard fixe, refusant de réagir, jusqu'à ce que le professeur, gêné par ce remue-ménage, se tourne vers elle.

– Je vous suggère, mademoiselle Hodges-Bradley, d'aller voir ce que veut cette jeune personne.

Rougissant jusqu'aux oreilles, Alys récupéra son sac à dos. Dans le couoir, elle attrapa sa sœur et l'entraîna sous l'escalier.

– Qu'est-ce que tu fiches ici ?

– C'est à cause de la magie, déglutit la petite.

– Quoi ? Quelle magie ?

– Tu sais… La renarde. Féerie.

– Claudia, tu as quitté l'école pour venir me parler de Féerie ? Là, maintenant ? Pourquoi ?

– On doit y retourner.

L'irritation d'Alys tournait à la stupéfaction.

– Mais c'est fini, Claudia !

La petite fit non de la tête.

– Qu'est-ce que tu veux dire ? Arrête de secouer la tête et raconte !

– Il… On doit retrouver Morgana.

– Claudia… Claudia, tu perds la tête ? On l'a retrouvée, Morgana. On l'a vue. Elle t'a donné un petit déjeuner, tu te rappelles ?

Claudia fit non de la tête.

– Arrête, avec ça !

– C'était pas Morgana.

Pause.

– Qu'est-ce qui te fait dire que ce n'était pas Morgana ?

– Ses pieds.

Nouvelle pause.

– Claudia, je ne te le redemanderai qu'une fois…

– Alys ! Elle avait les pieds trop grands. Tu te rappelles quand on a vu ses empreintes dans la chambre secrète ? Comme elles étaient petites ? Alors que la dame qu'on a rencontrée était aussi grande que papa. Ça fait des grands pieds, ça.

Long, long silence. L'expression d'Alys changea peu à peu, alors qu'elle se laissait glisser vers le sol.

– Non. Oh non ! Ce n'est pas possible !

– Tu me crois pas ?

– Si, si, souffla Alys, les yeux clos. Malheureusement si, je te crois. (Elle les rouvrit, présentant à sa sœur des prunelles assombries par le désespoir.) Mais, oh, Claudia, qu'est-ce qu'on peut y faire ? C'est trop tard…

Très lentement, comme à contrecœur, elle glissa une main dans sa poche, en sortit un petit paquet de papier paraffiné contenant un objet blanc nacré qu'elle garda un instant serré dans sa paume. Puis elle se retourna, contempla encore l'objet un long moment.

– Alys…

– C'est bon, répondit-elle brièvement. Ne fais pas cette tête-là. Je suis juste un peu choquée. Viens.

– Où on va ?

– Chercher Charles et Janie à leur école. Demain, c'est le solstice. Il faut réagir vite.

Charles et Janie furent aussi étonnés l'un que l'autre de voir leur sœur surgir au beau milieu d'un cours de dessin, munie d'un mot disant qu'ils avaient un rendez-vous urgent chez l'orthodontiste. Ravis de quitter l'école à cette heure-là, ils s'inquiétèrent en apercevant Claudia qui les attendait dehors.

– Laissez vos bicyclettes, dit Alys. Il faut d'abord qu'on discute.

– Bon, reprit Alys quand ils arrivèrent au coin de leur rue. Alors… quelqu'un a une idée sur l'identité de cette personne ?

– Oui, répondit Janie. Thia Pendriel. Elle devait tout savoir de nous, par Cadal Forge et Aric.

Janie faisait preuve d'un calme étonnant, alors que les autres restaient comme hébétés.

– Et tu lui as tout raconté.

– Oui, et tu en aurais fait autant à ma place. Elle nous a sauvé la vie.

– C'est ce que je ne comprends pas, marmonna Charles. Pourquoi elle a fait ça, pourquoi elle nous a laissé rentrer…

– Parce qu'elle est habile, dit Janie. Elle a obtenu toutes les informations qu'elle cherchait sans utiliser la force, tout ce qu'Aric n'aurait pas pu obtenir par la torture. Elle a compris que personne ne croirait des enfants, qu'on ne pouvait se mesurer à elle. Alors, pourquoi ne pas nous laisser rentrer ? Après tout, elle saurait où nous trouver en venant ici la nuit du solstice. Elle est habile.

Plus que de la peur, il y avait une pointe d'admiration dans la voix de Janie.

– Il va falloir décider ce qu'on va faire, dit Alys. J'ai une idée.

– Vas-y.

Alys la leur exposa.

– Oh non ! soupira Charles en se prenant la tête dans les mains. Tu plaisantes ! Dis-moi que tu plaisantes !

– C'est la seule chance qui nous reste.

– Mais tu l'as rencontrée. Elle est jetée, dingue, complètement allumée.

– C'est une Quislai. Elle est puissante.

Il partit d'un rire hystérique.

– Arrête, Charles ! On va l'attirer ici, la prendre au piège avec une branche d'épines. N'oublie pas ce que la renarde nous a dit : qu'il suffisait de lui en mettre une dans les cheveux. Ensuite, on l'obligera à nous aider. Elle connaît peut-être un moyen de s'adresser au Conseil. Ou bien elle nous aidera à libérer Morgana.

– Attends ! Comment veux-tu la prendre au piège ?

Ses trois sœurs le regardaient.

– Oh non ! Sûrement pas !

– Tu lui plais bien. Elle t'a embrassé quand on est partis. Elle t'a dit que si tu voulais la revoir tu n'avais qu'à l'appeler.

– Non. Je refuse. Pas question…

À onze heures moins le quart, Alys commença à s'inquiéter en ne voyant pas Charles revenir.

Elle en avait assez d'attendre à genoux devant le miroir du jardin d'hiver, armée de la branche d'épines que Claudia avait volée sur un buisson de roses, chez un voisin. Et elle avait le cœur lourd en repensant au serpent ou à Ariadne Bordeleau. Maintenant que Thia Pendriel savait quel rôle ils avaient joué, quelle serait sa vengeance ? La lune allait se coucher à onze heures moins une, où donc était passé Charles ?

À onze heures moins deux, il traversa le miroir au galop.

– Tu as…

– Oui !

Elwyn arriva derrière lui, sur la pointe des pieds, et Alys bondit. S'ensuivit une pagaille indescriptible au cours de laquelle deux silhouettes tombèrent.

– Je vous tiens ! cria Alys.

La branche d'épines était fermement plantée dans la cascade d'argent.

Elwyn se retourna pour voir ce qui la retenait, croisa le regard d'Alys, cligna des yeux. La respiration haletante, les cheveux en bataille, elle rougit.

– Pourquoi… vous…

Visiblement, elle cherchait les paroles les plus vexantes possible :

– Espèce de… scélérate ! s'écria-t-elle avec vigueur. Je suis fâchée contre vous tous.

– Oh, Elwyn ! implora Charles, laissez-moi vous expliquer…

– Pas le temps, dit Alys encore essoufflée. On a des choses à vous demander.

– Laisse-moi tranquille, scélérate ! Vilaine fille !

– Du calme ! s'exclama Alys en tapant du pied.

Elle jeta un bref regard vers le miroir.

– Charles, est-ce qu'ils peuvent…

– Nous voir ? Je ne sais pas. Moi je ne pouvais pas, mais je préfère ne pas prendre de risques.

– Tu as raison. On va l'emmener dans la chambre d'enfants.

Ils n'eurent pas de peine à l'entraîner, car Elwyn devait suivre qui tenait la branche. Alys eut ainsi le temps de se calmer et se promit de la traiter fermement, mais gentiment.

La jeune fille s'effondra sur le sol de la chambre, des larmes plein ses yeux bleus.

– Tu es un méchant garçon, dit-elle à Charles. Et je m'en veux terriblement de t'avoir laissé m'embrasser.

– Toi, Charles ? intervint Janie.

– C'est bon. Vas-y, Alys.

– Elwyn, nous sommes désolés de vous avoir tendu ce piège. Mais vous devez comprendre qu'il s'agit d'une urgence.

Elle se rapprocha d'elle en articulant aussi nettement que possible, comme si elle s'adressait à un enfant sourd ou attardé mental :

– Notre… monde… va… être… détruit… demain. Si… vous… nous… aidez… à… le… sauver… nous… vous… relâcherons.

– Vous… me… faites… mal… à… la… tête, répondit Elwyn.

Un muscle frémit sur la mâchoire d'Alys.

– Je te l'avais dit ! murmura Charles.

– S'il vous plaît… implora Alys en changeant de tactique. Ça vous est égal ? Si vous ne nous aidez pas, nous allons tous mourir. Vous comprenez le mot « mourir » ?

– Non, laissa simplement tomber Elwyn.

Tremblant d'effroi, Alys comprit que, sans le vouloir, elle avait mis le doigt sur le problème d'Elwyn. Tout un univers de pensées philosophiques se heurta en elle.

Comment une personne qui ne pouvait ni mourir ni souffrir comprendrait-elle la peur ou la souffrance ? Pas étonnant qu'Elwyn se montre à ce point indifférente sans être vraiment cruelle. Elle n'avait jamais eu à redouter aucune conséquence, pour elle cette notion n'existait pas ; sans doute était-ce pour cette raison qu'elle faisait tant penser à une enfant… Sans doute fallait-il affronter la mort pour mûrir… prendre ses responsabilités…

Alys avait un peu envie de s'étendre sur ces questions avant de les oublier. Mais une autre voix en elle criait : « Continue ! » En tant que mortelle, elle prit la seule décision qui s'imposait :

– Que vous le compreniez ou non, il va falloir nous aider. Parce que nous vous garderons le temps qu'il faudra.

Exaspérée, Elwyn frappa dans ses mains.

– Je ne tiens pas à rester ici, et vous m'avez fait mal à la tête. Si vous n'y prenez pas garde, je pourrais bien me fâcher.

– Et alors ? Vous pourriez nous traiter de tous les noms, c'est ça ? On vous tient.

– Euh… Alys… intervint Janie.

– Pas maintenant, Janie. Vous voyez, Elwyn ? Vous êtes prise au piège, ici.

– Alys…

– Chut, Janie ! Écoutez, Elwyn, acceptez de nous aider, ensuite vous pourrez rentrer chez vous. Allez, dites oui !

– Je suis mécontente maintenant. J'entre dans une rage folle.

– Allez-y, crachez ! Je ne lâcherai pas la branche…

– Alys, insista Janie, je crois que tu oublies quelque chose…

– … tant que vous ne céderez pas. Vas-y, Janie, qu'est-ce que j'oublie ?

– Les éclairs.

Une explosion de lumière retentit contre le mur du fond, dans un claquement de tonnerre.

Alys fit volte-face. Le mur présentait maintenant une tache noire encore fumante, d'un mètre de diamètre.

– Elwyn, qu'est-ce que…

Quelque chose passa en sifflant devant sa tête, heurta le plafond, faisant trembler la maison sur ses fondations.

– Arrêtez ! Arrêtez !

Abasourdie, Alys comprit qu'Elwyn n'hésiterait pas à les tuer.

Clac !

Claudia couina, prise dans un tourbillon de débris de verre et de bois quand la fenêtre explosa. La pièce s'était emplie de fumée tandis que les éclairs continuaient d'y retentir de toutes parts, dans une puanteur d'ozone.

Boum !

Alys eut l'impression que le sommet de son crâne venait d'exploser. Elle recula, les cheveux accrochés à un clou, tomba en arrière, tenant toujours la branche d'épines, qui ne lui opposait plus aucune résistance.

– Elle s'en va !

Charles jaillit du fond de la pièce. S'arrachant les cheveux du clou, Alys courut derrière lui. Ils dérapèrent, se redressèrent et filèrent vers la pièce voisine juste à temps pour voir une silhouette rouge orangé disparaître dans le miroir.

– On y va ! cria Alys.

Mais Charles la retint.

– Tu ne la rattraperas jamais. Sans compter que Cadal Forge est revenu. Je l'ai vu. Il a rameuté toute une foule.

Alys s'effondra, contemplant d'un œil morne la branche d'épines dans sa main. Et la touffe argentée qui y restait accrochée.

– Comment a-t-elle réussi à se libérer comme ça ? murmura Janie derrière eux.

– En fait, j'ai peur que ce soit à cause de moi. J'ai dû trop m'agripper à la branche en tombant.

– Oui, j'ai vu ça. Tiens, je crois que c'est à toi.

Janie lui tendit une mèche qu'elle avait récupérée sur le clou.

Claudia se fraya un chemin dans le couloir maintenant noyé de fumée.

– Il y a un trou dans le mur, là-bas, annonça-t-elle en toussant.

– Plusieurs trous, dit Janie.

Charles ouvrit une fenêtre.

– Il y a aussi plein de fumée qui monte de la chambre d'enfants. Qu'est-ce que vous préférez, Cadal Forge ou la police ?

– C'est une question théorique ?

– Non, dit Alys. J'entends des sirènes.

Elle serra les poings.

– Je me fiche de Cadal Forge. Je me fiche de ce qu'il peut me faire. Quand la police arrivera, je vais traverser un miroir pour leur faire voir.

– Tu ne peux pas, fit remarquer Janie d'un ton parfaitement calme. La lune s'est couchée il y a vingt minutes.

– Mais Elwyn…

– C'est une Quislai, n'oublie pas. Comme tu l'as dit, elle est puissante.

En bas, la porte d'entrée s'ouvrait brutalement.

17

Le solstice

Alors que la police se ruait dans l'escalier, suivie de pompiers et d'infirmiers, Alys lança un dernier ordre :

– C'est moi qui leur parle !

Peu après, tout ne fut que confusion et aucun des quatre n'aurait su dire si on venait à leur secours ou si on les arrêtait. Sans doute les deux à la fois car, après les avoir fait descendre bon gré mal gré, on les menotta puis on les poussa dans une voiture pour les conduire tout droit au commissariat d'Orange.

Dans une atmosphère de complète hystérie, Janie poussait des cris stridents, Charles braillait et Claudia, la douce Claudia, mordit un agent. Cependant, bien qu'abasourdie, effondrée, Alys parvint à garder la tête froide. Elle savait très bien que, sans la moindre preuve à leur apporter, il était inutile de reprendre devant la police la théorie magique. En même temps, il restait essentiel – plus important que de sauver leurs propres vies – de la convaincre qu'il se passait quelque chose de terrible dans le vieux manoir. S'ils se montraient assez convaincants, au point de le faire surveiller pendant la nuit du solstice, les enfants auraient peut-être encore leurs chances contre Cadal Forge.

Aussi raconta-t-elle une histoire aussi proche de la vérité que possible, sans parler une seule fois de sorcellerie. Elle dit que, la semaine précédente, une personne les avait attirés dans l'ancienne demeure. Quant à ce qui s'était passé à l'intérieur... cela pouvait ressembler à une hallucination provoquée par la drogue. Après quoi, la personne les avait menacés afin de s'assurer qu'ils ne disent rien, et leur avait fait promettre de revenir. Il y avait d'autres gens dans cette maison, tous plus ou moins dingues, comme le pyromane qui avait mis le feu à la chambre d'enfants ce matin.

– On dirait une affaire de secte, murmura un des agents.

Un seul problème : la police voulait des noms et des détails sur ces adeptes fous. Comme Alys refusait d'en dire davantage, son histoire passa nettement moins bien.

– Je ne crois pas une minute à cette histoire à dormir debout sur le mystérieux inconnu aux cheveux blancs qui aurait mis le feu à la maison, dit l'inspecteur chargé de leur affaire. Je crois que vous savez parfaitement qui a fait ça et que vous mentez pour les protéger. Je crois que vous faites partie de la bande, j'irai même jusqu'à dire que c'est vous qui avez provoqué cet incendie.

Pourtant, il y avait cette preuve, la branche d'épines : aucun des enfants n'avait les cheveux de cette couleur. Et la police, malgré une fouille générale de la maison, ne put trouver la moindre allumette susceptible d'expliquer l'origine du feu. Si bien qu'il fallut les relâcher.

En revanche, il leur fut clairement signifié que s'ils approchaient encore de la maison de Morgana, ou étaient surpris à jouer avec le feu, ou provoquaient le moindre trouble d'ici à la fin de leur vie, ils seraient poursuivis.

Pire que tout : il n'était pas question de surveiller les lieux vingt-quatre heures sur vingt-quatre. Autrement dit, à minuit, le lendemain, il n'y aurait personne.

L'hystérie fut encore plus violente dans la voiture où les remmenaient leurs parents. Alys, les yeux si gonflés à force de pleurer qu'ils en étaient presque clos, finit par se plaquer les mains sur les oreilles pour ne plus entendre sa mère lui répéter de « donner au moins les noms des adeptes de la secte ».

Au prochain lever de la lune, ce serait le début de la nuit du solstice.

Ce soir-là, ils s'endormirent tous en pleurant.

Le lendemain, ils restèrent à la maison et passèrent la journée dans la chambre de Claudia, celle qui comportait des barreaux. Les parents n'allèrent pas travailler pour mieux les surveiller.

– Qu'est-ce qu'on fait maintenant ? demanda Charles.

– Comment ça ? s'étonna Janie.

– On… Il faut bien faire quelque chose, non ? Si on…

– Quoi ?

Il haussa les épaules. Dans le silence abattu qui s'ensuivit, Claudia suggéra :

– La police viendra peut-être ce soir.

– Pas sans raison précise, dit Charles. Et ils n'en… Attendez ! (Une lueur passa dans son regard.) Et si… et si on passait un appel anonyme ce soir ? Si on leur disait que… euh, la maison est ravagée par un incendie, ou quelque chose comme ça. Ça les ramènerait tout de suite.

Jusque-là, Alys n'avait pas prononcé un mot. Pourtant, elle n'était pas anéantie, ni à court d'idées. Elle réfléchissait. Lentement, elle ferma le poing à s'en blesser la paume avec les ongles, puis frappa la table d'un coup qui fit vaciller la lampe.

– Alys ? C'est ce qu'on va faire ?

– Non.

Un seul mot, qui avait claqué comme un coup de feu.

– Alors ?

– On va vraiment mettre le feu à la maison.

– Alys ?

– Non, je ne déraille pas, Charles. Juré.

Les deux jumeaux échangèrent un regard, avant de vérifier par la fenêtre si les parents n'avaient pas entendu.

– Écoutez, reprit-elle. C'est la seule chose qui serait efficace. Si on met le feu à cette maison pendant le lever de la lune, ça grouillera de flics et de pompiers quand la lune apparaîtra et que Cadal Forge arrivera. Ils pourront peut-être faire quelque chose contre la Société. Sinon... je me demande si un sorcier pourrait survivre à un incendie.

Charles en eut froid dans le dos. En même temps, il éprouvait une sorte d'horrible fascination.

– Ça... pourrait... peut-être... marcher, estima Janie.

Tous réfléchirent.

Tous se regardèrent.

Tous poussèrent un grand soupir et hochèrent la tête.

– On ira en prison, murmura Charles.

– Je sais.

– Mais… on pourrait y passer. Ce ne sera pas facile de déclencher un incendie pareil et de s'en sortir.

– Je crois que Claudia ne devrait pas y participer, dit Janie.

Celle-ci rétorqua aussitôt :

– Si vous y allez, j'y vais.

– Il va nous falloir de l'essence, dit Alys. On va siphonner les voitures avant de partir ce soir. Et on aura besoin d'un détonateur.

Un sourire amer crispa les lèvres de Charles.

– La police nous a accusés de jouer avec des pétards. Je vais leur en donner, moi, des pétards. J'ai quelques Tijuana speciales sous mon lit…

– Le genre qui arrache la main ?

– Oh, Janie ! C'est sans doute la tête qu'on va se faire arracher cette nuit. Alors, une main de plus ou de moins…

À minuit moins le quart, ils étaient assis dans la broussaille sur la colline du manoir de Morgana, attendant le lever de la lune, comme la nuit où ils avaient fabriqué l'amulette. Chacun portait la sienne au cou, comme un symbole.

Ils n'avaient éprouvé aucune difficulté à escalader leurs fenêtres pour quitter la maison. Épuisés après une longue journée passée à les surveiller, leurs parents dormaient à poings fermés.

Alys et Charles avaient soigneusement disposé leurs bidons d'essence et des tas de papiers sous les yeux écarquillés de Claudia ; seule Janie n'avait pas participé, assise, le menton dans les mains, le regard fixé sur les collines où la lune allait bientôt apparaître, l'air morose. Mais sous ces dehors impassibles, son cerveau travaillait comme une montre de précision – elle réfléchissait.

C'était une perfectionniste ; si elle trouvait désastreuse l'idée de brûler Fell Andred, une solution de mauvais goût et incohérente, elle avait beau chercher, elle n'en voyait pas d'autre.

La solution élégante aurait consisté à faire ce qu'ils avaient décidé dès le début : retrouver Morgana. Sherlock Holmes ou même Hercule Poirot auraient facilement déduit où se trouvait la sorcière sans avoir à quitter leur siège. Mais eux n'étaient pas à moitié endormis.

Car c'était ainsi qu'elle se sentait, comme si, depuis des semaines, elle n'avait fait qu'errer au bord de l'inconscience, incapable d'envisager une perspective plus large. Tout cela parce qu'elle avait toujours été affreusement impressionnée par la sorcellerie, même dans les contes de fées, où les choses apparaissaient soudain, sans rime ni raison, incontrôlables, imprévisibles.

Mais la magie de Weerul n'était pas comme ça : elle obéissait à des lois, même si celles-ci paraissaient étranges et fantastiques ; elle était belle en soi, et Janie devrait pouvoir en comprendre l'ordonnancement.

Tout en regardant apparaître la lumière blanche derrière les collines, elle posa les doigts sur ses tempes pour tâcher de mieux réfléchir.

Fell Andred présentait tellement d'aspects troublants, de minuscules détails qui semblaient ne pas cadrer – pourtant, elle n'arrivait pas à en tirer de conclusions et il restait si peu de temps… Ce n'étaient que des fragments d'idées qui se heurtaient en elle. Le soir où ils avaient fabriqué l'amulette, lorsqu'ils s'étaient aperçus qu'on ne pouvait sortir les miroirs du manoir. Ou la nuit où elle avait utilisé les doubles miroirs pour sauver les autres d'Aric. Le combat avec Elwyn…

Oh, ça ne servait à rien ! Elle secoua la tête en poussant un petit cri de rage, furieuse de ne pas être une sorcière, elle aussi, comme Thia Pendriel. Morgana se trouvait quelque part dans le château, Janie en était sûre, elle le sentait. Si seulement ils trouvaient le moyen de regarder à travers les miroirs pour la découvrir… Alors, ils auraient encore le temps…

Un long soupir d'émerveillement lui échappa, et la lune qui achevait de se détacher des collines éclaira son visage métamorphosé. Cette fois, elle tenait sa réponse.

Alys arrivait à la porte, un bidon d'essence à la main.

– Alys, Charles, rangez ça.

– Quoi ?

– On n'en a plus besoin.

– Quoi ?

– Je sais où est Morgana.

Soudain, elle se sentait libre comme l'air. Elle se leva d'un bond, marcha, ou plutôt flotta vers la maison, passant devant Alys et Charles sans même vérifier s'ils la suivaient. Inutile, elle en était certaine.

– Janie, qu'est-ce que tu racontes ? Réponds-moi, bon sang ! Où est-ce que tu vas ?

Elle traversa le grand salon telle une étoile filante, les conduisit vers l'aile est, au premier étage, jusqu'à la chambre de Morgana, où elle désigna le plus petit des deux miroirs de l'alcôve.

– Celui-là, je crois.

– Janie, tu es folle ? C'est toi qui l'as traversé, celui-là.

– Je sais.

Avec un sourire, elle l'écarta doucement du mur et le porta devant elle comme un bouclier en regagnant le corridor.

– Où vas-tu ?

Toujours suivie de ses frère et sœurs, elle entra dans la chambre d'enfants.

Aussi furieuse que perturbée, Alys rouspéta :

– Mais il n'y a même pas de miroir… ici…

Elle se tut comme Janie accrochait le miroir au clou qui avait retenu ses cheveux la veille.

– Maintenant, il y en a un.

Là-dessus, elle le traversa.

Un instant, les trois autres restèrent figés puis, d'un commun accord, ils se précipitèrent à sa suite, comme mus par un ressort.

En fait, tout se passa tellement vite qu'ils eurent le temps d'observer la première réaction de Morgana.

– Vous n'êtes que des sots ! s'exclama celle-ci.

Elle envoya un coup en direction de Janie qui, s'il avait atteint son but, aurait envoyé celle-ci au tapis.

– Bande de balourds, d'incompétents, de cervelles d'oiseaux, c'est maintenant que vous arrivez ?

Elle n'était pas plus grande que Janie, et ses yeux gris lançaient des éclairs.

– On… a fait… de notre mieux, bredouilla Alys, assommée.

– De votre mieux !

– Je… Vous pourriez tout de même nous remercier…

– De quoi ? Vous rendez-vous compte que les miroirs vont s'ouvrir sur le monde des humains dans cinquante-sept minutes ? Comment, au nom de Beldar, pourrais-je vous sauver en un temps aussi ridiculement court ?

– Peut-être, lança une petite voix près du sol, pensent-ils à juste raison que vous êtes la meilleure.

– Oh ! Vous êtes vivante ! s'écria Claudia en tombant à genoux.

– Nous verrons plus tard pour les effusions, dit la renarde en se débattant entre ses bras. Pour le moment, je vous conseille vivement de cesser de divaguer, Morgana, et de traverser ce miroir. Pourquoi ? Parce que quelqu'un arrive dans le couloir. Sans doute même plusieurs personnes.

– Tu parles trop, gronda Morgana.

Alors, la porte s'ouvrit brutalement sur Cadal Forge. Il vit Morgana, il vit le miroir… et Alys fut témoin de la scène la plus terrifiante de sa vie. Un Cadal Forge résolu. Sa tête se braqua vers Morgana alors que dans ses yeux gris de cristal disparaissait toute trace de rumination abstraite. L'entière force de sa prodigieuse volonté se concentrait sur l'instant présent. Alys recula.

En criant, Morgana plongea dans le miroir mais, avant que quiconque puisse la suivre, apparut Thia Pendriel dans sa robe marine ; elle toucha le miroir de sa Crosse d'Argent, le transformant en une vitre transparente derrière laquelle Morgana s'éloignait. En un clin d'œil, la grande sorcière se tourna vers Claudia et la saisit à bras le corps pour lui arracher son amulette, qu'elle jeta par la fenêtre.

– Allez, au grand salon ! lança Cadal Forge sans manifester la moindre émotion.

– Claudia ! cria Alys.

Curieusement, Charles se voyait en train de courir dans Center Street pour se cacher dans le garage ; cela ne l'empêcha pas de rejoindre Alys à la poursuite du sorcier. Il eut juste le temps de constater avec dégoût que Janie n'en faisait rien, préférant s'engouffrer dans un miroir à la suite de la renarde.

En repassant dans le monde humain, Janie vit très bien le regard méprisant de Charles, mais elle préféra ne pas en tenir compte et se rendit dans la chambre de Morgana.

– Tu ne t'es même pas donné la peine de m'apporter ma crosse ! lança celle-ci en se penchant vers la cheminée.

– Je croyais que c'était un tisonnier, répondit Janie, déconcertée.

Entre les mains de la sorcière, la longue baguette de métal rouillé avec laquelle Janie avait battu Aric apparut d'or liquide traversé de frissons de lumière.

– Mes accessoires !

Glissant sur le sol, semblant à peine le frôler, elle se précipita au sous-sol vers l'officine.

– Prends ça, ça et ça !

Elle empilait les bouteilles dans les bras de Janie, tout en inspectant les étagères une à une. Elle ne ressemblait décidément en rien à Thia Pendriel. La véritable Maîtresse des Miroirs était aussi petite qu'une enfant, et ses cheveux tombaient en sombres nuages sur ses épaules. Elle portait une robe unie couleur d'ambre, serrée à la taille par une large ceinture incrustée de pierreries ; à son cou brillait un lourd collier d'or auquel était accroché un sachet de soie verte.

– Qu'est-ce que vous allez faire ? demanda Janie.

– Fermer les miroirs, bien sûr !

– Alors que les autres sont encore dans Féerie ?

Morgana s'arrêta net à l'énoncé de cette question posée d'un ton des plus calmes.

– Quoi ? demanda-t-elle en regardant autour d'elle comme si elle s'attendait à voir d'autres enfants. Tu veux dire qu'ils n'ont pas suivi ?

Janie lui raconta ce qui était arrivé à Claudia.

– Et Alys ne l'abandonnera jamais, acheva-t-elle. Ni Charles… je crois.

Un interminable moment de tension s'ensuivit, durant lequel la sorcière interrogea la renarde du regard.

– Damnation ! s'exclama-t-elle. J'ai beau être à demi Quislai, je ne suis pas indestructible pour autant ! As-tu vu combien ils étaient ?

Les moustaches de la renarde frémirent.

– J'ai toujours pensé, observa-t-elle froidement, que vous étiez aussi à moitié humaine.

Nouvelle pause, et soudain Morgana se remit en mouvement, sortant d'autres bouteilles des étagères, ses petites mains voletant en tous sens alors qu'elle mélangeait ses ingrédients.

– Là ! (Elle jeta la mixture dans un linge jaune, le tordit et le déposa entre les mains de Janie.) La renarde va t'expliquer comment t'en servir. Je vais avoir besoin de toute l'aide possible.

– Je pensais que vous étiez la meilleure, dit doucement Janie.

La femme lui jeta un regard propre à geler toute flamme au cœur des enfers.

– Enfant ! lâcha-t-elle entre ses dents, nos ennemis ont eu trois cents ans pour se préparer à cet instant.

Moi, j'ai eu trois minutes. En outre, je ne pratique plus depuis un demi-millénaire. Je n'ai pas cherché à être la plus puissante des sorcières depuis Darion Beldar. Maintenant, écarte-toi de mon chemin ou gare à ne pas finir en tas de cendres !

Janie obéit et Morgana disparut.

– Il va te falloir un encensoir, lança soudain la renarde. Ne me demande pas pourquoi. Il y en a un sur cette étagère basse.

Janie se fraya un chemin parmi les instruments poussiéreux ; elle regrettait de ne pas avoir les doigts agiles de Morgana.

– Qu'est-ce qu'il y a, dans ce tissu ?

– De la poudre incendiaire. On la répand pour écarter ses ennemis. Celle de Morgana est particulièrement virulente. Malheureusement, on ne peut la préparer qu'en petites quantités et elle n'a pas eu le temps d'en fabriquer beaucoup.

Janie trouva l'encensoir, récipient d'or percé de trous sur les côtés, sorte de passoire à thé retenue par des chaînes.

– Il manque quelque chose au sortilège ? Parce que j'ai vu les ingrédients et les proportions. Mais je me demande ce qui se passerait si on ajoutait une pincée de plumes de phénix…

18

La Crosse d'Or

Alys et Charles suivaient en trébuchant la troupe vers l'aile ouest. Personne ne fit attention à eux, excepté un sorcier qui jeta un regard méprisant vers Charles et l'envoya au sol d'un geste absent.

– Je vais devenir dingue, maugréa le garçon en essuyant son nez qui saignait. Là, je vais tout casser !

– On ne peut pas leur laisser Claudia, souffla Alys en le dépassant.

Elle débouchait dans la galerie du premier étage quand elle s'arrêta net, choquée. Si une dizaine de sorciers avaient accompagné Cadal Forge jusque-là, dans le grand salon, à ses pieds, il devait y en avoir une cinquantaine, chacun armé d'une crosse. La Société était rassemblée.

Une atmosphère d'attente impatiente régnait sur l'immense salle, mais personne ne semblait inquiet ni pressé. Les sorciers étaient grands, élégants, avec un beau visage et un corps discipliné. Puissance et conscience de cette puissance s'exprimaient dans chacun de leurs mouvements. Ils portaient des robes multicolores richement brodées : bleu céruléen, vert mandragore, mauve, gris tourterelle et brun roux. Tous les yeux étaient tournés vers Cadal Forge, qui dominait sans effort cette auguste troupe de sa seule présence.

Le maître sorcier, dans sa simple tenue de soldat, se tenait à proximité de l'estrade, les bras croisés, sa crosse à la main. Pourtant, malgré les apparences, Alys le sentait aux aguets, tel un somnambule qui viendrait de s'éveiller.

Soudain, un murmure parcourut la foule, alors que le grand miroir frémissait de couleurs. Et Morgana en personne apparut sur l'estrade, les mains vides, serrées.

Ses yeux parcoururent l'assemblée et, quand ils croisèrent ceux de Cadal Forge, celui-ci s'inclina légèrement, comme pour dire : « Voilà ! ». Quand elle aperçut Thia Pendriel, son autre grande ennemie, la conseillère souleva Claudia d'un air neutre. Morgana se crispa et, se retournant vers Cadal Forge, prit une longue inspiration avant de s'adresser à toute l'assistance :

– Membres de la Société pour un Ordre Nouveau dans un Monde Nouveau, commença-t-elle. On vous trompe. Cet homme… (Elle tendit le doigt vers Cadal Forge sans le regarder.) Cet homme vous a dit vouloir restaurer l'Âge d'Or de Findahl, établir un ordre où chacun de vous puisse régner sans l'interférence du Conseil. Il ment. Il ne cherche aucun ordre nouveau, il se fiche de vous voir tous morts… y compris toi, Aric Carpalith. Tout ce qu'il veut, c'est l'anéantissement du monde des humains. Il veut se vautrer dans le sang de ses ennemis personnels, et quand ce sera fini, croyez-moi, vous pourrez tous aller vous faire pendre.

Morgana était une extraordinaire oratrice ; quand elle eut fini, la salle vibrait de tension. Mais Cadal

Forge restait parfaitement à l'aise et, comme les yeux de la Société se tournaient vers lui, il décroisa les bras, fit un petit geste et sourit.

– Je crois qu'elle vous invite à partir, dit-il sèchement.

Il dut lever la main pour apaiser l'éclat de rire général.

– Mes amis, partez, je vous en prie. Oui, partez… Si vous ne tenez pas à conserver votre propre terre, incontestée, sans impôts, loin du danger de la Zone Chaotique. Partez si vous appréciez que le Conseil regarde sans cesse par-dessus votre épaule. Partez si vous ne voulez pas voir un monde nouveau, parfait, qui n'attend que vous, pour l'instant peuplé de barbares qui nous en ont indûment chassés.

Il marqua une pause, les regarda longuement.

– Quoi ? reprit-il. Personne ne s'en va ?

Puis à Morgana :

– Écarte-toi.

Les épaules de la sorcière s'affaissèrent ; elle retourna lentement vers le miroir.

– Cadal, je… t'ai dit que je ne pourrais te permettre de faire ça !

Sur ces derniers mots, elle virevolta, la Crosse d'Or à la main, éblouissante, dont l'une des têtes envoya une boule de feu qui fila vers le sol, d'où jaillit un arbre de cristaux vivants qui grandissait à la vitesse d'un éclair. Des branches épineuses en fusèrent dans toutes les directions, transperçant de nombreux sorciers.

Aussitôt, la bataille fut générale.

Cadal Forge réagit presque instantanément, frappant le sol de sa propre crosse, qui ouvrit une fissure sous l'arbre, l'engloutissant. Mais il avait dû tourner le dos à Morgana et elle brandit à nouveau sa crosse.

– Retiens ta main, Maîtresse des Miroirs !

La voix mélodieuse de Thia Pendriel retentit dans le grand salon. La conseillère se tenait directement sous Alys. D'une main, elle tenait Claudia, muette de terreur. De l'autre, elle lui appuyait la Crosse d'Argent sur la gorge.

Morgana montra les dents, mais elle abaissa le bras et de sourds tintements montèrent de l'arbre qui achevait de s'effondrer.

Alys vit son bandeau de pierreries tomber des cheveux de Thia Pendriel, alors son esprit se déconnecta de son corps, qui prit le commandement. D'un mouvement fluide, elle enjamba la balustrade et atterrit sur la conseillère.

Le choc lui coupa le souffle tandis qu'elle roulait au sol, récupérant Claudia au passage. La crosse de Thia Pendriel lui avait échappé des mains.

Avec un effroyable juron, Cadal Forge jeta un sort dans leur direction, mais Morgana l'interrompit d'une exclamation encore plus aiguë, plus violente, et l'éclair jailli de sa crosse arriva avant, frappant le sol devant les deux filles, puis les encerclant d'une spirale trop vive pour que l'œil puisse la suivre ; la spirale devint nid d'abeille, cloche de dentelle. La sphère écarlate de Cadal Forge vint s'écraser dessus, comme absorbée dans un seau de sang. Puis la cage émit un flot d'étincelles ; le temps de trois battements de cœur, Alys sut ce qu'il pouvait en être de se trouver au cœur d'un feu d'artifice.

Soudain, tout s'arrêta. Cependant, Thia Pendriel et Cadal Forge avaient concentré leur attention sur

Morgana et frappèrent en même temps. L'attaque de la conseillère prit la forme de flammes bleues, que Morgana détourna à l'aide de sa crosse. L'attaque du sorcier ressembla davantage à un éclair solide, qui frôla Morgana avant d'exploser dans le miroir. Sans lui laisser le temps de se reprendre, ils l'attaquèrent à nouveau. La petite sorcière défaillit et s'effondra.

Charles, tapi dans la galerie, les mains crispées sur la balustrade, cherchait désespérément ce qu'il pourrait bien faire.

Une voix retentit derrière lui :

– Tiens, dit Janie. Prends ça et sers-t'en.

– Toi ! Tu es revenue !

– Évidemment, que je suis revenue ! J'ai concocté quelques sortilèges avec la renarde, c'est tout. Prends.

Il attrapa l'objet qu'elle lui présentait.

– Qu'est-ce que c'est ?

– De la poudre... pour une bombe incendiaire.

– Dans une salière ?

– Il a bien fallu improviser.

Apercevant les partisans de Cadal Forge à leurs pieds, Janie balança l'encensoir, lâchant un jet de poudre.

L'effet fut spectaculaire. Chaque grain explosa en mille morceaux qui, à leur tour, explosèrent en cent mille fragments et ainsi de suite. Avec, pour résultat, un nuage de violence grandissant.

Même le plus expert des sorciers dut s'écarter pour échapper à cette poudre qui provoquait des myriades de brûlures. Joyeusement, Charles et Janie parcoururent la galerie en tous sens, répandant la poudre sur tout ce qui bougeait.

Au début, les sorciers mineurs avaient reculé, laissant leurs maîtres s'occuper de Morgana ; maintenant, la salle scintillait de couleurs crépitantes et, un à un, les membres de la Société entraient dans la bataille. Morgana, qui s'était relevée, commença par chanceler, incapable de se défendre face à un tel barrage. Un rayon de lumière verte lui ouvrit la joue, de la pommette à l'oreille ; un éclair violet mit le feu à la tapisserie.

La crosse de Thia Pendriel cracha des boules spongieuses qui sentaient la viande pourrie. L'une d'elles frappa la robe de Morgana et commença à l'escalader. Avec une sorte de sanglot, la sorcière la chassa, mais elle fut alors heurtée par une balle écarlate qui arrivait tranquillement ; elle poussa un hurlement.

Sa crosse traça un arc de violence et frappa le sol dans une sorte de décharge électrique qui fila sur le sol, heurta le mur, gicla sur un angle et ricocha, laissant derrière elle une ligne de feu qui divisa la salle par une raie zigzagante. Les sorciers s'égaillèrent dans tous les sens pour y échapper, mais nombreux furent ceux qui se retrouvèrent pris au piège. Alys entraîna Claudia à l'abri sous l'escalier de la tourelle, releva la tête pour découvrir avec effroi qu'elle partageait cet abri avec Thia Pendriel. Celle-ci lui adressa un faible sourire, la bouscula et grimpa les marches, laissant une Alys sans voix.

Dans le salon, les éclairs jaillissaient en tous sens, plus éclatants que jamais. En frappant le mur du fond, ils s'arrêtèrent, laissant une salle partagée en deux, et le sol trembla, de la lave s'écoula des crevasses. Des fissures parcoururent les murs, crachant, là encore, des vomissures de lave. Morgana marqua une nouvelle pause pour évaluer les conséquences de son attaque sur Cadal Forge.

– Je ne contrôle plus rien ! souffla-t-elle. Fuyez, les enfants !

Devant les flammes et la roche en fusion, Alys ne se le fit pas dire deux fois et fit monter Claudia par l'escalier pour rejoindre Charles et Janie.

– On monte encore ! leur cria-t-elle.

Claudia n'avait plus son amulette, et il n'était pas question de quitter Féerie sans elle. Ils n'avaient nulle part où aller, alors autant se réfugier dans la tourelle.

Le salon retentissait maintenant d'un chahut incontrôlable. Cris de douleur, rugissements, appels, injures se répondaient dans un brouhaha incompréhensible. Les frère et sœurs arrivèrent au deuxième étage à l'instant où Cadal Forge parvenait à traverser les lignes de feu et se lançait à la poursuite de Morgana, qui avait elle-même filé dans l'escalier.

En quelques secondes, elle rejoignit Alys et ouvrit la porte menant au toit.

– Grimpez !

Emportant Claudia, ils se hissèrent par la trappe.

– C'est ma maison… et les portes, au moins, obéissent à ma volonté, dit Morgana en fermant derrière elle d'un coup de crosse.

– Pas si elles tombent en miettes avant l'accomplissement de ton sortilège, énonça Thia Pendriel en sortant de l'ombre.

La Crosse d'Argent cracha une salve de feu à l'instant où celle de Morgana traçait les contours de la porte. Une lumière d'argent explosa dans une chaleur fulgurante. Cette fois, l'épuisement de Morgana apparut clairement quand, au lieu de protéger les enfants par sa sorcellerie, elle se contenta de les écarter du chemin.

– Derrière moi, dit-elle paisiblement.

Ils obéirent. L'issue de la bataille semblait avoir changé de camp. Atteinte d'une dizaine de blessures, Morgana saignait abondamment ; pourtant, elle fit face aux crosses d'une bonne vingtaine de sorciers menés par Cadal Forge, qui levait lentement sa Crosse Rouge.

– Rends-toi, dit-il simplement.

La Maîtresse des Miroirs resta silencieuse.

– Je ne t'ai pas tuée, reprit-il. Je ne te tuerai pas maintenant non plus. Soumets-toi, abandonne-moi ta crosse et tu vivras. Tu pourras même t'en aller d'ici en paix. Sinon…

Il eut un petit geste éloquent.

– Ose seulement m'affronter seul, rétorqua la petite sorcière d'une voix rauque. Bats-toi sans cette horde d'esclaves derrière toi, et si je suis vaincue tu prendras ma crosse.

– Je relève le défi, intervint Thia Pendriel. Notre querelle remonte à longtemps, renégate, et je veux profiter de cette chance de la régler.

– Pendriel, tu es une idiote ! gronda Morgana d'une voix tremblante. Que ferais-tu de la Crosse d'Or après toutes ces années ? Où irais-tu avec, maintenant que tu as ouvertement trahi le Conseil ?

La grande sorcière eut un sourire énigmatique.

– Dans le monde des humains ? Aimerais-tu vraiment gouverner un monde de misérables esclaves à la vie trop courte ? À moins que, toi aussi, tu aies un autre objectif…

– Assez, dit Cadal Forge. Il n'y aura ni combat singulier ni discussion. Vous m'avez déjà fait perdre trop de temps. Regarde-moi, Morgana. La Rouge sera ta mort.

Devant Alys horrifiée, la tête du griffon de sa crosse sembla prendre vie et, dans un rugissement de lion, les yeux exorbités, la mâchoire menaçante, l'animal cracha une vapeur rouge en direction de Morgana. Comme s'ils répondaient à un signal, les autres sorciers frappèrent ensemble et, dans une sorte d'arc-en-ciel, Alys vit le sol se jeter sur elle.

Une violente douleur lui déchira le bras. Derrière elle, le mur de la tourelle était en ruine. Devant elle, Morgana s'était effondrée sur la Crosse d'Or, et Cadal Forge se tenait au-dessus d'elle, se préparant à l'achever.

De la gueule du griffon, d'où avait auparavant jailli une branche d'épines pour prendre au piège une Quislai, sortaient maintenant de longues vrilles fibreuses qui s'enroulèrent autour du corps de Morgana presque tendrement – avant de serrer.

Alys ne parvenait pas à détourner son regard de cette scène cauchemardesque, qui lui en rappelait irrésistiblement une autre, lorsque, impuissante, elle avait regardé un ami affronter seul la mort. Mais maintenant, en quelque sorte, elle ne restait pas allongée ni immobile. Elle était debout, prise de vertige, sa dague ganneline à la main.

Nul ne se donna la peine d'avertir Cadal Forge quand elle frappa… Que pouvait une pauvre humaine contre un maître sorcier ? Mais ce n'était pas lui que visait Alys. D'un grand geste du bras, elle orienta la lame sur les vrilles, les coupant aussi facilement que s'il s'agissait d'une toile d'araignée. Morgana poussa un soupir fiévreux quand son cou fut libéré, et resta immobile.

En se retournant, Alys rencontra les yeux gris de cristal de Cadal Forge. Une fois déjà, elle avait croisé ce regard brûlant dans un miroir et s'était affolée. Cette fois, elle serra bien sa dague avant de l'envoyer de toutes ses forces sur lui.

Et voilà que la Crosse d'Or s'éleva dans les airs pour y rencontrer la lame ganneline, la faire exploser en mille morceaux ; le choc renvoya la poignée vers Alys, qui recula en titubant et trébucha sur un débris. Un instant, elle oscilla au bord de la tourelle, essayant de reprendre son équilibre, mais une pierre roula sous son pied et elle tomba.

19

Cœur de Bravoure

Alys tomba dans un grand cri. La pleine lune éclairait le sol en dessous d'elle avec de terribles détails. Soudain, une forme immense s'interposa et elle ferma les yeux avant de la heurter, de continuer de tomber avec elle en effleurant la muraille de Fell Andred, puis de remonter brusquement.

Elle rouvrit les yeux, étouffa un nouveau cri, s'accrocha. Le château s'éloignait à toute vitesse pour ne plus ressembler qu'à un jouet tandis qu'elle tourbillonnait en direction des étoiles ; l'énorme tête qui regardait par-dessus son épaule d'un œil inquisiteur… était celle d'un serpent.

Une voix murmura à son oreille :

– Ma Dame Alys…

Fendant l'air à ses côtés, elle reconnut l'autre serpent, le sien cette fois, au corps bleu et corail animé de six paires d'ailes d'un bleu velouté. Médusée, elle observa la monstrueuse créature qui l'emportait.

– Je vous ai dit que je n'étais encore qu'un enfant, lui rappela gentiment son serpent. Les autres sont plus grands.

Les autres étaient plus grands… Alys se rendit alors compte que la nuit était emplie de gigantesques silhouettes virevoltantes, écarlates et noires dans le clair de lune, qui commençaient à plonger vers le château.

– Tes ailes ! cria-t-elle dans le rugissement du vent.

– Le bassin d'Eldreth, répondit-il. Préparez-vous à sauter, ma Dame.

La tourelle parut soudain s'épanouir à ses pieds et, sans pouvoir dire ce qui lui était vraiment arrivé, Alys se retrouva entre Charles et Janie qui lui tapaient dans le dos avec une joie non dissimulée.

Une autre forme de frénésie s'était emparée des sorciers. Alors que les grands serpents, les gardiens du Conseil Weerul, descendaient en piqué, les plus braves de la Société leur jetèrent des sorts multicolores. Mais les énormes créatures semblaient insensibles à ce genre d'attaques et continuaient de plonger, frappant comme les grands serpents qu'elles étaient, jusqu'à ce que la tourelle tremble et que les sorciers prennent la fuite, en déroute.

Alys riait, criait et frappait dans ses mains. Morgana, protégée par deux serpents grands comme des aigles, s'assit lentement.

– Dire qu'un jour je devrai la vie au Conseil… commenta-t-elle d'une voix blanche.

Au-dessus d'eux, résonna une proclamation sauvage.

– Place à l'émissaire du Conseil ! Libérez la voie pour l'élue du Conseil.

Charles, alors en train de danser de joie, s'arrêta net, l'air stupéfait.

– C'est Elwyn !

– Elwyn ?

La jeune fille aux cheveux d'argent chevauchait le plus grand des serpents. Comme il plongeait, elle sauta, atterrit souplement sur le sol.

– Oh, que vous êtes vilains ! s'exclama-t-elle.

Sans attendre de réponse, elle arrosa la bataille de nouveaux coups de foudre.

À présent, la tourelle tanguait violemment sous les attaques des serpents et les éclairs de la jeune fille. Soudain, toute une muraille s'effondra, dégageant l'escalier en spirale, lui-même brisé en plusieurs endroits, ainsi que le premier étage de la tourelle.

Alys et Janie chancelaient au bord des ruines, essayant de garder l'équilibre sur un sol qui bondissait et ruait comme un cheval de rodéo.

– On ne peut pas rester ici, s'étranglait Alys.

Mais Janie la retint en montrant l'intérieur de la tour.

– Regarde… en bas… le miroir !

Au premier étage, le miroir accroché au mur changeait de couleur, du bleu au vert, de plus en plus vite – des couleurs de plus en plus violentes, éblouissantes. Ensuite, il y eut un bruit à la fois doux et terriblement sonore, quasi inaudible pour l'oreille humaine, dans un éclair blanc bleuté surgi de la vitre. C'était la même chose à travers tout le château, comme si chaque miroir devenait un projecteur allumé dans chaque pièce, devant chaque entrée, chaque fenêtre, chaque fissure de la maçonnerie.

Toute la puissance du dernier Grand Passage se déchaîna, et la masse carrée de Fell Andred scintilla comme une étoile.

Tous les visages se levèrent vers la pleine lune.

– Elle va atteindre son zénith, murmura Alys. Les miroirs sont ouverts.

À cet instant, elle aperçut la silhouette d'un soldat qui sautait directement dans le rectangle de lumière.

– Oh non ! s'étrangla-t-elle. Morgana... ils utilisent le Passage ! Ils vont dans notre monde.

La Maîtresse des Miroirs était déjà debout.

– Vite, suivez-moi !

Tant bien que mal, ils descendirent ensemble ce qui restait de l'escalier. Elwyn apparut à côté d'eux, alors qu'ils plongeaient dans la radiance du miroir.

Après la violence et la grandeur de Féerie, ce fut un choc terrible d'émerger dans une tourelle intacte. Pourtant, la lumière bleue qui fusait des miroirs semblait presque aussi éclatante ; du fin fond du manoir, s'élevèrent des cris et des explosions. Il semblait que chaque membre de la Société encore en état de se mouvoir ait fui dans le Passage pour échapper aux grands serpents.

– Qu'est-ce qu'on peut faire ? cria Alys à Morgana en dévalant l'escalier de la tourelle.

– Pour commencer, ne pas t'occuper de ça, rétorqua la sorcière. Vous n'allez pas pouvoir quitter le manoir... j'ai déjà activé les remparts de défense tout autour pour empêcher quiconque de s'échapper... mais vous pouvez vous cacher. Par pitié, que cette pauvre petite se repose !

Alys avait depuis longtemps repris Claudia dans ses bras. Après avoir observé le grand salon, elle choisit une alcôve à proximité du grand miroir.

– Reste là, dit-elle en y déposant sa sœur.

La renarde sauta sur les genoux de la fillette.

– Je la surveille, assura-t-elle fièrement. Va-t'en aider ma maîtresse. Elle a besoin de toi.

Morgana se trouvait dans la cuisine, le temps de renvoyer un sorcier dans le miroir, à coups d'éclairs dorés, avant d'emprunter en hâte l'escalier de la cave.

– Dès qu'on les aura tous réexpédiés dans Féerie, je devrai fermer les miroirs une fois pour toutes. C'est le seul moyen d'en finir avec cette bêtise. Elwyn, rends-toi utile !

Janie la suivit au sous-sol tandis qu'Elwyn, dans un rire joyeux, se mettait en chasse de sorciers. Si bien qu'Alys et Charles se retrouvèrent livrés à eux-mêmes dans l'aile ouest.

Ils essayèrent eux aussi de chasser les ennemis mais, bien que nombre de membres de la Société aient perdu leurs crosses, que beaucoup soient affolés et désorientés, en voyant qu'ils n'avaient affaire qu'à des enfants désarmés ils résistaient.

– Une ruse, conclut Charles en claquant soudain des doigts alors qu'Alys venait de l'écarter de la trajectoire d'un sort orange. Charles, tu es le meilleur !

Il sortit un pétard de ses poches surchargées, l'alluma dans les flammes que le sort orange avait semées le long des murs, et le jeta sur le sorcier qui l'avait attaqué ; croyant avoir affaire à une nouvelle poudre incendiaire, celui-ci s'enfuit dans le Passage sans demander son reste.

– Ouaaaiiis ! s'exclama le garçon en se lançant à la poursuite d'autres sorciers.

– Tiens, prends-en ! cria-t-il à Alys.

– Très bien, mais attaque ceux qui n'ont pas de crosse, lui lança-t-elle alors qu'il filait.

Elle-même aperçut une sorcière, les mains vides, qui inspectait l'intérieur d'une pièce voisine, et se hâta d'allumer un pétard.

La sorcière prit ses jambes à son cou et Alys se lança à sa poursuite, lui jetant le pétard pour l'obliger à fuir plus vite. À sa grande surprise, la femme se retourna, apparemment furieuse de cette attaque, dardant ses yeux verts sur Alys, qui se hâta de rebrousser chemin. Au fond, même une sorcière désarmée se révélait beaucoup trop dangereuse pour une seule humaine.

Toutefois, elle n'était pas seule. Une lanière bleue et corail s'abattit sur la sorcière, qui traversa le miroir dans un grand cri.

Alys, qui venait de s'asseoir, se redressa en se frottant la cheville tandis que le serpent venait se poser sur son genou.

– Merci, souffla-t-elle, subitement intimidée.

– Ma Dame, ma vie entière ne suffirait pas à vous remercier de ce que vous avez fait pour moi. Ce bassin de guérison m'a rendu ce que je croyais avoir perdu pour toujours… mes ailes.

– J'ai failli te tuer dans le marais…

– Et vous avez ensuite risqué votre propre vie pour me sauver. Ariadne Bordeleau me l'a raconté. Elle m'a aussi parlé de la fleur… Elle vous a fait un grand honneur en vous l'offrant. Elle m'a prié de transmettre ses salutations à Alys, Amie des Eldreth.

Après s'être une dernière fois enroulé affectueusement autour de son poignet, il s'envola vers le miroir, à la poursuite de la sorcière.

Derrière elle, la voix de Charles retentit :

– J'en ai eu cinq, et toi ? Oh, Alys, devine ! J'ai renvoyé Aric à travers le miroir de la cave. Tu piges ? La cave. Là où vit le Souterreux. (Ravi, il se tapa sur les cuisses.) Hé… ça ne va pas ?

– Si, assura-t-elle en se séchant les yeux et en se levant. Viens, on va dans l'aile est.

Ils repassèrent par la cuisine pour gagner le salon – et se figèrent.

À l'autre bout de la salle, près du grand miroir flamboyant, ce fut à peine si Alys devina les silhouettes de Claudia et de la renarde. Mais, beaucoup plus près, traçant des motifs magiques sur la porte donnant sur l'extérieur, se tenait Cadal Forge.

Il avait sa crosse. Et ne semblait ni affolé ni désorienté.

De même, les serpents ne paraissaient pas le déranger. Du moins ceux qui n'étaient pas trop grands pour traverser les miroirs. Devant Alys paralysée, l'un des gardiens à taille d'aigle de Morgana passa au-dessus de sa tête pour foncer vers lui ; le maître sorcier, au moyen de balles de feu écarlates, l'obligea à regagner le grand miroir près de l'escalier.

La manœuvre l'avait lui-même amené à portée de Claudia. Un flot d'adrénaline traversa Alys des pieds à la tête. Elle plongea, et une main lui agrippa l'épaule, petite mais ferme. Elle s'effaça pour laisser passer Morgana puis lui emboîta le pas, avec Elwyn, Janie et Charles.

La porte sur le mur externe brillait encore, mais Cadal Forge ne put l'atteindre pour achever l'incantation propre à abaisser les remparts. La Maîtresse des Miroirs lui barrait le chemin.

Dans sa main droite, elle tenait une étoffe blanche à laquelle s'accrochaient encore les restes d'une poudre dorée. Sur la tête de sa crosse, brûlait une flamme fantomatique.

Cadal Forge semblait fatigué, lui aussi. Pourtant, il sourit.

– Morgana, souffla-t-il, ceci n'est qu'un début.

Son visage redevint inexpressif, son regard perdu dans ses rêves, presque tendre, pour une fois. Presque... joyeux.

– J'aurais espéré me rendre ailleurs pour faire ceci... peut-être à Rome, ou à Florence...

– Non, lâcha Morgana. Moi vivante, Fell Andred debout, aucune porte, aucun portail ne s'ouvrira devant toi. Tu ne quitteras pas cette maison...

– Mais ce n'est pas la peine.

Dans un rire grave, les yeux brillants, le sorcier passa une main sous les plis de sa redingote et en sortit la pierre rouge qui évoquait un glaçon.

– L'une des *bas imdril*... souffla Morgana.

– Cœur de Bravoure.

– Cadal, tu es fou ! Il est extrêmement dangereux de toucher ce genre de chose...

– De le toucher ? (Le sorcier arborait la pierre comme pour mieux l'admirer avec un sourire amoureux. Il jeta un regard mauvais à Morgana.) De le toucher ? C'est moi qui l'ai créé... Plongé au cœur du Chaos, j'ai lutté, j'ai gagné et j'ai trouvé ceci à mes pieds. Oublié depuis trop longtemps. Défait, et voilà qu'il est revenu. Le vois-tu briller ?

– Cadal...

– Dès l'instant où je l'ai vu, j'ai su que ce serait l'œuvre de ma vie, mon but. Et la Société ? (Un éclat de rire lui échappa.) Les sots ! J'avais besoin d'eux, vois-tu, pour échapper au Conseil. Et pour traiter avec toi, ma chère... Alors j'ai réfléchi. Mais maintenant... qu'ils disparaissent tous. (Il caressa la gemme, sembla se perdre dans son éclat rouge.) Vois-tu, je n'ai jamais eu l'intention de leur donner le moindre pouvoir.

– Et maintenant ? murmura Morgana.

Il ne lui répondit pas directement.

– Tu n'as jamais vu ce que j'ai vu dans le Puits du Chaos, murmura-t-il sans quitter la pierre des yeux. Alors, tu ne peux pas imaginer… Mais reste… tu verras maintenant. Là.

Il leva les yeux vers Morgana.

– Commences-tu à comprendre, ma chère ? Ce bel objet est né de l'horreur même de l'enfer. Toute la puissance de l'anarchie y est enfermée. Piégée. Bouillonnante. Elle n'attend que d'être libérée…

– Non ! cria Morgana.

– … et moi seul peux la libérer.

– Cadal, non ! Ce serait également signer ta propre mort…

– Je ne désire rien d'autre. C'est mon objectif… provoquer la fin d'un monde qui n'aurait jamais dû exister. Oh, vois comme elle brille !

Il éleva joyeusement le ton alors que la gemme brillait de plus en plus, projetant une lumière rouge sur son visage fasciné.

– Cœur de Bravoure, éveille-toi ! Toi que j'ai arraché au royaume du Chaos, redonne vie au Chaos une fois encore ! Saccage tout ce qui est autour de toi. Apporte une désolation qui consumera lentement ce monde, inévitable, irrépressible, irrésistible. Accable la Terre à jamais !

La lumière rouge surpassait maintenant le rayonnement bleu du miroir, éclairant la salle dans ses derniers recoins.

– Regarde la gemme et vois ce qu'elle provoque !

Tout en brandissant la pierre, il se rendit soudain compte de la présence de Claudia à ses pieds.

– Oui, toi, petite humaine, fille de mes ennemis, regarde. Perds-toi dans les profondeurs de la gemme. Vois-tu ce qui gît derrière la lumière ?

Jusqu'alors, la renarde était restée tapie au sol, immobile comme une statue. Mais, comme le sorcier saisissait brutalement le bras de Claudia pour l'obliger à regarder le rubis, elle oublia qu'elle n'était qu'un animal familier, qu'elle n'avait pas sa place dans la grande œuvre magique. Avec un grognement sauvage, elle lui bondit au visage, le griffant, le mordant, l'égratignant. Et Cadal Forge, habitué à se défendre contre les sortilèges et les tours, fut pris de court. De ses bras et de ses mains, il essayait de se débarrasser d'elle, mais ne fit que tomber à la renverse. Dans un cri de stupéfaction, il dégringola dans le miroir.

La pierre cessa de scintiller et roula aux pieds d'Alys puis, plus prompte que la pensée, Morgana se fendit, sa crosse à tête de flamme tendue vers le rectangle bleu dont les lueurs se mêlèrent dans une prodigieuse implosion. Une radiance incroyable, cautérisante, envahit la salle, coupant le souffle à tous les présents, les forçant à se protéger les yeux. À ce moment-là, dans le sifflement d'un fouet géant qui se propagea à travers toutes les autres pièces du manoir, une série de détonations se répercuta, si puissante et régulière qu'elle semblait suivre une direction précise vers l'extérieur.

Quand les derniers échos se furent éteints, Alys rouvrit lentement les yeux, déboucha ses oreilles. Claudia gisait sur le sol, étourdie mais bien vivante. La renarde, le poil hérissé, grondait à côté d'elle. La lumière blanche avait fait place à une lueur violette qui, à son tour, s'éteignait comme une flamme vacillante.

Les miroirs étaient clos.

– Regardez… murmura Charles.

Sous les innombrables fissures qui couvraient la surface du grand miroir, apparaissait la silhouette d'un homme, rouge orangé, sur un fond bleu vert glacé ; la scène avait tout d'une superbe toile impressionniste sur la chute d'un homme. Mais ce n'était pas un portrait.

Cadal Forge n'était pas arrivé dans Féerie.

20

La Maîtresse des Miroirs

Morgana s'écarta du miroir, abaissant sa Crosse d'Or comme si, soudain, elle pesait trop lourd.

– Oh, Cadal ! souffla-t-elle tristement. Voici qui te tirera peut-être d'affaire.

Sans autre forme de procès, elle se recroquevilla sur le sol et resta immobile.

Les autres l'avaient rejointe et entourée. Peu auparavant, Alys s'était dit qu'il y avait quelque chose à faire au fond de la salle, mais trop d'événements s'étaient bousculés pour qu'elle y ait songé plus longtemps ; et, à présent, Morgana lui semblait d'une pâleur mortelle sous ses égratignures et ses contusions. Avec Charles, ils l'étendirent sur un canapé, la calèrent sur des coussins et elle leur apparut légère et fragile comme une feuille morte, inerte, terriblement froide.

– C'est bon, dit Alys, j'ai une formation en premiers secours, je sais quoi faire.

La gorge serrée, le cœur battant, elle était la première à vouloir se rassurer en cherchant un pouls sur le fin poignet de Morgana. Charles se tenait à quelques pas de Janie, les bras croisés, tandis que Claudia, elle-même livide, clignait des yeux, comme si elle n'arrivait pas à regarder ce qui se passait autour d'elle.

La main tremblante, Alys reposa le bras de la sorcière.

– Ça ira, assura-t-elle. Je dois tenter un massage cardiaque, mais on peut survivre, même si le cœur a cessé de battre depuis…

Janie se pencha sur Claudia.

– Viens.

D'un coup d'œil, elle indiqua à sa sœur aînée la Crosse d'Or tombée par terre, de nouveau noire et rouillée, comme un vieux tisonnier. Alys la contempla le temps de deux battements de cœur, les siens, car Morgana n'en avait plus.

– Emmène-la, dit-elle à Janie.

Comprenant ce qui se passait, Claudia fondit en larmes. La renarde se précipita vers la crosse, la renifla, revint, le poil hérissé, les pattes raides. Après quoi, elle fit les cent pas à travers le salon, maudissant Cadal Forge et tous les sorciers, les enfants et tous les humains, ainsi qu'Elwyn et tous les Quislais.

– Arrêtez !

Charles recula devant le bruit, l'air effarouché.

– Alys, fais quelque chose ! Elle va s'en tirer. Il le faut.

– Ne dis pas de sottises, mon garçon, proféra la renarde tapie sous la table.

Malgré la dureté de ses paroles, il ne restait aucune aspérité dans son ton – que du chagrin.

– N'as-tu pas vu ce qu'elle a fait ? En fermant un Passage… le plus grand des Passages… alors qu'il était au summum de sa puissance ? En le fermant alors que la lune était en pleine ascension. Et avant cela, elle venait d'affronter seule toute la Société, et une Crosse Rouge, et une conseillère… alors qu'il lui fallait en plus vous protéger. N'importe qui d'autre à sa place vous aurait abandonnés pour sauver votre monde, mais pas elle. Toute sa vie, elle a été une combattante.

Alys frémit en entendant ce « a été », de même qu'au souvenir d'avoir failli abandonner Morgana pour sauver son propre monde.

Anéanti, Charles s'en prit à Elwyn, qui semblait encore flâner à l'écart du groupe.

– Vous ! lança-t-il durement. Avec vos éclairs et votre immortalité. C'est votre sœur. Vous ne pouvez rien faire ?

Elle en parut toute surprise, pencha la tête de côté, ouvrit la bouche. Mais ce fut Alys qui prit la parole.

– Vite, Janie ! Un verre d'eau.

– Elle ne peut pas boire, Alys, elle est…

– Dépêche-toi !

Claudia vit que sa sœur aînée serrait des doigts tremblants autour de l'objet blanc qu'elle avait sorti de sa poche. Elle avait perdu sa dague, ainsi que le serpent. Elle ne reverrait jamais Ariadne Bordeleau. Mais, en ouvrant le papier paraffiné et en sortant la fleur veinée de bleu, ses mains se raffermirent. Elle écrasa la fleur dans le verre et humecta le visage blême de Morgana. Le parfum du bassin d'Ariadne Bordeleau s'éleva, puissant et doux à la fois. Quand elle eut terminé, Alys plaça la Crosse d'Or dans une main de Morgana puis recula, s'agenouilla devant la sorcière et attendit.

– Par pitié… murmura-t-elle.

Lentement, un à un, les autres s'agenouillèrent autour d'elle, même Elwyn, après un regard incertain à Charles. Mais les cils de Morgana restaient obstinément posés sur ses joues blafardes, aucun frémissement, aucun souffle ne parcoururent son corps.

La renarde pencha sa tête rousse en gémissant.

Alors arriva l'instant magique.

Comme suscité par les lamentations de la renarde, un léger scintillement d'or sillonna la crosse rouillée. Et tous la regardaient, le souffle court, parcourue d'autres étincelles qui se firent plus rapides, se multiplièrent, jusqu'à redonner vie à toute la crosse, jusqu'à faire danser un éclat de vie sur le visage de Morgana.

Alors, la pâleur mortelle parut s'atténuer, les ombres autour de ses yeux disparurent. Puis ses lèvres s'entrouvrirent et sa poitrine se souleva et retomba, habitée par une respiration.

Ils étaient encore tous à genoux quand la sorcière releva les paupières, les regarda d'un air surpris, prit une longue inspiration en se parcourant le visage d'une main hésitante. Son regard étonné tomba sur le verre qui contenait encore quelques gouttes d'eau et les restes de la fleur.

– Malthrum ! s'écria-t-elle. Mais qui d'entre vous a pu… (Puis elle dévisagea Alys, s'apaisa.) Peu importe, je te remercie.

Alys déglutit puis hocha la tête, les joues rosies. D'un seul coup, les autres explosèrent de joie.

La renarde sauta sur les genoux de Morgana, puis se roula à terre comme un chiot. Charles embrassa Janie, qui s'essuyait les joues avec un large sourire, et puis – pour se montrer équitable – il embrassa aussi Elwyn.

Tout le monde riait et poussait des cris, jusqu'au moment où la voix de Morgana les interrompit :

– Attendez ! dit-elle en tâchant de s'asseoir. Je ne voudrais pas paraître ingrate... ce que je ne suis pas... mais pourriez-vous vous calmer un peu ? Merci... Il nous reste à faire quelque chose de très important : fouiller cette maison à la recherche du moindre sorcier qui pourrait encore s'y cacher.

Involontairement, chacun regarda par-dessus son épaule.

– Oui, précisa Morgana. Mes remparts ne tiendront pas longtemps, si toutefois ils n'ont pas déjà cédé. Et maintenant que les miroirs sont fermés, on ne peut plus renvoyer personne à Findahl. Laissez cette petite... Claudia, n'est-ce pas ? Laissez-la avec moi, je veillerai sur elle.

Tandis que tous se mettaient en route, Alys ne put s'empêcher de penser au serpent. Elle ne s'était pas trompée : à présent que le Passage était bel et bien fermé, la créature avait disparu à jamais. Et c'était mieux comme ça, car un Serpent à Plumes ne pouvait décemment pas vivre sur Terre, pas plus qu'elle-même ne pourrait vivre dans Féerie. Néanmoins, elle n'oublierait jamais ses yeux noirs et brillants, le contact de son corps enroulé sur son poignet. Sa gorge se serra.

Morgana emmena Claudia dans la cuisine, et Alys retrouva Charles et Janie dans le salon.

– Vous avez vu des sorciers ?

– Aucune trace. Et toi, Janie ?

– Je suis sûre qu'il n'y en a plus dans cette maison. À moins que vous ne pensiez en trouver sous le tapis.

– Non, marmonna Alys. Je cherchais… Vous vous rappelez ce bidule rouge que nous montrait Cadal Forge ? La pierre précieuse ?

– Elle est entrée dans le miroir avec lui.

– Non. Elle a roulé vers moi. Elle devrait être là…

Elle fut interrompue par une sirène.

Tous trois se regardèrent avec effroi. D'autres sirènes retentirent.

– On dirait toute une troupe, observa Charles.

– On dirait qu'ils viennent par ici, dit Janie.

Son frère courut à l'avant de la maison puis revint, essoufflé, pour jeter un coup d'œil à travers les rideaux.

– Je crois qu'ils nous encerclent, cria-t-il.

– Qu'ils fassent ce qu'ils veulent ! lança Morgana derrière lui. Les remparts sont tombés et il me faudra un certain temps avant de pouvoir les relever.

Bien qu'elle doive encore s'appuyer au chambranle de la cuisine, elle paraissait avoir bien récupéré, et Claudia aussi.

– La porte d'entrée n'a pas été ouverte depuis plus d'un siècle, ajouta-t-elle en traversant le salon pour aller s'asseoir devant la cheminée.

À l'arrière, des lumières de phares perçaient le rideau, mouvantes puis fixes. Soudain, toutes les sirènes s'arrêtèrent et un silence sinistre s'installa.

– Après tout ce que nous avons traversé… geignit Alys. Oh, je n'y crois pas ! D'abord la Société, ensuite la police. C'est une farce.

– Je vois cinq voitures dehors, dit Charles en laissant retomber les rideaux. Et ces fusils n'ont rien d'une farce.

Angoissée, Alys se tourna vers la petite sorcière.

– Morgana… on a déjà eu affaire à la police. Je ne sais pas comment vous expliquer… Tout devient tellement compliqué…

– Ah, je comprends ! Voyons ça.

Du dehors, monta une voix répercutée par un haut-parleur, qui fit sursauter les Hodges-Bradley :

– Alys… Charles… Janie… Oh, Claudia ! Mes chéris, si vous m'entendez, je vous en prie, rendez-vous.

– Maman ! s'exclama Alys.

Suivie des autres, elle s'était approchée de la porte, mais s'arrêta net, surprise et déçue.

– Morgana…

– C'est bon, dit la sorcière. Venez ici.

À l'extérieur, la pleine lune atteignait son zénith, éclairant comme en plein jour le manoir à l'aspect de forteresse, les cinq voitures de police garées en éventail à l'arrière de la maison, se reflétant sur les poignées des portières derrière lesquelles dix agents s'étaient déjà accroupis, faisant scintiller les canons des fusils braqués sur Fell Andred. Elle se posa aussi sur le haut-parleur tenu par le Dr Hodges-Bradley, qui s'était agenouillée en pleurant auprès du lieutenant à la tête de l'équipe. Les projecteurs étaient tous braqués sur la porte du fond lorsque celle-ci s'ouvrit.

Dix fusils étaient braqués dessus et quinze autres agents se tenaient prêts à tout. Soudain, un murmure incrédule parcourut la troupe et les armes s'abaissèrent lentement, les têtes se tendirent pour mieux voir la scène.

Dans l'entrebâillement de la porte, au milieu des lumières et des rayons de lune, se tenait une jeune fille qui ne plissait même pas les yeux, en robe longue aux couleurs chatoyantes, d'une beauté inimaginable, surhumaine, dont les cheveux dénoués, d'une blondeur argentée, lui tombaient jusqu'aux genoux.

Les agents se levèrent l'un après l'autre, sans en croire leurs yeux.

Elwyn aux Cheveux d'Argent les regardait en souriant.

– Vous, dit-elle en tendant un index. Et vous, et vous. Venez avec moi. Vous avez droit à une audience.

*
* *

– D'abord, dit Morgana au lieutenant ainsi qu'à Mme et à M. Hodges-Bradley, je dois vous demander de sentir cette feuille.

– Quoi ? commença le lieutenant.

Il n'en dit pas plus et rejeta brusquement la tête en arrière, clignant des yeux, se frottant le nez.

– Pas très agréable, reconnut Morgana. Mais cela simplifiera beaucoup notre conversation.

La sorcière se tenait très droite dans son fauteuil, qui tenait plutôt d'un trône, sur l'estrade à côté de la cheminée, revêtue de la cape au riche tissage qu'Alys était montée lui chercher, la Crosse d'Or sur les genoux. Elle serrait entre ses doigts la feuille que Janie était allée quérir sur ses instructions à la cave.

À leur tour, Mme et M. Hodges-Bradley éternuèrent au point de presque lâcher leurs enfants.

– Voyez-vous, continuait calmement Morgana, je suis une sorcière, et vous êtes dans ma maison. Ces quatre jeunes gens, que vous semblez avoir bien harcelés ces derniers temps, sont sous ma protection.

– Qu'est-ce que... maugréa le lieutenant en s'essuyant les yeux avec sa manche.

D'un seul coup, il lâcha prise et son expression passa de la fureur à la surprise, puis à la confusion. Alys vit que ses parents réagissaient de la même façon. Les trois adultes semblaient aussi gênés l'un que l'autre, comme s'ils s'étaient assoupis au beau milieu du dîner.

– Je... suis désolé, balbutia le policier.

À ses pieds, la renarde l'observait de ses yeux fendus sur deux iris dorés. Il revint brusquement sur Morgana :

– Vous disiez ?

– Je disais que, loin d'être des criminels, ces enfants ont rendu un grand service à votre ville ainsi qu'à moi-même. Ils ont risqué leur vie pour débarrasser ce monde d'une menace assez sérieuse.

– Une menace, madame ? insista le lieutenant.

– Un sorcier qui s'était introduit dans ce monde pour le détruire. Mais ne craignez rien, il a été vaincu, réduit à l'état d'une belle œuvre d'art moderne. J'ai l'intention de l'accrocher au-dessus de mon canapé.

Tout le monde suivit son geste vers le grand miroir derrière elle, et le Dr Hodges-Bradley serra un peu plus fort Claudia contre elle.

– Oh, souffla-t-elle, c'est affreux !

Morgana se retourna en plissant les paupières.

– Oui, reconnut-elle, vous avez sans doute raison, murmura-t-elle d'un ton las.

Alys se rendait compte quel effort il lui en coûtait de rester bien droite sur son siège.

– De toute façon, reprit-elle, vous pouvez constater combien il est inutile de vous inquiéter pour nous, lieutenant. Je pense que vous pouvez retourner auprès de vos agents.

– Madame, je ne vois pas ce que je pourrais leur dire.

Morgana sourit.

– Ne craignez rien. Voyez-vous, c'est la Feuille du Monde que je vous ai donnée à sentir. Il suffit de la respirer une ou deux fois pour voir la vérité dans son essence, malgré les nuages des anciens préjugés. Néanmoins, les effets ne dureront pas. Vous n'en garderez qu'une vague impression. Dans peu de temps, vous aurez oublié ce que je viens de dire, il ne vous restera que la conviction que ces quatre enfants sont en quelque sorte des héros. Vous raconterez à vos agents une histoire parfaitement plausible que vous aurez vous-même inventée.

– Bien, madame. (Le policier hésita.) Et… euh… quand croyez-vous que ceci va se passer ?

– Je dirais… tout de suite.

La métamorphose des trois visages n'était en rien semblable à la première. Ils clignèrent des yeux, brièvement désorientés, puis se reprirent.

– Et maintenant, si je vous ai bien tout expliqué…

– Oh… oui, madame. Simplement… je… C'est étrange… (Le lieutenant contemplait son carnet de notes d'un œil perplexe.) Je me demande pourquoi je… Enfin, je suis content que tout ceci soit désormais clair. Nous allons nous tenir sur nos gardes pour le cas où d'autres intrus comme ceux que vous avez mentionnés… dont je me rappelle la description… je crois…

Fronçant les sourcils, marmonnant dans sa barbe, il gagna la porte.

– Pour ma part, dit M. Hodges-Bradley à Morgana, je tiens à vous remercier de vous être occupée des enfants. Dans les circonstances que vous nous avez décrites… qui sont certainement tout à fait… (Il s'interrompit, interloqué.) Dans ces circonstances, je tiens à dire…

– Nous ferions mieux d'approcher la voiture, coupa le Dr Hodges-Bradley. Claudia ne marchera pas si loin dans ce froid.

La porte se referma derrière eux, et Morgana se détendit.

– La franchise est parfois la meilleure des politiques, affirma-t-elle en bâillant. Par la Crosse Noire de Beldar, je suis fatiguée. Si je trouvais un lit en bon état dans ce qui reste de ma maison, je m'y coucherais volontiers. Et, Elwyn, si tu me déranges avant l'aube, je promets de te transformer en un simple fil de pensées et de t'oublier.

Sans un mot de plus, elle monta au premier.

– Eh bien ! souffla Alys.

– Bonne nuit, dit Elwyn.

Curieusement, ils étaient soudain tous épuisés. Toute la nuit s'était déroulée à un train d'enfer et maintenant que la police était partie, que Morgana était partie, qu'ils n'avaient plus rien à affronter, la réaction ne se fit pas attendre. D'un seul coup, Alys se sentait abrutie, hébétée.

– Au lit, murmura-t-elle faiblement alors qu'ils descendaient machinalement l'allée. Oh, flûte ! Il faut que j'y retourne. Je cherchais cette pierre rouge de Cadal Forge…

Janie la prit par le bras.

– Ne te fatigue pas.

– Quoi ?

– Elle est partie depuis longtemps.

Devant leurs yeux ébahis, elle sortit un objet de la poche de sa veste.

– J'ai trouvé ça devant la porte du jardin d'hiver. À l'extérieur de la maison.

Dans sa main brillait un fragment d'étoffe bleu marine et argent. Alys comprit tout de suite.

– Thia Pendriel ! Tu veux dire qu'elle est sortie ? Qu'elle est quelque part dans la nature ? Et tu ne l'as pas dit à Morgana ?

– Morgana est déjà à moitié morte. C'est le genre de nouvelle qui l'aurait achevée. D'autant que l'autre doit se trouver à des kilomètres, à l'heure qu'il est, avec la gemme. Elle n'est pas idiote.

– Bon…

Alys hésita, essayant de digérer la nouvelle.

– Demain matin, tu reviens le lui dire, tu m'entends ?

Des phares apparurent devant eux et la voiture approcha. Janie protégea ses yeux violets.

– J'ai toujours un train d'avance sur toi.

21

Le secret des miroirs

Le lendemain matin, tout le monde dormit tard, sauf Janie. Quand les autres s'éveillèrent, ce fut pour constater qu'elle était partie depuis des heures. Ils ouvrirent la porte d'entrée pour découvrir que la renarde les attendait, assise sous la véranda.

– Vous voulez qu'on vous suive, c'est ça ? demanda gaiement Claudia.

L'animal leur jeta un regard débonnaire et partit au petit trot.

Dans le manoir, Janie les attendait à la cuisine avec la petite sorcière. Celle-ci portait une robe impeccable et semblait à nouveau en parfaite santé. Un plumeau à la main, Elwyn protégeait ses cheveux d'argent sous un foulard rouge. Elle époussetait sa sœur.

– Janie, commença Alys, tu as dit…

– Elle m'a tout raconté, intervint Morgana, et ce n'était pas très gai à entendre. Je m'en suis voulu de ne pas avoir surveillé la gemme de plus près. Néanmoins, il n'y a pas grand-chose à faire pour le moment au sujet de Thia Pendriel. Au fond, je trouve que les choses se sont plutôt bien passées cette nuit. Certainement mieux que je ne l'aurais imaginé, assise dans la chambre d'enfants à regarder se lever la lune du solstice.

– Oh ! dit Alys. Ça me rappelle certaines questions que je me suis posées.

– Lesquelles ?

– D'abord, comment Janie a su que vous étiez dans la chambre d'enfants…

– Et ensuite, intervint Charles, où Elwyn a trouvé ces serpents.

– Oh ! pour ça, je suis passée chez les Weerien, dit celle-ci d'un ton désinvolte. Je ne sais pas trop pourquoi, je vous en voulais terriblement. J'étais fort irritée ! Vous m'aviez fait mal à la tête, ne l'oubliez pas. Et vous aviez dit que vous me garderiez à jamais, si bien qu'un moment je vous ai presque crus. Enfin, vous m'avez fait peur. Ce n'était pas bien.

Ses yeux de lapis-lazuli en brillaient encore d'émoi.

Et Alys de penser que cette peur était sans doute la meilleure chose qui avait pu arriver à Elwyn. Cependant, elle s'abstint de le dire à haute voix de peur de paraître mal élevée.

– Alors, j'ai regagné mon bois et décidé de ne plus y penser, continua la jeune fille. Pourtant, je ne parvenais pas à en détacher mon esprit. Je me suis longuement demandé pourquoi, j'ai cherché ce que je pourrais faire et, enfin, alors que ma tête allait exploser, j'ai eu une idée. Je me suis dit que tout ceci n'était que politique, que je n'étais en rien concernée, et je ne vois vraiment pas pourquoi le garçon…

– Charles, dit Charles.

– … pourquoi le Charles voulait me voir intervenir. Je fus alors prise d'une merveilleuse inspiration, qui consistait à soumettre l'affaire au Conseil Weerul, afin de le laisser s'en charger.

– Mais c'est exactement ce que nous vous avons suppliée de…

– Et c'est ainsi que je me suis hâtée autant que j'ai pu pour me rendre à Weerien, afin de me libérer l'esprit, continua Elwyn sans relever la remarque d'Alys. Or, le croiriez-vous ? Le Conseil n'a rien voulu savoir ! Ils croyaient que je leur jouais un tour ! Imaginez cela ! Oh, c'était d'un vexant ! Finalement, j'étais sur le point d'abandonner… Je venais de me faire chasser de la salle du Conseil, voyez-vous, et j'étais plus enragée que jamais… lorsque j'ai senti des ailes m'effleurer l'épaule. C'était un Serpent à Plumes, quoique encore un bébé puisqu'il était tout bleu.

– Oh ! s'écria Alys avec enthousiasme.

– Oui. Il avait été grièvement blessé par Cadal Forge, puis plongé dans un bassin de guérison merveilleuse ou je ne sais quoi. À l'instant même où il a été guéri, il est sorti du bassin pour voler droit vers Weerien. Et cela a suffi, voyez-vous. Car le Conseil pouvait douter de l'un de nous, mais pas de deux. Et, oh ! ils étaient d'un bouleversé ! Ils ont envoyé une centaine de gardiens nous accompagner pour traiter avec Cadal Forge, et nous nous sommes envolés pour le château. Les serpents volent vite. Je les aime beaucoup. Pas vous ?

– Oh, si ! dit Alys.

– Mais je n'aime pas le Conseil. Ils se sont montrés extrêmement fâchés contre moi pour avoir déplacé le miroir après que Morgana a eu regagné Féerie, et en quel langage me l'ont-ils signifié !

– Ainsi, c'est vous qui avez déplacé le miroir, conclut Janie. Je m'en serais doutée.

– Minute, minute ! dit Alys. Elwyn a déplacé le miroir de la chambre d'enfants ?

– Bien sûr, répondit Janie. C'était la seule qui pouvait l'avoir fait, parce qu'il fallait le faire de ce côté-ci.

– Tu sais ça, toi ?

– Ce que je ne comprends pas, c'est pourquoi j'ai mis tellement de temps à comprendre. Ça sautait aux yeux.

– D'accord, Sherlock, ça sautait aux yeux, marmonna Charles. Alors explique ça aux abrutis qu'on est. Je veux d'abord savoir comment tu as deviné où se trouvait Morgana.

– À cause des miroirs. C'est par là qu'on aurait dû commencer. Non pas en les traversant, Charles, mais en les analysant. Je t'explique : dans cette maison, les miroirs servent de porte pour l'autre monde. Alors, logiquement, il devrait y en avoir un dans chaque pièce. Sinon, ça ne serait pas pratique ; de même, s'il y en avait deux, ça ferait un de trop. Pourtant, il n'y en avait pas dans la chambre d'enfants, alors que dans celle de Morgana, il y en avait deux. En plus, sur le mur de la chambre d'enfants, on a tous vu un clou qui ne servait à rien, ce qui prouve bien que quelque chose y était accroché, avant. Tu te rappelles, Alys ? Tu t'y es pris les cheveux en te bagarrant contre Elwyn. Visiblement, quelqu'un avait déplacé un miroir d'une pièce à l'autre. Pourtant, la renarde a dit que Morgana n'y avait pas touché depuis qu'elle avait abandonné la pratique de la magie. Quand on y réfléchit, ça devient simple comme bonjour.

– Autrement dit, quand Elwyn a déplacé le miroir de la chambre d'enfants, ça a fermé Féerie ?

– Exact. Comme si on verrouillait une porte.

– Pourquoi elle ne s'est pas contentée de le casser ? Ou de le jeter par la fenêtre ?

– Seule Morgana peut briser les miroirs… n'est-ce pas ?

Janie interrogea la sorcière du regard, et celle-ci hocha la tête.

– Et l'autre soir, quand on a voulu en sortir un du manoir pour faire les amulettes ? Vous vous rappelez ? On n'a pas pu.

– Dans cette maison, expliqua Morgana, les miroirs ne sont pas des objets ordinaires, mais des Passages, au moins potentiels, vers Féerie. De plus, les miroirs de ce côté-ci contrôlent ceux de l'autre côté. Si on enlève celui du mur de la chambre d'enfants dans ce monde, celui de Féerie disparaîtra parce que le Passage est fermé. Si, de plus, on porte le miroir de cette chambre dans une autre, on ouvre un nouveau Passage vers Féerie et un nouveau miroir apparaît de l'autre côté. Aussi, lorsque mon irresponsable de sœur a commis cette idiotie, je me suis soudain retrouvée bloquée dans ma propre chambre d'enfants sans miroir, sans accessoires et sans espoir d'en sortir.

– C'est vrai, approuva Elwyn, visiblement peu affectée par les critiques de sa sœur. J'ai juste laissé Morgana passer la première, après quoi j'ai déplacé ce miroir, ainsi que Cadal me l'avait demandé. Il voulait que je le brise, mais je n'ai pas pu, alors je l'ai juste emporté dans une autre pièce. C'était simple.

– Donc, commenta Charles intrigué, un Passage peut se former là où on veut du moment qu'on installe un miroir. Et si on en posait un par terre ?

– On émergerait sur la tête et on se couvrirait de ridicule, trancha Morgana.

– De toute façon, dit Alys dans le silence qui s'ensuivit, je crois que Morgana a raison, on s'en est très bien sortis. La Société est dispersée, Cadal Forge est pris au piège du miroir et, à l'heure qu'il est, Aric a dû se faire dévorer.

– Puisque tout le monde est content, dit Elwyn, je vais m'en aller. Je suis très curieuse de visiter le sud de votre Californie. Je voudrais voir Hollywood.

Charles en parut tout déconfit.

– Vous voulez dire… Vous partez ?

– Oui, dit-elle en ôtant son foulard et en secouant sa crinière. Au revoir, à vous tous. Au revoir, garçon. Tu peux m'embrasser, si tu veux, en gage de mon pardon.

Il rougit.

– Au revoir, marmonna-t-il en se penchant pour lui dégager la joue d'une mèche. Au revoir, et… et je vous pardonne, moi aussi.

Elwyn lui présenta de jolies fossettes.

– J'espère que nous nous reverrons.

Là-dessus, elle s'éclipsa ; la maison en parut soudain assombrie, refroidie.

– Mais elle ne risque rien ? demanda Charles, tout déconfit, à Morgana. Je veux dire, elle ne sait rien du monde moderne. Elle va… Enfin, elle pourrait traverser à un feu vert ou se faire écraser par un car, ou je ne sais quoi ?

– Plus vraisemblablement, s'esclaffa Morgana, d'ici une heure elle jouera un tour cruel à un pauvre humain qui ne se doutera de rien ! Ne t'inquiète jamais pour une Quislai, mon garçon. À présent, ajouta-t-elle, voyons la raison pour laquelle je vous ai fait venir ce matin. Ces dernières semaines, vous avez travaillé dur, beaucoup souffert et n'avez rien reçu en retour.

– On a juste sauvé le monde, conclut Charles.

– Vous avez mis ce monde à l'abri de Cadal Forge. Il existe bien d'autres dangers, tout aussi grands, que les humains ont créés eux-mêmes. L'histoire ne s'achève pas là. De toute façon, je voudrais vous donner une petite preuve de ma reconnaissance. À toi d'abord, dit-elle à Alys. Venez tous avec moi.

Alys et les autres la suivirent dans le fond du jardin où gambadait un poulain gris à la robe laiteuse, mince, élancé, fougueux, aux grands yeux curieux, aux membres presque trop longs pour son corps. Il leur jeta un seul regard, agita sa crinière blanche et donna un coup de queue avant de repartir au galop dans la direction opposée.

– Il est sauvage, commenta Morgana. Comme sa mère. Aucune main humaine ne s'est jamais posée sur lui. Tu devrais pouvoir l'attraper si tu apportes une corde. Une héroïne comme toi se doit d'avoir un cheval.

– Alys n'est pas une héroïne, ricana Charles.

– Et un poulain n'est pas un cheval… pas encore, rétorqua Morgana.

Galvanisée, Alys regardait s'éloigner la silhouette blanche.

– C'est vrai ? s'exclama-t-elle. Il est pour moi ? Pour moi seule ? Mais c'est la plus géniale…

Elle s'interrompit, au souvenir de la voix vibrante de Claudia : « D'après vous, quelle est la chose la plus cool, la plus sympa, la plus géniale du monde ? »

– Oh… merci ! souffla-t-elle.

Sans s'attarder sur le ravissement d'Alys, Morgana retourna vers le manoir en s'adressant à Claudia :

– Pour toi, la renarde ira te voir de temps à autre, et tu as mon autorisation d'entrer dans cette maison et de la retrouver aussi souvent que tu le désireras, dans la mesure où cela ne me dérangera pas trop.

– À moins que tu ne sois plus digne d'un tel honneur, ajouta froidement la renarde.

Mais cela ne l'empêcha pas de rester à portée de sa main pour continuer à recevoir ses caresses.

– Pour toi, dit Morgana à Charles, ceci.

Elle ouvrit la paume sur une petite boîte de verre qui contenait une pierre blanchâtre.

– Euh… merci… C'est quoi ?

– Tu ne te rappelles pas ? coupa Alys en pouffant de rire. Ce que tu as dit à Claudia, la chose la plus cool, la plus sympa, la plus géniale du monde ? Quand elle nous l'a demandé l'autre soir, avant qu'on aille voir la renarde ? Charles, c'est…

– De la kryptonite, dit Morgana. Ou, plus exactement, un élément krypton, car une telle pierre n'existe pas. Je te recommande de ne pas ouvrir cette boîte car, à cette température, le krypton prend la forme de gaz.

– De la kryptonite, souffla Charles en retournant la boîte. Ça alors… c'est génial !

Toujours aussi ravie, Alys réprima un éclat de rire.

– Et Janie ? ajouta-t-elle.

Elle s'attendait presque à voir Morgana leur présenter le diamant Hope.

– Oh ! dit Janie. En fait, voilà, Morgana va reprendre ses activités magiques. À cause de Thia Pendriel qui s'est évaporée dans la nature et parce que… enfin, parce qu'elle n'aime pas rester inactive. Et il se trouve qu'elle a besoin d'une apprentie.

– Une… apprentie ? balbutia Alys.

– Oui, et c'est moi, ajouta sa sœur sans plus réprimer le large sourire qui lui venait aux lèvres. Il paraît que je suis douée pour la magie… que j'ai des aptitudes, quoi. La renarde s'en est tout de suite aperçue quand on a préparé la poudre incendiaire.

– Mais… mais… les humains peuvent faire de la sorcellerie ? demanda Charles.

– Toi-même, tu en as déjà fait, intervint Morgana. Rappelle-toi… même si l'amulette ne t'a parue qu'un jeu d'enfant… littéralement. J'avais prévu la chose ainsi. Mais, pour répondre à ta question, je ne vois pas pourquoi il en serait autrement. Cela ne plairait pas au Conseil mais, justement, ici il n'a pas voix au chapitre. Et puis, aux grands maux les grands remèdes.

– Tu sauras faire de la magie ! s'extasia Claudia.

– Tu sais…

Janie essayait de prendre un air décontracté et humble mais, encore une fois, elle ne put réprimer un sourire.

– Bien sur, il faut d'abord que j'apprenne les bases. Le latin, l'allemand et l'anglais ancien, pour pouvoir déchiffrer les livres de Morgana. La botanique et la chimie organique. La pétrologie métamorphique…

– Tu veux vraiment faire ça ? s'écria Charles, horrifié.

– Oh oui ! Je l'ai désiré toute ma vie, sans même savoir de quoi il s'agissait. Charles, tu ne te rends pas compte des extraordinaires potentialités, des possibilités infinies, du défi…

Mais Charles recommençait à essayer de soulever le couvercle de sa boîte de l'ongle du pouce.

– De toute façon, reprit Janie en se tournant vers Claudia, je peux déjà faire quelque chose pour toi, si tu veux. Morgana et moi en avons discuté et on trouve que c'est dommage que vous ne puissiez pas parler avec la renarde en dehors de cette maison. Alors on va te concocter un sortilège… un très vieux, assez difficile… qui te permettra de la comprendre partout.

– Je pourrai parler aux animaux ? s'exclama la fillette enchantée. Tu veux dire vraiment p-p-p-parler…

– Pas aux animaux, rectifia Morgana en s'arrêtant devant la porte de la cave. À la renarde, rien qu'à elle. Parce que nous ne pouvons pas nous permettre de te laisser faire la conversation à tous les animaux errants que tu croiseras. Ce serait une perte de temps et d'énergie, et on ne sait jamais à quoi cela peut nous mener. Tu comprends ? Pas aux animaux. Viens, à présent, Janie.

Claudia rougit et se cacha la tête dans les mains. Elle ne voulait pas avoir l'air d'en demander trop. C'était déjà beaucoup de pouvoir parler à la renarde, elle le savait.

Mais, alors que la petite sorcière et son animal familier descendaient les marches, ce fut au tour de Janie de s'arrêter, de se retourner et d'adresser un clin d'œil appuyé à sa petite sœur.

Quand elle eut disparu, Charles laissa tomber :

– Ça m'inquiète de savoir qu'elle va faire de la magie.

– Elle sera surveillée, assura Alys sans conviction. (Mais elle ne pensait qu'à son cheval.) Morgana ne la laissera jamais faire de trucs trop horribles.

– Oui, mais tu te rends compte ? Des tritons qui sortiraient tout à coup des poutres un soir de fête à l'école ? Bliss Basscomb qui attraperait la gale. Hé ! (Il se rasséréna soudain.) Elle pourrait peut-être aussi jeter un sort à mon prof de géométrie ?

– Ou assurer du beau temps pour les matchs à domicile…

Sur ces belles idées, ils se dirigèrent vers la porte du fond.

– Tu viens, Claudia ? Il faut qu'on trouve une corde.

– Je dois rester pour le sortilège.

– Comme tu voudras.

Le frère et la sœur sortirent. Même en plein hiver, le soleil californien restait tiède et brillant, et une brise légère soufflait à travers l'orangeraie, leur agitant les cheveux.

Alys regarda la vue sur Villa Park.

– Tout ça, annonça-t-elle à Charles, est encore là grâce à nous.

– Sauf que personne ne le sait.

– Papa et maman le savent. En tout cas, ils savent qu'on a fait quelque chose. Et, ajouta-t-elle, frappée par une autre idée, je suis sûre qu'ils sont au courant dans Féerie.

Plus elle y pensait, plus elle en était certaine. Le serpent, son propre serpent, avait indubitablement raconté l'histoire au Conseil Weerul et, à présent, le mot allait circuler. Peut-être que quelqu'un finirait par raconter leur histoire.

Oui, un poème épique en vers héroïques. L'histoire d'Alys la Vaillante qui, au mépris du danger, avait à elle seule mené une petite troupe de guerriers novices contre un maître sorcier. Alys la Loyale, amie des habitants des marais et des Serpents à Plumes, conquérante des Quislais, voyageuse intrépide des miroirs. Et pourquoi l'histoire s'arrêterait-elle là ? Un jour, peut-être, il existerait d'autres histoires d'Alys l'Intrépide et de son pâle coursier, Hiver, champions de la justice et défenseurs des opprimés. Des récits sur Alys l'Indomptable, la brave, l'aguerrie, la téméraire…

– Hé, Alys, dit Charles, tu crois que Morgana me laisserait échanger ma kryptonite contre une moto tout-terrain ?

Alys, la Vaillante Héroïne, Conquérante des Mille, disparut pour faire place à Alys l'Avisée, grande sœur et confidente. Elle poussa un soupir, sourit à Charles.

– Je ne vois pas ce qui s'y opposerait. En tout cas, tu peux toujours essayer.

– J'ai vu une pub dans le journal l'autre jour, une Kawasaki à centrale électronique…

– Génial ! dit Alys en pensant à son cheval.

– Ou une Honda… mais il va me falloir un permis. Hé ! Et si Morgana pouvait me fournir aussi le permis…

Ils descendirent vers le jardin en pente sur la colline.

Dans la maison, une mouche voletait paresseusement dans un rayon de soleil. Claudia ouvrit une fenêtre pour la laisser sortir. La cuisine semblait endormie, tiède et tranquille, gardienne de ses propres secrets.

Elle s'assit pour attendre la renarde.

Un cœur indompté

Tome 2

*À mes parents dont l'amour, le soutien et l'exemple
m'ont aidée à découvrir mes rêves.*

1

Claudia envoie une lettre…

Les sourcils froncés, une mèche de cheveux châtains enroulée autour de ses doigts, Claudia Hodges-Bradley essayait de se concentrer sur les notes qu'elle avait prises pendant le dernier cours d'orthographe de Mme Anderson. Un test les attendait l'après-midi même, et c'était le genre d'épreuve qui donnait des crampes d'estomac à la fillette. Elle savait qu'elle devrait se montrer plus attentive… mais elle préférait écouter les oiseaux.

Non pas que ceux-ci aient, en général, grand-chose à raconter. Ils pouvaient rester assis des heures à crier :

– Je suis un geai bleu ! Je suis un geai bleu ! C'est mon arbre ! C'est mon arbre !

Ils n'étaient donc pas très intéressants en soi, mais mille fois plus que l'école ou Mme Anderson.

Sentant le regard glacial de l'institutrice se poser sur elle, Claudia sursauta, gênée, et se figea. Mme Anderson n'aimait pas qu'on se tripote les cheveux, encore moins qu'on mâchonne son crayon ou qu'on se mordille les ongles, toutes ces choses que Claudia faisait cette année plus que jamais. C'était une enfant sérieuse, dont les yeux bleus semblaient toujours un peu anxieux sur les photos de classe. Cette année, elle leur trouvait la même expression dans le miroir.

Puisqu'elle ne pouvait plus se tortiller les cheveux, elle posa une main sur son cœur pour sentir la bosse rassurante de l'amulette sous sa chemise. Elle la portait depuis si longtemps qu'il lui suffisait d'en tâter les pierres pour se les représenter : sardonyx, opale noire, héliotrope, chacune gravée d'une écriture en pattes de mouches dans la langue féerique. Claudia ne savait déchiffrer aucun de ces symboles, mais elle comprenait très bien à quoi servait le talisman : il lui permettait de parler aux animaux.

Sans doute le mot « communiquer » était-il plus adapté. Le langage des animaux dépendait autant des mouvements du corps – inclinaison de la tête, mouvement des ailes, position de la queue – que des sons eux-mêmes. Sauf quand le message était destiné à être entendu et compris sur de longues distances, comme pour ce pluvier, dehors, qui défiait quiconque d'oser approcher son nid…

Claudia prit une longue inspiration. Elle comprenait soudain ce que le pluvier racontait depuis quelques minutes et, instinctivement, leva le doigt pour le dire à Mme Anderson, mais le baissa aussitôt. L'institutrice la prendrait pour une folle. Mieux valait attendre. De toute façon, personne n'y pourrait rien. Et peut-être qu'avec un peu de chance – à cette idée, Claudia se rasséréna –, il n'y aurait pas cours d'orthographe cet après-midi.

À cet instant, sa respiration s'arrêta tandis que son cœur, sous le collier d'argent, battait violemment. En cette dernière semaine d'avril, la récolte de printemps de boîtes de conserve s'achevait presque, et c'était la classe de Mme Anderson qui allait gagner. La tour qu'ils avaient formée avec leurs 246 boîtes (à l'heure qu'il était) s'élevait dans sa splendeur symétrique contre le mur latéral.

Claudia l'apercevait tout juste du coin de l'œil, sans tourner la tête. À côté était assis Remmy Garcia. Claudia l'aimait bien. Il élevait des rats blancs chez lui. Elle appréciait nettement moins Beth Ann, assise derrière lui, mais, comme dirait sa sœur Alys, ça n'avait aucun rapport.

– Claudia !

Elle sursauta. Elle n'avait pu s'empêcher de se retourner pour contempler les boîtes, et Mme Anderson la rappelait à l'ordre.

– Claudia, si vous voulez voir vos petits camarades, c'est à la récréation que ça se passe… et vous venez justement d'en perdre cinq minutes. C'est compris ?

Ce fut à peine si elle entendit les gloussements de la classe. Elle devait faire quelque chose pour arrêter ce qui allait se produire, mais elle ne savait par où commencer. Même Alys, maintenant en première et capable de régler n'importe quelle situation, ne pourrait rien y changer. Pourtant, elle avait très envie de lui en parler… ou plutôt, non. À Janie.

Janie saurait sans doute l'aider. Elle faisait de drôles de choses, ces derniers temps. La plupart ne servaient à rien, mais quelques-unes rendaient service.

Fiévreusement, Claudia fouilla dans son bureau, à la recherche d'un papier et d'un crayon. Elle allait écrire une lettre à Janie.

– Claudia ! Claudia Hodges-Bradley !

Elle lâcha son crayon. Mme Anderson la dévisageait comme si elle n'en croyait pas ses yeux.

– Si vous vouliez vous donner la peine d'écouter un peu, vous auriez moins de mal à l'école. Maintenant, vous avez perdu dix minutes de récréation.

Tandis que l'institutrice retournait à son tableau, Claudia reprenait son crayon à la dérobée. Elle allait devoir se méfier : si elle perdait ses cinq dernières minutes de récréation, elle ne pourrait pas envoyer son billet. Si bien qu'elle le rédigea les pupilles rivées sur le dos de Mme Anderson, ne jetant que de temps à autre un coup d'œil sur son papier. Or, elle avait déjà du mal à écrire, encore plus à respecter une bonne orthographe. Les lettres semblaient avoir une vie propre, sautant autour des mots, s'y glissant parfois, ou en sortant sans qu'on sache pourquoi, quand elles ne se retournaient pas carrément. Après avoir achevé son message, elle le relut sans trop savoir si elle l'avait bien rédigé ou non, déjà à peu près certaine d'avoir fait une faute sur *tourt*. Mais Janie était futée, elle comprendrait.

La cloche sonna. Claudia resta dix minutes à sa place sous le regard sévère de Mme Anderson, tout en essayant de ne pas enrouler de mèche au bout de ses doigts.

Quand elle put enfin sortir, elle se rua au-dehors, inspectant les alentours. Il y avait beaucoup de chiens à Villa Park, et on en voyait toujours un ou deux en train de gambader au-delà de la barrière. Oui… là !

Mais c'était si loin, à l'autre bout de la cour des grands… Les élèves de CE2 n'avaient pas le droit de la fréquenter, Claudia ignorait ce qui pourrait lui arriver si on la prenait sur le fait – peut-être se retrouverait-elle exclue comme l'avait été Tony Stowers pour avoir frappé un petit camarade avec un sac de billes, ou alors expédiée chez le principal. Elle jeta un coup d'œil sur le professeur de garde, vit qu'il regardait ailleurs et en profita pour se faufiler sur la pelouse.

Malgré la tenace impression que tout le monde l'avait repérée, seule gamine sur la pelouse, Claudia atteignit sans difficulté la barrière qu'elle visait puis sifflota pour interpeller le chien, bâtard de setter et d'épagneul avec des oreilles d'airedale, qui arrêta de se gratter, l'air surpris. Il vint vers elle en trottinant, remuant tout le corps, émettant de légers jappements pour lui dire comme il serait content de faire tout ce qu'elle voudrait, qu'il accomplirait sa tâche sans faillir, et qu'il…

– Ça va, coupa-t-elle. Il faut que tu m'aides. Tu sais qui je suis ?

Il roula des yeux chocolat. Tout le monde connaissait Claudia.

– Très bien, alors voilà, j'ai une sœur… pas l'aînée, Alys, mais l'autre, Janie. Elle est au collège… au bout de la rue, là où il y a plein d'enfants. Tu connais ?

Le setter connaissait parfaitement. De la pizza dans les poubelles, des rats sous les bâtiments préfabriqués, et des écureuils dans les champs. Un endroit formidable.

– Bon, je voudrais que tu ailles y trouver Janie et que tu lui donnes ce message. C'est une fille…

Claudia s'interrompit. Comment décrire à un chien l'apparence de sa sœur ? Il releva la tête et lança un bref aboiement en remuant la queue avec délice. Il connaissait aussi Janie. Elle ne terminait jamais ses repas et sentait la magie. Rien de plus facile que de la trouver.

– Oh, merci ! dit Claudia en tendant la main à travers la grille pour lui caresser le museau.

Après quoi, elle plia soigneusement la lettre et la lui tendit.

– Allez, va vite ! S'il te plaît !

Comme le chien s'éloignait, l'air fier de s'être vu confier une telle mission, la cloche sonna. La récréation s'achevait.

Or, Claudia se trouvait à une année-lumière de l'endroit où elle aurait dû être ; le mieux consistait maintenant à longer les classes des grands pour regagner la sienne au pied du bâtiment.

Malheureusement, cet objectif présentait un obstacle majeur : les deux ailes étaient séparées par une grille, rarement verrouillée, mais Claudia savait qu'elle n'aurait jamais le courage d'y toucher, encore moins de l'ouvrir. D'autant qu'un instituteur se tenait de l'autre côté – celui de sa classe de l'année précédente, M. Pigeon.

Il était très gentil, ne s'était jamais moqué de son prénom, ne l'avait jamais houspillée pour son écriture en dents de scie, ni pour son attitude dissipée. Il aimait à répéter sa devise : « Un pour tous, tous pour un. » Claudia changea de direction en reniflant.

M. Pigeon l'entendit et se retourna, surpris.

– Claudia, qu'est-ce que…

Sans achever sa question, il observa son visage puis, un doigt sur les lèvres, ouvrit la grille pour la laisser passer.

– Un pour tous… murmura-t-il comme elle levait sur lui un regard éperdu de gratitude. Dépêchez-vous. Mais ne courez pas !

Si bien qu'elle marcha tout le temps qu'elle resta dans son champ de vision, après quoi elle galopa. Elle parvint à regagner sa place à l'instant même où Mme Anderson se retournait pour annoncer une dictée. Dès lors, il ne lui restait rien d'autre à faire que rester assise, le crayon serré dans la main, l'estomac noué, alors qu'au-dehors le pluvier couinait la même chose que tout à l'heure, de plus en plus vite.

– Tremblement de terre !

– Sol bouge, terre tremble !

À quoi, un pinson vint ajouter son grain de sel :

– On s'envole ! On s'envole !

Claudia aurait bien aimé pouvoir s'envoler. C'était à Janie de voir, maintenant.

2

… et Janie la reçoit

– J'attends les réponses d'un volontaire aux deux dernières équations, voyons… Janie Hodges-Bradley.

Janie, qui n'était pas volontaire du tout, leva la tête de son livre d'algèbre de quatrième, cligna des paupières, jeta un rapide coup d'œil au tableau noir.

– *X* égale sept ou moins sept, *Y* égale treize ou moins treize.

M. Lambert fit la moue, tapa sur le tableau avec sa craie tout en agitant sa main libre d'un geste agacé.

– C'est juste, dit-il.

Il savait très bien qu'elle était en train de lire autre chose, et cela l'irritait mais, du moment qu'elle répondait correctement, il n'avait rien à dire. Il aurait été surpris – et beaucoup moins contrarié – d'apprendre qu'il s'agissait de *La Trigonométrie moderne*. La pratique de la magie exigeait un grand nombre de calculs.

C'était la première année que Janie n'en voulait plus à sa mère d'avoir refusé de lui faire sauter des classes à l'école élémentaire. En effet, si elle étudiait le calcul pendant les cours d'algèbre, l'allemand et le latin pendant l'espagnol, l'herboristerie pendant l'histoire, la pétrologie métamorphique pendant le dessin et les œuvres complètes de Darion le Fauconnier pendant la littérature, si elle se couchait tard le soir, elle parviendrait de justesse à suivre les études recommandées par Morgana Shee. Ce n'était pas facile, mais cela restait possible.

Janie se replongea dans son livre. Elle ne prit conscience de la présence du chien que grâce aux rires étouffés et aux sifflements des autres élèves. Quand elle le vit, il finissait de parcourir la salle et se dirigeait droit sur elle, comme s'il la connaissait depuis toujours. Arrivé à sa hauteur, il posa une patte boueuse sur ses genoux et la tête sur sa poitrine, manquant la faire tomber de sa place. Puis il se redressa, lui jeta un bref aboiement à la figure.

– Il est à Janie Hodges-Bradley, ce bâtard ? s'esclaffa quelqu'un.

À deux sièges de là, Bliss Bascomb tourna vers elle sa tête blond platine.

– Les bâtards, ça va avec les thons, murmura-t-elle.

Dans un éclat de rire général, M. Lambert dut intervenir :

– Virez-moi cet animal !

Tout en s'efforçant de ne rien répliquer à Bliss Bascomb, Janie resta immobile tandis qu'on emmenait le chien. Elle gardait les mains sur ce que personne n'avait vu : la boulette de papier humide qu'il venait de lui déposer sur les genoux. Elle attendit que tout le monde ait reporté son attention sur la leçon qui reprenait pour la déplier discrètement.

Après l'avoir parcourue, elle se frotta les yeux, recommença. Le message avait beaucoup souffert depuis que Claudia l'avait rédigé. Il avait dû tomber une ou deux fois dans le caniveau, et certaines parties en avaient été désintégrées par la salive canine. Il n'y restait que les dents de scie pleines de fautes d'orthographe : « Chaire Janie », « osiaux » et « manterre ».

Malgré la signature quasi effacée, elle ne douta pas un instant de l'identité de son auteur. D'abord, parce que la feuille provenait d'un cahier d'écolier ; ensuite, parce qu'elle ne voyait qu'une personne pour faire appel à un chien en guise de facteur. Claudia devait estimer la nouvelle importante, car elle savait combien sa sœur avait horreur d'être dérangée au collège.

Sur le coup, Janie eut envie de passer à autre chose, de faire comme si elle n'avait pas reçu ce message ; elle dirait qu'elle avait cru que c'était une farce. L'année précédente, elle aurait sûrement agi ainsi. Mais maintenant… Claudia lui cassait les pieds, cependant il devait se passer quelque chose de spécial.

Poussant un soupir, Janie jeta un regard circulaire sur la classe, se pencha pour ouvrir son sac à dos.

Elle en sortit une baguette de sorbier au toucher de satin, de la taille de son avant-bras ; creusée au centre, elle avait été remplie de quintefeuille, d'aigremoine et d'autres herbes, puis d'un parchemin sur lequel Morgana Shee avait écrit dans la langue de Findahl, Féerie pour les humains, ainsi que d'une pièce de coton coloré de trois gouttes de sang de Janie et de trois gouttes de sang de Morgana. C'était une baguette prodigieuse, qui tirait son pouvoir de la Crosse d'Or de la sorcière, au profit de son apprentie.

En revanche, elle n'avait jamais été destinée à ce que Janie comptait en faire maintenant. De nouveau, l'adolescente jeta un regard autour d'elle. En général, elle s'asseyait au fond de la classe, car il était plus facile d'y lire autre chose que les textes de son cours, encore qu'elle ne voyait pas trop comment passer inaperçue en manipulant un morceau de bois de plus de trente centimètres de long. Elle essuya son bureau avec sa manche pour le faire briller. Dans l'idéal, il lui aurait plutôt fallu un miroir, mais elle devrait se débrouiller avec les moyens du bord. Dès que M. Lambert tourna le dos pour résoudre une équation au tableau, elle sortit sa baguette pour effectuer un cercle à peu près parfait sur son bureau, ne ménageant qu'une petite ouverture vers le sommet.

Autour d'elle, les filles la dévisageaient comme si elle était devenue folle. Protégeant le cercle de ses deux bras, Janie les fusilla du regard et, alors qu'elles se détournaient, boucha du pouce gauche le trou laissé dans la circonférence en étreignant la baguette de la main droite, puis souffla au centre et murmura quatre mots.

Aussitôt, elle ressentit une violente bouffée de chaleur. La ligne qu'elle venait de tracer vira au rouge vif, comme si elle ouvrait une fenêtre sur un puits de flammes. Fascinée, elle ne pouvait plus en détacher ses yeux. En principe, un cercle de vision ne devait pas ressembler à cela, mais plutôt à une surface claire, argentée : celui-ci était rouge sombre, et parcouru de craquelures d'un vert cadavérique. Des ombres s'y déplaçaient obscurément, impossibles à définir. Un instant, Janie se demanda si elle ne venait pas d'accéder à l'enfer, ou à Bételgeuse, ou à quelque endroit improbable, jusqu'à ce qu'elle repère deux points qui pourraient évoquer une paire d'yeux, séparés par une saillie plus claire équivalente à un nez. Au-dessous, un grand O noir pour la bouche, béante. Un visage apparemment horrifié. Et, oui, elle le reconnaissait. Elle avait réussi. Elle était parvenue à accrocher Claudia.

Claudia faillit en mordre la gomme de son crayon. Son bureau venait de virer au rouge. Paralysée, elle considéra le cercle cuivré, plein d'objets mouvants comme un écran de télévision qui capterait très mal – ou comme dans ces rêves qu'elle ne racontait jamais à personne. Elle en écarta sa feuille de dictée et aperçut le visage de Janie, vert pâle dans cette étrange lumière ; elle poussa un soupir de soulagement.

La voix monta du bureau, assez faible, comme si elle parlait sous l'eau :

– Claudia ! Claudia, c'est toi ?

La fillette jeta un regard autour d'elle.

– Oui, murmura-t-elle en se penchant vers l'apparition.

Elle se demandait si ses voisines pouvaient voir la même chose qu'elle.

– C'est toi qui m'as envoyé une lettre ?

À l'avant de la classe, Mme Anderson leva la tête. Le cœur de Claudia se serra. Elle se pencha tellement que ses lèvres en effleurèrent le bureau.

– Oui, souffla-t-elle encore plus bas.

– Qu'est-ce que tu avais écrit dedans ?

Ainsi sa sœur n'avait pu la lire, c'était triste, mais pas vraiment étonnant.

– Je parlais d'un tremblement de terre, articula-t-elle, les yeux braqués sur l'estrade. Les oiseaux ont dit « terre tremble ». Et les boîtes vont tomber sur Remmy Garcia…

Mme Anderson se leva d'un coup et Claudia s'affola, sans plus trop savoir ce qu'il y aurait de pire entre voir Remmy écrasé par les boîtes ou l'institutrice apercevant Janie dans son bureau. Incapable de supporter cette idée, elle y éparpilla ses papiers pour cacher le visage de sa sœur.

La voix de Janie retentit, plus faible, mais plus implorante :

– Claudia ! Je ne te perçois plus ! Claudia, je voudrais savoir quand. Pour quand, ce tremblement de terre ?

Mme Anderson descendait l'allée. Après un dernier regard sur la tête brune de Remmy Garcia, Claudia effectua l'ultime sacrifice. Soulevant le coin de sa feuille, elle souffla dessous :

– Je sais pas ! Eux non plus ! Ils ont dit bientôt ! Oh, Janie, aide-nous, aide-nous !

Après quoi, elle plaqua la feuille d'un brutal coup de main et leva un visage terrifié sur son institutrice.

*

*   *

Janie sentit le cercle vibrer et s'éloigner d'elle. Poussant un bref soupir, elle lâcha prise. Quand sa vision lui revint, elle vit que les autres élèves remballaient leurs affaires et s'en allaient, certains lui jetant des regards en coin, comme si elle avait convoqué des démons ou fait une crise d'épilepsie. Elle préféra les ignorer. Le temps de retrouver une respiration normale, elle glissa la baguette dans son sac et partit à son tour.

Si on lui avait posé la question, Janie Hodges-Bradley aurait sans doute approuvé la description que Bliss Bascomb avait faite d'elle. Tout le monde disait que son jumeau, Charles, avec ses cheveux blonds et ses yeux bleu-gris, avait hérité toute la beauté de la famille. Sans être vraiment jolie, Alys, l'aînée, ressemblait davantage à leur frère et respirait l'énergie, la bonne santé.

Janie, elle, possédait une beauté à part ; il y avait quelque chose de saisissant dans ses cheveux noirs emmêlés et sa peau blanche. Quant à ses yeux, ils n'étaient ni bleus ni gris, mais violets. Les gens se retournaient souvent sur son passage.

En ce moment, ses yeux la piquaient. Génial ! Elle avait dû se rompre un vaisseau à tenter une telle expérience. Et tout ça pour quoi ? Tant mieux si Claudia appelait à l'aide, mais que pouvait faire Janie ? Elle n'était pas sorcière, ne détenait aucun pouvoir, pas même une Crosse Verte ou Brune. D'ailleurs, en tant qu'humaine, elle ne pouvait pas non plus être considérée comme une véritable apprentie ; il fallait pour cela être soi-même une Finderlaie, une créature magique.

Pourtant, elle était parvenue à projeter un cercle de vision, après un an et demi seulement d'entraînement – et avec rien moins qu'une baguette de sorbier. Peut-être n'était-elle qu'humaine, mais une humaine surdouée. Jamais Alys ne lui pardonnerait si elle ne tentait pas, au moins, d'intervenir.

Bliss Bascomb se trouvait au bout du couloir, avec deux autres filles. Elles se turent en apercevant Janie, mais pour reprendre leurs murmures dès qu'elle fut passée ; elle-même s'interdit de s'arrêter, néanmoins elle n'avait put s'empêcher d'étreindre sa baguette dans son sac.

Une fois, rien qu'une fois ! Si seulement cette idiote de Bliss pouvait se douter de ce qu'elle risquait ! Mais Janie n'avait pas oublié la réaction de Morgana lorsqu'elle lui avait parlé de sa petite camarade, de sa folle envie de lui jeter un sort pour la désorienter.

– Certes… avait répondu la sorcière en la fixant de son étrange regard gris.

Là-dessus, elle avait ouvert un livre et lancé à Janie un morceau de parchemin. En le lisant, celle-ci s'était raidie.

– Mais, Morgana… avait-elle réussi à articuler, ce… c'est un sort mortel !

– Certes ! C'est qu'une sorcière ne s'amuse pas à désorienter ses ennemis. S'ils valent la peine qu'on leur jette un sort, c'est qu'ils méritent la mort. On ne fait pas appel aux Arts Sauvages pour des broutilles. Désires-tu apprendre ce sortilège ?

Janie avait soutenu un instant ce regard aussi impitoyable que tranquille, avant de se détourner.

– Non…

Néanmoins, elle ajouta farouchement :

– J'ai compris.

Alors qu'elle s'éloignait de Bliss, encore tendue et rougissante, Janie s'efforça de penser à autre chose. Par exemple à Claudia, qui avait des ennuis.

En apercevant les téléphones publics devant l'amphithéâtre, elle eut l'idée d'appeler Morgana, mais elle ne répondit pas. La sorcière pouvait travailler dans son officine secrète ou se promener dans le jardin derrière le vieux manoir.

Janie avait fait tout ce qu'elle pouvait. Pourtant, elle n'imaginait que trop bien Alys lui disant que cela ne suffisait pas, qu'il fallait faire même ce qu'elle ne pouvait pas. Ne serait-ce que pour Claudia, en CE2, avec ces piles de boîtes qui risquaient de lui tomber sur la tête.

À sa place, que ferait Alys ?

Sur le point de raccrocher, Janie eut une idée et ne put réprimer un sourire. Pourquoi pas ? C'était complètement fou, donc ça devrait marcher.

Alors que la sonnerie l'appelait au cours suivant, elle composait le numéro de l'école élémentaire de Serrano.

Mal à l'aise, Claudia se dandinait d'un pied sur l'autre. Elle se pencha pour tâcher d'apercevoir, au bout de la file des élèves silencieux et agités, Mme Anderson qui avait rejoint les autres professeurs sur la chaussée.

Ils se tenaient là depuis une demi-heure. Toute l'école. Claudia ignorait comment Janie s'y était prise mais, à peine cinq minutes après qu'elle eut caché sa sœur sous sa feuille de dictée, alors que Mme Anderson lui faisait la morale, une sonnerie avait retenti, celle des alertes incendie. Tous les enfants avaient filé vers les champs, où ils étaient rassemblés depuis. À présent, Claudia n'avait qu'une crainte : qu'on les renvoie en classe avant le début du tremblement de terre.

À cet instant, alors qu'une voix annonçait derrière elle l'arrivée de la police, elle sentit un léger mouvement sous ses pieds. Le sol qui remuait. Elle ne fut pas la seule à s'en rendre compte. Les oiseaux devenaient fous, tous les autres bruits avaient cessé. Les enfants brisèrent instantanément les rangs pour s'égailler dans tous les sens. Les secousses devenaient brutales, quelques élèves fondirent en larmes en se tenant les uns aux autres. Enfin, dans l'école, la sirène d'alarme retentissait, appelant chacun à courir aux abris.

En plein cours d'histoire, Charles Hodges-Bradley leva la tête pour jeter un regard méprisant à son voisin.

– Arrête, Talbott, maugréa-t-il.

Talbott se hérissa.

– Arrête toi-même !

– C'est toi qui l'as fait, lâche mon bureau !

– Lâche-moi, pauvre type !

– Casse-toi, minable !

Talbott ouvrit la bouche pour balancer une réplique adéquate, mais il s'arrêta net. Les deux garçons se regardèrent avec une expression de joie mauvaise.

– Un tremblement de terre ! s'écria Talbott à l'adresse de toute la classe. Hé ! C'est un tremblement de terre !

Charles se fabriqua un mégaphone de fortune en roulant la feuille de ses devoirs.

– Messieurs-dames ! lança-t-il, nous interrompons ce programme pour vous annoncer…

– Sous les bureaux ! cria le professeur comme la sonnerie retentissait. Sous votre bureau, Hodges-Bradley ! Allez, tout de suite. Je tape sur tout ce qui dépasse.

– C'est super, non ? murmura Talbott, tout sourire.

Charles acquiesça de la tête. Cette sensation d'allées et venues en pleine classe avait quelque chose d'amusant ; du moins au début. Mais ça ne s'arrêtait pas ; ce serait mieux si ça s'arrêtait, maintenant…

Alys Hodges-Bradley courait sur le terrain de foot quand elle crut voir le sol se soulever devant elle. Le ballon rebondit brusquement à ses pieds. La partie s'arrêta instantanément tandis que la pelouse vibrait et que les sirènes hurlaient.

Alys essaya de retrouver son équilibre, mais elle ne pouvait pas faire grand-chose, ni pour elle, ni pour ses frère et sœurs. Le temps qu'elle les rejoigne, tout serait fini.

Quelqu'un indiqua la piscine, où l'eau faisait d'énormes vagues en tous sens. À la rigueur, Alys pouvait tenter de rester debout si elle se concentrait bien, mais ses jambes la lâchèrent vite, se plièrent sous elle, l'envoyèrent s'asseoir à même le sol sous le soleil, et elle dut s'accrocher à la pelouse en attendant que la terre se calme.

Janie Hodges-Bradley s'agrippait à la porte des toilettes des filles en jetant un regard mauvais à l'élève de cinquième qui y avait aussi trouvé refuge. Elle n'aimait qu'à moitié ces mouvements qui lui donnaient le mal de mer. Ça suffisait, maintenant.

3

À Fell Andred

Quand la terre s'immobilisa, Claudia lâcha Susan Parlin et releva prudemment la tête. Les professeurs allaient et venaient en essayant de réconforter les élèves affolés. Bientôt, les parents arrivèrent, l'un après l'autre, puis en masse pour récupérer leur progéniture. Un homme armé d'un mégaphone tentait de rétablir le calme, disant aux enfants qui restaient seuls d'attendre qu'on vienne les chercher. Mais, dans l'ombre des bâtiments, Claudia avait repéré une petite silhouette rousse. Doucement, elle s'en approcha et, quelques instants plus tard, la renarde se retrouvait dans ses bras, lui collant sa truffe humide dans le cou.

– Oui, oui, c'est ça, dit l'animal en se tortillant tandis que Claudia l'étreignait en respirant dans sa fourrure. C'est-à-dire, pas en public, quand même ! Tu n'as rien de cassé, j'espère ? Non ? Alors cesse de renifler et suis-moi. Morgana veut te voir.

Elles firent un détour pour prendre au passage un Charles tout sourire et une Janie en rogne. Quant à Alys, elle avait disparu.

Alys fut la dernière à gagner le manoir de Morgana, cet après-midi-là, pour la simple raison qu'elle était d'abord passée au collège puis à l'école élémentaire, puis à la maison avant de comprendre où les autres étaient allés. En grimpant à côté de son vélo l'allée sous les hauts eucalyptus, elle éprouva de nouveau cette impression d'isolement qui la prenait chaque fois qu'elle approchait de la vieille maison. Fell Andred était vraiment un lieu à part, en marge du reste du monde.

Elle contourna le bâtiment gris pour gagner l'entrée arrière, car celle de devant n'avait pas été ouverte depuis plus de cent ans. Elle y pénétra sans frapper, puis resta un instant immobile à écouter le silence.

– Il y a quelqu'un ? lança-t-elle. Morgana ? Janie ?

Le grand salon, autrefois salle à manger de gala, mais que Morgana utilisait comme pièce de réception, semblait désert, de même que la spacieuse cuisine aux poutres de chêne. Mal à l'aise, Alys hésitait ; elle n'aimait pas crier. Fell Andred était si grand qu'il amplifiait les échos à l'infini, dans une lourde atmosphère de recueillement qui donnait l'impression de brailler dans une église.

Elle poussa un soupir d'inquiétude dégoûtée. Elle allait devoir se lancer à leur recherche, mais ils pouvaient se trouver dans n'importe laquelle des dizaines de pièces bizarrement meublées qui se succédaient le long des vastes corridors. Cela pourrait prendre des heures.

Pour commencer, elle inspecta le petit escalier de la cuisine menant à la cave, toujours aussi froide et obscure. Malgré son apparence solide, le mur du fond présentait une ouverture secrète qu'Alys n'eut aucun mal à retrouver en glissant les doigts dans une anfractuosité laissée par un nœud de bois. Délicatement, elle actionna le fin mécanisme du ressort. Nul n'était censé déranger Morgana Shee dans son travail. Mais Alys était trop inquiète, d'ailleurs elle doutait que la sorcière se trouve vraiment ici. Elle entendit le déclic, sentit la porte s'entrouvrir.

– Oh... oh, excusez-moi... Je suis désolée...

Elle avait aperçu le visage stupéfait de Morgana, mais aussi un autre, au teint inimaginable, qui flottait dans l'air au-dessus d'un entrelacs de fils de cuivre, posé sur la table de travail. Un court instant, Alys crut plus ou moins le reconnaître, jusqu'à ce qu'une lueur verte danse sous son nez puis lui contourne la tête avant de s'échapper de l'officine.

– Darion Beldar ! cria la sorcière en tapant du poing sur la table.

Alys n'aurait su dire si c'était là une imprécation ou une supplication. Déjà, Morgana la bousculait pour se lancer à la poursuite du feu follet.

– Pardon... Pardon...

Alors que la sorcière et sa proie se précipitaient dans l'escalier, Alys parcourait l'officine d'un œil navré. Le visage au-dessus des fils avait fait place à une fumée blanchâtre. Le récent tremblement de terre avait laissé des traces partout : débris de bouteilles au sol, cornues retournées, étagères en désordre. La Crosse d'Or gisait sur la table de travail ; comme toujours quand elle ne se trouvait pas entre les mains de Morgana, elle n'avait l'air que d'un triste bout de fer. Alys la contourna en se gardant bien de la toucher. Sous une étagère, elle aperçut un tiroir qu'elle n'avait encore jamais vu, à croire qu'il venait de jaillir du mur. Tout en guettant le retour de Morgana, elle ne put s'empêcher de jeter un coup d'œil sur ce qu'il renfermait.

Une épée, magnifique. Et des instruments qu'elle ne reconnut pas, mais son attention se concentrait sur cette lame, longue, droite, immaculée, aux lignes pures.

Sans plus réfléchir à la portée de ses gestes, Alys en attrapa le pommeau et, sur le moment, cela lui parut merveilleux. Jusqu'à ce qu'elle le relâche dans un gémissement.

Il venait de la brûler... ou plutôt, de lui envoyer comme une décharge électrique, sensation atrocement désagréable, comme si elle venait de se retenir de justesse de tomber et en éprouvait ensuite la montée d'adrénaline rétrospective.

Blessée, se frottant le bras puis la main, elle se rendit compte qu'elle avait presque envie de renouveler l'expérience.

C'est alors qu'elle entendit un pas.

La sorcière n'avait pas l'air contente. Fusillant Alys du regard, elle se tourna ensuite vers les fils toujours fumants.

– Tu as touché à quelque chose ?

– Je... Non, mentit Alys.

– Tu ne dois jamais rien toucher ici.

Entre ses mains apparut un objet vert qu'elle laissa retomber sur les fils, où il sembla disparaître ; la fumée s'évanouit et l'ensemble sembla former une sphère cuivrée. Morgana la plaça dans le tiroir, qui se rétracta dans le mur, comme avalé.

– Je m'en vais, dit humblement Alys.

– Il serait temps.

Les étranges yeux gris la fixaient, et elle se rendit alors compte qu'elle se frottait toujours le coude ; elle cessa aussitôt, gênée.

– Tes frère et sœurs sont là-haut, énonça lentement Morgana.

Alys les avait presque oubliés ; en fait, elle était plutôt obsédée à l'idée de ce qu'elle avait pu interrompre, de ce que Morgana pouvait faire au beau milieu d'un tremblement de terre.

Cela lui fit du bien de revoir les autres.

– Vous allez bien ?

– Oui, dit Charles. Tu veux un cookie ?

Claudia s'était assise au bout de la table, avec sur les genoux la renarde qui se laissait caresser sans broncher. Alys embrassa la benjamine, cherchant sur elle une trace de blessure, se léchant un doigt pour effacer de son front une trace de boue tout en observant :

– Tu aurais pu me laisser un message ou quelque chose… Je t'ai cherchée partout.

Derrière elle, Janie marmonna en la dévisageant sous ses cils épais :

– Mais tu ne peux pas aller partout, non plus.

– On était dans le poulailler, intervint hâtivement Charles.

Les poules appartenaient à Claudia, mais elle les gardait chez Morgana, car leur mère trouvait qu'un lapin et quelques chats errants suffisaient déjà à remplir leur petit jardin.

– Pas de dispute, je vous en prie ! dit la renarde.

Ses yeux endormis paraissaient aussi dorés que son collier. Alys préféra reporter son attention sur Claudia, qui répondait :

– C'est grâce à Janie que je vais bien. Elle nous a sauvés, moi, Remmy Garcia et tout le monde. Je suis allée vérifier dans la classe, toutes les boîtes étaient tombées en laissant des marques sur les bureaux. Elles sont cabossées, maintenant. On ne va sûrement pas gagner le concours.

– C'était dangereux d'empiler comme ça ces boîtes de conserves, répliqua Janie. Claudia avait compris ce qui risquait de se passer et m'a envoyé un message. Alors je me suis arrangée pour faire évacuer l'école avant le tremblement de terre. C'est tout. Tu vois, ce n'était pas grand-chose.

Alys ne releva pas cette évidente quête de compliments.

– Comment ? demanda-t-elle.

– J'ai téléphoné en menaçant de faire sauter une bombe. Ils ont aussitôt évacué toute l'école. D'après Claudia, la police est encore sur place.

– Tu as fait quoi ? demanda Alys, scandalisée.

Le sourire de Janie disparut et elle prit un air contrit.

– Écoute, si tu crois que tu te serais mieux débrouillée…

La voix de Morgana les arrêta :

– Je voudrais bien savoir comment Claudia a pu deviner ce qui allait arriver, alors que moi-même je n'avais rien prévu.

Elle était montée si discrètement que personne ne s'était aperçu de sa présence.

– Les oiseaux… commença Claudia.

Elle s'interrompit et Janie frissonna. Morgana avait donné à la fillette cette amulette qui lui permettait de parler avec la renarde en dehors du manoir. Entre les murs de Fell Andred, toutes les langues devenaient intelligibles, mais le sortilège devait permettre à Claudia de la comprendre partout. C'était Janie qui avait eu l'idée d'étendre le don de sa sœur à tous les animaux ; il lui avait suffi d'ajouter une mention sur l'héliotrope, quand Morgana avait le dos tourné. Elle avait d'ailleurs été la première surprise de constater que cela fonctionnait.

– Les oiseaux ? répéta la sorcière.

Brusquement, elle se dirigea vers Claudia, souleva l'amulette qu'elle portait sous son col, l'examina un instant, la retourna, haussa les sourcils.

– Janie ! lança-t-elle par-dessus son épaule.

– Euh… oui, madame ?

– Nous en reparlerons plus tard.

Janie flancha.

– Oui, madame.

Morgana s'apprêtait à ôter le collier du cou de Claudia, mais elle s'arrêta sous le regard implorant de la fillette, poussa un léger soupir et le remit en place.

Cependant, Alys se sentait mourir de honte. Elle prit sur elle-même pour s'excuser auprès de Janie :

– Désolée, ce doit être le contrecoup. Tu avais raison de vouloir les évacuer à tout prix de l'école.

– Quel contrecoup ? demanda gaiement Charles. Ce n'était qu'un tremblement de terre.

– Oui, mais je n'en suis pas sûre, justement. À la radio, ils disent qu'il y a eu des secousses tout le long de la faille de San Andreas. Elles n'ont pas provoqué beaucoup de dégâts, mais c'est remonté jusqu'à San

Francisco. On n'avait jamais vu ça. Les sismologues n'ont aucune explication.

– Je dirais qu'ils ne risquent pas d'en avoir, d'autant qu'ils partent d'un point de vue erroné. Ces secousses ne se sont pas produites « tout le long de la faille », mais « tout le long du Passage ».

– Le Passage vers Féerie ? s'écria Charles. Vous voulez dire qu'il se rouvre ?

– Pas sous vos pieds, répliqua sèchement Morgana. Cependant, il faut comprendre que le Passage de l'Ouest n'a pas toujours été limité aux miroirs de cette maison. Au début, il longeait la côte jusqu'à la ville de Weerien, dans Féerie, siège du Conseil Weerul – dans la même région que San Francisco pour ce monde. Quand le Conseil a décrété que tous les Passages entre les deux mondes allaient être fermés, j'ai compris que je devrais trouver un moyen de les concentrer en un seul lieu si je voulais conserver un portail. Alors, le Conseil a décidé ceci : je pouvais rester ici, dans le monde de mon époux, si je parvenais à maîtriser le Passage pour garantir que personne d'autre à ma place ne pourrait l'emprunter.

– Alors vous avez fabriqué les miroirs… conclut Alys. Et maintenant qu'ils sont brisés…

– N'oublie pas que je les ai brisés moi-même en même temps que j'ai fermé le Passage la nuit du solstice, alors que la lune montait encore dans le ciel. La résistance a été terrible.

Alys frissonna. Cela remontait à un an et demi, mais les détails de cette nuit où, avec Charles, Janie et Claudia, ils avaient contribué à refouler l'invasion d'une armée de sorciers, resteraient à jamais gravés dans sa mémoire. Ils avaient failli échouer, failli ne pas trouver à temps Morgana pour la délivrer du sort qu'avait lancé Cadal Forge. Sans Janie, qui avait finalement pensé à chercher dans l'endroit le plus improbable, Cadal Forge aurait gagné. Cadal Forge, le maître sorcier, détenteur de la Crosse Rouge, ce fou qui haïssait tous les humains, aurait gagné.

La voix de Morgana ramena Alys au moment présent.

– Et maintenant, bien que les miroirs soient brisés à jamais et qu'il n'y ait aucune chance pour rouvrir le Passage d'ici, je crains que celui du Nord soit instable. Surtout si… quelqu'un… essaie de le rouvrir de force.

– Quelqu'un ? demanda Alys.

Elle en eut froid dans le dos. Cadal Forge avait été formidable dans sa folie, quasi invincible, mais il existait quelqu'un de pire, quelqu'un en qui tout le monde avait confiance, qui siégeait au Conseil et que nul ne saurait soupçonner de trahison ; une personne non seulement tout à fait raisonnable, mais aussi impitoyable, et qui, en ce moment, se baladait librement dans le monde des humains.

– Thia Pendriel… dit-elle.

Dans la cuisine, ce fut le silence. Même les yeux violets de Janie s'assombrirent. Alys aurait juré qu'ils étaient tous en train de se représenter la grande conseillère avec ses cheveux roux et sa Crosse d'Argent, d'entendre sa voix douce et persuasive. Comme si elle se trouvait là, parmi eux.

– Thia Pendriel, bien sûr, acquiesça Morgana d'un ton tout aussi tranquille. À présent, elle a non seulement sa Crosse, mais aussi la Gemme qu'elle a volée. Mis ensemble, ces deux atouts lui donnent une puissance quasi inégalable.

– Pourtant, depuis le temps… on n'a plus entendu parler d'elle… alors je me disais que peut-être…

– Peut-être était-elle morte ou disparue ? Non. Une sorcière de sa stature ne se laisserait pas éliminer aussi facilement. Et puis, où irait-elle si ce n'est à Findahl ? Mais, pour cela, il lui faut un Passage.

De tous les sorciers, seule Thia Pendriel, Maîtresse de la Guilde d'Argent, éternelle ennemie de Morgana, ne s'était pas laissé renvoyer dans Féerie quand ils avaient clos les miroirs. Elle avait disparu dans la nuit et le silence au-delà de Fell Andred, non sans avoir volé la Gemme de Pouvoir que Cadal Forge avait apportée pour accomplir sa vengeance sur le monde des humains ; elle avait volé Cœur de Bravoure, ce rubis brut qui évoquait un glaçon rouge, gros comme le poing. L'une de ces Gemmes Oubliées, qui donnaient un pouvoir inimaginable.

– Mais pourquoi ? s'écria soudain Alys. Pourquoi elle voudrait y retourner maintenant, Morgana ? Et d'abord, pourquoi elle est venue ici ? Elle pouvait prendre la Gemme à Cadal Forge quand elle le voulait dans Féerie. Pourquoi se donner la peine de passer dans le monde des humains, au risque de s'y retrouver coincée sans rien accomplir avant son départ ?

– J'y ai réfléchi, dit Morgana. Et, depuis quelque temps, j'ai bien peur d'avoir trouvé la réponse. Tu as tort de croire qu'elle n'a rien accompli. Déjà, la semaine dernière, elle a fait une chose que j'aurais crue impossible. Et ce n'est pas fini… du moins si on ne l'arrête pas. (La sorcière se redressa, regardant un à un ses interlocuteurs.) Et voilà, mes enfants, pourquoi je vous ai fait venir aujourd'hui. Pour vous dire au revoir.

Je dois partir vers le nord, pour la stopper... si c'est encore possible.

– Vous partez ?

– Ce soir. Si je ne me trompe pas, il nous reste peu de temps, quelques jours tout au plus.

– Mais qu'est-ce qu'elle fait ? Pourquoi l'arrêter ?

Morgana jeta un regard à Janie avant de se tourner lentement vers Alys.

– Il vaut mieux pour vous ne pas le savoir. Je ne suis déjà pas très contente de vous laisser ici. Les événements se précipitent. Il y a... Peu importe ! Vous êtes sous la protection de vos parents, et vous aurez la renarde. Vous ne serez pas seuls.

À l'apparition de Morgana, la petite bête s'était vivement dégagée des bras de Claudia pour s'asseoir sur la table. À présent, son poil se hérissait.

– Comment ça, « vous aurez la renarde » ? demanda-t-elle d'un ton soupçonneux.

– Je te laisse les rênes du commandement, continuait la sorcière à l'adresse d'Alys.

Janie haussa un sourcil mais ne dit rien.

– Tâchez de ne pas commettre de bêtises, tous autant que vous êtes. Je vais indiquer à Janie un moyen de me rappeler si nécessaire, mais seulement en cas de danger de mort, c'est bien compris ?

– Oui, dit Alys.

– Comment ça, « vous aurez la renarde » ? insista la petite bête.

– Vous ne devriez pas en avoir besoin. S'il se passe quelque chose de grave, cela se produira plutôt dans le Nord.

– Comment ça, « vous aurez la renarde » ? s'entêta l'animal.

– Ça me semblait clair, pourtant ! répliqua Morgana avec brusquerie. Ça veut dire que tu restes ici.

– Sûrement pas.

– Tu feras ce qu'on te dira, et sans discussion.

Les yeux de la renarde n'apparaissaient plus qu'à travers deux fentes, et sa queue balayait la table d'un mouvement irrité.

– Vous pourriez avoir besoin de mon aide…

– Je devrai bien m'en passer.

– Mais les liens qui nous unissent…

– Qui t'unissent à moi ! Tu m'obéis, un point c'est tout.

La renarde sembla rétrécir sous l'affront. Pourtant, elle insista.

– Je ne vous laisserai pas partir seule !

– Combien de fois va-t-il falloir te le répéter ? Tu es mon familier, pas le chef de ma Guilde. Tu es à mon service et tu feras ce que je te dirai.

Un long silence s'ensuivit, au cours duquel maîtresse et animal se défièrent du regard. Jusqu'à ce que, d'un mouvement souple, la renarde saute à terre et sorte de la cuisine. Alys en grinça des dents.

Quant à Morgana, elle laissa échapper un soupir.

– Vous aurez la renarde, répéta-t-elle, l'œil fixé sur la porte. Et vos parents. Vous ne serez pas seuls.

Alys vit que son frère l'interrogeait du regard, tandis que Claudia tripotait son amulette, le visage fermé, tendu, comme si elle voyait ses parents se disputer. Quant à Janie, elle n'exprimait rien.

– C'est sûr, dit Alys d'un ton creux. Ça se passera bien.

Morgana laissa échapper un autre soupir. En général, malgré sa petite taille, elle était impressionnante, terriblement adulte. Mais là, elle avait plutôt l'air d'une toute jeune fille aux épais cheveux noirs et au visage blême, aux traits tirés.

– Ça ira, assura encore Alys.

Suivant son impulsion, elle posa la main sur le bras de Morgana – et tressaillit sous l'impulsion d'un frisson qu'elle transmit ainsi à la sorcière ; celle-ci perdit soudain son air innocent pour lever un regard dur vers Alys.

– Au nord, répéta Charles comme s'il chantonnait. Au nord ? Vous ne risquez tout de même pas de tomber sur Elwyn.

– Quoi ? dit Morgana en se tournant vers lui.

– Euh… Elwyn, reprit-il l'air dégagé. Vous savez, quand elle est partie, elle a dit qu'elle montait vers le nord. Qu'elle voulait visiter Hollywood.

– Et alors ?

– Eh bien, si vous tombiez sur elle… enfin, je me disais… vous pourriez peut-être… euh… lui dire « salut » !

La plus grande sorcière depuis Darion le Tisseur de Nuit le regarda un long moment en silence. Charles en perdit toute son assurance.

– Je crois, finit-elle par déclarer, que tu ferais mieux d'oublier ma demi-sœur. Je doute qu'elle se souvienne seulement de toi. Et quand bien même… (Morgana se rapprocha pour lui écarter une mèche du visage.) Pfffffttt !

Il vira à l'écarlate.

– Je ne voulais pas dire… Je me fiche…

– Fort bien. Janie, j'ai quelques points à vérifier avant mon départ. Suis-moi, s'il te plaît.

Elle se dirigea vers la bibliothèque. Cependant, Charles ne put s'empêcher d'insister sur sa bonne foi.

– Je… je… enfin, qu'est-ce que vous regardez toutes les deux, d'abord ? Et toi, Alys, pourquoi tu ne lui as pas dit ?

– Lui dire quoi ? Oh ! Ah oui… Peut-être parce qu'elle se serait sentie obligée de rester. Et puis je crois… qu'il faut vraiment qu'elle s'en aille…

Ils restèrent dans la cuisine jusqu'au dîner. En partant, Alys s'arrêta devant la porte de la bibliothèque, restée entrebâillée. Elle n'osa pas l'ouvrir davantage, de peur de laisser s'échapper la petite chose verte. Sur le point de frapper, elle fut interrompue par la voix de Morgana :

– … et rester très attentive. Il y a des choses que seule une sœur remarque. Je pourrais rester plus longtemps. Le danger va…

Alys n'aimait pas jouer les espionnes. Elle frappa énergiquement.

– Je… je venais dire qu'on s'en allait, annonça-t-elle en passant la tête. Ne reste pas trop tard, Janie.

Celle-ci avait un air innocent.

– Au revoir, Morgana. Et… bonne chance !

La petite sorcière, porteuse d'une Crosse d'Or, lui sourit du fond de la pièce.

– Merci, dit-elle sérieusement mais sans froideur. Je vais en avoir besoin. Mais tout peut encore s'arranger. Surveille-les bien, Alys.

– Euh… je ferai de mon mieux.

Elle oubliait parfois pendant des semaines pourquoi elle appréciait Morgana ; quand ça lui revenait, elle ne savait plus comment réagir, prise entre le désir de la serrer dans ses bras, celui de rester simplement polie et celui de pleurer. Pourtant, elle se contenta de laisser tomber un « bonsoir ! » avant de s'éclipser.

Leur propre maison semblait petite, plate et ordinaire, comparée à celle de Morgana. Pourtant, en arrivant, Charles prit sa sœur aînée par le bras.

– Hé, tu as vu ça ? s'exclama-t-il.

– Quoi ?

– Sur le toit... près de la cheminée. Un drôle de truc noir. Avec de la fourrure. Là... c'est parti maintenant. Ça devait être un chat.

– Tu es sûr ?

– Absolument. Qu'est-ce que ça pourrait être d'autre ? Des castors noirs de Mordor ?

Elle eut un geste agacé de la main. Cependant, entrée dans la maison, elle alla vérifier la cheminée. Le conduit était fermé. Elle le secoua plusieurs fois, l'air préoccupé.

– Hé, Alys ! lança Charles de la cuisine. Tu ne crois pas qu'on devrait vérifier s'il y a des fuites de gaz ? Parce que, après un tremblement de terre...

– C'est fait. J'ai aussi vérifié le chauffe-eau et j'ai laissé sur le répondeur un message où on dit que tout va bien, au cas où quelqu'un s'inquièterait. C'est pour ça que j'étais en retard.

– Tu es géniale, comme toujours !

Oui, se dit-elle amèrement. Dire que c'était elle qui avait ouvert une porte qu'elle n'aurait jamais dû toucher, annulant ainsi le sortilège de Morgana ! Dire qu'elle avait menti deux fois aujourd'hui, deux énormes mensonges dont elle ne savait même pas lequel était le plus grave.

Dire qu'elle allait à présent préparer le dîner parce que, sinon, il n'y en aurait pas, pensa-t-elle en écartant

Charles du réfrigérateur. Soudain, elle s'arrêta, l'œil sur l'itinéraire fixé à la porte par un aimant. « 24 au 27 avril : Bangkok. Hôtel Oriental. 27 au 29 avril : Chiang Mai. L'Orchidée Royale. 29 avril au 2 mai : Ban Chiang. Logement chez l'habitant »…

Bon voyage, papa et maman ! pensa-t-elle. Ils lui manquaient terriblement. Tout en se massant le bras d'un air distrait, elle sortit des hamburgers.

4

Talisman

Alys fit taire le réveil, regarda l'heure d'un œil incrédule. Ce n'était pas possible ! Elle n'avait sûrement pas dormi plus de dix minutes cette nuit. Avec ce bras et cette épaule engourdis… elle avait dû faire un faux mouvement.

En se lavant et en s'habillant, elle ne cessa de les exercer pour soulager cette gêne. Le silence ambiant l'inquiétait un peu mais, en arrivant à la cuisine, elle trouva ses frère et sœurs petit-déjeunant tranquillement. Sa joie fut de courte durée.

– Claudia, ne mets pas ta cuillère dans le pot de confiture !

La fillette se lécha les doigts d'un air impuissant avant qu'Alys lui essuie la figure avec une serviette humide.

– Charles a mis plein de pépites de chocolat dans ses céréales, dénonça-t-elle dès qu'elle put parler.

– Tu ne crois pas que tu en fais beaucoup sur le mode grande sœur ? railla son frère comme Alys lui confisquait son bol.

Saisissant la boîte de pépites, il la reversa directement dans sa bouche.

– Si Mme Delveccio n'est pas là en ce moment, c'est parce que j'ai promis à papa et maman de vous faire manger comme il faut et de vous faire prendre un bain tous les jours. Seulement…

– Janie n'est rentrée qu'à deux heures du matin ! lança vivement Charles, histoire de détourner au maximum ses reproches.

– Quoi ? C'est vrai, Janie ?

Celle-ci continuait de déguster ses céréales, mais elle leva les yeux du livre ouvert à côté de son bol.

– Oui.

– Pourquoi ? Qu'est-ce que tu faisais ?

– On dressait des remparts autour de cette maison et de celle de Morgana, entre autres.

– Si maman et papa étaient là, tu n'aurais jamais osé. À partir de maintenant, tu rentreras à une heure normale, compris ?

En guise de réponse, Janie lui jeta un regard interrogateur :

– Qu'est-ce que tu as au bras ?

Alys cessa instantanément de le masser.

– Rien, c'est pas tes oignons ! s'écria-t-elle. (Puis elle poussa un soupir en baissant la tête.) Excuse-moi…

Charles et Claudia avaient profité de sa distraction pour s'échapper avec les pépites de chocolat. Poussant de nouveau un soupir, Alys débarrassa la table.

– Comment fonctionnent les remparts ? demanda-t-elle en entassant les bols dans l'évier.

– C'est une sorte de… système de sécurité. Ils entourent toute la maison, deux murailles octogonales surmontées d'une nervure d'ancrage. Comme ça, rien ne peut y entrer, sauf si on l'y autorise. Aussi, ils me préviennent automatiquement si quelque chose d'anormal se produit dans les parages.

– Janie. Qu'est-ce qui fait si peur à Morgana ?

– Tu sais… c'est normal pour une sorcière de dresser des remparts autour de sa maison quand elle doit s'en aller… (Sous le regard inquisiteur de sa sœur, Janie se reprit.) Enfin, bon, tu as raison, elle est inquiète, mais je ne sais pas pourquoi, elle ne me l'a pas dit. Je te jure, Alys… Sauf une chose : au moment du tremblement de terre, le Passage s'est ouvert, juste un instant. Et Morgana a perçu quelque chose qui venait de Féerie. Il s'agit peut-être d'un truc pas dangereux du tout, mais on ne sait jamais.

– S'il n'est resté ouvert qu'un instant…

– Attends, il fait huit cents kilomètres de long, il suit exactement la faille de San Andreas, à la jonction de deux segments de la croûte terrestre… Et ne me demande pas pourquoi avant d'avoir étudié les plaques tectoniques ! En tout cas, avec une ouverture sur une telle distance, même un court moment, on ne va pas s'étonner que quelque chose ait pu passer.

– Mais sûrement pas par ici. Morgana a dit que le Passage était resté complètement fermé ici !

– La magie attire la magie. En ce moment, il n'existe que trois postes magiques en Californie : Morgana, où qu'elle se trouve, Thia Pendriel, où qu'elle se trouve, et nous !

Alys déglutit.

– Je suppose qu'il n'y a aucune chance pour que Thia Pendriel soit retournée dans Féerie au moment où le Passage s'est ouvert ?

– Morgana dit que non, qu'elle va vouloir attendre Beltane, tu sais, le 1er mai… dimanche prochain. Mais Thia Pendriel doit encore faire autre chose avant de partir, et Beltane représente le meilleur moment pour ça. Ne me demande pas quoi, Morgana ne me l'a pas dit.

– Bon, mais j'aime mieux savoir ce qui se passe. Ça me rappelle… Hier, quand je suis descendue à l'officine, Morgana faisait un drôle de truc avec un machin vert qui s'est envolé. Qu'est-ce que c'était ?

– Une sphère de vision, comme un cercle de vision en plus puissant… et tu n'es même pas censée savoir que ça existe, encore moins le voir ! Tu as une autre question ?

– Oui

Alys avait envie de lui demander de quoi parlait Morgana dans la bibliothèque en disant que seule une sœur remarquait certaines choses. Mais elle ne put s'y résoudre et se rabattit sur un sujet plus neutre :

– Qu'est-ce que c'est que ce bracelet ?

Janie caressa l'épaisse bande de cuivre à son poignet. Cela paraissait ancien et lourd, tel un bijou trouvé dans une tombe égyptienne, avec un seul cristal au milieu.

– C'est grâce à ça que je pourrai prévenir Morgana s'il se passe quelque chose de grave. Elle a le même. Si j'en brise le cristal, le sien se brisera aussi.

Alys le contempla en silence, tout en chassant les idées du nombre de désastres susceptibles de se produire avant qu'ils puissent y faire appel. Devant sa mine défaite, Janie comprit.

– Je sais, souffla-t-elle. Mais on est bien protégés. Les remparts sont forts. Et puis… autant te dire tout de suite à quoi j'ai pensé pour les renforcer encore. Je vais m'en occuper aujourd'hui. Il me faut un animal familier.

Une voix parlant d'un ton détaché s'éleva dans le couloir :

– Paraît qu'ils vendent un iguane chez ProPets.

Janie et Alys se retournèrent pour découvrir Charles et Claudia qui, sans vergogne, écoutaient à la porte. Alys tâcha de prendre un air sévère.

– Ne vous gênez pas !

– On n'achète pas un familier, ajouta froidement Janie. On prend un animal au piège et on discute avec lui. Ou on le sauve et on l'apprivoise, comme Morgana avec la renarde. Après, il vous aide à jeter des sorts, à renforcer des remparts, par exemple. Toute bonne sorcière a son familier, il serait temps que je m'y mette.

Alys se demandait pourquoi elle avait attendu le départ de Morgana pour tirer une telle conclusion, mais se contenta de marmonner :

– Comment ça ?

Janie et Claudia échangèrent un regard complice.

– Il y a un renard à Irvine Park. Dans une cage. Je vais le faire sortir ce soir.

– Certainement pas ! s'exclama Alys.

Malgré ce cri du cœur, elle ne voyait pas quel danger sa sœur pourrait courir dans un parc qu'ils fréquentaient depuis leur enfance. En outre, s'il suffisait d'un familier pour protéger leurs remparts, cela pouvait en valoir la peine.

D'autant – mais cela Alys ne se l'avouerait jamais – qu'elle risquait d'avoir du mal à faire céder sa sœur. En règle générale, Janie péchait plutôt par excès de prudence – sauf en matière de magie. Comme si cet art décuplait son audace. Elle prenait parfois des risques inconsidérés, semblait se moquer des conséquences, à croire qu'elle ne faisait que mener une expérience. Et cela inquiétait Alys.

– En tout cas, ajouta-t-elle, tu n'y vas pas seule.

– Non, je me disais bien que tu voudrais m'accompagner. J'ai besoin de toi, et aussi de Claudia, pour parler au renard. Quant à Charles, il fera ce qu'il voudra.

– Quoi ? Laisser mes trois sœurs toutes seules dans le noir ? Jamais ! Je viens avec vous. Au fait, ils n'auraient pas fermé l'école aujourd'hui ? À cause du tremblement de terre ?

– L'école est ouverte, dit Janie. Ils l'ont annoncé à la radio.

– Alors, on n'a qu'à provoquer une autre alerte à la bombe. Au collège… Je vais téléphoner…

– Personne ne sort ce soir ! coupa Alys sans relever la provocation. Sauf si la renarde donne son accord.

Curieusement, la renarde n'y vit aucune objection.

– Je vous accompagne, annonça-t-elle quand ils se furent réunis dans le manoir après l'école. Cela ne pourra que vous rendre service, de toute façon. Tant qu'à faire du baby-sitting ! Les seuls risques que vous courez sont ceux que vous provoquez.

Elle paraissait plutôt excédée. Et Claudia eut beau faire, elle ne se calma pas. Mais elle accepta de les rejoindre à la nuit tombée.

En général, Alys trouvait tous les jours du temps pour son cheval ; cette fois, elle décida que les autres la rejoindraient auprès de lui. La tête appuyée contre l'encolure tiède d'Hiver, elle le brossait en se rappelant ce que Morgana avait dit le jour où elle lui avait offert ce poulain :

– Une petite preuve de ma reconnaissance. Une héroïne comme toi se doit d'avoir un cheval.

– Alys n'est pas une héroïne, avait ricané Charles.

À quoi Morgana avait répondu… quoi ? À l'époque, Alys était si contente d'avoir son propre cheval qu'elle n'avait pas relevé. Quelque chose comme :

– Et un poulain n'est pas un cheval… pas encore…

En fait, il avait grandi pour devenir un superbe étalon à la robe blanche, mince, magnifiquement musclé, doté d'une tête assez petite mais exquise. Quant à l'héroïne, c'était une autre histoire. Alys s'appuya un peu plus contre son cheval en soupirant, respirant son odeur apaisante. Elle ne se sentait pas plus une héroïne que l'année passée, plutôt moins si c'était possible…

Entendant les autres entrer dans l'écurie, elle leva la tête.

– On ne peut pas monter tous sur un même cheval, disait Charles. Certains vont bien devoir marcher. Mais si tu veux, je prends ma moto…

Quoi de plus discret qu'un gamin à moto le long de la rivière ?

– On va emprunter Alezane, dit-elle en désignant la stalle voisine où les regardait paisiblement une jument à la robe fauve.

Ils sortirent au crépuscule, et furent rejoints par la renarde au bord de l'eau.

– Elle dit que c'est un peu marécageux par là, indiqua Claudia.

La boue adoucit le bruit du pas des chevaux. Dans le ciel, les premières étoiles commençaient à briller.

Devant la clôture qui entourait le parc, ils mirent pied à terre. Alys attacha les animaux tandis que Charles sortait des pinces coupantes de son sac à dos et ouvrait une porte dans le grillage.

– Passez, mesdames.

Il faisait assez sombre pour qu'ils aient besoin de la torche afin de se diriger vers le lit de la rivière, sec et rocailleux. En chemin, Janie s'entretint à voix basse avec Alys.

– La semaine dernière, quand je suis venue ici, j'ai interrogé une gardienne du parc sur la sécurité, et elle m'a dit qu'ils envoyaient des patrouilles toutes les heures.

– C'est tout ?

– D'après elle, quand on est assez dingue pour venir ici à la nuit tombée, avec les serpents à sonnette, les coyotes et les lynx, on n'a qu'à se débrouiller. Elle devait plaisanter.

Alys et Charles, qui s'étaient arrêtés net, reprirent leur chemin, à moitié rassurés.

– Claudia, reste près de moi, dit Alys.

– Bien sûr qu'elle plaisantait ! assura Charles. Il n'y a rien de dangereux, ici…

Il s'interrompit, le souffle court, alors qu'un cri retentissait dans la nuit. Un cri lugubre, inhumain, qui semblait pourtant articuler des mots. Le rayon de lumière fit des zigzags, tandis que tous s'agitaient en même temps, Alys et Charles tentant d'emporter Claudia dans leur course… jusqu'au moment où Janie les rejoignit en pouffant de rire.

– C'est un paon ! annonça-t-elle. Il y en a quelques-uns dans le zoo. Ça veut dire qu'on approche.

Dépités, Alys et Charles rajustèrent leurs vêtements et la suivirent. La renarde, qui trottinait en tête, les conduisit à travers des buissons de sénevé et de sureau jusqu'à la rive.

L'enclos des animaux était assez petit : une double barrière fermant un refuge pour cervidés et une vingtaine de cages qui sentaient le fumier et la luzerne. Claudia était assez petite pour se glisser entre les barres de fer de la première barrière, mais les autres durent l'escalader. Ensuite, Charles attaqua le grillage à l'aide de ses pinces, avec des gestes très professionnels.

Des écureuils s'agitèrent dans leur cage quand le faisceau de la torche les éclaira. Des oiseaux battirent des ailes et, enfin, apparut sur le chemin la renarde assise devant la dernière grille, très droite, presque guindée.

Au fond de sa prison, était tapi un renard dont les yeux orange brillèrent dans la lumière. Il était plus grand que sa consœur, avec des poils gris sur le dos et un poitrail couleur coquelicot.

Janie s'agenouilla, murmurant à Claudia qui se tenait derrière elle, la bouche ouverte :

– Bon, dis-lui ce qu'on est venu faire ici.

Alys comprit mot pour mot les explications de la fillette ; en revanche, elle ne capta rien de la réponse du renard, mais cela ne parut pas présenter de difficulté pour Claudia, qui traduisit en hochant la tête :

– Il s'appelle Talisman. Voilà sept saisons qu'il est là… Ça fait presque deux ans, je crois. Il dit qu'on ne lui donne à manger que des choses mortes et qu'il a horreur de ça.

La renarde claqua des dents :

– L'arrogance des habitants de votre monde ! Enfermer un animal et le nourrir de charogne ! Les animaux doivent rester libres, chasser, et non vivre en esclaves, porter des colliers et servir à accomplir des enchantements !

Claudia traduisit. Alarmée, Alys pensa que ce n'étaient pas des humains qui allaient mettre un collier à un renard et l'employer à réaliser des tours de magie, mais elle ne dit rien.

– Mais qu'est-ce qu'il pense de devenir mon animal familier si je le laisse sortir ? insista Janie. Il est d'accord ?

– Il dit, chantonna Claudia, que rien ne lui ferait plus plaisir, que la plus grande ambition de tout renard est d'être un assistant en magie. Son arrière-arrière-arrière-arrière… je sais pas combien d'arrière… grand-père a été mis en apprentissage chez un sorcier, dans une île au-delà des mers, et c'est de là qu'il tient son nom. C'est lui qui le dit, en tout cas… Il en rajoute pour t'impressionner.

Les yeux violets de Janie restaient fixés sur ceux du renard. Elle poussa un soupir.

– Bon. C'est d'accord.

De son sac à dos, elle sortit la baguette de sorbier et un paquet de feuilles enveloppant deux grosses graines, qu'elle introduisit dans le trou de la serrure ; puis elle souffla dessus, y appliqua la baguette prodigieuse et murmura des paroles qu'Alys ne capta pas. Un jet mauve fusa et la serrure tomba.

– Il dit « merveilleux », indiqua Claudia.

Avec solennité, Janie ouvrit la porte des deux mains. Le renard se précipita dans ses bras mais, sans lui laisser le temps de réagir, lui mordit violemment le pouce et détala sous les aulnes.

La renarde eut aussitôt le réflexe de se lancer à sa poursuite, suivie par Alys, qui plongea à travers l'ouverture dans le grillage, mais se retrouva bloquée par la barrière. Sans doute restait-il encore une chance de le rattraper, mais pas pour elle. Après avoir scruté la nuit, elle retourna vers les autres.

Janie, qui ne pleurait presque jamais, sanglotait de douleur et de rage. Claudia aussi, par contagion. Pris entre ses deux sœurs en larmes, Charles cherchait sans succès à déchirer son tee-shirt pour en faire un pansement. Finalement, il le passa complètement par-dessus sa tête et le tendit à Janie.

– Tiens.

Alys enveloppa la main de sa sœur puis l'aida à se relever.

– Venez, on s'en va, dit celle-ci.

À la barrière, ils retrouvèrent la renarde.

– Elle dit qu'il est parti, traduisit Claudia en se passant une manche sous le nez, et que ça vaut mieux comme ça. Il est peut-être grand et beau, mais c'est un menteur, un voyou, on ne pourrait pas lui faire confiance. Elle va rester ici cette nuit pour essayer de le rattraper et de lui donner une bonne leçon.

Alys était trop fatiguée pour s'y opposer. Ce fut une petite troupe morose qui retraversa la rivière. Arrivés à proximité de la clôture, elle promena sa torche devant elle, poussa une exclamation et partit en courant.

– Alys ! Alys ! Qu'est-ce qui se passe ? crièrent Charles et Claudia en lui emboîtant le pas.

Derrière, Janie les poursuivait en clopinant. Quand ils la rejoignirent, ils virent ce qui l'avait attirée.

– Super, où est-ce qu'ils sont passés ? demanda-t-elle furieuse.

Comme si elle s'attendait à voir Alys sortir les chevaux de ses poches.

– Tu ne les as peut-être pas bien attachés, objecta Charles.

– Je les ai très bien attachés ! Ils se sont libérés. Regarde, ils ont pratiquement emporté toute une planche avec eux. Quelque chose a dû les effrayer...

Un silence s'ensuivit.

– Bon, dit Alys, on y va.

Le sol était souple à cet endroit, mais couvert d'une boue épaisse, et leurs chaussures pesèrent vite si lourd qu'ils glissèrent comme sur de la glace. Et Claudia s'étala de tout son long.

Sans un mot, Alys l'aida à se relever puis l'entraîna en la tenant par la main. Charles ouvrait maintenant la marche avec la torche, tremblant de froid dans la veste légère d'Alys. Janie traînait la patte à l'arrière, on se demandait bien pourquoi, tout en promenant sa baguette le long des quenouilles.

Alys eut une courte prémonition avant l'attaque ; percevant un craquement dans les buissons de la berge, elle se tourna vivement et crut reconnaître les yeux jaunes de la renarde mais, par une fulgurante intuition, les trouva trop grands, trop écartés, trop haut placés. Charles était loin, avec sa torche, alors elle s'empara de la première arme qui lui tomba sous la main et accueillit la créature à l'instant où elle lui sautait dessus.

Elle heurta brutalement le sol comme elle tombait sur le dos ; une odeur puissante et sauvage lui effleura les narines et des crocs aigus menacèrent son visage. Pour leur échapper, elle roula sur la bête, qu'elle ne cessait de frapper avec son bâton, visant le crâne, sentant les réverbérations des coups lui traverser le bras.

Je n'ai jamais beaucoup aimé les félins, pensa-t-elle en tapant de plus belle. Des griffes en lames de rasoir lui entaillèrent la jambe. Ce genre d'affrontement ne présentait qu'un avantage : pas le temps d'avoir peur, de réfléchir ou de s'inquiéter. Alys réagissait seulement à l'attaque en se défendant contre chaque mouvement, comme dans une partie de tennis, en guettant l'instant où elle tiendrait un avantage ; lorsque celui-ci arriva, elle frappa de toutes ses forces avec le bâton, juste entre les deux yeux. Dans un rugissement, le lynx se détourna et détala.

Lâchant le bâton, Alys se plia en deux pour tenter de retrouver sa respiration.

– Ça va, ça va, ça va ! balbutiait Charles à l'adresse de Claudia, qui s'était jetée dans ses bras comme si elle escaladait un arbre. Alys, il t'a touchée ? Tu es blessée ? Dis quelque chose !

Quant à Janie, elle restait paralysée, les yeux écarquillés d'indignation. Elle se pencha pour ramasser sa baguette.

– Tu ne me refais jamais ça ! lança-t-elle à Alys, d'une voix tremblante de rage. Jamais, c'est compris ? Tu aurais pu la casser.

Sa grande sœur se redressa, le souffle encore court.

– Tu es dingue ? haleta-t-elle. Cette bestiole allait me tuer.

– Tu n'y touches plus. Jamais. Jamais. Pigé ?

Les dents serrées, Alys retrouvait bien là sa sœur, du moins la Janie habituelle, d'avant la magie, celle qui détestait à peu près tout ce qui l'entourait.

– C'est ça, bougonna-t-elle en luttant contre le vertige.

En même temps, elle dut se retenir pour ne pas pouffer de rire. *Une crise d'hystérie*, se dit-elle avec sévérité en s'interdisant de secouer Janie comme un prunier. Elle passa une main sur sa jambe, là où le lynx l'avait griffée, et Charles braqua la lampe dessus. La peau n'était pas déchirée, mais son jean présentait quatre entailles bien nettes. Aussi incroyable que cela paraisse, c'étaient toutes les séquelles qui lui resteraient de cette attaque.

– Tu l'as échappé belle ! s'exclama Charles.

Claudia tremblait encore.

– Alys, je ne veux pas rester ici. On peut rentrer à la maison ?

– Il vaudrait mieux. Et le plus vite possible.

Il n'y eut pas d'autre incident sur le chemin du retour. Les chevaux avaient retrouvé leur chemin vers l'écurie et attendaient qu'on les y laisse entrer. Alys s'en occupa en silence, après quoi les frère et sœurs regagnèrent la maison familiale. Devant la porte, Alys recommanda un bain chaud à Claudia avant de se coucher. Quand ils furent tous rentrés, elle resta un instant dehors à contempler le ciel.

Les bras croisés, elle fixait un point, toujours le même, comme quand, enfant, elle attendait le passage d'une étoile filante. Jusqu'à ce que la porte se rouvre sur Charles, qui vint se placer derrière elle.

– Je ne voulais pas que Claudia entende ça, souffla-t-il, mais il faut que je te dise quelque chose. Ce n'était pas un lynx.

– Si, bien sûr !

– Tu ne l'as pas vu. C'est moi qui avais la torche, j'ai bien regardé. Il avait la forme d'un lynx, je veux bien, mais… en plus gros et, Alys…

– Oui ?

– Je crois… qu'il avait des mains.

Quand la porte se fut refermée, Alys garda les yeux levés vers le ciel mais, maintenant, ils flottaient plutôt à hauteur du jardin, inspectant la nuit.

La porte se rouvrit.

– Il fait froid, dit Janie en se joignant à elle.

Alys haussa les épaules.

– Je suis sortie, reprit sa sœur, pour te remercier.

Sarcasme qui eut pour effet de la crisper davantage.

– Pour quoi ? demanda-t-elle. Pour avoir organisé cette petite expédition géniale ? Pour avoir failli casser ta baguette ? Ou juste pour le plaisir ?

C'étaient les deux membres de la famille Hodges-Bradley qui s'affrontaient le plus volontiers, chacune prenant systématiquement un point de vue opposé. Mais ce soir, Alys n'avait aucune envie de se disputer. L'héroïne avait encore échoué.

– Pour nous avoir sauvés de ce lynx, reprit Janie en la regardant intensément. Ne fais pas cette tête, Alys, on est sains et saufs, c'est tout ce qui compte, non ? Bon, je vais peut-être avoir la rage, mais ce n'est pas le problème.

Il fallut une bonne minute à Alys pour comprendre que sa sœur plaisantait.

– Tu sais, lui dit-elle fermement, parfois tu m'impressionnes.

– Parfois, rétorqua celle-ci sur le même ton, je m'impressionne moi-même. On rentre, maintenant.

5

Charles s'énerve

L'appel téléphonique survint le lendemain matin, pendant le petit déjeuner. Alys fit signe à ses frère et sœurs de se taire puis boucha d'un doigt son oreille libre afin de se concentrer sur la voix à peine audible qui lui parlait de si loin.

– Chérie, nous venons d'apprendre pour le tremblement de terre… Il est vingt-deux heures, ici…

Grésillements.

– On va bien, cria Alys, et vous deux ?

Déjà, Charles se précipitait :

– C'est maman ? Je peux lui parler ? C'est maman, non ?

Nouveaux grésillements, puis :

– … très bien, ma chérie. Mais demain, nous partons en excursion pour les monts Tanen, et il n'y aura plus de communication possible avant dimanche. Tu sais, je m'inquiète, si vous aviez besoin de nous ? Après ces secousses…

– Euh… commença Alys en essayant d'écarter Charles. Euh…

– Un mot, et nous n'y allons pas. Ou alors je peux faire venir votre tante Eleanore. Je n'aurais jamais dû te laisser seule avec les enfants.

Alys regarda « les enfants ». Deux paires d'yeux bleus et d'iris violets qui la fixaient intensément. Elle soupira.

– Maman, ne t'en fais pas, j'arrive très bien à m'en occuper. Et puis, tu ne pourrais pas empêcher un nouveau tremblement de terre, ni rien d'autre, même si tu rentrais d'urgence. Alors ne t'en fais pas. Il ne se passera rien du tout entre aujourd'hui et dimanche.

Le reste de la conversation tourna autour de sujets plus banals : comment inciter Charles à changer de tee-shirt tous les jours, fallait-il se balader dans la jungle à dos d'éléphant ou en jeep, la santé du lapin. En raccrochant, Alys avait de nouveau le cœur serré. Elle était certaine d'avoir opté pour la bonne décision ; pourtant, toute la journée, alors qu'elle était censée faire de la géométrie plane au lycée, elle revit les yeux violets se lever au ciel quand elle avait annoncé qu'il ne se passerait rien d'ici à dimanche – ce qui la poussa à prendre une décision provisoire.

Après l'école, Claudia partit à bicyclette confier ses états d'âme à la renarde, Janie s'enferma dans sa chambre et Charles sortit seul pour ne rentrer que quelques heures plus tard, en prenant appui sur sa jambe gauche. Il passa en hâte devant Alys, grimpa l'escalier.

Alertée, sa sœur posa son magazine et sa pomme, tendit l'oreille. La douche commença à couler.

– Charles ! cria-t-elle en montant frapper à la porte de la salle de bains. Charles, je sais que tu es là. Réponds-moi.

Elle crut l'entendre chantonner.

– Charles, ouvre tout de suite cette porte ! Sinon...

Après une pause, retentit un déclic. La porte s'ouvrit lentement sur son frère encore tout sale, les bras et le visage couverts d'égratignures, une bouteille d'eau oxygénée à la main.

– Tout va bien, annonça-t-il. Avec John Divola, on a remonté à moto la vieille route vers la rivière. J'ai eu un petit accident...

S'efforçant de ne pas le railler, elle prit un coton pour désinfecter ses blessures.

– Qu'est-ce qui s'est passé ?

– Je... j'en sais trop rien. Il y a un truc qui a traversé devant moi et je suis tombé en voulant l'éviter. (Il secoua la tête.) C'était... Oh ! c'est dingue, mais j'ai eu l'impression de croiser un gamin déguisé en lézard. C'est insensé...

Elle baissa un instant les yeux, murmurant comme pour elle-même :

– Je ne sais plus.

Elle réfléchit un instant et comprit que sa décision provisoire n'avait plus rien de provisoire.

– Bon, reprit-elle brusquement. Tu es presque propre, sauf là.

Elle lui passa un gant de toilette sur le front, recommença.

– C'est drôle, ça ne s'en va pas. Ce doit être une vieille cicatrice.

– Quoi ? demanda-t-il en écartant ses mèches humides pour se regarder dans la glace.

– D'habitude, c'est caché par tes mèches C'est sans doute pour ça que je ne l'avais jamais remarqué.

Charles passa la main sur la marque ronde et claire sur son front, haussa les sourcils. Il reprit le gant de toilette, frotta plus fort. Le contour vira au rouge vif, mais la trace resta.

Le frère et la sœur contemplaient son reflet dans la glace. De plus en plus mal à l'aise, Alys avait l'impression que ça devenait presque phosphorescent à la lumière du néon. Cela lui rappela quelque chose…

Penché sur le lavabo, Charles se retrouvait quasi nez à nez avec lui-même, arborant presque l'expression de leur mère lorsqu'elle avait découvert des trous de termites sur la véranda, comme si un soupçon insoutenable s'imposait à son esprit. Il recula brusquement.

– Où est Janie ?

Sans attendre de réponse, il fila vers l'entrée, ouvrit la porte de sa chambre.

– Surtout, ne frappe pas ! lança celle-ci, assise à son bureau. Que puis-je faire pour toi ?

Il pointa un droit raide sur son front.

– Ça ! lâcha-t-il. Ce… truc ! Dis-moi que ce n'est pas ce que je crois.

Elle eut soudain l'air méfiant.

– D'après toi ?

– Toi d'abord. Ça te dit quelque chose ?

Repoussant ses papiers, elle prit un air résigné.

– Tu ferais mieux de t'asseoir.

Il se laissa tomber sur le lit.

– Je le savais ! Je le savais ! geignit-il en se frappant le front du plat de la main

– Charles, calme-toi. Janie, qu'est-ce qu'il raconte ?

Il bondit de nouveau, comme un diable hors de sa boîte.

– Ça m'est égal comment tu vas t'y prendre, mais enlève-moi ça !

– Alys, reprit Janie, je crois que c'est ce qu'on appelait autrefois l'empreinte féerique. Une fée, un elfe ou je ne sais quoi, vous donne un baiser qui laisse une trace.

– Une fée ?

Décontenancée, Alys tâcha de se représenter Charles emporté par une minuscule créature ailée.

– Fée, c'est un mot humain. Dans Findahl, on dit des Quislais.

– Elwyn !

– Oui, Elwyn ! hurla Charles sur le lit. Et c'est à cause de toi, quand tu m'as envoyé la chercher dans Féerie l'année dernière. Tu m'as dit : « Elle t'aime bien, attire-la. » Alors, je l'ai attirée... pour le bien que ça nous a fait... Et voilà ce qui arrive, maintenant !

Alys se frotta le front, qui commençait à la brûler. On pouvait faire confiance à Elwyn aux Cheveux d'Argent pour ce genre d'initiative. La demi-sœur de Morgana, une Quislai à part entière, était aussi inconsciente que belle. Un an et demi auparavant, Alys avait commis l'erreur de chercher à la mettre de leur côté dans leur effort de libérer Morgana, et il semblait à présent qu'ils devaient affronter les conséquences de cette décision. Enfant éternelle, immortelle, Elwyn s'y entendait très bien pour semer la pagaille.

– Je t'avais dit qu'elle était complètement évaporée, insista-t-il, mais tu as quand même voulu que j'y aille. Mais je te jure, je ne vais pas passer ma vie avec le baiser de Glinda, la bonne sorcière du Sud, sur mon front. Je veux le faire partir.

– Ce n'est pas moi qui lui ai dit de t'embrasser, souligna Alys. Tu l'as laissée faire.

– Je veux que ça parte ! cria Charles sans se démonter.

– Attends... intervint Janie. Ce n'est pas possible.

Silence. Il ferma les yeux, les rouvrit lentement.

– Bon, alors qui peut m'aider ?

Ses deux sœurs se regardèrent, puis Janie annonça :

– Personne.

– Quoi ?

Alys lui passa un bras autour des épaules, mais il ne parut pas s'en apercevoir.

– Personne ne peut t'aider, continuait Janie, même pas le Conseil de Weerul. D'ailleurs, ils ne voudraient pas en entendre parler. Personne ne veut se mettre à dos les Quislais.

– S'ils sont tous comme Elwyn... murmura Alys, navrée.

– Pas du tout, ça n'a rien à voir. C'est sûr qu'ils sont imprévisibles, on ne peut pas plus se fier à eux qu'à des gamins. Mais il faut s'en réjouir, car ils disposent d'un pouvoir inimaginable. Rien ni personne ne peut s'opposer à eux quand ils s'énervent, et les plus grands sorciers préfèrent se planquer. Heureusement, ça n'arrive pas souvent.

Charles ruminait dans son coin.

– Je vais la tuer.

– Tu ne peux pas, rétorqua Janie, les yeux brillants. Mais écoute, ce n'est pas si mal. Ce genre d'empreinte a des avantages : d'abord, tes sens vont s'aiguiser, si ça n'a pas déjà commencé. Ensuite, tous ceux qui craignent les Quislais n'oseront pas s'attaquer à toi, à commencer par les créatures célestes, terrestres et nautiques, certains esprits, certains élémentaux, ainsi que d'autres Quislais. Ça pourrait te rendre bien des services…

Voyant la tête qu'il faisait, elle n'acheva pas sa phrase, soupira. Charles se leva, se dirigea d'un pas lourd vers la porte.

– Je vais dans ma chambre. Si quelqu'un veut se rendre à Emerald City, il n'a qu'à me le demander.

Alys se mordit les lèvres et, quand il fut sorti, se tourna vers sa sœur.

– Viens.

– Où ça ?

– Chez Morgana. Claudia y est partie seule, je n'aurais pas dû la laisser faire. Et puis, j'ai envie d'y récupérer quelque chose.

Janie ouvrit la bouche pour protester, mais se tut. Elle avait très bien compris que ça ne servirait à rien.

À l'entrée arrière de Fell Andred, Janie s'arrêta brusquement, ramassa une plume blanche qu'elle montra sans un mot à sa sœur. Celle-ci se raidit en secouant la tête, s'interdisant d'imaginer ce qui avait dû se passer.

Dans la cuisine, Claudia tenait la renarde pelotonnée sur la table entre ses bras.

– Elle n'a pas dû retrouver Talisman, souffla Alys.

Une oreille pointue se dressa.

– En fait, si, répondit l'animal sans ouvrir les yeux, pour autant que ça te regarde. Si tu veux tout savoir, je l'ai sévèrement réprimandé.

– Ça n'a pas dû beaucoup l'impressionner, répliqua Janie amusée. (Elle agita la plume blanche vers Claudia.) Tiens, j'ai trouvé ça dehors.

Claudia se redressa en poussant un cri. La renarde releva les paupières. Alys attrapa la plume et se dirigea vers la porte de la cave en poussant Janie devant elle.

– C'est dans la nature d'un renard de manger des poules. Vous n'avez qu'à aller voir toutes les deux ce qui s'est passé. Moi, je descends à l'officine avec Janie.

Au sous-sol, elle fit face à sa sœur qui l'interrogeait du regard et lui expliqua ce qu'elle était venue chercher.

– Je veux récupérer l'épée.

Janie ne lui demanda pas de quoi elle parlait et se contenta de hausser les sourcils.

– Il se passe des trucs inquiétants, expliqua Alys, et je ne peux rien faire pour nous protéger. J'ai promis à maman de m'occuper de vous. Alors il me faut une arme.

Janie pianota sur la table de travail.

– Ce n'est pas une arme ordinaire, finit-elle par préciser.

– Elle est magique ?

– C'est Morgana en personne qui l'a fabriquée, il y a près de mille cinq cents ans, à une époque où elle portait un autre nom, qui voulait dire la même chose. Tous ses noms se rapportent à celui de la fée Morgane, sans doute parce que sa mère était une Quislai. Sidhe n'est qu'une traduction de fée, et ça se prononce Shee. « Morgana la fée… »

– Morgane LeFay.

– Exactement.

– Mais… (Alys ne voyait pas trop ce que l'histoire de cette sorcière avait à voir avec l'épée.) Tu veux dire qu'elle était mauvaise ? Et que, donc, cette arme…

– Il ne faut pas trop croire les légendes qui racontent qu'elle était mauvaise. Je sais, elle aurait passé son temps à lutter contre Merlin et le roi Arthur. Mais on ne doit pas considérer seulement cet aspect des choses, d'autant que les livres se trompent parfois.

– D'accord, je te crois. Et, bien sûr, j'ai confiance en Morgana. C'est d'ailleurs pour ça que… que je veux cette épée, même s'il n'y a pas vraiment de danger. Tu as dû deviner que je l'avais touchée. Morgana le sait, je crois. Mais je suis certaine qu'il y a du danger, Janie, et je crois que cette lame pourrait nous aider.

– Je ne suis pas sûre du tout que Morgana voudrait te la confier.

– Elle n'est pas là. Écoute, j'essaie de faire de mon mieux. Et j'ai pris ma décision. Si tu ne me la donnes pas volontairement, je devrai utiliser la force.

– Je ne te conseille pas d'essayer ! Tu vas vite comprendre que ce tiroir ne s'ouvrira jamais de force.

– Peut-être pas, mais je peux t'y forcer, toi, en te faisant manger tes dents.

Janie cligna des paupières, l'air offensé, avant de pouffer de rire. Bien qu'Alys menace souvent d'utiliser la violence, personne ne l'avait jamais vue passer à l'acte.

– Bon, conclut-elle. Mais tu en prends la responsabilité. Et je ne vois vraiment pas ce que tu vas en faire. C'est un glaive à deux tranchants, tu ne pourras sans doute même pas le soulever.

Cependant, une fois encore, l'épée parut s'accorder parfaitement à la main d'Alys, et elle s'en empara sans difficulté, d'un mouvement harmonieux ; elle la trouva même plutôt légère, coulée dans un métal de Féerie. La brandissant à deux mains, elle la dressa pour saluer puis se retrouva soudain en train de la manier en tous sens. « En garde, moulinet, riposte »… Elle n'apprendrait le sens de ces mots que par la suite, mais les mouvements lui semblaient aussi naturels que de respirer. Elle acheva dans la posture par laquelle elle avait commencé, le salut, puis abaissa l'épée.

– Où tu as appris ça ? lui demanda Janie, surprise.

– Je n'ai pas appris. Qu'est-ce que ça signifie, ces mots sur la lame ?

– Hein ? Oh, c'est son nom : Caliborne.

– Caliborne… répéta Alys en la balançant entre ses doigts. Très bien, Janie. Merci. Maintenant, on va voir si Claudia a perdu des poulets.

En remontant vers la cuisine, elle sentit le regard de Janie peser sur elle, incrédule. Quant à elle, elle n'était ni perplexe ni inquiète. En fait, elle ne s'était pas sentie aussi détendue depuis bien longtemps.

6

Alys fait un rêve

Malgré son soulagement, Alys eut du mal à s'endormir, cette nuit-là. Elle ne pouvait s'empêcher de repenser à la renarde, allant et venant devant le poulailler, tandis que Claudia se tordait les mains en pensant à ses deux poulets disparus.

Tous quatre avaient ensuite regagné la maison familiale sous un ciel aux nuages menaçants.

Alys se tournait et se retournait, vérifiant sans arrêt que son épée était toujours là, sous le cache-sommier. Succombant à la tentation, elle s'en empara, contente de sentir à nouveau son poids entre ses mains. La lame refléta la lumière de la lampe et l'éblouit.

C'était donc Morgana qui l'avait fabriquée. La poignée en était très simple, argentée, mais la lame représentait une véritable œuvre d'art ; Alys n'éprouvait plus aucune douleur quand elle la caressait, juste une sensation de chaleur qui lui traversait le bras.

Cédant à une impulsion, elle se leva et descendit à pas de loup vers la bibliothèque du living, à la recherche d'un livre dont elle s'était soudain rappelé le titre et qu'elle remonta dans sa chambre.

La Légende du roi Arthur. Elle l'ouvrit et commença à le lire. Peu après, elle le referma, pensive.

Ainsi, selon la légende, Arthur était le fils du roi Uther Pendragon, des îles de Bretagne, et d'Ygraine, femme du duc de Cornouailles. Tous ces seigneurs se faisaient constamment la guerre. À la naissance d'Arthur, un dragon rouge apparut dans le ciel et les ennemis d'Uther se jurèrent de tuer l'enfant né sous un présage aussi puissant. Le roi Uther confia le bébé à l'enchanteur Merlin. Celui-ci avait lui-même connu des débuts plutôt hasardeux : en effet, il semblait qu'à sa propre naissance, on avait prétendu qu'il n'était pas humain mais fils d'un démon. Cependant, il s'était vite révélé un magicien sage et puissant.

Arthur avait été éduqué au sein d'une famille d'adoption, dans l'ignorance totale de ses véritables origines. À la mort d'Uther, une grande pierre carrée était apparue dans un cimetière : en fait, c'était une enclume dans laquelle était plantée une épée. Sur la lame, étaient inscrits ces mots en latin : « Qui parviendra à retirer cette épée de cette pierre et de cette masse d'acier est né roi de toute la Bretagne. »

Onze rois et nombre de seigneurs, ainsi que beaucoup d'autres personnes, s'y essayèrent sans succès. Mais quand Arthur, simple écuyer, posa la main dessus, elle sortit sans peine. Ainsi, chacun sut qu'il était leur vrai roi, et tout fut dit.

Alys posa la lame sur ses genoux pour l'examiner encore. Pas de phrase en latin, juste son nom. Elle en fut à la fois déçue et soulagée.

On avait illustré la couverture du livre d'un portrait de Merlin, vieillard à la barbe grise, au regard sage et grave. Maintenant, Alys avait sommeil. Elle rangea l'épée sous son lit, s'étendit et ferma les yeux.

Sous un ciel constellé d'étoiles, loin des lumières des villes, Morgana Shee s'éveilla et vérifia automatiquement les remparts qui la protégeaient.

Oui, l'endroit était toujours sûr. Si *elle* entrait ou seulement s'approchait, Morgana serait aussitôt prévenue ; elle jeta un regard à l'énorme bracelet de cuivre qu'elle portait au poignet, mais le cristal en était toujours entier, intact. Ainsi, les enfants étaient aussi en sécurité. Dans ce cas, pourquoi s'était-elle réveillée ? D'où lui venait cette sensation de malaise ?

Elle ne trouva pas de réponse et, la Crosse d'Or à ses côtés, tâcha de se rendormir. Les souvenirs, certains plaisants, d'autres moins, envahirent son esprit. Et elle rêva.

Alys rêvait aussi. Elle le savait, mais ne pouvait contrôler ce qui arrivait, pas plus qu'elle-même. En fait, elle n'était pas elle-même, mais quelqu'un d'autre, quelqu'un d'étrange, qu'elle connaissait pourtant bien…

Bien sûr ! Qu'elle était bête de ne pas s'en être rendue compte avant ! Elle était Morgana la sorcière, appelée par certains Morgana la Sidhe, porteuse d'une Crosse d'Or, et elle était… folle de rage.

*

*   *

Morgane s'efforçait de garder un ton calme pour s'adresser au jeune homme qui lui faisait face. Il n'était jamais bon de laisser deviner sa colère à Merlin, qui s'en montrait alors trop content.

– C'est mal, ce que tu as fait ! dit-elle en se demandant si cette notion revêtait un quelconque sens pour lui.

Tout comme elle, Merlin était mi-Quislai mi-humain – forme hybride des plus rares. En fait, ils devaient en être les seuls représentants. Car s'il n'était pas extraordinaire pour un humain de tomber amoureux d'un énigmatique et bel être appartenant à la race féerique, rares étaient les enfants nés de telles unions, encore plus rares ceux qui survivaient.

La vie de Morgane représentait une exception. De nombreuses années durant – elle ne saurait jamais combien –, elle avait vécu aux côtés de sa mère Quislai, passant d'un monde à l'autre, participant aux Chasses Sauvages, grandissant à peine, éternelle enfant.

Et puis, comme cela finissait toujours par se produire avec les Quislais, sa mère en vint à l'oublier, à l'égarer dans un quelconque désert du monde humain. En tant qu'immortel, un jeune Quislai n'y aurait rien risqué, mais Morgane ne l'était qu'à moitié. Elle serait morte si un humain ne l'avait pas recueillie, nourrie, désaltérée, réchauffée. Ce fut là, en goûtant ses premières nourritures terrestres, qu'elle avait commencé à grandir.

Elle avait fini par aimer son père adoptif, mais resta toujours un être à part. Si bien que, quand un sorcier de Féerie traversa son village, il sut immédiatement d'où elle venait et envoya un message au Conseil Weerul. Elle fut alors prise en charge, autorisée à apprendre les Arts Sauvages. Cependant, ils furent les premiers étonnés – et pas vraiment ravis – lorsque cette semi-humaine enragée remporta une Crosse d'Or au Grand Concours. Pire encore, au contraire des sorciers, elle n'eut même pas besoin de l'Élixir des Jours pour allonger sa vie. Son sang Quislai préservait sa jeunesse et, bien qu'elle ne soit pas immortelle, nul n'aurait su dire combien de temps elle pouvait vivre. Dès lors, les sorciers redoutèrent Morgane. Elle n'avait aucune attache dans Féerie, n'appartenait à aucune de ses grandes familles. Elle n'était ni humaine, ni Quislai, ni complètement sorcière. Il n'y avait pas de place pour elle dans leur monde.

Aussi Morgane préféra-t-elle vivre dans l'autre. Elle trouvait les humains plutôt instables, souvent dangereux et parfois cruels. La brièveté de leur vie échauffait leurs passions, réduisait leurs perspectives. Pourtant, elle s'était fait une place parmi eux. Même ceux qui la craignaient avaient besoin d'elle ; elle tenait un rôle dans leur conception du monde. À une époque où la plupart des autres créatures magiques se retiraient de la civilisation humaine, elle resta, remplissant son rôle d'entité magique.

Merlin se trouvait à peu près dans la même situation. Né d'une mère humaine, il risquait beaucoup moins de s'égarer en pleine nature mais, pour lui, le danger venait d'ailleurs. La sage-femme qui avait assisté sa mère s'était enfuie de la pièce en hurlant qu'elle avait mis au monde un métamorphe. Car nul enfant humain ne pouvait être si beau, doté de cheveux couleur de lune et d'yeux argentés. Les villageois avaient failli jeter la mère et son bébé sur un bûcher. Et si le nouveau-né avait finalement reçu l'autorisation de vivre, il fut toujours mis de côté. Le Conseil Weerul apprit un jour son existence et, comme Morgane, l'enfant eut droit à un apprentissage autorisé avec réticence. Ils avaient eu raison de se méfier car, le moment venu, quand une nouvelle Crosse d'Or fut mise en compétition, le jeune Merlin la remporta.

Si Morgane éprouva quelque difficulté à s'intégrer dans la société Weerul, ce fut encore pire pour Merlin. Il possédait des dons incomparables, qu'il utilisait à tort et à travers, sans objectif précis, et certainement pas au bénéfice du Conseil. Il se riait des us et coutumes, n'entretenait aucune maison dans Féerie, préférant demeurer dans son village natal. S'il lui arrivait de visiter Findahl, c'était avant tout pour traverser les Zones Chaotiques, régions où régnait une magie sauvage, imprévisible, à laquelle ne survivaient que les purs Quislais. En fait, il se conduisait comme l'un des leurs, alors qu'il détenait un pouvoir qu'aucun d'entre eux n'avait jamais eu. Il possédait une Crosse d'Or.

Malheureusement, se dit Morgane en le dévisageant, *il maîtrise aussi ce savoir purement humain de planifier et d'établir des stratégies dont aucun Quislai n'est capable. Et il a de l'ambition.* Elle se demandait ce que cachaient en ce moment ces beaux yeux argentés, ce regard indéchiffrable.

– C'est mal, Merlin, répéta-t-elle calmement.

Posant une main sur sa barbe, il la salua.

– Je n'ai fait qu'obéir aux ordres d'Uther, mon maître. En ces temps de guerre…

– Ce n'était pas un acte de guerre que de lui donner l'apparence du duc Gorlois pour l'envoyer ainsi travesti auprès d'Ygraine ! Elle croyait avoir affaire à son époux, alors que celui-ci gisait mort sur le champ de bataille.

– Abattu de la main d'Uther, convint modestement Merlin. Je l'ai quelque peu aidé… en noyant les lieux sous une brume…

– Que le Chaos emporte ta brume ! coupa Morgane. Merlin, écoute-moi, pour une fois. Je te jure que tu ne recommenceras jamais cela.

– Ce ne sera pas nécessaire, assura le jeune homme en souriant. Uther a déjà conquis la Cornouailles et Ygraine en était le prix, vois-tu. Dès l'instant où il l'a vue, il y a six ans, il en est tombé fou d'amour. Il ne voulait pas faire la guerre, jusqu'à ce que je lui promette de le rétribuer par cette récompense.

Écœurée, Morgane ferma les yeux.

– Comment peux-tu si mal utiliser tes pouvoirs ?

De nouveau, il la salua.

– Je suis un réprouvé.

– Tu es un fou irresponsable, mais je te jure que tu ne feras plus de mal à Ygraine, cette femme courageuse et douce qui s'est mise sous ma protection, avec toute sa lignée. Et puis… c'est mon amie.

Ygraine faisait partie de ces rares personnes à l'authentique noblesse que Morgane ait connues. Vaillante, loyale et généreuse à l'excès, elle ne craignait pas la magie, contrairement à la plupart des humains ; elle ne cherchait pas non plus à en tirer profit, désirant seulement vivre en harmonie avec. Morgane intervenait rarement dans les affaires politiques ou humaines, mais elle voulait à présent briser la coutume des siècles, défendre Ygraine.

– Très bien, dit tranquillement Merlin. Je t'assure, ma chère, que je ne lui ai jamais voulu de mal.

Aussi absurde que cela paraisse, il semblait vraiment sincère. Morgane secoua la tête d'un air excédé.

– Mais pourquoi ? souffla-t-elle. Pourquoi fais-tu ça ? Pourquoi te mêler de politique sur cette île isolée ? Si tu aimes tant cela, tu aurais pu avoir voix au chapitre du Conseil. Ici, tu ne peux que servir un maître. Le tien est sans doute hardi et impitoyable, mais ce n'est qu'un tout petit roi.

– Je sais. Mais son fils sera plus grand.

– Que veux-tu dire ? Quel fils ?

– L'enfant que porte Ygraine. Le fils d'Uther. Le sang de ses parents fera de lui un roi comme le monde n'en a jamais connu, qui règnera sur toute la Bretagne.

– Tout quoi ?

– Toute la Bretagne. Ni Albany, ni Cornouailles, ni Logris, mais un empire qui les embrassera tous. Tous ces duchés et royaumes réunis. Il n'existe pas encore, mais cela viendra. C'est lui qui les assemblera et les gardera, avec mon aide. Un jour, ce sera le plus grand empire du monde, et son nom ne sera jamais oublié. Tu sais, Morgane (soudain, le regard argenté du sorcier paraissait très jeune, comme habité), je vois certaines choses qui n'existent pas encore. Je n'y peux rien. Et cela, je l'ai vu.

– Ce sera donc un homme bien extraordinaire, maugréa-t-elle.

– Certes, mais il doit être préparé à cette charge. Voilà pourquoi il me sera confié. Uther a déjà accepté.

– Es-tu fou ? Que vient faire Uther dans cette histoire ? Cet enfant… si enfant il y a, ce dont je doute… est le fils d'Ygraine. Tu ne saurais le lui prendre. Et si tu t'obstinais, j'en appellerais au Conseil.

– Toi ?

– Oui, moi ! Ils ne l'autoriseront jamais. Pas plus que moi.

Les yeux d'argent, si vulnérables quelques instants plus tôt, scintillèrent de ferveur.

– Il me faut cet enfant ! Absolument ! Nul ne saurait l'élever comme un simple roi. Il doit apprendre des choses que moi seul puis lui enseigner... non pas la sorcellerie, mais comment voir le monde d'un regard différent. Il doit être tenu à l'écart des querelles mesquines de ses pairs. Il doit me revenir.

– Certainement pas ! trancha Morgane d'un ton glacial.

Un court instant, Merlin parut enrager, mais il reprit très vite son calme, comme apaisé par quelque lointaine musique. Il finit par lui décocher un bref sourire.

– Fort bien, conclut-il. Je te propose un marché. Tu ne veux pas que je prenne cet enfant contre le désir d'Ygraine, mais que dirais-tu si je promettais de n'en rien faire pour peu qu'elle émette une seule parole de protestation ?

– Je demanderai au Conseil d'envoyer un Serpent à Plumes pour assister à la naissance. Tu devras tenir parole.

– Soit.

Le Conseil envoya donc un Serpent à Plumes, arbitre de justice, pour s'assurer qu'aucune forfaiture ne fût commise. Mais Merlin tint parole. Ygraine mourut en couches, si bien qu'elle ne put émettre la moindre protestation lorsqu'il vint s'emparer de son enfant. Morgane se tenait à côté d'elle, glacée de chagrin et de fureur ; cependant, elle ne put s'interposer quand apparut la silhouette au manteau gris venue cueillir le bébé dans les bras inertes de sa mère. Il le contempla un instant puis déposa un baiser sur le petit crâne.

La sorcière sentit alors sa fureur décliner, faire place à une intense stupéfaction. Sa voix trembla quand elle prit la parole :

– Il n'en reste pas moins de la lignée d'Ygraine, sous ma protection. Ne lui fais pas de mal, Merlin. Je te le conseille.

Le jeune homme leva sur elle ses yeux d'argent, comme s'il avait oublié sa présence.

– Lui faire du mal ? À lui, Arthur de Bretagne ?

Là-dessus, il jeta sa cape grise sur son épaule, enveloppant ainsi le bébé, et disparut.

Dès cette nuit-là, commencèrent à courir les légendes sur Arthur de Bretagne. Une rumeur se répandit, selon laquelle Ygraine avait donné naissance à un héritier dans le donjon de Tintagel où elle se cloîtrait depuis la mort de son époux, Gorlois, et qu'à minuit un grand dragon rouge et noir apparu sur les créneaux aurait déployé ses ailes au clair de lune. Le Serpent à Plumes retournait vers le Conseil. Mais les villageois y virent un signe qui les emplit d'effroi. Un grand roi, fils de dragon, devait être né.

Le Conseil constata qu'aucune forfaiture n'avait été commise et s'en contenta, mais ce ne fut pas le cas de Morgane. À cette époque, elle vivait sur une île dans la mer fermée de Cornouailles, près de la forêt de Darnantes. Les habitants de la région, connaissant sa présence sur le « lac », tissèrent nombre de récits autour d'elle bien que peu l'aient jamais rencontrée. De temps à autre, l'un d'eux s'aventurait dans un petit bateau chargé de présents ou l'appelait à l'aide pour qu'elle le tire des brumes épaisses. Si la maladie ou la famine s'abattaient sur le village, elle prodiguait une assistance ; mais si elle se sentait dérangée sans raison, elle était prompte à s'emporter.

En ces temps troublés, elle ne cessa d'entretenir des espions chargés de surveiller les faits et gestes de Merlin. Ce qu'elle découvrit ainsi l'étonna autant que cela la combla. L'enchanteur semblait avoir renoncé à sa conduite insensée pour se consacrer à son objectif. Il avait confié le bébé à une famille honnête et, selon tous les rapports qu'elle recevait, l'enfant grandissait et se fortifiait ; il apprit ainsi à chasser, à tenir une épée, mais certainement pas à gouverner. Bien sûr, pensait Morgane, il recevait toutes les formations que Merlin pouvait juger nécessaires. En fin de compte, le garçon ne tomba jamais malade et, tandis que le roi son père ne cessait de guerroyer çà et là, Arthur devenait un jeune homme insouciant et heureux.

Il avait seize ans lorsque Uther mourut. Rois rivaux et seigneurs de la guerre se disputèrent immédiatement son royaume. Les troubles n'allaient qu'augmenter. Morgane, qui avait quelque peu relâché sa vigilance sur Merlin, se demanda soudain comment le jeune magicien comptait convaincre quiconque qu'Arthur était le seul roi légitime de Logris, sans parler de l'empire mythique qu'il avait évoqué. Elle ne voyait pas comment il pourrait réclamer son trône sans répandre le sang.

La réponse arriva rapidement, déjà entourée de légende. Un grand rocher était apparu sur une place de Londres et, dessus, se dressait une forge d'acier d'où émergeait la pointe d'une épée. On pouvait clairement y lire l'indication selon laquelle qui tirerait l'arme de sa gangue serait le roi légitime de Bretagne. Beaucoup s'y essayèrent, sans y parvenir.

Joli coup ! s'était dit Morgane. Merlin avait toujours su soigner ses mises en scène. L'espoir s'empara du royaume, et tous guettèrent l'apparition du véritable héritier. Quand Arthur fut enfin amené à Londres par sa famille adoptive et poussé à tenter le coup, il réussit devant toute la population assemblée. Dès lors, nul ne put contester sa légitimité. Les nobles rivaux se retirèrent.

En apprenant la chose, Morgane fut soulagée. Ainsi, Merlin tenait parole et se comportait mieux que bien, honorablement. Elle commençait à se demander si elle ne l'avait pas mal jugé.

Mais ceci, bien sûr, se passait avant qu'elle ait vu l'épée de ses propres yeux et compris ce qu'il avait fait…

Dans une forêt humaine, loin dans le temps et dans l'espace de l'île proche de Darnantes, Morgana Shee s'éveilla en sursaut. Ce rêve avait été pour elle comme une promenade dans ses souvenirs, mais il n'était plus temps de rêver. *Elle* approchait, les remparts vibraient d'énergie. Elle n'avait pas encore trouvé Morgana ni, évidemment, l'objet des ses recherches, mais sa présence allait bientôt représenter un danger.

Un fin sourire effleura les lèvres de la petite sorcière debout sous le clair de lune. *À quelle distraction aurons-nous droit ?* se demanda-t-elle. *Un feu, une inondation ou des bêtes sauvages ? Pas à un tremblement de terre, il causerait plus de dommages que nécessaire.*

Elle effleura sa Crosse d'Or, et dans le ciel craqua la foudre.

Alys se réveilla elle aussi en sursaut et se débarrassa de ses couvertures, l'esprit empli d'étranges idées qui lui échappaient à mesure qu'elle croyait les cerner. Son bras droit lui faisait affreusement mal, comme si elle avait passé la nuit à combattre quelque grand ennemi.

Elle se précipita vers la fenêtre, tira les rideaux, regarda au-dehors. Sur la pelouse, la lune éclairait une forme obscure et scintillante ; en même temps, elle crut entendre un claquement sourd. Mais, quand le silence revint, elle se demanda si elle n'avait pas rêvé.

Tremblante, elle regagna son lit en se frottant le bras. Au sol, l'épée capta un rayon de lune qui brilla un instant, avant que le ciel se couvre de nuages. Alys remonta ses couvertures et se rendormit aussitôt, sombrant cette fois dans un sommeil sans rêves.

7

La forme obscure

Le lendemain matin, le ciel au-dessus de Villa Park était bâché de nuages qui semblaient hésiter à se répandre ou non en pluie, mais laissaient échapper un sinistre crachin. Alys s'éveilla la nuque raide, la tête lourde, en regrettant de ne pouvoir rester au lit.

Une douche froide et un jus d'orange la ranimèrent quelque peu, mais les images se bousculaient dans son esprit et elle n'aurait su dire s'il s'agissait de souvenirs ou de rêves, ou de souvenirs de rêves ; cependant, elle ne parvenait pas à s'en débarrasser.

Son bras la faisait souffrir dès qu'elle le remuait. Sans enthousiasme, elle aida les autres à préparer le petit déjeuner, après quoi tous partirent pour l'école. Toute la journée, elle eut le plus grand mal à suivre.

Le soir, ils se retrouvèrent au manoir de Morgana. Là, elle entreprit de lire à Charles et à Janie le début de son livre sur le roi Arthur. Elle l'avait emporté avec elle et ne pouvait s'empêcher de le rouvrir à chaque instant. Il semblait détenir bien des secrets.

Dans la cuisine, Claudia elle aussi lisait, ou plutôt déchiffrait un texte pour la renarde, tout en s'appuyant beaucoup sur les illustrations, comme à la maternelle.

Mais la renarde n'écoutait pas, allant et venant le long du comptoir sous la fenêtre, son collier doré brillant tristement sur sa fourrure rousse. Elle courait presque et, arrivée au bout, faisait demi-tour brusquement. Cela gênait Claudia, lui rappelant la mangouste qu'elle avait vue au zoo de Los Angeles, qui parcourait sans cesse la petite surface de sa cage sans jamais ralentir pour jeter un coup d'œil aux gens qui la regardaient.

Claudia ferma le livre. La renarde ne parut pas s'en apercevoir.

– Peut-être... peut-être que je devrais lire ça une autre fois. Peut-être demain. On pourrait faire autre chose...

La renarde s'arrêta, mais seulement pour fixer un point derrière la vitre perlée de gouttelettes.

Mal à l'aise, Claudia lui tendit le livre. Elle n'avait jamais vu son amie dans cet état.

– Qu'est-ce qui se passe ? demanda-t-elle d'une voix hésitante. Je peux aller demander à Alys...

Pas de réponse.

– Bon, j'y vais. Vous devez avoir envie de rester seule.

Nouveau silence. Elle se leva.

– Trop d'années !

La voix de la renarde était étrangement cassée. Claudia se figea.

– Trop d'années, trop de siècles ! À vivre avec les humains, cernée d'humains. À manger leur nourriture morte. À dormir entre quatre murs ! Et entourée de tant de choses, carrées, plates, rectangulaires. Tout a une forme, tout est doux et dur, avec des odeurs froides, engourdies. Tout est fabriqué.

– Désolée... murmura Claudia.

Cependant, la renarde continuait de plus belle.

– Beaucoup d'animaux font cela. Mais où est mon terrier creusé dans la terre meuble ? Où sont mes petits ? Où est le mâle qui devrait se tenir près de moi et partager mon triomphe quand le dos d'un lapin se brise, quand coule son sang goûteux ? (Les flancs de la renarde vibraient, ses oreilles s'étaient aplaties.) Nulle part ! Je n'ai ni terrier, ni mâle, ni petits. Car j'ai été civilisée. J'ai été dressée. Je suis un animal familier.

– Désolée... répéta Claudia.

Elle avait envie de s'en aller, ne voulait pas en entendre davantage.

– Claudia !

La fillette continua son chemin.

– Enfant humaine !

Claudia s'arrêta, rejeta la tête en arrière, se retourna.

– Viens ici, dit la renarde toujours frémissante. Viens. Et ôte-moi cette saleté du cou.

Alys se demanda soudain où se trouvait sa plus jeune sœur.

– Elle est à la cuisine, avec la renarde, dit Charles en grimaçant. Tu sais, cette petite bête a de drôles de réactions. Quand je suis arrivé, cet après-midi, elle sortait du poulailler en courant... et je ne crois pas qu'elle y comptait les œufs. En me voyant, elle a filé dans l'autre sens.

– Mais hier elle était furieuse à cause de Talisman... coupa Alys. Enfin, si c'était lui. Bon... d'accord, je vais lui parler.

La porte de la cuisine était close, ce qui n'arrivait pas souvent. Alys l'ouvrit, s'arrêta net.

Claudia se tenait devant la fenêtre ouverte, les joues baignées de larmes. Sur le comptoir, traînait le collier ouvert de la renarde.

– Elle est partie, souffla la fillette. Elle est allée rejoindre Talisman.

– Oh, Claudia !

– Super ! maugréa Charles derrière elles.

Alys prit la petite dans ses bras tout en regardant le jardin par-dessus sa tête brune. Une fine bruine imprégnait l'air.

– Elle... elle a dit qu'elle en avait assez d'être civilisée...

– Elle reviendra, assura Alys en fermant la fenêtre.

Elle n'en était pas sûre du tout, mais que dire d'autre devant les pleurs de sa petite sœur ?

– Allez, viens, je vais te préparer une tasse de chocolat.

– Non, je veux... je voudrais rester un peu seule.

– Très bien, mais ne t'en va pas d'ici. Ne rentre pas à la maison sans nous.

Alys avait décidé que, désormais, aucun d'entre eux n'irait plus seul nulle part ; pourtant, elle estima que ce n'était pas le moment d'inquiéter Claudia.

La fillette resta assise quelques minutes, se releva, rouvrit la fenêtre. Elle avait perçu le mécontentement d'Alys dirigé contre la renarde, mais elle-même ressentait tout autre chose que de la colère. Elle ne pouvait tout simplement pas accepter cette désertion. Elle avait envie de revivre tout cet après-midi, d'effacer ce moment.

Et si… et si la renarde n'avait pas encore rejoint Talisman ? Et si elle se trouvait juste dehors, et si Claudia la retrouvait et parvenait à lui parler ?

Jamais Alys ne la laisserait sortir sous la pluie, donc inutile de le lui demander. Passant par la fenêtre, la fillette sauta sur l'herbe mouillée.

À présent, la bruine tournait à l'averse. Dans le lointain retentit un coup de tonnerre et une puissante odeur de terre humide lui monta aux narines.

Tout en se protégeant les yeux d'une main, Claudia marcha, loin du sol boisé qui constituait habituellement le terrain de la renarde, vers Irvine Park. Center Street était déserte. La pluie avait chassé les humains, et même les animaux avaient dû se chercher un abri. Un grand silence régnait alentour quand elle s'arrêta pour inspecter la voie Churchill.

Un frôlement attira son attention vers une palissade. Une forme sombre se déplaçait dessus, sous les branches détrempées, difficile à distinguer sous la pluie. Claudia appela, pleine d'espoir, tendit les bras.

La forme s'approcha, dans un mouvement hésitant. Claudia plissait les paupières pour se protéger de l'eau. Si c'était un chat, il était énorme. En fait beaucoup trop gros, et aucun chien ne se hisserait ainsi au sommet d'une barrière… D'ailleurs, il ne se déplacerait pas avec une telle grâce…

Claudia resta paralysée lorsque la créature émergea des branches, posant délibérément une patte devant l'autre. Sauf qu'elle n'avait pas de pattes… mais des mains.

Claudia laissa échapper un petit cri et s'enfuit à travers la voie Churchill, vit que c'était un cul-de-sac et s'arrêta, le souffle court. À travers le rideau de pluie, elle discerna une forme sombre et sinueuse qui sautait au sol.

Devant elle se dressait une maison. Elle savait que faire si quelqu'un la poursuivait. On le lui avait appris à l'école. Sans hésiter, elle grimpa les marches du perron et frappa à la porte à coups de poing.

Pas de réponse. Elle sonna, tambourina, jetant parfois un regard affolé par-dessus son épaule. Elle ignorait à quoi correspondait cette forme, mais c'était forcément mauvais. Son instinct lui criait qu'elle était en danger. Finalement, elle essaya la poignée, qui refusa de tourner.

Elle redescendit le perron, traversa la pelouse, puis un massif de soucis et de dahlias fraîchement plantés. Un coup d'œil à la maison voisine l'alerta : une forme pelotonnée sur la véranda.

Claudia recula et vit la forme se dresser sur ses jambes, venir dans sa direction. Elle se retrouva contre une paroi de planches apparemment mobile. Sans quitter son adversaire des yeux, elle tâtonnait derrière elle et ses doigts saisirent une corde rugueuse.

La forme obscure effectua encore un pas puis s'arrêta. Claudia se trouvait encore hors de portée de tout prédateur « normal », mais elle connaissait trop bien les animaux pour ne pas interpréter la dilatation de ses pupilles, ni repérer la tension de ses muscles afin de mieux bondir en avant. Elle tira d'un coup sur la corde et se réfugia derrière la barrière qui venait de s'ouvrir, la faisant claquer derrière elle. Elle entendit un choc pâteux comme la créature atterrissait à l'endroit même où elle se tenait une seconde plus tôt.

Les mains sur la bouche, à bout de souffle, Claudia s'éloigna au pas, incapable de courir davantage. Au sommet de la barrière apparurent deux petites mains noires et ridées qui s'agrippaient au bois. Finalement, Claudia pouvait encore courir.

Elle trébucha sur un barbecue d'extérieur, se redressa, se prit les pieds dans une pièce de cuir tressé, mais parvint à l'extrémité de la barrière, sans autre objectif que de mettre le maximum de distance entre elle et cette chose. Un bruit retentit derrière elle. Tournant la tête, elle ne vit pas la marche du patio et tomba lourdement sur les genoux et les paumes. Une silhouette surgit et elle hurla de terreur.

Une langue pendante, des dents blanches et des yeux chocolat apparurent dans son champ de vision. Un chien, son chien, celui grâce auquel elle avait pu envoyer un message à Janie. Son chien facteur.

Aussitôt, elle voulut le prévenir du danger qui menaçait, agita ses mains égratignées en laissant échapper un râle d'effroi, incompréhensible des êtres humains. L'animal, qui avait commencé par montrer sa joie de la revoir et son ardeur à lui rendre un nouveau service, fut aussitôt en état d'alerte, les oreilles dressées, la queue et le corps immobiles, les yeux fixés sur la forme obscure au bout du jardin. Les poils de son dos se dressèrent, ses babines s'écartèrent sur ses crocs et un grognement caverneux s'éleva de son poitrail, de plus en plus audible avant d'exploser en une volée d'aboiements furieux.

Claudia s'était assise et prit dans ses bras le setter qui continuait d'aboyer, le corps secoué par chaque hurlement. La forme obscure parut hésiter, puis tendit une main en se rapprochant encore, ce qui lui attira un grondement encore plus farouche ; le chien ne savait qu'une chose : il devait chasser cet intrus de son territoire. Rejetant la tête en arrière, il donna l'alerte.

Cette fois, c'était un cri unique, strident, qui prouvait à quel point les chiens étaient restés proches de leurs cousins, les loups. Un hurlement. Le setter appelait la meute.

À travers le quartier, les réponses arrivèrent vite, sur tous les tons : le labrador de l'avenue voisine, les deux caniches nains de la voisine qui couinaient d'une voix suraiguë, un bouledogue qui poussait calmement la palissade et arrivait en trottinant, un collie qui passait la truffe puis la tête et tout le corps entre deux planches, puis un terrier et deux beagles qui apparurent dans une assourdissante symphonie.

Tout en caressant le setter, Claudia les regardait venir en ouvrant de grands yeux, jusqu'à ce minuscule schnauzer qui essaya d'escalader une barrière en jappant avant de perdre l'équilibre et de disparaître dans l'herbe puis de reparaître à proximité de la forme obscure, déjà entourée par le bouledogue et un terrier ; celle-ci avait reculé, mais ne semblait pas décidée à s'éclipser. En bon chien de chasse, l'un des beagles l'attaqua et recula, une touffe de poils noirs dans la gueule.

– Oh, attention ! s'écria Claudia.

À ce moment, la barrière s'effondra sous le poids d'un danois furieux. Apercevant la forme obscure, il en oublia toute méfiance et se jeta dessus, aussitôt imité par ses collègues.

La forme obscure parvint tout juste à s'extirper de la curée et sauta au sommet de la palissade, d'où le schnauzer était tombé. Étirant ses jambes d'araignée, elle s'enfuit dans les arbres.

Dans le jardin, c'était maintenant un hurlement de triomphe que poussait le setter tandis que le danois et quelques autres chiens se roulaient dans la boue. Par pur esprit de camaraderie, ils vinrent ensuite se coller contre Claudia.

– Tu as entendu quelque chose ? demanda Janie alors qu'Alys tournait une page.

– Quoi ? Le tonnerre, pourquoi ?

– Je ne sais pas. J'ai cru entendre des aboiements. Cette maison est tellement isolée, ses murs sont si épais qu'en général on n'entend rien de ce qui se passe dehors.

Mal à l'aise, Alys ferma le livre.

– Je ferais mieux d'aller chercher Claudia. Je n'aime pas la laisser seule trop longtemps.

S'ensuivit un moment de confusion qui s'acheva par la course d'Alys, de Charles et de Janie dans l'allée principale, à l'instant où Claudia, le setter et leur entourage apparaissaient, remontant la rue.

– Je devrais te gifler ! gronda Alys quand sa petite sœur eut craché son histoire entre deux sanglots.

En fait, elle l'embrassa. La fillette était sale des pieds à la tête, sauf là où avaient coulé ses larmes.

– Bon, c'est fini maintenant, on rentre à la maison et on reste toute la nuit à l'abri des remparts. Personne ne sort.

Les chiens se dispersèrent comme les enfants reprenaient leurs vélos. Quand ils arrivèrent devant leur propre demeure, seul les accompagnait encore le setter, qui attendit que Claudia se trouve bien à l'abri pour repartir en trottinant. Au coin de la rue suivante, il rencontra les deux caniches nains qui sortaient enfin de chez eux par le trou qu'ils venaient de ménager dans leur grille. Il leur jeta un regard condescendant sans s'arrêter. Vous êtes en retard, semblait-il dire.

Alys les observait depuis la porte et ne put réprimer un sourire. En se retournant pour rentrer, elle leva la tête vers le ciel.

– Regarde, oh, regarde ! Oh, Janie, viens vite voir !

Venu de nulle part, un grand arc de lumière se dessinait sur les nuages anthracite. Ses couleurs étaient si vibrantes qu'il en paraissait presque solide, sauf à proximité du sol, où l'on apercevait les collines teintées de vert et de rouge. Il atteignait la moitié du ciel, éclairant tout Villa Park.

Janie leva machinalement la tête, fit la grimace.

– Quoi ? s'emporta Alys.

Il fallait s'appeler Janie pour rester de marbre devant un tel phénomène.

– Il est à l'envers.

– Arrête ! Il est parfait.

– Alys, tu ne sais pas de quoi sont formés les arcs-en-ciel ? Ce sont des gouttes d'eau en suspension qui décomposent le spectre de la lumière. Et chaque couleur a une certaine longueur d'ondes qui détermine sa place dans l'arc. Le rouge apparaît à l'extérieur, ensuite ce sont, dans l'ordre, l'orange, le jaune, le vert, le bleu et le violet. C'est une loi de la nature, une loi physique. Maintenant, regarde celui-ci et donne-moi l'ordre des couleurs en commençant par le haut.

– Violet…

Alys s'interrompit, s'éclaircit la gorge et recommença.

– Violet, bleu, vert, jaune, orange et rouge. Oh !

Elles restèrent un instant silencieuses. Le vent changea de direction, et toutes deux furent arrosées d'une pluie fine.

– Mais, Janie, ça ne peut pas être causé par des choses qui traverseraient le Passage, quand même ?

Janie fit non de la tête.

– Alors, reprit Alys, d'après toi, qu'est-ce que c'est ?

– Je crois que c'est une plaisanterie de la part de quelqu'un doté d'un curieux sens de l'humour... pas très équilibré, mais qui a des pouvoirs à revendre. Sinon, honnêtement, je ne sais pas. Mais j'ai peur.

8

Le deuxième rêve

– Tu dois nous raconter la fin de l'histoire du roi Arthur, dit Charles après le dîner.

– Il n'y a rien à la télévision ?

– Elle est encore en panne, indiqua-t-il sans percevoir le sarcasme. À cause de l'électricité statique.

Janie et Alys échangèrent un regard. Pâle et triste, Claudia buvait un verre de lait ; au moins, elle n'était pas blessée. Janie grimaça d'un air navré.

– Les remparts sont bien dressés, murmura-t-elle.

– Bon, dit Alys à Charles. On va se faire une tasse de chocolat… ensuite, on se raconte des histoires. C'est à ton tour de le préparer. Et pas de l'instantané.

Ils s'installèrent devant la cheminée avec leurs tasses fumantes. Alys leur raconta ce qu'elle avait lu pendant que Claudia regardait les images.

– Alors, Arthur fut couronné roi et il fut le meilleur souverain qu'on ait jamais connu, malgré sa jeunesse. Il réunit les chevaliers les plus forts et les plus courageux, autour d'une table ronde, afin que personne n'occupe une place prépondérante. Au début, tout le monde le prit pour un fou et pensa que les chevaliers allaient se battre entre eux, mais il n'en fut rien. Ils consacrèrent leur vie à redresser les torts, et à abattre monstres et démons. Durant tout ce temps, Arthur fut guidé par Merlin l'enchanteur, le plus sage et le plus clairvoyant…

Elle s'interrompit sans même s'en rendre compte, la mémoire soudain titillée par un détail étrange.

– Oui ? dit Charles. Continue.

– Euh… le sorcier le plus sage du royaume… reprit-elle d'un ton peu convaincu. Et… euh, un jour il a emmené Arthur se promener à cheval au bord d'un lac et là, ils ont vu une main brandissant une épée qui sortait de l'eau. Arthur a demandé à qui appartenait cette arme et Merlin a répondu : à la Dame du Lac. Alors apparut une femme magnifique qui donna l'épée à Arthur, une épée magique qu'il n'a depuis lors cessé d'utiliser. Parce que l'autre, celle qu'il avait arrachée à la pierre, s'était cassée ou je ne sais plus quoi. Et cette nouvelle épée s'appelait Excalibur…

De nouveau, elle hésita, posa sur Janie des yeux écarquillés.

– Excalibur… Excalibur…

– Ou Caliborne, selon tes sources, répondit Janie. Oui.

– Ça veut dire que je garde Excalibur là-haut, sous mon lit ?

– Drôle d'endroit pour la ranger, mais c'est ça, tu as tout compris. Maintenant, tu vois pourquoi je n'étais pas sûre…

– Attends ! Si Morgana a fabriqué cette épée, c'est qu'elle était la Dame du Lac ; alors, quand on dit que la fée Morgane était l'ennemie des Chevaliers de la Table Ronde…

– Ne crois pas tout ce que tu entends, laissa tomber Janie. Et puis, je t'ai dit que Morgana avait porté quantité de noms. Ce ne sont pas quelques légendes qui peuvent reprendre toute l'histoire.

– Quelles légendes ne reprennent pas quelle histoire ? geignit Charles. Je n'en connais aucune.

– D'après la tradition, expliqua lentement Alys, Morgane LeFay était une puissante et maléfique enchanteresse qui s'opposait aux chevaliers d'Arthur et leur jetait de mauvais sorts dès qu'elle le pouvait. C'était l'ennemie jurée de Merlin. Mais… tu veux dire, Janie, que Morgana ne s'attaquait pas vraiment à Arthur ni à Merlin ? Ou bien…

– Je dis qu'elle devait avoir de bonnes raisons pour ça. J'aurais cru que tu en savais plus que moi sur ce sujet.

– Qu'est-ce que tu me racontes là ?

Alys avait beau jouer les surprises, elle savait très bien ce que voulait dire sa sœur ; elle savait, si elle daignait seulement se donner la peine de se rappeler…

La brusque secousse du sol la prit par surprise. Elle crut un instant qu'elle avait un étourdissement, mais revint vite à la réalité.

– Tout le monde dans l'embrasure des portes, vite !

La maison bougeait dangereusement ; ils se blottirent sur les seuils de plusieurs pièces, Alys avec Claudia, Charles avec Janie, et échangèrent des regards effrayés.

– Regardez le lustre ! s'exclama Charles.

Il se balançait en tous sens, et ses cristaux tintaient mélodieusement. Les portes coulissantes du placard grincèrent, des bibelots tombèrent des étagères, suivis de toute une rangée de livres. Claudia poussa un cri aigu et Janie se cacha la tête entre les genoux.

Ce fut tout. Alys leur dit de rester encore quelques minutes sur place par prudence ; ils se relevèrent, les jambes si flageolantes qu'ils eurent l'impression que le sol bougeait encore.

– Sans doute une réplique… marmonna Janie.

– Et maintenant, combien d'autres êtres ont franchi le Passage ? demanda Alys.

Janie eut un geste exprimant l'impuissance. Elle n'en savait rien.

– Écoute, reprit sa grande sœur, tu ne crois pas que toutes ces créatures sont arrivées par là ? La forme sur le toit, le lynx et la chose qui poursuivait Claudia ?

– Je n'ai jamais dit ça. J'ai juste dit que quelque chose était passé.

– Je ne crois pas que ça en fasse partie, laissa tomber Alys, songeuse.

– Alors, d'où est-ce qu'ils venaient ? demanda Charles. Et qu'est-ce qu'ils font ? Pourquoi ils nous ennuient ?

Silence. Alys pensait à l'arc-en-ciel.

– Je ne sais pas, conclut-elle. Mais, Janie, je voudrais que tu vérifies encore les remparts. J'ai l'impression qu'il pourrait se passer quelque chose.

Les remparts étaient bien dressés, intacts. Néanmoins, Alys ne put chasser son appréhension en se couchant. Elle sortit l'épée, la tint un long moment entre ses mains avant de la déposer sur sa table de nuit. Et elle s'endormit enfin.

Aussitôt commença le rêve.

Quand Morgane se rendit dans le grand palais d'Arthur, à Caerleon, pour le voir de ses propres yeux, elle le fit discrètement, avec une toute petite escorte – elle qui avait tant de serviteurs, qui se succédaient de père en fils, génération après génération. À peine prenait-elle un domestique, jeune et inexpérimenté, dont les maladresses l'agaçaient, qu'il se polissait, évoluait en un valet des plus attentionnés, auquel elle s'attachait alors qu'il devenait vieux. C'était trop triste.

Sa seule véritable compagne restait la renarde. Un jour, quand elle n'était encore qu'une apprentie, elle s'était rendue dans les bois pour y cueillir des herbes et avait trouvé ce renardeau qui avait dû être férocement attaqué par quelque animal. Émue, Morgane l'avait emporté chez elle pour le soigner grâce à la magie. Le temps de guérir, il la suivait partout. Le Conseil avait été choqué qu'elle ose utiliser sa ration d'Élixir des Jours – qui ne pouvait légalement lui être refusée puisqu'elle avait remporté sa Crosse – pour offrir une longue vie à un animal, mais Morgane ne l'avait jamais regretté.

En route pour Caerleon, elle n'avait emmené que la renarde et deux servantes. L'une d'elles se nommait Viviane, jeune fille mince au regard hardi et aux cheveux cuivrés, douée pour la sorcellerie et que Morgane encourageait dans cette voie car, même s'il était difficile pour un humain de gagner une Crosse, cela restait possible.

Elles observèrent Arthur de loin et Morgane fut contente de ce qu'elle vit. Il était grand, d'une beauté juvénile, marchant à longues enjambées, l'air énergique et sûr de lui. Les fils d'or de sa tunique ne brillaient pas plus que sa chevelure, et ses yeux étaient bleus comme les gemmes du pommeau de son épée.

Sous la brise fraîche qui lui caressait le visage, Morgane repéra particulièrement une de ces gemmes, bleue, de la taille d'une noix. Elle ignorait d'où provenait cette pierre, mais nulle sorcière ne s'y serait trompée : c'était l'une des Gemmes Oubliées, aux pouvoirs remontant à la plus Haute Antiquité. Pouvoirs aussi forts que dangereux. Celle-ci avait pour nom Miroir du Ciel, quoiqu'il n'y eût rien de céleste dans son influence. Prise de fureur, Morgane ouvrit un portail donnant sur la chambre du donjon de Merlin, afin de lui demander des explications.

Il lui sourit :

– Je ne me rappelle pas comment je l'ai obtenue, assura-t-il. Je l'ai trouvée, qui traînait quelque part.

Si Elwyn avait dit cela, Morgane l'aurait crue. Mais pas Merlin.

– Comment peux-tu donner pareille chose à un humain ? s'écria-t-elle. Tu as complètement perdu la tête ? À moins que tu ne cherches à détruire Arthur ?

Il haussa un sourcil courroucé.

– Je ne le détruis pas, je le protège. Il sera ainsi quasi invulnérable…

– Sans doute pas vulnérable aux armes d'acier. Mais la magie de cette pierre va s'attaquer à son esprit. Merlin… même le Conseil n'a su contenir la puissance de ces Gemmes. Elles existaient avant le Temps du Chaos et d'aucuns prétendent qu'elles en sont responsables. Aurais-tu aussi oublié ton histoire ?

Merlin ne se départait pas de son sourire exaspérant.

– Ah, les anciens contes, quel dommage que si peu d'entre eux soient authentiques ! Pour ce que ça vaut, tu as mon autorisation d'essayer de prendre l'épée d'Arthur. Je ne crois pas qu'il te la donnera, c'est moi qui la lui ai offerte.

Ce fut pourtant Merlin en personne qui amena Arthur dans la forêt de Darnantes. Morgane les regarda venir de loin, sur leurs chevaux, riant et bavardant, le soleil brillant dans les cheveux argentés de l'un, dans les cheveux dorés de l'autre. Ils avaient l'air de deux jeunes chevaliers insouciants.

Laissant Merlin sur la berge, elle emmena Arthur en barque jusqu'à sa demeure. Et entre ces murs, elle lui tendit un objet enveloppé de soie vert foncé.

Il l'ouvrit et poussa un bref soupir. Elle lut sans peine l'émerveillement dans ses yeux quand il les releva sur elle.

– C'est la plus belle épée que j'aie jamais vue, assura-t-il en s'asseyant et en la posant sur ses genoux.

– Elle est à toi, dit Morgane. Je l'ai faite pour toi. Mais je te demande une chose en retour : donne-moi l'autre.

Arthur saisit le pommeau de l'épée qu'il portait à sa ceinture, et Morgane dut faire appel à toute sa volonté pour ne pas frémir à la vue de la main du jeune homme posée sur la Gemme.

– Alors ? insista-t-elle.

Le regard bleu et honnête d'Arthur – celui d'Ygraine – se posa sur elle à regret.

– Je ne peux pas.

– Merlin a dû te dire, j'imagine, pourquoi je la voulais.

– Il m'a dit que vous aviez peur qu'elle me cause beaucoup de mal, à moi et à ceux que j'aime. Mais, ma Dame, cette épée m'a été donnée par Merlin lui-même, c'est le gage de ma royauté. Il ne croit pas qu'elle me fasse courir le moindre risque. De toute façon, je tente ma chance, je ne dois pas tourner le dos au danger.

Elle le trouva d'une simplicité, d'une pureté de cœur inégalées, et comprit qu'il aimait beaucoup Merlin. Sans doute se sentait-il capable de triompher du maléfice de la pierre, ainsi qu'il comptait, avec une totale sincérité, triompher de tous les maux de la terre.

Elle inclina la tête :

– Sire... Arthur... certaines choses te resteront à jamais inaccessibles.

– Oui, je sais. Mais si personne ne tente de s'y attaquer, l'échec est assuré d'avance. Chacun doit faire son possible et garder espoir.

– Promets-moi au moins une chose, au nom de mon amitié pour ta mère. Si tu ne veux point renoncer à cette épée, au moins abstiens-toi de l'utiliser. Tu en as une autre, maintenant.

– Et plus belle, dit-il aimablement. Je ferai ce que vous demandez. J'abandonnerai l'autre, laisserai entendre qu'elle est cassée, et j'utiliserai votre épée tous les jours de ma vie. Pourvu que je sache m'en montrer digne.

Il lui baisa la main et s'en alla. En le regardant s'éloigner, Morgane murmura :

– Oh, Merlin, qu'as-tu fait ? Et que vas-tu faire encore ?

Elle craignait terriblement qu'Arthur, avec toute son innocence, son inexpérience, ne provoque quelque désastre parmi les chevaliers et rivaux de sa cour. Mais le contraire était vrai aussi : ce jeune roi savait en quelque sorte tirer le meilleur de tout un chacun, et les champions allaient bientôt se bousculer à Caerleon pour déposer les armes à ses pieds. Pourtant, elle avait peur. Les chevaliers d'Arthur semblaient prendre sa philosophie à cœur : refuser une vie sans aventure, combattre les injustices. Cependant, ils n'étaient pas Arthur, mais des hommes ordinaires, avec leurs passions et leurs jalousies. Ils pouvaient se montrer dangereux.

Entre-temps, Merlin continuait de s'amuser. Même s'il était en partie responsable des idées d'Arthur, et bien qu'il continue de le soutenir dans son entreprise d'union des chevaliers de Bretagne, la présence de la Gemme semblait réveiller le Quislai en lui et il lui arrivait de ne pouvoir résister à une plaisanterie. Ce fut lui qui envoya deux chevaliers tuer un monstre terrifiant dans le lac de Morgane, aventure qui se termina par la mort de sa Selkie, une brave otarie qu'elle avait apprivoisée. Pour sa part, Morgane préférait ne pas tuer si ce n'était pas indispensable ; aussi se contenta-t-elle d'un sort qui renvoya les chevaliers à travers la forêt, persuadés qu'ils étaient des sangliers. Cela provoqua un conflit avec leurs familles ; lorsqu'il fut réglé, de nouveaux combattants se pressèrent dans ses domaines. Furieuse, elle fit appel à Merlin.

– Que leur as-tu dit de moi, pour qu'ils viennent ici chercher bataille ?

Merlin fit des yeux ronds.

– Mais, rien du tout… juste que tu es une enchanteresse. La pure vérité. Et aussi peut-être deux ou trois choses que je ne me rappelle pas pour le moment.

– Et ces deux ou trois choses… étaient-elles vraies ?

– Voyons… je ne suis pas sûr. Attires-tu les hommes pour danser avec toi sur l'eau avant de les entraîner sous les vagues ? Gardes-tu les cadavres de douze bons chevaliers pendus par les pieds dans tes cachots ?

Elle dut se retenir pour ne pas le secouer et, paradoxalement, pour ne pas rire. Il était complètement irresponsable, incompréhensible. Mais la fréquentation de sa demi-sœur, Elwyn, qui partageait les mêmes particularités, avait appris à Morgane que les reproches ne serviraient à rien.

– Il faut arrêter ça, dit-elle posément en saisissant sa Crosse. Tu comprends, Merlin ? Il faut arrêter immédiatement.

Elle n'avait en fait aucun moyen de le contraindre ; il détenait une Crosse aussi puissante que la sienne et, si elle possédait davantage d'expérience, lui pouvait mettre la main sur une Gemme aux pouvoirs occultes. Pourtant, il accepta, et parut même sincèrement repentant.

Pour autant qu'elle puisse le dire, il tint parole mais, en fin de compte, cela ne changea pas grand-chose. Sa réputation était déjà bien établie, et de nombreux chevaliers se rendirent au lac armés de pied en cap pour repartir ajouter leur témoignage aux légendes qui louaient la beauté de l'enchanteresse et dénonçaient se cruauté. Elle s'efforçait pourtant de les blesser le moins possible.

Les années passèrent. Elle vit les prophéties de Merlin se réaliser : le royaume fut réuni, Arthur devint le Grand Roi, épousa Guenièvre, une timide princesse de Galles. Les guerriers continuaient de se rassembler autour de lui. Morgane envoya de sa propre maisonnée un vaillant jeune homme du nom de Lancelot, qu'elle abritait depuis la mort de sa mère, et il devint le solide bras droit d'Arthur.

Les revers commencèrent alors. Merlin avait toujours été jaloux de quiconque partageait l'affection d'Arthur, il lui fut difficile d'accepter que ce garçon qui avait dépendu de lui puisse s'intéresser à d'autres. Avec le temps, le jeune enchanteur résistait de moins en moins à ses sombres pulsions. Sans doute l'influence de la Gemme. Morgane savait d'où provenaient les rumeurs selon lesquelles Lancelot du Lac et la reine Guenièvre auraient trahi le roi. Arthur n'en crut rien, pas plus qu'il ne voulut savoir que Merlin les avait lancées. Il refusait d'entendre dire du mal de ceux qu'il aimait.

Morgane ignorait l'étendue de l'influence de la Gemme. Rivalités et jalousies se développaient entre les chevaliers, peut-être parce qu'il n'était pas possible de faire cohabiter autant de puissants seigneurs. Néanmoins, Arthur, par sa seule présence, parvint à les maintenir unis.

À travers l'épée, Morgane percevait l'amour et l'attention qu'il leur accordait ; elle se demandait seulement combien de temps cela durerait.

9

Retour vers l'obscurité

Alys s'éveilla d'un coup et s'assit sur le lit, envahie par un mauvais pressentiment, vague au début, mais qui se précisa bientôt. C'était un remous extérieur qui l'avait tirée de son sommeil. Elle se tint immobile un moment, l'oreille aux aguets, puis repoussa ses couvertures et se leva. Sa main saisit instinctivement l'épée ; elle n'eut même pas besoin de regarder pour l'empoigner.

Une lampe sur deux seulement restait allumée au rez-de-chaussée, ce qui n'eut pas pour effet de la rassurer. L'obscurité régnait dans les angles et derrière les meubles. Alys parcourut chaque pièce pour l'inspecter dans ses moindres recoins, son anxiété grandissant de minute en minute.

En approchant de la salle à manger, elle s'arrêta net. Les lumières transformaient les vitres en miroirs qui reflétaient la table de chêne, le lustre, et masquaient l'extérieur. Pourtant, quelque chose bougeait dehors, s'approchait de la véranda et repartait. Alys plissa les yeux pour essayer de distinguer de quoi il s'agissait. Elle sentit ses mains abaisser lentement l'épée.

C'était Janie, dans le jardin, dont la chemise de nuit blanche flottait autour de ses chevilles nues. Elle se déplaçait vite, remontait vers les portes,-fenêtres, les effleurait de ses mains placées en corolle autour de ses yeux pour voir à l'intérieur. Puis elle repartait comme en dansant, évoquant un grand papillon qui se heurterait aux carreaux d'une maison en été.

Pourtant, Janie ne portait jamais de chemise de nuit, elle préférait les pyjamas. Et son visage, entre ses mains fines, paraissait dénué de toute expression. Alys sentit une sueur glacée ruisseler dans son dos.

En reculant, elle faillit pousser un hurlement, car on venait de la saisir par le col. Elle se débattit, parvint à lever son épée avant d'apercevoir une masse de cheveux noirs et des yeux violets. Elle se figea, abasourdie.

– Chuuut !

Janie attendit qu'elle ait repris sa respiration puis hocha la tête, indiquant qu'il ne fallait plus crier, avant d'ôter sa main de la bouche d'Alys. C'était bien Janie, ni en chemise de nuit ni en pyjama, mais en jean et pull. Une trace rouge sur sa joue indiquait qu'elle avait dû s'endormir sur un livre.

Lentement, comme pour vérifier, Alys regarda au-dehors. La silhouette était toujours là, à se heurter contre la vitre.

– Mais qu'est-ce que c'est, ce truc ?

– Aucune idée, souffla Janie près d'elle. À première vue, j'aurais trois explications : un phantasme, un élémental ou un boujeum.

– Un boujeum ?

– Je te jure ! C'est une espèce d'esprit qu'on obtient par sorcellerie, en invoquant un élément. Mais je ne peux pas dire ce que c'est que ce truc dehors, il faudrait que j'y regarde de plus près.

– Il essaie de traverser les remparts ?

– En fait, ce qui m'étonne, c'est que les remparts n'aient pas donné l'alerte. Je le saurais si ç'avait été le cas, je suis restée réveillée presque toute la soirée. Je ne pouvais pas dormir, j'avais plein de choses à lire.

Alys avait compris. Sa sœur, qui, en ce moment, ressemblait plutôt à un elfe sous-alimenté aux vêtements froissés, avait monté la garde pour ses frère et sœurs.

– La prochaine fois, tu me préviendras et on prendra nos tours de garde, indiqua-t-elle. Qu'est-ce qu'on fait, maintenant ?

Janie se mordit les lèvres, puis son regard tomba sur l'épée.

– On devrait essayer de capturer cette chose, pour voir de quoi elle est faite. Oh, si seulement Morgana était là !

– On n'a pas vraiment le choix.

– Non. Bon, écoute, il faut rester prudentes, je ne sais pas de quoi cette chose est capable. Et j'ai besoin de ma baguette de sorbier.

Elles discutèrent à voix basse, puis Alys alla se glisser derrière la table, s'arrêta d'un côté de la porte-fenêtre, et Janie alla s'accroupir de l'autre. La belle chose blanche et aveugle continuait de voleter contre la vitre. Alys croisa le regard de Janie, vit les lèvres de sa sœur remuer et, sans plus de bruit qu'elle, se mit elle aussi à compter : une, deux, trois, c'est parti ! Et Janie d'abaisser sa baguette dans un craquement qui brisa les remparts tandis qu'Alys tirait d'un coup la porte sur son rail. La chose en chemise de nuit blanche trébucha à l'intérieur et Janie referma la porte, rétablissant les remparts alors qu'Alys plongeait en avant.

Au contact un peu brutal contre sa joue, la chemise de nuit lui parut froide, ce qui ne l'empêcha pas d'accrocher la chose par la taille ; en même temps, elle sentait la fraîcheur de la nuit dans les plis de coton. L'intruse cria et tomba de tout son long sur le sol ; Alys se jeta sur elle tout en s'efforçant de ne pas brutaliser cet être qui semblait si fragile. Pourtant, tout se passa mal ensuite. Elle se retrouva à fixer des yeux violets inexpressifs mais, déjà, la chose se dégageait avec une agilité et une vitesse stupéfiantes, plaçant ses mains sur la gorge d'Alys. Des mains aussi petites, mais infiniment plus fortes que celles de Janie. Alys se rendit alors compte qu'elle avait perdu l'épée. Elle essaya de détacher ces mains. Les yeux violets regardaient un point juste au-dessus de son épaule gauche. Alys ferma le poing, le leva… et s'immobilisa. C'était le visage de Janie, de sa sœur…

Alors elle sentit d'autres mains qui tiraient sur celles de la chose… celles de la vraie Janie. La poigne de fer se desserra et elle respira, déjà au bord de l'asphyxie. Elle empoigna la chemise pour faire virevolter la créature sur place, la cognant violemment contre le parquet. La fausse Janie rua et la vraie Janie voltigea à travers la pièce.

Ce qui s'ensuivit devait rester à jamais embrouillé dans la mémoire d'Alys. Une chaise brandie dans les airs, la carpette s'enroulant autour de ses jambes… Ce fut un combat à mains nues, ignoble, sans règles. Elle savait très bien que son adversaire à tête de Janie cherchait à la tuer. Et qu'elle y parviendrait, car plus forte qu'elle, plus rapide, plus dure. Elle l'aurait à la longue. Au cours d'un de ses rares avantages, Alys parvint à la jeter de nouveau sur le sol, tâtonnant à côté d'elle sans même s'en rendre compte. Son corps cherchait quelque chose, lui disait que faire, mais son esprit ne capta qu'au moment où l'épée se retrouva dans sa main.

Tout comme le combat, les instants suivants parurent beaucoup plus longs qu'ils ne le furent en réalité. La fausse Janie, plaquée sous elle, les yeux toujours écarquillés, se débattait à coups de pieds et de griffes. L'épée monta au-dessus de la tête d'Alys, mais celle-ci ne percevait plus du tout l'impression vitale qui l'avait saisie chez Morgana. Néanmoins, l'épée restait une arme efficace.

Alys jeta un coup d'œil sur la fausse Janie, parcourut la salle du regard.

Janie elle-même était affalée devant un meuble, le souffle coupé, le visage aussi blanc que la chemise de nuit de son sosie, mais ses yeux croisèrent ceux d'Alys avec une complicité inimitable. Poussant un soupir, elle hocha la tête, une fois.

Alys ferma les paupières. Elle ne pouvait faire cela. Un sanglot l'étrangla comme elle reculait, prête à jeter l'épée au loin. Sous elle, monta en écho une plainte animale. Elle rouvrit les yeux et aperçut dans un choc une fourrure fauve et des crocs aiguisés. Dans un ultime réflexe, elle abaissa l'épée de toutes ses forces, clouant le lynx au sol.

Crachant, feulant, la créature tenta de se dérober, ses yeux d'or emplis de haine.

– Alys, attends ! Ne lâche pas ! Tiens bon !

Elle ne put répondre, évita de justesse un coup de griffe acéré et serra le pommeau des deux mains. Sous son regard abasourdi, la peau fauve du lynx se fondit et elle se retrouva frappant une masse obscure, haletante. *Les castors noirs de Mordor*, se rappela-t-elle en enfonçant encore sa lame. Un hurlement grave s'éleva, qui devint grognement. Une langue fourchue jaillit d'une tête de lézard à écailles – une tête aux extraordinaires yeux bleus humains. Le grognement devint gargouillis et une queue battit le sol derrière elle. Entre les mains moites d'Alys, l'épée empalait une sorte d'otarie aux muscles saillants sous une chair luisante. L'otarie ouvrit la gueule et rugit pour se transformer encore. Alys ne savait plus ce que c'était et ne voulait pas le savoir. Des mains noires et douces se tordirent en l'air et la chose piailla.

Je n'en peux plus, se dit Alys. *Je me demande ce qui se passerait si j'abandonnais.*

Elle referma les yeux en s'accrochant à l'espoir que la chose semblait bien s'affaiblir.

Sous elle, les tremblements cessèrent, les bruits aussi. Elle risqua un œil vers le sol, les doigts toujours crispés sur l'épée.

La chose devenait maintenant crapaud géant à la peau grise et avec des sacs sous les yeux ; il était énorme et sentait mauvais, mais ne remuait plus que faiblement. Après deux derniers soubresauts, il s'immobilisa.

Les jambes flageolantes, Alys dut s'appuyer sur l'épée pour se redresser, avant de tout lâcher et de tomber la tête dans les mains. Elle avait mal partout. Janie rampa vers elle jusqu'à se trouver de l'autre côté de la créature.

– Elle est morte ?

– Oui. Je… oui.

– Bon.

Janie déglutit avant de reprendre :

– On devrait se soutenir plus souvent, entre sœurs.

Pouffant de rire, Alys ne put s'empêcher d'exploser soudain d'une joie hystérique, aussitôt rejointe par sa cadette, et toutes deux se roulèrent par terre de chaque côté du crapaud mort, qui commençait à se désintégrer en une sorte de boue grisâtre à l'odeur fétide. Cela n'étonna en rien les deux sœurs.

Elles finirent par se calmer, reprendre leur souffle et se frotter les yeux. Alys se leva, récupéra son épée non sans mal, car elle était enfoncée dans le sol. Elle l'essuya sur la carpette.

Le rire de Janie avait fait place à des hoquets. À son tour, elle se leva, regarda autour d'elle.

– Qu'est-ce que… C'était quoi ? souffla Alys.

– Je ne sais pas trop. Pas un boujeum, en tout cas, et pas un phantasme non plus. Une sorte de métamorphe à sept incarnations. Glauque.

Alors qu'elle achevait de se remettre, elle poussa soudain un cri, se pencha pour plonger la main dans la masse de boue. Alys crut y voir un cercle d'argent aux étranges inscriptions gravées à la surface. Janie l'examina, le roulant entre ses doigts. Tout aussi subitement, elle le lâcha en agitant les mains avant de les essuyer sur son jean.

– Alys, vite ! cria-t-elle. Cours chercher Charles et Claudia. On n'a pas une minute à perdre. Et il va nous falloir d'autres choses… de la nourriture et de l'eau… et une torche. Dépêche-toi !

Son attitude venait de changer du tout au tout, les paroles se bousculaient dans sa bouche, ses yeux violets brillaient d'excitation.

– Je… Quoi ? balbutia Alys déroutée. Qu'est-ce que tu racontes ? Où vas-tu ?

– Chercher un marteau. Et un clou et de la ficelle. De la craie, blanche. Il va aussi nous falloir des couvertures… tout ce qu'on peut emporter dans un abri antiatomique. Vas-y, vite !

Abasourdie, Alys ne réagissait pas.

– On n'a pas d'abri antiatomique.

– Je n'ai pas dit ça, j'ai dit qu'il fallait faire comme si. Ne reste pas là, allez !

– Je veux savoir ce qui se passe…

– On n'a pas le temps. C'est peut-être déjà trop tard !

– Trop tard pour quoi ? Dis-moi…

– Tu fais ce que je te dis ?

– Tu me dis ce qui se passe ?

Janie la toisa d'un regard exaspéré.

– Si je te disais qu'on est à six cent cinquante kilomètres de San Francisco, qu'une rupture au niveau lumineux peut être ressentie à deux fois cette distance et que Mach trois ne constitue une limite que pour les entités corporelles, ça t'aiderait ? Ça éclairerait ta lanterne ? Alys, pour une fois dans ta vie, fais-moi confiance !

Celle-ci eut un geste de démission, mais ne s'en rua pas moins dans l'escalier tandis que Janie se précipitait vers le placard.

Elle se défoula quelque peu sur Charles, allumant d'un coup dans sa chambre, le houspillant pour le sortir du lit en lui arrachant ses couvertures.

– Debout !

– Qu'est-ce que tu fiches ? Lâche-moi !

– Lève-toi et descends immédiatement, Charles. Emporte tes couvertures et ton oreiller. Vite !

Elle le planta là, assis droit sur son lit, les yeux écarquillés.

Avec sa petite sœur, elle se montra plus douce. Claudia s'éveilla à la première caresse sur son épaule et s'assit aussitôt.

– Il y a le feu ?

– Non, mais il faut descendre tout de suite. Emporte ta couverture et tout ce qu'il te faudra pour la nuit.

Claudia ramassa sa couverture, un ours en peluche élimé, hésita, le rejeta et prit son oreiller à la place.

Alys la fit se presser dans l'escalier. Alors qu'elles arrivaient au rez-de-chaussée, Charles apparut en haut, renfrogné, torse nu sur un vieux pantalon de pyjama, les cheveux en bataille.

Quand il fut assez descendu pour apercevoir le living, il ralentit, bouche bée, en découvrant que la table avait été poussée de côté afin que Janie puisse planter un clou au beau milieu du parquet, qu'il y régnait un désordre incroyable… et puis cette masse boueuse, crapoteuse…

– Hé bé ! s'exclama-t-il avec un rien de respect. Alors là, Janie… maman va piquer sa crise !

– La ferme et rends-toi utile ! lui intima sa jumelle sur un ton digne de Morgana.

– Le matériel des tremblements de terre, Charles ! ordonna Alys en récupérant le marteau pour frapper à son tour sur le gros clou. Et prends de quoi manger dans le réfrigérateur !

– Et un truc blanc que je puisse verser. Des granules. Pas liquide.

Janie attacha un morceau de craie au bout d'une longue ficelle, dont elle accrocha l'autre bout au clou avant de l'étirer au maximum pour s'en servir comme d'un compas ; la langue entre les dents, elle entreprit alors de tracer un cercle blanc.

– Je sais ce que tu fais, dit Charles en la rejoignant. J'ai vu ça à la télévision. C'est du sel qu'il te faut.

– Je me fiche que ce soit du sel ou du talc à bébé ! Tout ce que je veux, c'est que ce soit blanc !

Elle avait fermé son cercle, qu'elle entourait maintenant de huit angles à intervalles réguliers. Charles alla chercher une boîte de sel pendant qu'Alys sortait l'oreiller de Claudia de sa taie, dont elle se servit comme d'un sac pour l'emplir de boîtes de conserves. Suivant ses instructions, la fillette se chargea de récolter des bougies et des allumettes.

– Qu'est-ce qu'il faut encore ? demanda Charles à Janie, qui répandait un mince filet de sel sur l'octogone parfait qu'elle avait tracé.

– Mettez tout le matériel à l'intérieur… et attention ! Ne brisez aucune ligne !

– Charles sait peut-être ce que tu fais, dit Alys avec toute la patience dont elle pouvait encore faire preuve, mais pas moi. Pourquoi…

– J'élève les remparts, expliqua Janie. Avec moins de surface à protéger, ils devraient être beaucoup plus denses, plus forts. Du moins en théorie. Je n'aurais pas cru devoir y faire appel à l'aide d'une baguette prodigieuse.

– Ah, le gratte-dos magique ! observa Charles.

Janie répondit sans relever la tête.

– Tu as intérêt à espérer que ça marche. Parce que tels que les remparts sont dressés, ils n'ont aucune chance de tenir contre…

– Contre quoi ?

– C'est prêt. Entrez vite, on a tout au plus une minute.

Alys ravala plusieurs questions et souleva Claudia par-dessus la ligne de craie.

– Très bien, on a tout… Non, attendez !

Elle sauta hors de l'abri, courut à l'autre bout de la pièce.

– Alys, protesta Janie, tu ne devrais pas…

– L'épée reste avec moi ! Elle en valait la peine il y a dix minutes, non ?

Charles regardait l'une après l'autre ses deux sœurs.

– Si on me donnait le choix, dit-il, entre un couteau de chasse en platine et le gratte-dos magique…

Elles joignirent leurs forces pour lui ordonner de se taire. Alys s'assit par terre en tailleur, prit Claudia sur ses genoux et déposa l'épée à côté d'elle.

Jugeant apparemment qu'elle pouvait passer à l'étape suivante, Janie lança :

– Les allumettes !

Charles lui mit une boîte dans la main.

– Mais le sel, ça ne brûle pas !

Pourtant, celui-ci brûla, au seul contact d'une allumette. Janie s'allongea, ses cheveux noirs devant ses yeux, pour enterrer l'extrémité de sa baguette dans l'une des pointes qu'elle avait tracées. De basses flammes bleues apparurent sans émettre de chaleur. Claudia tendit un doigt hésitant pour les toucher, mais Alys retint sa main. Janie respirait de plus en plus vite, son front se mouilla de sueur. Elle ferma les yeux.

La baguette commença à vibrer, au point qu'elle semblait avoir du mal à la retenir. Fenêtres et portes grincèrent, comme frappées par un coup de vent. Janie bondit en arrière, tout en gardant la baguette dans les flammes ; en même temps, elle tendait l'autre main aussi haut que possible, agitant les doigts comme pour faire signe à quelqu'un d'entrer. Charles s'écarta pour lui faire de la place : on commençait à se sentir à l'étroit dans ce cercle.

De partout, vraisemblablement de la maison elle-même, s'éleva un son, ou plutôt une sorte de pression qui semblait étouffer tous les autres bruits. Seule le dominait la voix de Janie, qui ne murmurait plus, mais criait, la tête en arrière. Alors que le sortilège allait crescendo, ses yeux se fixèrent sur un point derrière Alys et son timbre devint suraigu :

– *Ensha'am... Irridiadore...* Charles, assieds-toi ! Alys attrape-le !

En s'éloignant de Janie, son frère s'était placé au bord du cercle et s'affalait sur un bras posé à l'extérieur. Alys l'attrapa par l'épaule et tira.

À peine arrivait-il sur elle qu'une nouvelle sonorité retentit, assourdissante, oppressante. Toutes les lumières de la maison s'éteignirent et un courant d'air dressa les cheveux d'Alys vers le plafond, en étouffant son cri. Tout autour, là où le cercle de sel avait brûlé de ses petites flammes bleues, une douloureuse brillance mauve explosa vers le ciel.

Et puis ce fut le silence.

Lentement, Alys ôta les mains de ses oreilles. Un bout de couverture était tombé sur la ligne de sel quand elle avait ramené Charles. Elle la ramassa et put constater qu'il y manquait un coin, comme coupé au laser.

– Ç'aurait pu être ton bras ! cria-t-elle à Charles en lui lançant la couverture à la figure.

Lâchant sa baguette, Janie se laissa retomber dans un soupir tandis que Claudia se redressait en geignant, dégageant l'épée restée sous elle.

Ils se retrouvèrent tous assis dans un cylindre octogonal de lumière bleutée comme une flamme de gaz, quoique ça n'avait rien d'un feu ni d'eau, même si ça évoquait plutôt une cascade inversée. Car les vagues de lumière remontaient vers le plafond, qu'elles traversaient, et si vite qu'elles emportaient le regard sans permettre de rien distinguer à l'extérieur. À donner le vertige.

– Ça s'élève à quelle hauteur ? demanda Alys.

– Trente lieues, je crois, souffla Janie. Ne t'inquiète pas, la nervure d'ancrage atteint la stratosphère. Elle doit avoir coupé l'électricité sur plusieurs pâtés de maisons.

Alys tendit la main vers le courant mauve et sentit un rayon d'air froid sur ses doigts.

– On peut le toucher de ce côté-ci, indiqua Janie. Mais si quoi que ce soit essaie de l'extérieur…

Elle s'interrompit en se raidissant, essayant de voir ce qui se passait au-dehors.

– Tenez-vous prêts. Je crois qu'on va avoir droit à une démonstration en bonne et due forme.

10

Hors les remparts

Un lourd silence tomba sur toute la maison ; malgré la difficulté à distinguer ce qui se passait au-delà du cylindre mauve bleuté, Alys ne détectait aucun mouvement. Elle se rendit compte qu'elle retenait son souffle.

Et puis elle le vit. Remous liquide au bord de son champ de vision, ondulant comme une anguille. Sur ses genoux, Claudia s'agita, tendit le doigt, et Alys en aperçut un autre. Bientôt, la pièce obscure en fut remplie, qui se propageaient comme des murmures à travers une église.

L'un d'eux s'éleva en flèche, telle une mouette, contourna le cylindre à plusieurs reprises avant de disparaître à travers le plafond, apparemment peu gêné par le bois et le ciment. Il fut suivi de bien d'autres qui suivaient exactement la même trajectoire et grimpaient en spirales.

– Cette fois, constata Janie d'un air presque satisfait, ce sont des boujeums.

– Ça devrait nous dire quelque chose ? demanda Charles.

– Ce sont des esprits… comme des élémentaux, si on veut…

– Oh non ! s'exclama Alys.

Ils ne ressemblaient en rien aux élémentaux dont elle se souvenait, les gentils gardiens des marécages de Féerie. Même les compagnes sauvages d'Elwyn, les esprits des bois, avaient une apparence pour le moins humaine.

– Si on veut, reprit Janie. Les élémentaux sont naturels, nés de la terre, des eaux ou des bois. Ils se montrent plutôt bienveillants, du moins s'il n'y a pas de Quislai dans les parages pour les harceler. Ils veillent sur leur domaine et font partie de l'ordre naturel des choses. Tandis que les boujeums sont fabriqués, issus de la sorcellerie. Ceux-là restent à jamais votre propriété. Ils vous obéissent. On peut les invoquer à peu près pour n'importe quoi, mais ils proviennent de cinq éléments de base : la terre, l'air, le feu, l'eau et l'illusion. Ces bestioles-là sont des boujeums d'air.

Alys frémit, impressionnée par cette menace soyeuse.

– Je parie qu'on en verra d'autres variétés à la tombée de la nuit, ajouta Janie avec une sorte d'appétit malsain. Mais j'ignore de quoi ils sont capables.

– Tu sais d'où ils viennent ?

– Évidemment !

Elle se tut, l'attention attirée ailleurs. Alys retint son souffle en scrutant le voile de lumière bleutée. Si elle ne voyait rien, elle le sentait. De minuscules vibrations se communiquaient du sol vers sa main.

– Un autre tremblement de terre ? demanda Charles.

– Non, regarde… murmura Janie.

Les vibrations augmentaient et Alys crut entendre un bruit, comme le grondement lointain du tonnerre. Le parquet, à l'extérieur du cercle, s'élevait à plus de deux mètres, ondulait et retombait, ses planches s'écroulant sur les côtés. Une grosse limace couleur d'argile apparut au sommet, répandant des fragments de terre sur son passage. Elle entreprit de ramper vers le dôme, suivie de bien d'autres.

– Des boujeums de terre, expliqua Janie.

Dehors, le vent hurlait, d'un authentique hurlement, à moins, se dit Alys, que ce ne soit justement pas le vent. À travers la sinistre lumière bleue, elle en aperçut une rouge sinistre, qui inondait le petit jardin et s'élevait à la manière d'une flamme.

– Des boujeums de feu ? demanda-t-elle à Janie.

Celle-ci hocha la tête, à la fois surprise et fascinée ; si elle avait pu, elle aurait pris des notes.

– Le jardin doit en être rempli… et Dieu sait de quoi d'autre ! Je plains les chats errants, cette nuit.

Alys et Charles approuvèrent ; quant à Claudia, nul ne pouvait douter qu'il en soit de même pour elle. Pourtant, elle s'agrippa au bras de sa grande sœur en couinant, trop bouleversée pour articuler une phrase cohérente.

– Alys ! balbutiait-elle. Benjamin… Lapin… Benjamin Lapin… Oh, Alys, Benjamin Lapin !

En sanglotant, elle se jeta contre les genoux d'Alys.

Les autres Hodges-Bradley échangèrent des coups d'œil navrés, puis Charles, assez gêné, s'éclaircit la gorge, prêt à émettre une explication à l'adresse de Claudia, pour lui dire où allaient les gentils lapins. Mais Alys lui fit signe que non de la tête.

– On ne peut pas sortir d'ici ? demanda-t-elle à Janie.

– Ça ne va pas ?

– Pas du tout. Alors ?

– Non !

– Réfléchis, Janie. Comment me laisser sortir, alors que vous resterez là tous les trois ? Arrête de me regarder comme ça ! Il y a certainement une solution.

Janie se détourna et, quelques minutes plus tard, annonça par-dessus son épaule :

– Je pourrais prendre un point d'ancrage et ouvrir une fente dans les remparts. Théoriquement, je devrais pouvoir la tenir un peu ouverte sans que toute la structure s'écroule.

– Bravo !

Mise au pied du mur, Alys ne savait plus trop si elle devait se réjouir ou s'épouvanter qu'il existe une solution. Néanmoins déterminée, elle confia Claudia à Charles, qui la considérait d'un air incrédule, puis s'empara de l'épée.

– Alys, dit Janie, tu as toujours été autoritaire et un peu bizarre. Mais ces derniers temps… enfin, je voudrais que tu y réfléchisses un peu…

– Vas-y, accouche !

– … parce que Morgana ne sera pas folle de joie d'apprendre que j'ai bougé les remparts, outrepassé mon poste et risqué quatre vies, tout ça pour un lapin grillé ! Pardon, Claudia.

Alys essuya la lame sur sa manche. La lumière bleue s'y reflétait, donnant l'impression qu'elle la sortait de l'eau.

– Dépêche-toi, souffla-t-elle.

Le soupir de Janie laissa entendre qu'elle avait dépassé les limites de l'endurance humaine. Elle entreprit d'examiner divers points du cylindre, tous semblables aux yeux d'Alys. Finalement, elle se pencha en avant et plaça la baguette prodigieuse à la verticale du mur puis, murmurant quelques paroles, elle en tira lentement le bout, comme si elle avançait le bras d'une horloge de minuit à six heures. Derrière, apparut un espace ouvert dans le rideau mauve – un demi-cercle.

– Encore une chose, dit-elle entre ses dents alors qu'Alys mettait un pied hors du cercle. Cette fente n'est pas stable. Je peux la tenir ouverte environ un quart d'heure, ensuite elle se refermera pour de bon. Je n'ai pas le pouvoir de recommencer. Alors tu es là dans douze minutes, même si le lapin doit finir en brochette, compris ?

– Compris.

En tremblant un peu, Alys franchit l'ouverture.

Le jardin semblait métamorphosé. Non pas à cause de cet étrange éclairage, rouge, orange et doré, qui semblait provenir d'un millier de bougies ; les ombres familières avaient été masquées, recouvertes, distendues. Un grand monticule s'élevait devant elle, roche dénudée jaillie de l'herbe, un robinet cassé pendant incongrûment sur un côté. Des glaçons orange avaient coulé sur les bords du toit de la véranda, scintillant sur son passage. Des anguilles soyeuses en couvraient les meubles.

Les limaces couleur d'argile lui ouvrirent un chemin à mesure qu'elle approchait. L'une d'elles ne bougea pas assez vite, et elle la poussa avec son épée ; la bestiole s'écarta en sifflant. Quand elle se retourna, Alys vit que toutes la suivaient. Au-dessus de la lumière orange, l'étage de la maison apparaissait en silhouette contre le ciel nuageux. Elle ne sut s'il fallait se réjouir que le cylindre mauve présente la consistance d'une fine brume au-dessus du toit. Ainsi, personne n'irait songer à un ovni.

Derrière le monticule s'ouvrait un bassin noir, juste entre elle et le clapier. Sous ses pieds nus, l'eau parut glacée et elle eut l'impression de marcher sur des galets. Elle arrivait à mi-chemin quand elle vit des bulles, une sorte de traînée d'électrons dans une chambre d'ionisation qui venait droit sur elle. L'épée entra aussitôt en action et capta une lueur argentée qui creusa l'eau dans une magnifique courbe, avant de retomber sur la lame. Pas besoin de Janie pour comprendre de quoi il s'agissait.

Air, terre, feu et eau. Elle les avait tous vus maintenant. Des limaces s'accrochaient au clapier, des glaçons en peuplaient le toit et des soyeuses se faufilaient dessus. Ils semblaient tous la guetter, même si aucun n'avait d'yeux... pour autant qu'elle puisse le dire.

Alys les chassa l'un après l'autre, de la pointe de l'épée. C'était presque trop facile. Elle ouvrit la porte de la cage et y vit Benjamin, raide de terreur, mais apparemment toujours en vie.

Comme elle tendait la main, il voulut lui échapper tout en la fixant de ses yeux rouges ; alors, sans faire de sentiment, elle l'attrapa par la peau du cou : il se débattit un instant, mais se calma vite quand elle le fourra contre son bras libre et prit le chemin du retour.

Presque trop facile... bien que les limaces la suivent toujours, presque sur ses talons ; elles s'arrêtèrent quand elle leur montra l'épée. Non sans un certain sentiment de victoire, Alys dépassa le monticule et apercevait déjà la fente dans le cylindre quand elle entendit le sifflement.

– Sssssssssss…

Léger et sec comme une feuille morte traînée par le vent sur le trottoir. Pourtant, elle le reconnut. Choquée, elle se retourna.

Les Serpents à Plumes étaient des créatures d'une puissance et d'une majesté étonnante, énormes, cuirassées, quasi invincibles. Mais pas les bébés. Or, celui-ci ne devait pas avoir dépassé les cinq siècles : il était encore bleu et corail, et non pas rouge vif et noir, et à peine plus grand que son bras. Elle se souvenait de la première fois où elle l'avait vu, mourant de chaleur dans une cage en or, près de la cheminée à laquelle Cadal Forge l'avait accroché. Après quoi, il avait à peine trouvé la force de lui parler. À présent, niché au cœur d'un buisson en pot, ses six paires d'ailes au repos et non soigneusement repliées sur son dos, il semblait en posséder à peine davantage.

– Sssssssssss…

Les yeux de perle noire la contemplèrent d'un air suppliant.

Après une courte hésitation, Alys s'en approcha. Comment pouvait-il se trouver là ? Son serpent, resté enfermé de l'autre côté du Passage lorsque Morgana avait brisé les miroirs…

Cependant, le Passage s'était rouvert, ne serait-ce qu'une seconde. Or, ce serpent la révérait.

Les yeux noirs brillèrent tristement dans la lumière rouge.

– Sssssssssss…

Alys ne put s'empêcher de le caresser.

11

Assiégés

– Ça m'inquiète, dit Charles à Janie. Tu comprends ce que je veux dire ? Pas juste là. Mais tout ce qui vient de se passer… Quelquefois, elle ne ressemble même plus à Alys. Tu vois ce que je veux dire ?

– Tout ce que je sais, c'est qu'il lui reste cinq minutes et demie, répondit Janie, les yeux fixés sur la vieille horloge dans l'angle de la pièce.

Une minute passa. Puis deux.

– Elle n'y arrivera pas, dit Charles en se levant. Bon, d'accord…

– Tu comptes te battre ? explosa Janie. Comment ? Avec du jiu-jitsu ? Du taekwondo ? Avec la Force ?

Elle avait presque hurlé ces derniers mots. Charles alla chercher la boîte de sel, puis adressa un signe de la main à Janie sans qu'elle sache s'il s'agissait d'un au revoir ou d'une menace. Il traversa la fente.

– Trois minutes ! cria Janie en sortant la tête derrière lui. Trois minutes, et j'espère que vous allez tous les deux finir en fricassée !

Si ça n'avait pas été Janie, Charles aurait juré qu'elle était au bord des larmes.

Agenouillée devant le pot, Alys regardait le serpent qui s'était enroulé autour de ses deux poignets. Sauf que ça n'était pas le serpent, mais un appendice solide comme un câble d'acier sous une peau de velours, issu de la créature qui avait décidé d'apparaître un instant sous la forme de ce pot de fleur.

Idiote, idiote ! se disait Alys.

Air, terre, feu et eau : elle avait juste oublié l'illusion.

La chose qui avait emprisonné ses poignets n'avait pas tenté de la blesser ; elle voulait seulement la retenir. Mais, maintenant, les autres approchaient de toutes parts.

Alys écarta d'un coup de pied la limace la plus proche, sentit une mousseline lui effleurer l'épaule et s'agita violemment, plus gênée par les anguilles soyeuses que par toutes les autres. Elle se dit que plus de dix minutes avaient déjà dû s'écouler.

Elle sentit une autre caresse dans son dos et une sur ses bras, suivies de picotements d'aiguilles à peine douloureux. Elle s'était juré de ne pas crier. À ce moment, des mains rugueuses lui frottèrent les épaules et la nuque, et elle entendit le bruit d'une étoffe qui se déchire.

– Reste tranquille ! cria Charles. Je les fais partir.

– Prends l'épée, répondit-elle. Tu peux me libérer avec la lame ?

Il s'exécuta en frémissant, mais le premier coup, léger, ne fit que secouer le câble bleu et corail.

– Pas comme ça ! Tu vas me couper les mains ! C'est vivant, ce truc ! Frappe juste au milieu, en plein dans le pot !

Charles pointa l'épée et l'enfonça de toutes ses forces dans la terre sous la plante, ou dans ce qui ressemblait à de la terre sous une plante. Le câble-serpent sauta des poignets d'Alys, lui laissant une belle brûlure, et disparut sous la terre.

La jeune fille posa ses paumes sur les mains de Charles, froides et humides, l'aida à relever la lame, puis se retourna. Entre eux et la porte, se tenait une armée de limaces couleur d'argile, et d'anguilles qui flottaient dans l'air comme un nuage de fumée.

– Elles n'aiment pas le sel… les limaces, s'écria Charles. Allez !

Alys commençait à imaginer un plan de fuite, se disant qu'elle allait confier le lapin à son frère et partir devant, l'épée à la main ; mais, quand toute une phalange d'anguilles arriva, elle saisit le lapin par la peau du cou et détala vers la maison, suivie de Charles qui brandissait l'épée en criant :

– Cours, Bambi, cours.

L'ouverture dans le cylindre ne ressemblait déjà plus à un demi-cercle, mais à un triangle évoquant une part de pizza et qui rétrécissait à vue d'œil. Alys reçut les pieds de Charles dans la figure alors qu'il plongeait en avant, puis des mains saisirent Benjamin avant de l'aider à rentrer.

– Tire ! Tire ! cria-t-elle.

Ses hanches restaient coincées. Dans un ultime sursaut, elle parvint à se dégager et tomba tête la première sur le parquet, atterrissant sur Charles.

Elle se releva tant bien que mal, remettant à plus tard les douleurs du choc. La baguette prodigieuse parcourut les derniers centimètres jusqu'à minuit, refermant les remparts derrière elle.

Charles restait allongé sur le dos, les yeux clos.

– On est morts ?

Le torse nu, il aurait eu l'air d'un ancien Breton si la boue qui le maculait avait été grise et non ocre ; ses cheveux s'étalaient tout droit autour de sa tête et l'empreinte d'Elwyn brillait légèrement sur son front.

Comme Alys s'agenouillait devant lui, il ouvrit un œil, se rétracta en vitesse.

– Défense de m'embrasser !

– Bon, d'accord.

Elle jeta un regard vers Janie, effondrée dans une masse de mèches noires, puis vers Claudia, qui la dévisageait avec la même expression que Benjamin lorsqu'elle avait ouvert le clapier.

– Charles… reprit-elle.

– Allez, dit-il en s'asseyant enfin, tu le lui donnes, son lapin ?

Charles et Claudia endormis, Janie et Alys explorèrent à nouveau le scintillant rideau bleu, parlant à voix basse ; il semblait y avoir une accalmie à l'extérieur et le calme enveloppait la maison.

– Je crois qu'il est temps, dit Alys, de me dire exactement ce qui se passe.

– J'aurais cru que ça allait de soi, chuchota Janie. On est assiégés, on subit une attaque occulte. De la part de Thia Pendriel, j'imagine.

– Élémentaire, mon cher Watson ! J'avais compris toute seule. Mais pourquoi ?

– Parce que l'espèce de crapaud que tu as tué, ce métamorphe aux sept incarnations, lui appartenait. C'était son familier.

– Comme la renarde ?

– Dans un sens, grimaça Janie. Certains sorciers ne gardent pas d'animaux familiers auprès d'eux comme Morgana. Quand ils en ont besoin, ils en choisissent un à portée de main et s'en servent. Et quand ils n'en ont plus besoin… (Elle haussa les épaules, ouvrit les mains d'un air entendu.) Je suppose qu'elle a pris un animal ordinaire et l'a métamorphosé dans le seul but de nous atteindre. Malgré tout, ça a dû lui prendre beaucoup de temps et un lien a dû se créer entre eux. Quand il est mort, elle a dû le sentir. Et je parie qu'elle était furieuse ! Je me suis dit que sa première réaction serait de nous envoyer une armée des pires boujeums qu'elle connaisse pour nous donner une leçon.

– Mais pourquoi ? insista Alys. Pourquoi envoyer un familier nous embêter ? On ne représente rien pour elle. Sauf si, juste par rancune…

Janie partit d'un rire las.

– Même pas ! Alys, elle est intelligente ! Elle sait tout de nous, elle sait comment nous connaissons Morgana. Et si elle nous met vraiment en danger…

Alys sentit son cœur se serrer.

– Elle voulait juste distraire Morgana de son objectif.

– Exactement !

– Donc, on n'a plus qu'à s'accrocher autant qu'on peut, le temps que Morgana finisse son travail là-bas.

– Oui. L'ennui, c'est que je ne sais pas combien de temps elle tiendra. Les boujeums ordinaires n'ont qu'une vie très courte. Thia Pendriel possède non seulement une Crosse d'Argent, mais aussi une Gemme de

Pouvoir, et j'ai peur que ces créatures restent chez nous jusqu'à Beltane.

Alys posa la tête sur ses genoux. Ils avaient de la nourriture et de l'eau pour une semaine s'il le fallait. Sans parler des installations sanitaires.

– Janie, qu'est-ce que c'est, au fait, ces Gemmes de Pouvoir ?

– Normalement, tu ne devrais même pas savoir que ça existe. Alors tu ne dis rien à personne, d'accord ?

– À qui veux-tu que je le dise ? On ne me croirait pas.

– C'est vrai. Bon, les Gemmes de Pouvoir sont appelées *bas imdril*, les Gemmes Oubliées, parce qu'on les a longtemps crues perdues. Au début, elles étaient douze, mais la plupart ont disparu depuis des siècles. Le Conseil en détient trois à Weerien, mais n'y touche jamais.

– Mais qu'est-ce que c'est ?

Janie poussa un soupir puis prit une attitude de prof :

– Autrefois régnait l'Âge d'Or à Findahl, tu sais ? À cette époque, vivait le plus grand sorcier que Féerie ait jamais connu…

– Darion…

– … Beldar, oui. On le surnommait Darion le Fauconnier, le Tisseur de nuit, créateur de la Crosse Noire. C'est lui qui l'avait fabriquée, et elle était plus puissante que toutes les autres crosses réunies. Alors, tu sais quoi ? Il est devenu roi.

« Comme c'était un brave type, ça a bien marché. Féerie était très différent d'aujourd'hui, préservé, un monde neuf, quoi ! Et les sorciers apprenaient tout juste à utiliser la magie. Les conseillers étaient bons, Darion était bon… Tout le monde chantait, s'instruisait, travaillait. Tout le monde était heureux. Du moins à ce qu'on dit.

« Mais ça ne devait pas durer éternellement. Darion a vécu très longtemps, jusqu'au jour où il a compris qu'il allait mourir. Là, il s'est rendu compte qu'il ne pouvait pas transmettre la Crosse Noire, car elle était trop puissante. Tous ceux qui l'auraient détenue s'y seraient corrompus.

« Alors, il l'a détruite. Nul ne sait comment. Mais il en est resté ces douze Gemmes de Pouvoir, dont chacune contenait un douzième du pouvoir de la Crosse d'origine. C'est là que le Conseil des Douze est devenu le Conseil Souverain.

« Pourtant, même ces Gemmes étaient trop fortes, à moins qu'il ne se soit passé quelque chose pendant que Darion détruisait la Crosse. Beaucoup de gens estiment qu'elles ont été transformées ou altérées à ce moment-là, ce qui expliquerait les événements étranges survenus par la suite. Parce qu'il en est arrivé des choses étranges, aux conseillers qui les détenaient ! Trois d'entre eux sont devenus fous, se sont rebellés et ont voulu s'emparer des autres pierres. Bien sûr, les autres conseillers, restés fidèles, ont résisté.

« Alors, il y a eu la guerre. La Guerre de Mille Ans. Beaucoup de créatures magiques y ont trouvé la mort. Parce que tout le monde peut participer à une guerre occulte. On a longtemps cru que les rebelles allaient gagner, mais quand ils ont été vaincus, il ne restait aucun conseiller de la première génération et leurs Gemmes avaient été perdues. Mais, au moins, la paix régnait.

« Les nouveaux conseillers… ils n'étaient désormais plus que neuf… ont essayé de rebâtir leur monde. Mais ils n'y sont jamais vraiment parvenus. D'abord parce qu'ils n'avaient que des Crosses et que les trois Gemmes qu'il leur restait, celles des rebelles, étaient enfermées sous la garde des Serpents à Plumes. Plus personne n'avait le droit d'y toucher. Ensuite, parce que les Zones Chaotiques avaient déjà commencé à exploser. Soudain, il en apparaissait un peu partout, et tous ceux qui se faisaient surprendre à l'intérieur de l'une d'elles mouraient ou devenaient fou. Les créatures magiques ont dû abandonner presque toutes leurs anciennes villes, et le peu de savoir et d'art qui leur est resté fut détruit au Temps du Chaos.

– Les Zones Chaotiques... murmura Alys.

Elle n'avait pas oublié la désolation du paysage lorsque la marée du Chaos s'était quelque peu retirée dans l'une d'elles. Elle était passée d'un marécage vert et grouillant de vie à un désert de boue grisâtre. De même, lorsque la magie sauvage avait reparu, tout était redevenu possible. Le Chaos n'obéissait à aucune loi. Derrière ses frontières, impossible de dire ce qui pouvait se passer.

– C'est à ce problème que les sorciers se heurtent depuis lors, continua Janie. Parce que, chaque année, naissent de nouvelles Zones Chaotiques et qu'elles se développent. Tout le monde s'inquiète, mais jusqu'ici personne n'a trouvé la solution.

– Cadal Forge en avait une, pourtant, rappela sèchement Alys.

– Oui, s'emparer de notre monde... Dans un sens, on peut le comprendre. Pour les sorciers, nous ne sommes que des animaux. On a encore de la chance que le Conseil nous prenne pour des animaux sauvages et ne veuille rien avoir à faire avec nous. C'est pour ça que Morgana est en sécurité ici, même si Thia Pendriel rouvre le Passage. Parce que, malgré la colère du Conseil contre Morgana pour les troubles qu'elle a pu causer autrefois, ils ne viendront jamais la chercher dans ce monde-ci. Ce sont leurs lois et ils s'y tiennent : séparation à jamais des humains et des créatures magiques.

– Qu'est-ce qui se passera si Morgana retourne dans Féerie ?

– Elle n'est pas folle.

Alys se mordillait pensivement la lèvre.

– Pourquoi Thia Pendriel la déteste à ce point ?

– Tu écoutes les potins, toi... reprocha Janie. Non, c'est sans doute parce que Thia Pendriel est une conseillère et que le Conseil s'en est beaucoup pris à Morgana, depuis cinq siècles. Bon, et puis c'est aussi une sale Maîtresse de la Guilde d'Argent, qui n'en a rien à fiche de tout ça. Elle voulait la Crosse d'Or quand elle était apprentie, mais c'est Morgana qui l'a gagnée. Thia était issue d'une des plus grandes maisons de Findahl et elle savait qu'elle était la meilleure. Elle ignorait pourtant l'existence de Morgana, elle-même mi-humaine mi-Quislai. Depuis, Thia Pendriel n'a cessé de progresser dans la politique, alors que ce qu'elle désire vraiment ne lui reviendra jamais.

– Tiens, se rappela soudain Alys, tu crois qu'elle était sérieuse quand elle prétendait vouloir livrer un combat singulier contre Morgana pour gagner honnêtement la crosse ?

– Qui sait ce qui lui passe par la tête ? Enfin, oui, je crois qu'elle disait vrai, sur le moment... Elle voulait écarter tous les plans pourris qu'elle avait pu mettre au point. En tout cas, il y a peut-être autre chose derrière sa rivalité avec Morgana. Je ne connais pas tous les détails, mais la renarde a laissé échapper une fois qu'il y avait eu tricherie dans la Compétition, quand Morgana a gagné l'Or.

– Quel genre de tricherie ? Qu'est-ce que tu veux dire ?

– Je te répète que je ne connais pas tous les détails. Je ne sais même pas qui est censé avoir triché, et encore moins s'il faut croire la renarde là-dessus. Elle-même n'a pas toujours été sincère avec nous.

Alys l'ignorait et se sentit toute bête.

– Peu importe, marmonna-t-elle en revenant sur un terrain qu'elle connaissait mieux. On sait que Thia Pendriel a mis la main sur une des Gemmes de Pouvoir perdues et qu'elle veut nous faire du mal ou même nous tuer pour obliger Morgana à la lâcher... ce que Morgana ne sait peut-être pas. Alors, où ça nous mène ?

– Dans une bouteille de soda mauve, rétorqua Janie. Écoute, tout ce que je sais, c'est que Morgana pensait que ça s'achèverait pour Beltane, c'est-à-dire dimanche. Dès lors nous pourrions sans doute envisager d'appareiller avec une bonne chance de réussite.

– Tu ne peux pas parler comme tout le monde ?

Janie se frotta les tempes.

– Tu ne te rends pas compte comme c'est parfois difficile de s'exprimer comme tout le monde. Je voulais dire qu'on pourra peut-être sortir à ce moment-là.

– Ah bon ! Tu devrais dormir un peu.

Janie protesta pour la forme, mais, comme elle peinait à garder les yeux ouverts, Alys gagna facilement. Quand sa sœur se fut blottie parmi les autres, elle resta seule, à regarder à travers les remparts. Elle n'avait pas sommeil du tout. Elle voulait réfléchir.

Janie lui avait tout expliqué – et rien du tout. En regardant la lumière brillant sur le living dévasté, Alys établit la liste des questions qui la tourmentaient.

D'abord, bien sûr : que fabriquait Thia Pendriel ? Il suffirait de le savoir pour que le reste aille de soi. Mais Janie, qui avait toutes les chances de mieux savoir que les autres, refusait d'émettre des hypothèses. Et puis, il y avait ces tremblements de terre qui secouaient le Passage. L'œuvre de Thia Pendriel ? Sinon, de qui ?

En outre, Morgana avait dit que quelque chose avait franchi le Passage. Ni le lynx, ni les mains noires, ni le crapaud, toutes manifestations d'animaux ordinaires métamorphosés. Ce n'étaient pas non plus les boujeums, fabriqués à partir d'éléments terrestres. Alors ? Était-ce une chose qu'ils n'avaient pas encore vue ?

Ensuite, l'arc-en-ciel. Le cœur d'Alys se serra. La beauté de ce phénomène anormal la troublait plus qu'elle n'osait se l'avouer.

Charles remua dans son sommeil et s'allongea sur le dos, tandis que Janie s'était pelotonnée à côté de lui ; quant à Claudia, elle avait pris le lapin avec elle. Alys les regardait un peu comme des inconnus dont elle évaluerait la force et l'endurance.

Elle ramassa l'épée.

Charles s'étira de nouveau, se gratta le bras, et elle se sentit encore plus dévorée d'inquiétude. Elle l'observa un certain temps, jusqu'à ce qu'il se calme et ne bouge plus. Alys restait assise, à contempler la cascade de lumière mauve dans la nuit qui s'achevait.

12

Voyage vers le Nord

Les trois plus jeunes Hodges-Bradley s'éveillèrent tendus et de mauvaise humeur. Alys aussi était tendue, mais un peu plus optimiste.

– Janie, je voudrais que tu regardes derrière les remparts. Vérifie, mais je n'en ai plus vu un seul depuis une heure, depuis que le jour est levé. Tu as une explication ?

– Facile, dit Charles avec un infâme sourire. Ils sont retournés dormir en Transylvanie.

– Tais-toi ! s'exclama Janie.

Elle observa l'extérieur une bonne demi-heure avant de reconnaître qu'il n'y avait plus un boujeum en vue. Après quoi, elle posa la tête sur ses poings crispés, puis la releva.

– Charles a raison, dit-elle avec un sourire encore plus mauvais. Non, Alys, arrête ! Je parle sérieusement. Il n'existe qu'une solution possible : ce sont des oiseaux de nuit. Ils devaient tenir à peu près tout leur pouvoir de la lune. Et ils ont dû rentrer... recharger les accus.

Ce n'est pas drôle. Dès que la nuit retombera, ils reviendront.

– En attendant, on est libres.

– Non, Alys. Je pourrais sans doute désarmer tout l'octogone de remparts pour qu'on puisse sortir. Mais je ne pourrai pas le remettre. Je ne suis qu'une apprentie, pas une Maîtresse de la Guilde !

– Bon... soupira Alys. Qu'est-ce qu'on peut faire ?

– On a quatre possibilités. Une : rester ici, à l'abri des remparts, en espérant décourager les boujeums. Deux : abattre les remparts et partir dans les collines, vers San Diego par exemple. Tante Eleanore pourrait nous loger, il y a des chances pour que les boujeums aient du mal à nous y retrouver. Trois : je pourrais forcer les remparts à s'écrouler.

– Je croyais que tu l'avais déjà fait.

– Pas complètement, non. L'octogone emboîté est un état intermédiaire. Mais en cas d'urgence, il est possible de les faire tomber sur nous... à fleur de peau, si vous voulez. On en serait assommés et on resterait là jusqu'à ce que quelqu'un vienne nous tirer de là, mais on serait complètement à l'abri. On ne verrait même plus le temps passer.

– Très bien, dit Alys, et le numéro quatre ?

– Quatre... Alors, en quatre, on pourrait alerter Morgana.

Cette solution parut fort bien convenir à Charles et à Claudia, mais Alys, imperturbable, jeta un coup d'œil sur le bracelet de cuivre au poignet de Janie.

– Et elle viendrait ? Morgana ? Elle laisserait Thia Pendriel s'en tirer comme ça juste pour nous aider ?

Janie répondit d'un ton tout aussi inexpressif :

– Elle viendrait.

Silence. Charles se gratta l'omoplate en contemplant, plein d'espoir, le jour qui passait par la porte-fenêtre. Claudia étreignait son lapin en se balançant sur place. Janie regardait Alys, qui contemplait l'épée aux éblouissants reflets de lumière. Ils lui rappelaient quelque peu ceux de la crosse de Morgana, à cette différence qu'ils étaient bleu mauve et non dorés. Et cela suscitait en elle d'obscurs souvenirs qui ne voulaient pas remonter à la surface.

Elle ne se rendit compte qu'elle retenait son souffle qu'en se remettant à respirer. Elle reprit l'épée et sa paume vibra de chaleur.

– Bon, dit-elle, j'ai une idée.

Soulevant la lame, elle croisa deux paires d'yeux bleus confiants et une paire d'yeux violets méfiants.

– Je veux partir vers le nord, aider Morgana.

Ils mirent tous un certain temps à digérer la nouvelle.

– C'est complètement tordu, ton truc, dit Janie sans s'émouvoir. Tu as une araignée au plafond.

– Oui. N'empêche…

Charles semblait tout à coup parfaitement réveillé ; il échangea un regard avec Janie.

– Morgana, commença-t-il comme s'il parlait à une malade mentale aux réactions imprévisibles, Morgana n'a pas besoin d'aide, Alys. C'est nous qui en avons besoin. Et certains d'entre nous plus que d'autres, ajouta-t-il à voix basse.

– Je sais, reconnut Alys. Ça n'a pas l'air de tenir debout… Pourtant, j'ai l'impression qu'elle a besoin de nous. Dans mes rêves…

Elle s'interrompit, leva de nouveau l'épée.

Charles et Janie échangèrent un autre regard, comme s'ils essayaient de se repasser le bébé. Ce fut finalement Janie qui prit la parole :

– Qu'est-ce que tu proposes, au juste ? Tu ne sauras même pas où chercher Morgana.

– Non, mais toi si, n'est-ce pas ? Bien sûr, quand on l'aura trouvée, elle pourra nous envoyer promener. Mais ce sera mieux que d'attendre ici que ces saletés reviennent, et c'est mieux aussi que de s'enfuir et de se cacher. J'en ai assez. Je veux me battre.

– Je vois, marmonna Janie, les yeux fendus. Le lâche meurt mille fois, le héros une seule fois, et tout le baratin…

Alys s'empourpra, mais haussa les épaules. Elle ne renoncerait pas à son emprise sur l'épée.

– C'est bon, maître, lança soudain Janie. Quand est-ce qu'on commence ?

– Quoi ? dit Charles.

Claudia quitta un instant son lapin des yeux pour regarder Alys d'un air sévère.

– Et moi, je serai où pendant que vous vous battrez ?

– Avec nous, rétorqua Alys d'un ton neutre. Tu sais parler aux animaux, on a besoin de toi.

La fillette hocha une fois la tête. Charles n'en croyait pas ses oreilles.

– Holà, vous deux ! Je croyais que tu avais davantage les pieds sur terre, Claudia. Janie cherche juste la possibilité d'exercer un peu plus sa magie, parce qu'elle est douée. Elle se fiche de ce qui pourrait nous arriver, du moment qu'elle pourra en faire un compte-rendu. Et Alys perd la boule. Mais toi !

– Tu n'es pas obligé de venir, laissa tomber Alys.

– Alors là, tu te trompes ! répliqua-t-il amèrement. Ce bon vieux Charles ne vous lâchera pas.

Il se leva et, comme il n'avait nulle part où aller, leur tourna le dos. Janie vint le rejoindre. Les deux jumeaux avaient beau très peu se ressembler, ils avaient la même taille, la même silhouette, si bien que, quand il se retourna, leurs regards furent exactement à l'équerre.

– On a besoin de toi, dit-elle. Et pas juste à titre d'accompagnateur.

Il hocha la tête, à contrecœur. Pour une fois, chez ces jumeaux, les rôles s'inversaient : c'était lui qui s'emportait et elle qui faisait preuve d'une effrayante maturité.

– Il y a un petit problème, dit-elle en se rasseyant. Alys, tu dis que je pourrais localiser Morgana. Et c'est vrai… tant que je vole des choses auxquelles je ne devrais même pas avoir accès et possède un familier qui me permet de faire le point. Pour le vol, c'est du tout-venant. Mais pour l'animal, c'est autre chose.

Ostensiblement, elle regarda partout en évitant soigneusement son pouce bandé.

– La renarde… commença Charles.

Il s'arrêta net comme Alys lui faisait non de la tête, jeta un coup d'œil navré vers Claudia, le menton sur son lapin et, soudain, esquissa un début de sourire. Sa petite sœur fronça les sourcils d'un air interrogateur. Alys, qui les observait tous les deux, sentit à son tour le coin de sa bouche se détendre.

Janie leur jeta un regard noir.

– Ah non ! Sûrement pas !

Charles pouffa de rire. Alys se mordit les lèvres.

– Jamais ! reprit Janie. Vous ne comprenez pas. J'en deviendrais responsable pour la vie. Je ne veux pas, pas question !

Claudia finit par comprendre et son sourire s'épanouit.

– Il est très intelligent.

– C'est un lapin ! protesta Janie. Je ne m'en remettrais pas.

– On ne fait pas d'omelette sans casser des œufs, énonça sereinement Alys. Plus on est fier, plus dure est la chute.

– Je vous parie qu'il n'en est même pas capable. Les lapins ont peur de tout…

Claudia se hérissa mais, comme prise d'un doute, jeta quand même un regard sur Benjamin, se pencha pour lui murmurer quelque chose à l'oreille. Puis elle se redressa.

– Il va s'en charger, assura-t-elle. Il a peur, mais il va le faire.

– C'est bien, dit Charles à Benjamin. Sois un démon.

– Toi, je te revaudrai ça ! marmonna Janie à son frère.

Les remparts étaient abaissés. Au-dehors, les nuages commençaient à se disperser, mais il faisait encore gris et froid alors que Janie pédalait énergiquement en revenant du manoir de Morgana, son sac à dos rempli d'instruments magiques.

Alys, Charles et Claudia avaient préparé une sorte de panier à pique-nique composé de la plupart des provisions pour tremblement de terre et de toutes les barres de céréales qu'ils dénichèrent. Charles trouva que la maison paraissait encore pire à la lumière du jour. Ils ne purent faire grand-chose pour rétablir l'ordre ou minimiser les dégâts. Quand Janie les rejoignit, ils avaient rassemblé leur matériel et s'apprêtaient à le charger dans la voiture.

– Oh non ! s'exclama Alys en portant une main à son front.

Elle avait complètement oublié : il lui faudrait conduire la vieille Dodge familiale dont tout le monde se moquait, y compris ses camarades de lycée. Ses parents possédaient deux autres voitures : une Jaguar, toujours au garage dans l'attente de quelque obscure pièce détachée, et un break, actuellement au parking de l'aéroport. Son père avait acheté la Dodge parce qu'elle était bon marché, énorme et peu sensible aux rayures qu'un jeune conducteur pourrait lui infliger. Un seul problème : Alys osait à peine la conduire, car elle semblait changer de vitesse à son gré, et ses freins restaient terriblement longs à la détente… quand ils voulaient bien fonctionner. Son père assurait que la Dodge était en très bon état, mais Alys avait bien remarqué que lui non plus ne la conduisait pas.

La porte du garage s'ouvrit pour la révéler dans toute sa splendeur : rose flamand et vert pomme. Alys en eut le cœur chaviré. Chaque fois qu'elle en prenait le volant, c'était comme si elle livrait un combat singulier.

Cette fois encore, la voiture se révéla d'une humeur des plus fantasques. Le moteur refusa d'abord de se mettre en route ; devant son insistance, il démarra enfin, mais se noya aussitôt. Alys voulut lever le frein à main, mais il se bloqua, finit par céder, avant que le volant s'y mette à son tour. Après quelques minutes de bagarre et d'imprécations, il voulut bien fonctionner de nouveau ; alors les témoins du réservoir à essence et de l'alternateur commencèrent à clignoter. Finalement, au carrefour de Center Street et de Taft Avenue, la Dodge s'arrêta et tout s'éteignit.

– J'en ai marre ! cria Alys en sortant pour ouvrir le capot. C'est du pur suicide de rouler dans un truc pareil !

Avec Charles, ils avaient choisi une classe d'atelier mécanique, mais s'étaient vite rendu compte que le moteur de la Dodge ne ressemblait en rien à ce qu'on leur enseignait. Elle était beaucoup trop vieille.

– Ce qu'il nous faudrait, dit-il d'un ton pénétré, c'est du son pour la nourrir.

– Ou plutôt un exorciste, maugréa Alys.

Toutes leurs tentatives se révélèrent inutiles. L'après-midi avançait et les nuages laissèrent la place à un joyeux soleil. Par-dessus l'odeur de ciment humide, montèrent celles de métal chaud et de caoutchouc brûlé.

– On peut vous aider ?

Derrière le volant, Alys aperçut Bliss Bascomb accompagnée de son frère aîné, Brent. En cabriolet rouge. Une BMW.

Brent était bien le frère de Bliss : même sourire en coin, mêmes cheveux fins et blonds, même bronzage à l'année. Charles leva la tête de sous le capot, le visage maculé de graisse noire. À l'arrière se tenait Claudia, avec le lapin, et Janie, siège passager, l'expression impénétrable, les mains serrées sur ses genoux.

– Panne d'essence ou de croquettes ? ricana Brent.

Alys le contempla d'un air profondément dégoûté, Janie s'empourpra, mais ne réagit pas.

– Ne vous inquiétez pas, ajouta-t-il en coupant son propre moteur.

Il s'approcha d'Alys, se pencha :

– Je vais voir ce que je peux faire. Hé ! Qu'est-ce que c'est, ça ? L'épée en plastique du petit frère ?

Il décocha un sourire complice à Charles, qui le contemplait, bouche bée. Alys jeta un regard à Janie, revint sur la BMW toute neuve, puis se figea.

– Vas-y ! lança-t-elle à Janie.

Celle-ci ouvrit les mains, les referma brusquement, baissa les paupières et s'adossa au siège, un sourire béat aux lèvres. Puis elle se redressa.

– Viens par ici, Brent, murmura-t-elle les yeux dilatés. Je voudrais te faire sentir quelque chose.

– Je croyais que ça ne te gênait pas de voler des trucs, dit Charles.

– C'est plus sympa comme ça, assura Janie en fermant la porte passager de la Dodge sur sa petite camarade. Ça fait plutôt échange. Tu comprends, hein, Bliss ?

– Oh oui ! s'écria celle-ci avec ardeur.

Elle comprenait très bien. Après avoir respiré de la poudre de Feuille du Monde, son frère et elle en savaient beaucoup plus sur Féerie qu'aucun autre mortel sur la planète – à l'exception des quatre congénères qui venaient de tout leur raconter. La Feuille du Monde avait effectivement pour vertu de faire saisir la vérité dans sa forme la plus pure, débarrassant l'esprit de tous ses nuages d'idées reçues. Or, la vérité voulait que les Hodges-Bradley aient besoin de leur cabriolet plus que les Bascomb. Nul n'aurait pu raisonnablement le nier.

– La Dodge peut représenter un reçu, à défaut d'un paiement, souligna Janie.

– Ils comprennent maintenant, souligna Charles. Mais qu'est-ce qui va se passer quand les effets s'atténueront et qu'ils se rappelleront tout, sauf les raisons pour lesquelles ils ont fait ça ? Ils vont dire à leurs parents qu'on leur a fait respirer de l'herbe.

– Ils trouveront de bonnes raisons, rétorqua Janie, comme la police l'année dernière pour ne pas nous arrêter. Ils combleront leurs trous de mémoire avec des explications plausibles.

– Ce qui m'inquiète, dit Alys, c'est qu'il ne nous reste presque plus de Feuilles du Monde. Je ne t'avais pas dit d'utiliser ça.

– Tu aurais préféré que je prononce une formule magique pour les transformer en lémuriens ? cria sa sœur, furieuse. Abracadabra !

En même temps, elle mimait des sorts jetés aux Bascomb.

– Ça va… soupira Alys en la poussant vers la BMW.

En fait, cela faisait du bien de retrouver cette bonne vieille Janie et son sale caractère. Bliss et Brent leur adressèrent de vagues signes d'adieu tandis qu'ils démarraient.

13

La Chasse Sauvage

L'après-midi se révéla idéal pour faire de la route. Les cheveux blonds d'Alys volaient dans le vent, tandis que les mèches noires de Janie s'emmêlaient de plus en plus. Derrière elle, Charles en avait le visage régulièrement balayé malgré ses sourires à tous ceux qu'ils croisaient sur l'autoroute. Le seul que ça n'amusait pas était Benjamin : il regardait autour de lui en tremblant, son petit nez rose tout frémissant. Claudia le caressait, lui parlait à l'oreille, mais cela ne semblait pas beaucoup le rassurer.

– Où ça, au nord ? cria Alys à Janie par-dessus le vent qui hurlait comme un aspirateur.

– Plein nord, pour le moment, répondit celle-ci en recevant sa carte en pleine figure. Tu restes sur l'autoroute 5 jusqu'à Los Angeles, ensuite on avisera.

Ils avisèrent effectivement, au déjeuner, à coups de manipulations sur le flageolant Benjamin. Finalement, ils sortirent une glace de maquillage ronde et biseautée, que Janie posa à plat sur ses genoux. Elle ne faisait pas partie des miroirs magiques de Morgana, tous brisés l'année précédente au solstice d'hiver. Ce n'était qu'une bonne surface réflective pour un cercle de vision.

– Il dit qu'il sent quelque chose, mais qu'il n'est pas sûr, indiqua Claudia après s'être entretenue avec le lapin. Il est inquiet. Et… enfin, il n'est pas aussi malin que je l'aurais cru. Il y a plein de choses qu'il ne sait pas dire.

– On aurait aussi bien pu faire appel à un poulet, marmonna Janie. Mais il ne sent pas que quelque chose peut se passer vers l'ouest ? C'est ce que je perçois. Loin d'ici, à cent vingt, cent vingt-cinq kilomètres, du côté de Santa Barbara. Je sens un point chaud, j'en suis sûre.

Son souffle embruma la surface déjà obscurcie du miroir, où une tache verte et mouvante s'agitait au milieu d'une toile d'araignée nacrée sur un fond cuivré.

– Oui, dit Claudia avec raideur. Il dit que ça sent la magie.

– Mais la magie de qui ? demanda Alys. J'avais l'impression que Morgana montait beaucoup plus au nord que ça. On peut jurer qu'il s'agit bien d'elle ?

– Pas avec ça, soupira Janie. C'est beaucoup trop loin pour obtenir une position précise. Même plus près, je ne pourrais sans doute pas la déterminer sans savoir d'abord de qui il s'agit. Le cercle n'est pas destiné à l'espionnage, mais à la communication entre amis.

– Thia Pendriel nous a montré des photos d'Alys et de Charles dans la fontaine derrière Fell Andred, fit remarquer Claudia.

– Oui, et Thia Pendriel a étudié toute sa vie comment ramener des scènes distantes en pleine lumière.

Autrement dit, elle est très douée ; pas seulement en cercles de vision, mais en sphères et tout ce qui tourne autour de la photographie. Je me demande… Figurez-vous que je suis à peu près sûre d'y arriver.

– À quoi ?

– À utiliser la sphère de vision. Je n'ai encore jamais fait ça, mais je connais la théorie.

Soudain fébrile, elle fouilla dans son sac à dos.

– Tu as apporté ça ? s'exclama Alys en sursautant comme devant un serpent à sonnette. Mais pourquoi ?

La dernière fois qu'elle avait vu cet entrelacs de fils de cuivre, il supportait une sphère verte où brillait un visage… L'image lui en traversa l'esprit à la vitesse de l'éclair.

– C'est dangereux, ce truc, acheva-t-elle sans trop savoir pourquoi.

– C'est puissant, rétorqua Janie. Mais je crois que je saurai m'en servir. Bien sûr, si ce point chaud est en fait Thia Pendriel plutôt que Morgana, elle pourrait nous repérer dans sa sphère. Mais ça vaut la peine de courir le risque.

Je ne trouve pas ! Alors qu'on peut remonter vers l'ouest par l'autoroute 101 jusqu'à Santa Barbara. Ensuite, on verra. Si le point chaud est Morgana, il devrait exister un moyen de communiquer avec elle plus facilement. Et si c'est Thia Pendriel, on peut disparaître avant qu'elle s'aperçoive qu'on est dans les parages.

– Mais ça nous fera gagner du temps, s'impatienta Janie. Si je m'en sers et que je m'aperçois que ce n'est pas Morgana, il serait dangereux…

– … alors on aura peut-être dit un truc dangereux, juste où on se trouve.

Alys savait ce que sa crainte de la sphère de vision pouvait avoir d'irrationnel, mais elle s'en moquait. Elle détestait cet objet.

– Je ne vais pas nous sacrifier tous les quatre, ajouta-t-elle, juste pour satisfaire des esprits curieux. On n'est pas en train de mener une expérience.

– Mais…

– Non !

Charles et Claudia se jetèrent un regard résigné et prirent un autre sandwich. Ils avaient l'habitude d'assister à d'interminables débats pendant les repas. Cependant, Janie, au lieu de répliquer, plongea de nouveau la main dans son sac à dos pour en sortir un petit globe lumineux au centre duquel flottait une lueur verte. Elle se leva, plaça l'entrelacs de fils sur une pierre.

– Janie, range ça !

Elle déposa la sphère sur les fils au-dessus desquels elle flotta comme un œuf dans l'eau bouillante, sans les toucher.

– Janie, je ne plaisante pas. Arrête !

Elle fit comme si de rien n'était, commençant par caresser la fourrure de Benjamin avant que Claudia ne puisse le lui arracher, ce qui fit se dresser ses poils. De l'autre main, Janie saisit la baguette prodigieuse, qu'elle orienta vers les fils de cuivre.

– Tu l'auras voulu ! cria Alys.

Elle attrapa sa sœur par son anorak, mais celle-ci se libéra sans difficulté et tendit la main pour apaiser l'entrelacs. Alys lui prit alors le bras pour la faire virevolter et la frappa en plein estomac.

Le souffle coupé, Janie retomba assise par terre et resta immobile, les yeux écarquillés.

Charles et Claudia semblaient tout aussi stupéfaits. Jamais ils n'avaient vu Alys frapper qui que ce soit.

– Bon, dit celle-ci en s'éclaircissant la voix. Debout tout le monde, on a de la route à faire.

Janie restait assise, inexpressive, les mains serrées autour de la baguette ; sur le moment, Alys frémit, d'autant qu'à présent sa sœur soutenait son regard. Mais bientôt elle se détourna, rassembla son matériel. En silence, les autres se dirigèrent vers la voiture. Charles lui ouvrit la portière arrière puis s'installa à côté d'elle. Claudia, qui réclamait depuis un moment la place avant, s'assit en serrant le lapin contre sa poitrine. Elle ne regarda pas une fois sa sœur aînée, aucun d'eux ne la regarda.

Mal à l'aise, le cœur lourd, Alys prit le volant et partit vers l'ouest. L'épée, qu'elle avait placée en travers du siège avant, heurtait doucement son genou.

Alys n'avait jamais expérimenté l'impression d'avoir les trois autres contre elle. Tout en surveillant la route d'un œil morne et en conduisant presque machinalement, elle se disait que Janie devait l'avoir éprouvée à maintes reprises et se demandait comment elle avait pu le supporter.

L'autoroute côtière vers Santa Barbara devait offrir un paysage magnifique, mais un brouillard intense flottait entre les collines, que seuls les rayons du soleil couchant parvenaient à traverser, créant un étrange halo d'un diamètre énorme.

Finalement, Alys s'engagea sur une étroite route latérale qui présentait une bonne vue sur les villes de Goleta et de Santa Barbara, en contrebas. Elle était déjà venue ici une fois, pour y rendre visite à un cousin à l'université de Californie. Cela lui semblait différent, maintenant, deux points isolés dans une mer de brume. Elle prit une profonde inspiration.

– Janie… Peux-tu faire quelque chose avec ton miroir, pour nous donner une orientation ? Quelque chose que même Thia Pendriel, si c'est elle, ne pourrait repérer ?

Un moment s'écoula avant que Janie réponde d'une voix froide, qu'on ne lui avait jamais entendue :

– Je peux essayer. C'est ce que tu veux ?

Bien sûr… mais Alys voulait que sa sœur donne son avis, explique, suggère des idées, au lieu de prendre ses ordres comme un soldat de deuxième classe. Cependant, elle ne fit que hocher la tête.

Elle entendit s'ouvrir une fermeture à glissière, tinter du verre. Claudia se pencha par-dessus son siège pour faire participer le lapin.

– Ne lui tire pas les oreilles, murmura-t-elle, il n'aime pas ça.

Restée assise, Alys regardait le soleil, aussi rouge que la crosse de Cadal Forge, et son halo qui formait autour comme des anneaux dignes de ceux de Saturne.

– La nuit va tomber, constata Janie derrière elle. Je ne suis pas sûre du tout de ce que je capte. Ce n'est pas qu'un simple point, c'est une masse diffuse de pouvoirs occultes répandus à travers tout le campus.

– Morgana pourrait en faire partie ?

– C'est possible, répondit Janie d'un ton mortellement calme.

– Alors on va vérifier.

Sans attendre l'avis des autres, Alys redémarra.

En arrivant au campus, elle avait mal à la tête. Elle paya l'entrée d'une route privée qui serpentait entre les collines et s'achevait sur un lac. Sur sa droite, de faibles lumières éclairaient les fenêtres d'une barre de bâtiments peu élevés. Sur sa gauche, c'était l'océan.

– Alors, où est-ce ? demanda-t-elle d'un ton qu'elle savait agressif.

Elle se sentait agressive.

– Tu te trouves en plein milieu, dit Janie. Il y a des points chauds tout autour de toi. Dont un très gros à trois heures.

Trois heures : au beau milieu des bâtiments bas. Alys se retourna vers le siège arrière.

– Je vais aller jeter un coup d'œil. Restez ici.

– Pas question, dit Charles. Je m'insurge.

– Tais-toi ! lui dit Janie.

– Quoi ?

– Il faut bien que quelqu'un s'en charge, abruti ! gronda-t-elle. Et ce ne sera pas toi, alors autant que ce soit elle. Tu ne fais que compliquer les choses.

Charles sauta par-dessus sa portière d'un mouvement souple.

– Vous êtes faites l'une pour l'autre, lança-t-il. Et moi, je rentre en stop !

Claudia resta figée à sa place, en caressant le lapin.

– Arrête ! cria Alys. C'est bon, je vais le chercher.

– Et qu'est-ce qu'on fait en t'attendant ? s'enquit Janie d'une voix terrifiante.

– Restez là.

Elles se mesurèrent un instant du regard, puis Janie recula, l'air de se soumettre. Claudia suivit du regard sa sœur aînée qui filait vers les bâtiments au bord du lac, puis se retourna vers Janie, au bord des larmes.

– Je veux rentrer à la maison ! brailla-t-elle en ouvrant sa portière pour se lancer en trébuchant derrière Alys.

Janie poussa un juron avant de lui emboîter le pas.

Charles avait atteint le premier bâtiment dans un brouillard qui flottait au-dessus du lac tel un souffle de dragon et traçait des ombres fantastiques autour de chaque immeuble. Il dut ordonner à ses pieds de s'arrêter avant de s'immobiliser. Que fabriquait-il là ? Bien sûr, Alys était toujours odieusement autoritaire. Comme Janie, qui faisait sans arrêt des trucs impossibles au moment où on s'y attendait le moins. Tout ça l'exaspérait, mais de la à en perdre la tête…

Et voilà qu'il se retrouvait perdu au milieu du brouillard et des arbres, presque dans les bois. Il retourna sur ses pas avec une terrible impression de déjà-vu. La dernière fois qu'il s'était trouvé seul dans une forêt brumeuse au crépuscule…

Une silhouette jaillit devant lui et il faillit crier. C'était bien une fille enragée, mais pas du genre cornu avec des yeux blancs comme la lune. C'était Alys.

Il récupéra en une seconde toute son agressivité.

– Vas-y ! Tu veux me frapper, moi aussi ? Profites-en, fais de ton mieux.

Il se plia en deux.

– Ça ne va pas ? s'écria-t-elle en le saisissant par le coude pour mieux le secouer.

Il fit mine de lui envoyer un coup de poing qu'elle esquiva sans mal de l'avant-bras.

– Arrête, bon sang ! Ou je te tape pour de bon ! Tu es dingue ?

Il essaya de se dégager.

– Lâche-moi, ou tu vas voir à quel point je suis dingue !

Ils se battirent brièvement, sans aller trop loin. Charles libéra une de ses mains et s'apprêtait à vérifier s'il savait vraiment à quoi correspondait un crochet du droit, quand quelque chose fila au-dessus de sa tête.

Tous deux gémirent et se figèrent. La chose atterrit devant eux et se tourna vivement : un cerf, un dix pointes, comme il n'en avait encore jamais vu. Un homme le chevauchait. Il y avait d'autres animaux autour d'eux, dans la brume, certains ressemblant plus ou moins à des chevaux, d'autre non, tous montés par des cavaliers caparaçonnés de vert argenté, presque la couleur des jeunes feuilles de bouleau. À leurs pieds se couchaient des chiens de chasse qui ne demandaient qu'à repartir.

Un son étranglé derrière eux leur annonça la présence de Janie et de Claudia, cramponnées l'une à l'autre, exactement comme lui tout à l'heure avec Alys.

Le cavalier au cerf fit un léger mouvement de la tête et d'innombrables animaux surgirent de toutes parts, entourant les deux filles qui traînaient, réunissant les quatre frère et sœurs. L'homme présentait un visage blême et beau, assez inexpressif sous ses cheveux blancs, et ses yeux reflétaient une lumière d'argent. Dans le lointain résonna un cor de chasse, non pas deux ou trois notes alignées, mais une authentique mélodie, la plus jolie et la plus glaçante que les jeunes humains aient entendue. Elle éveilla en eux l'instinct primal de la fuite.

– Arrêtez ! glapit Janie en retenant Charles par le bras. Quoi que tu fasses, par pitié, ne cours pas. C'est la Chasse Sauvage.

Non sans peine, Charles lâcha le pull d'Alys, qu'il tenait à pleine main.

– Qu'est-ce qu'on fait, alors ?

– On marche, dit Janie en se reprenant à grand-peine. On ne les regarde pas… on s'en va… tout doucement.

– Je passe la première, souffla fermement Alys.

– Non ! Vas-y, Charles. Pas de discussion.

En fait, il ne cherchait pas vraiment à savoir pourquoi ; il s'engagea dans le chemin en traînant les pieds, sans regarder les étincelantes silhouettes autour d'eux, ses sœurs serrées l'une contre l'autre derrière lui. Les chevaux, ou ce qui servait de montures, bronchaient et trépignaient à leur passage, et les chiens montraient les crocs, mais tous le laissèrent passer. Il sentait peser sur lui ces regards pâles, cette impatience à le voir prendre ses jambes à son cou.

Le front ruisselant de sueur, ils atteignirent l'abri des arbres. Au loin montait l'écho des cris et des hurlements, mais aussi des appels qui n'avaient rien d'humain. À proximité de la route, Charles vit danser ce qu'il prit d'abord pour des nuées de taches lumineuses dues à un début d'étourdissement.

Il cligna des paupières, mais les taches persistèrent, moucherons vert pâle voletant sous un lampadaire au pied duquel se tenait une silhouette mince vêtue de blanc, qui parlait à un homme assis par terre.

Charles marcha dans leur direction en se demandant si les cavaliers fantômes allaient le laisser traverser la chaussée. Néanmoins, il put arriver à hauteur du couple, l'homme assis, avec ses lunettes et son expression médusée, et la jeune fille… Elwyn.

Elle portait un tee-shirt trop grand qui lui arrivait presque aux genoux, mais rien d'autre, si ce n'était ce petit bracelet autour de la cheville. Ses cheveux flottaient dans son dos en une masse d'un éclat inimaginable et ses yeux bleus brillaient comme des pierres précieuses sur son visage délicat. Charles en resta coi.

– Et nous dansons aussi sous les étoiles, disait Elwyn d'un ton candide sans prêter attention aux nouveaux arrivants. Dans un rond de sorcières, à minuit, sous la lune.

L'homme, qui évoquait irrésistiblement un professeur d'histoire ancienne, hocha lentement la tête, comme s'il trouvait cela normal.

– Bien sûr, nous nous débarrassons alors de tous nos vêtements, et nous courons parmi les feux dans les bois. Veux-tu que je te montre comment nous procédons ?

Et l'homme de répondre, avec une infinie mélancolie :

– Non.

Il jeta un regard navré aux quatre jeunes mortels derrière Elwyn, puis ôta ses lunettes et se mit en devoir de les nettoyer, s'éclaircissant la voix comme s'il ne parvenait toujours pas à croire ce qui lui arrivait.

Alys, qui n'avait jamais aimé Elwyn aux Cheveux d'Argent, secoua violement son frère par l'épaule.

– Dis quelque chose !

Charles tourna vers elle un regard sans expression ; celui-ci revint vers le moustachu, qui lui souriait comme à un petit frère, pour s'arrêter enfin sur Elwyn. À son tour, Charles s'éclaircit la voix.

– Euh… Salut !

La fille aux cheveux de lune le dévisagea, tandis que l'homme se relevait après avoir chaussé ses lunettes.

– Au revoir, ma chère, dit-il. Merci de m'avoir montré ces danses. Je n'oublierai pas. Je… je vis avec ma mère, voyez-vous.

Il recula comme les Hodges-Bradley étaient arrivés, clignant encore des yeux, sans paraître voir les cavaliers qui l'entouraient.

– Moi aussi, marmonna Charles. Et alors ?

Alys lui envoya un coup de coude. Quant à Elwyn, elle ne semblait plus s'intéresser à son interlocuteur ; elle écrasa un moucheron vert d'un geste absent et se détourna, faisant tinter son bracelet de cheville.

Derrière eux, s'éleva la voix du cavalier au cerf :

– Est-ce que l'on peut attaquer, ô maîtresse ?

– Non ! souffla Janie à Charles.

En même temps, Elwyn se retournait :

– Oui, dit-elle, l'air indifférent.

Dans un sifflement, un objet atterrit aux pieds de Charles, qui reconnut une lance des plus ornementales, mais bien solide et pointue. Bouche bée, il fit volte-face vers le cavalier aux cheveux blancs. Mouvement qui parut immobiliser ce dernier.

– Celui-ci porte une Empreinte, commenta-t-il.

À peu près du même ton que sa mère quand elle constatait qu'un melon commençait à pourrir.

Elwyn continuait de chasser les moucherons qui l'entouraient avec dévotion, mais Charles n'eut pas besoin des rappels à l'ordre de ses sœurs pour comprendre. Il s'approcha d'elle, jusqu'à ce que deux lances l'arrêtent en se croisant devant lui alors qu'il écartait nerveusement ses cheveux de son front.

– Elwyn ! Regardez ! C'est moi ! Vous vous rappelez ?

Visiblement, ce n'était pas le cas. Elle le considéra d'un air absent, tandis qu'une des montures piaffait impatiemment.

– Allez, il faut vous rappeler ! Vous m'avez embrassé, là. Vous voyez ?

Elle secouait la tête, amusée mais pas convaincue. Soudain, elle se pencha pour y regarder de plus près, tendit un doigt effilé, éclata de rire.

– Je me rappelle. C'est toi, le Charles !

– Exactement, dit-il en se tournant vers les cavaliers pour être bien entendu de tous. C'est moi, le Charles.

Un à un, les hommes récupérèrent leurs lances, et le cavalier aux cheveux blancs vint poser un genou à terre devant Charles avant de reprendre sa monture. Il partit aussitôt au galop, suivi de ses hommes ; ils sautèrent la barrière comme s'il s'agissait d'un simple obstacle et ils ne furent bientôt plus qu'un point au bout du chemin. Charles s'ébroua avec soulagement.

– Tu vois... commenta Janie elle-même un peu émue. Je vous l'avais dit, des bêtes aériennes, terrestres et aquatiques, quelques esprits et des élémentaux...

– Je me souviens de vous tous, s'écria Elwyn, enchantée. Toi, dit-elle à Alys, tu m'as blessée à la tête.

– Vous lui avez déjà pardonné, rappela Charles.

À présent que l'anxiété l'avait quitté, il s'agaçait de devoir toujours répéter les mêmes choses à Elwyn.

– Vous vous souvenez ?

– Oh oui, dit-elle vaguement déroutée. Et, avec toi, j'ai dansé au clair de lune et nous avons compté les étoiles à l'aube.

– Non, dit Charles. On a juste dit qu'on le ferait. Enfin, vous l'avez dit... Mais on ne l'a pas fait.

– Vraiment ?

– Non !

Il était au bord de l'explosion, et si les vies de ses sœurs n'avaient pas été en jeu…

– Dans ce cas, nous devons vite le faire ! lança gaiement Elwyn.

Elle se mit à siffler comme un merle, mais ce fut un magnifique élan qui arriva, à l'encolure fourrée comme celle d'un lion. D'un mouvement fluide, elle l'enfourcha et, tendant le bras, hissa sans effort Charles devant elle. Sans un regard pour les trois filles qui regardaient bouche bée, elle disparut dans la nuit.

14

Lieu sauvage

– J'avais tort, dit Janie d'une voix détachée, en comptant trois points magiques dans ce monde. Je me rappelais Morgana et Thia Pendriel, mais j'avais oublié Elwyn.

– Et ces… créatures ? demanda Alys. C'est ça que Morgana a senti traverser le Passage ?

– C'est la Chasse Sauvage, des élémentaux des bois. Ils s'amusaient un peu.

– Et Charles ? gémit Claudia. Qu'est-ce qu'on va faire ?

– Rien, répondit calmement Janie. Il n'y a rien à faire. Il participe à la Chasse Sauvage avec une Quislai. Même le Conseil Weerul ne pourrait empêcher ça. Les conseillers ont aussi peur d'eux que n'importe qui.

– Mais Elwyn ne va pas lui faire de mal ?

– Non.

Néanmoins, ses sœurs savaient que si Elwyn ne risquait pas de le blesser volontairement, elle pouvait très bien l'abandonner en pleine course, le lâcher dans quelque endroit périlleux ou même le conduire étourdiment dans une Zone Chaotique si elle en trouvait. Alys ferma les yeux et se détourna en essayant de garder son calme.

– On retourne à la voiture, annonça-t-elle d'une voix blanche.

Les échos de la chasse s'éloignaient, mêlés de clameurs et de bruits de verre brisé.

– Qu'est-ce qu'ils font des gens qui veulent leur échapper ? ne put s'empêcher de demander Alys.

Un muscle se crispa sur la mâchoire de Janie.

– Ils les pourchassent jusqu'à l'épuisement. Les récits ne disent pas ce qu'ils font s'ils les rattrapent. Je sais seulement que les sorciers se mettent vite à l'abri quand ils entendent le *Fava-se-rá*... les premières mesures de l'appel à la chasse.

Elle donna à ces étranges syllabes une intonation encore plus étrange, très saccadée et dissonante, tout en élevant le ton. Alys en eut froid dans le dos. Ces quatre notes agissaient quelque part dans son cerveau, là où elle avait peur des lézards géants et courait se réfugier sur un arbre ou se cacher dans un trou.

– Janie... Morgana ne les a jamais accompagnés, n'est-ce pas ?

– Ce n'est pas le moment, là...

C'était une autre façon de répondre à la question d'Alys. Elles montèrent dans la voiture et partirent.

Mais elles roulaient maintenant à l'aveuglette. Le cercle de vision restait obstinément vide, à part ces ombres rougeoyantes que Janie appelait bruits de fond. Ce fut elle qui reprit la parole :

– Alys, c'est fini. On n'a plus aucune piste. Morgana a parlé du Nord, mais ça pourrait dire n'importe où d'ici à l'Alaska. Une aiguille dans une botte de foin. On a fait ce qu'on a pu.

– Non, rétorqua sèchement Alys.

– Attends, considère les faits...

Serrant les dents, le cœur lourd, la gorge sèche, Alys savait que Janie avait raison. À la première bretelle, elle fit demi-tour et reprit le chemin de la maison. Elle aurait du mal à rester éveillée jusque-là, aussi elle abaissa la vitre et alluma la radio.

« ... à vingt-trois heures vingt-huit, une secousse de force quatre et demi sur l'échelle de Richter, annonçait le journaliste. Il n'y aurait pas de blessés, mais le courant a été coupé sur toute la partie nord de la baie de San Francisco, et des milliers de foyers seront privés d'électricité jusqu'au matin... »

Alys éteignit. Ils en avaient assez entendu pour le restant de leurs jours. Claudia frissonna.

– Si c'est Thia Pendriel qui provoque ces tremblements de terre, j'espère que Morgana l'en empêchera.

– Janie ! s'exclama Alys.

– Oui... Où est situé l'épicentre ?

Alys ralluma fébrilement la radio.

« ... centrée à Point Reyes, mais ressentie jusqu'à San José. Nous referons le point à minuit... »

– Trouve-moi ça ! cria Alys en lançant la carte vers Janie.

Elle-même fila vers la bretelle suivante pour repartir vers le nord. Janie ouvrit vivement la carte, donna un petit coup de poing à Claudia.

– Aristote ! Albert Einstein ! Tu es un génie !

La fillette semblait sur le point de sauter de la voiture.

– Qu'est-ce qui se passe ? gémit-elle. Je ne comprends pas ! Où on va ?

– Là où doit se trouver Thia Pendriel si c'est elle qui provoque ces tremblements de terre. Là où doit être Morgana si elle l'y a suivie. À Point Reyes, petite sotte. À Point Reyes !

Passé le premier instant d'enthousiasme, Alys sentit encore sa mâchoire se crisper, ses yeux s'embuer.

– Laisse-moi conduire un peu, dit sa sœur.

– Ça va, Janie.

La voiture heurta des ralentisseurs latéraux, Alys corrigea sa direction, mais seulement pour se retrouver dans le gravier du bas-côté. Elle freina, s'arrêta.

– Oui, je vois comme ça va, railla Janie. Alors tu sors et tu me laisses le volant. J'y arriverai très bien.

Elle n'avait même pas encore pris une leçon de conduite, cependant Alys ne se fit pas davantage prier pour aller s'affaler à l'arrière. Après tout, si ça devait leur valoir une amende, elle pourrait toujours transformer les agents de police en lémuriens. Abracadabra.

Dans les bois sombres et majestueux, Morgana effleura tout à tour chaque nervure d'ancrage de ses remparts, tout en observant le ciel nocturne. Elle n'entendait pas le *Fava-se-rá*, mais une prémonition lui hérissait la peau. Elle n'avait pas dormi la nuit précédente, ce qui ne l'empêchait pas de se sentir tout à fait éveillée, alerte.

Sa veille s'achevait presque. Thia Pendriel, sa perpétuelle rivale, Maîtresse de la Guilde qui ne pouvait se contenter de la Crosse d'Argent la plus puissante de Féerie, avait échoué. Dès le lendemain, elle serait dans les fers ou en exil – et Morgana l'emporterait. Même armée d'une Gemme, la conseillère ne saurait la vaincre.

Car les remparts étaient imprenables. Enceinte, fosse, le contrôle du détournement des forces : tout cela avait toujours été la spécialité de Morgana. Et le sol sur lequel elle se tenait vibrait de la puissance dont elle l'avait imprégné. *Lieu sauvage ! Lieu sacré et d'envoûtement / Comme jamais sous la lune en déclin ne fut hanté / Par femme lamentant pour son divin amant !* se récita-t-elle intérieurement en souvenir de Keats.

Rien ne pouvait entrer de l'extérieur.

À cet instant, les horloges de San Francisco sonnèrent minuit, et elle sentit sa peau se hérisser de nouveau. Elle se redressa, tous les sens en alerte, mais trop tard. L'explosion retentit derrière elle. Les remparts s'effondrèrent sur elle d'un seul coup, l'enveloppant d'une invisible armure, l'assommant sans lui laisser le temps de pousser un cri. Elle n'était pas blessée, mais son esprit sombra dans l'inconscience.

Les dernières années du règne d'Arthur furent douloureuses. Merlin, malgré ses pouvoirs et ses intrigues, fut peu à peu supplanté dans le cœur du roi par la personne à laquelle il se serait le moins attendu : Guenièvre, cette princesse timide et modeste qu'il lui avait choisie pour épouse. Elle était également douce et d'une totale loyauté : ces qualités avaient échappé à Merlin, mais avaient capturé le cœur d'Arthur, d'autant que l'enchanteur se montrait de plus en plus fantasque et imprévisible.

Morgane croyait que, s'il voulait s'en donner la peine, il n'aurait aucun mal à retrouver la foi d'Arthur ;

au lieu de quoi, il se contentait d'attirer son attention par ses gestes inconsidérés. Au début, cela fonctionna mais, à longue, Merlin dut recourir aux pires extrémités pour obtenir le même résultat. Dès lors, ce qui avait été un moyen devint une fin en soi. Il ne jouait plus ses tours pour attirer l'attention d'Arthur, mais parce que ça l'amusait.

Inquiète, Morgane envoya une de ses apprenties pour l'espionner. Viviane, à l'esprit d'acier, aux cheveux de cuivre, était la meilleure. Cependant, Merlin avait peut-être perdu la tête, mais pas son charme. La jeune fille tomba amoureuse de lui et les rapports qu'elle envoyait à Morgane ne lui étaient d'aucune utilité.

Par-dessus tout, Morgane se doutait – non, savait – que Merlin utilisait secrètement la Gemme dont les effets, paranoïa, folie, semblaient criants ; et ceux-ci se virent aussi dans la cour d'Arthur – à moins que tout n'ait été l'effet que de la nature humaine. Peu importait, l'effet restait le même. Le rêve d'Arthur s'écroulait.

Lentement au début, les anciennes luttes de territoire reprirent, les vieilles rivalités refirent surface, et de nouvelles apparurent. Les rumeurs que Merlin avait propagées sur l'amour de Lancelot pour Guenièvre s'étaient répandues comme un poison à travers la cour. Les chevaliers de la Table Ronde se divisèrent, prirent les armes les uns contre les autres. Seul Arthur tentait encore de les aimer tous et de leur faire confiance, refusant de voir ce qui pointait à l'horizon.

Ce fut Morgane qui lui ouvrit les yeux. Elle n'avait pas le choix. Malgré les rapports incomplets de Viviane, elle avait compris que Merlin s'était lassé des petites intrigues et des harcèlements sans conséquence.

Il avait déjà réussi à détourner Lancelot du camp d'Arthur, maintenant il en faisait des ennemis. Il alla jusqu'à prêter une aide secrète à l'armée que levait Lancelot.

En le disant au roi, Morgane remplissait une des tâches les plus difficiles de sa vie. Il était alors seul, Guenièvre ayant été renvoyée au Pays de Galles pour sa propre sécurité ; Lancelot attendait sur sa frontière pour attaquer.

– Je suis désolée, conclut Morgane.

Dans sa demeure, elle avait vu ses yeux bleus briller d'assurance, de conviction et de détermination. À présent, l'assurance avait disparu ; mais, à l'étonnement de Morgane, subsistaient conviction et détermination. Arthur n'abdiquait pas. Dès lors, elle comprit ce qui lui restait à faire avec Merlin.

Que le Conseil et les lois des conseillers se fondent dans le Chaos ! Leurs méthodes étaient trop lentes et elle craignait qu'il ne soit déjà trop tard. Elle convoqua Viviane et ouvrit un portail.

Le lieu qu'elle choisit pour Merlin semblait plongé dans le crépuscule, même à midi. Viviane l'avait attiré loin des champs cultivés d'Angleterre, loin des joyeuses festivités du Premier Mai. Morgane s'assit et s'absorba dans la splendide tranquillité des alentours en attendant le retour de la jeune fille.

– C'est fait, annonça Viviane.

Elle surgissait de l'ombre des grands arbres, tel un esprit des bois, la tête haute, son regard vert absent. Morgana s'apprêtait à lui répondre, mais la jeune fille passa devant elle sans un regard.

Morgane alla chercher Merlin.

Au sol, devant l'arbre, gisait la Crosse Blanche de Viviane, brisée en deux. Brisée, Morgane le savait, de sa propre main. À côté, parmi les feuilles mortes, elle trouva la Crosse d'Or de Merlin et l'épée qu'il avait volée à Arthur.

Des profondeurs du creux où il était retenu, gelé, déjà presque paralysé, Merlin lui sourit.

– Quelle magnifique plaisanterie ! souffla-t-il. Combien j'aurais aimé la trouver le premier !

Ramassant sa Crosse d'Or, Morgane la déposa près de lui. L'épaisse écorce brune avait déjà atteint la ceinture de l'enchanteur et s'attaquait à son torse. Un rinceau épineux de mûrier entoura la crosse, la fixant à lui.

– Il était aussi très malin de faire appel à Viviane. Vous avez dû bien vous amuser, toutes les deux.

– Viviane est partie, annonça Morgane, impassible. Bien que le Passage vers Weerien ne soit qu'à quelques lieues d'ici, je ne crois pas qu'elle s'y rende. Je pense que je ne la reverrai jamais.

Merlin baissa les yeux. Sa respiration, habituellement rapide et légère, devenait lourde. Morgane reprit l'épée. Miroir du Ciel scintilla dans le perpétuel crépuscule.

– Tout ceci, la réprimanda doucement Merlin, alors que tu n'avais qu'à la demander gentiment.

– C'est pourtant ce que j'ai fait. Tu ne t'en souviens pas ?

– Ah, si, tu l'as fait…

Morgane déposa la lame sur le sol et vit aussitôt l'écorce l'attaquer, une écorce épaisse de près d'un pied. Une véritable armure, pour lui comme pour la lame.

– Je n'ai jamais désiré la Gemme, Merlin, pas pour moi-même. Et je préfèrerais enfermer que détruire. Tu le sais.

– Morgane la Miséricordieuse… Mais as-tu songé que je préfèrerais être détruit plutôt qu'enfermé ?

Le buisson de ronces grimpait aussi sur sa poitrine ; à ses pieds, poussaient déjà des iris sauvages et de l'oseille. Morgane y jeta un regard sans rien dire.

En relevant la tête, elle eut la surprise de voir qu'il riait.

– Chez moi, on décore les arbres. Ici, ce sont les arbres qui me décorent. Je suis un arbre de mai.

La gorge serrée, Morgane s'adossa au tronc.

– Merlin, oh, Merlin… Si je te délivre…

– Je continuerai de me conduire exactement comme je l'ai toujours fait… Tu le sais, n'est-ce pas, Morgane ? Tu ne pourras jamais me libérer.

L'écorce lui bloquait presque les épaules, à présent. Il leva la tête pour mieux respirer, les yeux clos.

– Non, Merlin, je ne peux pas.

– Mais… pourrais-tu rester un peu avec moi ?

Il paraissait soudain très jeune, presque effarouché.

– Autant que tu voudras.

Les branches de chèvrefeuille lui balayaient presque le menton.

– Voilà longtemps que je suis fatigué, sans doute vaut-il mieux que je prenne du repos.

– Oui, Merlin.

Son beau visage livide se détachait sur le fond brun rougeâtre, ses longs cils reposant sur ses joues. Au sol, crosse et épée avaient été absorbées par le bois. Dans le silence qui s'ensuivit, les trompettes rouges des fleurs de groseillier caressaient ses cheveux argentés. Soudain, il rouvrit les yeux.

– Morgane…

Il avait parlé d'une voix douce et ses yeux ne riaient plus. Un instant, elle crut revoir l'homme aperçu dans la chambre d'Ygraine, l'entendre à nouveau s'étonner :

– Lui faire du mal ? À lui, Arthur de Bretagne ?

À bout de souffle, il avait la tête comme couronnée de guirlandes d'églantines et de fleurs de sureau.

– Tu vas… le sauver, n'est-ce pas ? Arthur ?

– Merlin, je…

– Promets-moi. Tu dois l'aider. L'armée…

– Je sais, Merlin. Lancelot…

– Pas Lancelot. L'autre…

– Quel autre ? Merlin, qu'as-tu fait ?

– L'autre… qu'il faut attaquer à la tombée de la nuit…

Ici, c'était le matin mais, en Angleterre, à l'autre bout du monde, le crépuscule tombait.

– Comment as-tu pu, Merlin ? explosa-t-elle. Comment as-tu pu faire ça ? Pourquoi ?

Il ne semblait plus l'entendre, mais revivre des moments qui remontaient loin dans le passé.

– Un si grand roi… si important… élever l'enfant… garder l'enfant…

Elle dut se pencher pour capter son murmure, qui se perdit dans le silence. Le mur vivant s'élevait désormais entre eux, couvert de fleurs printanières. Morgane se retrouvait seule.

Elle eut beau ouvrir portail après portail, dans un déploiement insensé de puissance, elle arriva trop tard. Le temps qu'elle arrive en Angleterre, Arthur se mourait.

Les chevaliers qui le veillaient sur le champ de bataille s'effacèrent sur son passage, la suivant de leurs regards effrayés. Elle s'agenouilla devant lui.

– Est-ce… fait ? demanda-t-il dans un effort suprême.

Les larmes qu'elle avait ravalées devant Merlin coulaient maintenant sur ses joues.

– Oui, Sire. C'est fait.

– Il n'a pas… souffert ?

– Non.

D'un signe de tête, il indiqua qu'il était satisfait et, d'un geste faible, désigna un éclat d'argent sur le sol.

– Votre cadeau… ma Dame. Je n'aurai désormais plus besoin d'une épée…

Alors qu'elle s'en emparait, il referma les yeux en murmurant :

– Guenièvre…

Il n'en dit pas davantage, mais elle avait compris.

– Sire, je la protégerai. Je veillerai sur elle sa vie durant.

Arthur sourit.

Par la suite, il serait dit que la Dame du Lac et deux autres belles jeunes filles vêtues de noir vinrent dans une barge chercher le corps du roi Arthur pour l'emmener vers Avalon par la mer. C'était faux. Morgane avait promis de veiller sur les vivants. Elle tint cette promesse du mieux qu'elle put.

Dans le cabriolet rouge qui filait vers le nord, Alys s'étira en gémissant, sa tête roulant sur le côté. Janie, qui conduisait, ne se retourna pas pour voir ce qui se passait. Elle garda les yeux fixés sur la route, sauf quand elle jeta de nouveau un coup d'œil vers son poignet.

Voilà un moment qu'Alys faisait des cauchemars ; mais on avait beau crier, la secouer, elle ne se réveillait pas. Et au poignet de Janie, le cristal du bracelet s'était brisé.

15

L'ancienne ligne directe

– Claudia ! lança Janie sans détourner les yeux de la route. Je me rappelle qu'il faut traverser San Francisco pour atteindre Point Reyes. Vérifie dans la boîte à gants s'il y a une carte de la ville.

Claudia frotta ses paupières de ses poings, comme si elle mourait de sommeil.

– C'est facile, insista sa sœur. Tu ouvres toutes les cartes et tu regardes s'il y en a une qui porte en gros titre *San Francisco*. Tu n'as qu'à juste chercher *S A N*, d'accord ?

Au ton impatienté de Janie, la fillette tressaillit, ses doigts se serrant sur son amulette sous son col. Mais elle n'y trouva aucune aide pour le moment.

Elle sortit effectivement des cartes, dont les titres blancs s'emmêlaient, dont les lettres dansaient devant ses yeux.

– Bon, insista Janie, tu sais lire, quand même ? Tu lis bien, à l'école.

– Je devine, balbutia Claudia. Et… je copie sur les autres…

La vraie difficulté venait quand il lui fallait lire seule ; elle avait l'impression que tout le monde sauf elle comprenait ce code secret.

– Et tu ne l'as jamais dit à personne ?

Elle fit non de la tête. Elle avait cru, jusque-là, que les lettres avaient pour habitude de danser et de s'emmêler dès qu'on avait le dos tourné.

– Je ne voulais pas qu'on me prenne pour une idiote.

– Tu n'es pas idiote.

Janie avait répondu sans la moindre émotion, mais cela n'en réchauffa pas moins le cœur de la fillette.

– Tu crois ?

– J'en suis sûre. Tu dois juste avoir un trouble d'apprentissage, qui t'empêche de bien apprendre à lire. Mais ça ne te rend pas idiote pour autant. Il existe des livres spéciaux, des cours spéciaux qui pourront t'aider. Quand on sera rentrés à la maison, on en parlera aux parents. Et avec ton institutrice.

De plus en plus rassurée, Claudia commençait à se dire qu'après tout elle pourrait finalement apprendre à lire. Elle n'était pas intelligente comme Janie, mais... juste savoir lire, comme les autres, briser ce code secret ! Là, elle n'aurait même pas peur de parler avec Mme Anderson. Si elle la rencontrait en ce moment, peut-être même qu'elle l'embrasserait.

– Bon, on s'en occupe dès qu'on rentre à la maison, reprit Janie. Pour le moment, on va se garer. Il me faut une carte, et je voudrais encore vérifier le cercle de vision. Prépare le lapin.

– Il s'appelle Benjamin.

Dix minutes plus tard, Janie relevait la tête de la glace à maquillage, ses yeux violets marqués d'inquiétude.

– Qu'est-ce qui se passe ?

– Deux énormes points chauds. L'un près de Point Reyes, d'accord, mais l'autre beaucoup plus proche, au nord de San Francisco, sur le pont du Golden Gate. Je n'ai jamais rien vu de pareil.

– … lys ? Ouf, enfin ! Non, ne repl…

– … lez maintenant ! Essaie, quoi !

– Alys !

Alys s'assit brusquement, le cœur battant. La nuit autour de la voiture était chargée de hautes silhouettes sombres. Hautes ? Gigantesques. Il y avait des arbres à Point Reyes, mais…

– Où est-on ?

– Ça y est ? lança brutalement Janie. Tu te décides à rejoindre le monde des vivants. On est dans la forêt de Muir Woods.

– Quoi ? Pourquoi ?

– Parce qu'il s'est passé quelque chose d'énorme ici. Et parce que Morgana a des ennuis.

Elle lui montra son gros bracelet. Encore à moitié endormie, Alys ne comprit pas.

– Pour te donner une idée de la chose, regarde aussi ça.

Elle lui montra le miroir, qui n'était plus qu'un cercle de lumière verte sur des traînées de fond rouge.

– À côté, Elwyn et sa Chasse Sauvage ont l'air de lucioles.

Alys hocha la tête, bien qu'elle n'ait pas entendu les derniers mots, son attention centrée sur elle-même. Sans trop savoir pourquoi, elle était certaine que Morgana courait un danger. Elle le sentait.

– On dirait que ce truc ne risque plus de se rendre utile en nous indiquant la bonne route.

– Tu as raison, c'est toute la région qui est saturée de magie. Mais il existe bien un centre, quelque part. Il va falloir nous concentrer, guetter un signe.

Alys prit l'épée, mais la relâcha aussitôt en laissant échapper un petit cri. Elle avait reçu une décharge, comme la première fois qu'elle l'avait touchée. Elle se frotta le bras, réessaya. Cette fois, elle put la tenir sans peine.

– On y va.

Elles prirent quelques affaires dans la voiture. La torche. La baguette de Janie. Des barres de céréales. Et Benjamin, qui ne voulait pas les suivre, mais finit par céder en tremblant aux instances de Claudia.

Alys avait déjà parcouru Muir Woods, mais en plein jour, sur les chemins les plus fréquentés. Là, c'était différent.

Elles restèrent à l'écart des terrains de camping et des feux qu'elles apercevaient de loin. Au début, elles suivirent une piste mais, après avoir consulté le lapin, Janie les entraîna dans le monde humide et âcre des futaies. Elle seule y voyait quelque chose, grâce à la torche. Alys n'aimait pas beaucoup quitter les sentiers, leur dernier contact avec la civilisation, la vie normale, l'aide extérieure. Elles n'allaient plus pouvoir compter que sur elles-mêmes.

Les grands séquoias se dressaient autour d'elles telles des sentinelles, on n'en voyait que les troncs tout droit, les branches n'apparaissant qu'à dix mètres de haut, mais si fournies que la canopée cachait complètement le ciel. Heureusement, peu de plantes pouvaient survivre dans ce monde d'éternelle obscurité, si bien que le sol restait assez peu encombré de buissons. Néanmoins, Alys devait traîner sa lourde épée sur d'épaisses fougères et des troncs affalés. Son bras lui faisait si mal qu'elle en serrait les dents.

Toutes trois n'entendaient d'autre bruit que les craquements de leurs pas et leurs soupirs dans l'effort. Jusqu'à ce qu'un crissement... Alys ralentit le pas pour écouter ce qu'elle avait d'abord pris pour un gémissement.

– C'est... les arbres ! couina Claudia.

Alys vit alors que ses sœurs aussi s'étaient arrêtées.

– Ce n'est rien, assura-t-elle en s'interdisant d'imaginer une de ces gigantesques colonnes sur le point de s'écrouler. Ça doit toujours faire ce bruit.

– Pas du tout, sanglotait Claudia. C'est trop calme. Il n'y a pas d'animaux.

Alys se rendit compte qu'elle disait vrai. En se taisant, elle n'entendait plus que les craquement des branches et, très loin, le hululement d'un hibou.

– Ils ont dû avoir peur... commença Janie.

Elle s'interrompit et toutes trois retinrent leur souffle. En moins de temps qu'il n'en faut pour le dire, l'épée s'était éclairée sous un jet de lumière qui se projeta sur chaque feuille, sur chaque aiguille ; un instant, toute la forêt passa du noir au vert, un vert incandescent, digne des premiers jours de printemps. Benjamin se débattit dans les bras de Claudia. Juste avant qu'un coup de tonnerre éclate dans le ciel.

– Ça doit être au-dessus de nous.

Peu importait. La forêt était déjà humide et la canopée les protégeait. Mais la lueur revint à plusieurs reprises, les aveuglant le temps d'un éclair, chassant toute obscurité, leur montrant à quel point les branches étaient hautes. Et le tonnerre les assourdissait.

De temps à autre Janie consultait Benjamin et Claudia ; à la fin, les trois sœurs s'arrêtèrent net sous un arbre massif tapissé de lichen.

– Il est fatigué, murmura la fillette, de nouveau au bord des larmes. Il ne voulait pas venir, il l'a fait juste parce qu'il m'aimait, mais il meurt de peur.

– Je m'en fiche ! Il me faut une réponse tout de suite. La direction à prendre ?

Claudia s'agenouilla dans l'herbe, se pencha sur un Benjamin terrorisé. Alys s'avisa soudain qu'il ne devait plus rien dire du tout, et elle en fut certaine en la voyant se redresser.

– Par là, dit la fillette en tendant un doigt.

Suivant son geste, Alys secoua la tête.

– Non, par là.

– Alys…

– Ce n'est pas pour vous commander, Janie. Je sais, voilà tout. Ne me demande pas comment ça se fait. C'est comme ça. Tu veux bien me faire confiance, pour une fois ?

Silence. Dans un soupir, Janie lui tendit la torche. Et Alys de marcher en tête dans les parfums de baies écrasées. Deux fois, elles durent traverser de petits ruisseaux, s'efforçant de ne pas glisser des troncs moussus qui enjambaient les eaux glacées, pour lutter ensuite contre des masses de fougères sur l'autre rive. Claudia tomba une fois, avant qu'elles atteignent une clairière entourée de lauriers.

– On est tout près, annonça Alys. Morgana !

Elles coururent, la lumière de la torche dansant sur les buissons, se penchèrent sur le corps allongé sur le flanc, sa Crosse d'Or à ses côtés. Elle avait les yeux clos et son visage blême reposait sur les aiguilles de pins. Un nouvel éclair illumina les alentours.

– Qu'est-ce qui s'est passé ? souffla Claudia.

Non loin d'elles, un arbre majestueux paraissait décapité, ne laissant qu'un tronc raccourci, parcouru de sillages brûlés autour du trou béant sous l'écorce. Toute la clairière était envahie d'éclats noircis.

– Il est sorti, finit par répondre Alys.

– Qui ?

Elle tourna la torche vers Janie, put constater que sa sœur savait.

– Quelqu'un de dangereux.

Elle voulut secouer Morgana, mais n'y parvint pas, elle ne put même pas la toucher. Une fine armure à l'aspect quasi graisseux résistait à son contact, comme si une couche d'air de l'épaisseur d'une molécule les séparait de la peau de Morgana.

– Les remparts sont tombés, dit Janie d'un ton morne.

– Et on ne peut pas la faire revenir, ajouta Alys.

– Il nous faudrait au moins une Crosse d'Argent. Une Gemme de Pouvoir, ce serait encore mieux.

– Tu as bien ouvert une fente dans nos remparts de la maison.

– J'ai détendu un point d'ancrage pendant quelques minutes. Alys, ces remparts étaient assez puissants pour remplir nos objectifs, alors qu'ils ne représentaient qu'un double octogone, ça fait seulement dix-sept points d'ancrage, en comptant le centre. Le bouclier de Morgana en compte cent quatre-vingt-deux, chacun dur comme l'acier. Rien ne peut passer à travers, ni bruit, ni lumière, ni contact, ni magie.

Et pourquoi pas des souvenirs ? se demanda Alys. Ces fragments de rêve, ces flashs aussi rapides et précis que les scènes présentées par les éclairs. Ils se succédaient à un rythme accéléré maintenant. À peine consciente de ce qu'elle faisait, elle se pencha sur Morgana, posa les deux mains sur son dos, ferma les yeux.

– Alys ?

Mais elle n'écoutait pas. Le soleil sur le lac près de la forêt de Darnantes. L'obscurité de la tour de Tintagel dans la nuit. Ces yeux d'argent, ce sourire désarmant. Cette Gemme bleue comme le ciel au matin.

– Allez ! l'encourageait Janie. Tu vas y arriver.

Le mouvement d'une cape grise, le son d'un éclat de rire. L'odeur métallique du sang sur un champ de bataille, le goût salé des larmes. Des yeux bleus, las et tristes, qui regardaient plus loin qu'elle. Et la Gemme, celle qui avait amené la destruction, la pierre sur l'épée…

Quelque chose fondit sous ses doigts, et elle put enfin toucher des vêtements tièdes. Avec un sursaut et un éternuement, Morgana se retourna, les yeux exorbités.

Alys et elle se regardèrent fixement, et un nouvel éclair les aveugla. Quand Alys put voir à nouveau, la petite sorcière était debout, le corps tendu, observant le ciel.

– J'aurais dû me douter que vous viendriez, dit-elle enfin en reportant soudain son attention sur elles.

Son regard tomba sur l'épée et elle hocha la tête, sans manifester la moindre surprise.

– On était poursuivies, dit Janie. Thia Pendriel a envoyé des boujeums.

– Et, bien entendu, tu as aussitôt rejoint un lieu sûr, dit sèchement Morgana. Enfin, peu importe… Je vous dois beaucoup, à toutes. Mais je dois m'en aller et vous ne pouvez me suivre. Merlin a dû retrouver Thia Pendriel. S'ils parviennent à ouvrir le passage et arrivent à Weerien, le Conseil ne saura pas comment les arrêter. Et il faut les arrêter.

– Mais on ne pourrait pas…

– Non ! Restez ici, les enfants. Avec la renarde.

Elle se retourna, fronça les sourcils.

– Où est la renarde ?

Janie se figea.

– Elle… euh, elle…

– Nous n'avons pas le temps, nous en discuterons plus tard. Tâchez de sortir de cette forêt si vous y parvenez. Des événements vont se produire. Reculez, maintenant !

Alys avait déjà assisté à l'ouverture d'un portail, mais ce genre de choses, on ne s'y habitue pas. Morgana tendit brusquement sa Crosse d'Or, qui lança un éclair sinueux d'où jaillit une hélice tourbillonnante et scintillante comme un tunnel d'or. Elle s'étira à travers les arbres, filant aussi loin que pouvait porter le regard vers le nord. Les filles n'avaient pas repris leur souffle que Morgana entrait dans le tunnel et disparaissait.

– Avec plaisir, au fait ! cria Alys quand disparut la dernière lueur dorée.

Elles se retrouvaient seules avec la torche et les braises rouges qui entouraient encore la cavité carbonisée. Janie restait immobile, à contempler le ciel vers le nord, comme l'avait fait Morgana.

– Qu'est-ce que c'est que ça, encore ? s'enquit Alys, inquiète, en suivant son regard.

Les yeux sur les rubans de lumière arc-en-ciel qu'on devinait seulement à travers les branches au bord de la clairière, Janie haussa les épaules.

– Une aurore boréale ?

– On n'est pas assez au nord pour ça.

Le sol vibra sous leurs pieds.

– Je crois que Morgana est arrivée.

– Mais nous, comment on y va ?

– Tu sais que tu es folle ? s'esclaffa Janie. Je n'en ai aucune idée, mais on va y réfléchir.

Elwyn contemplait les vagues aux crêtes blanches de l'océan Pacifique, qui venaient mourir sur la plage en contrebas.

– Tu vois, je t'avais dit que ça te plairait.

Charles s'éloigna prudemment du bord de la falaise. À l'horizon fusaient quelques éclairs.

– Ça me plaît beaucoup, mais je dois rentrer, maintenant. On descend ?

Dans le halo lunaire formé par ses cheveux, les yeux céruléens de la jeune fille se posèrent sur lui.

– Et moi, je te plais ? demanda-t-elle soudain.

Il ne s'attendait pas à recevoir de réponse à sa question. Elwyn ne répondait jamais aux questions. Elle crut pourtant bon de préciser :

– Parce que, moi, tu me plais beaucoup.

Une vraie cervelle d'oiseau, dérangée, mais ravissante et parfumée comme une nuit de jasmin. Sans y réfléchir davantage, il l'embrassa.

Elle partit d'un rire allègre – *son indescriptible*, songea Charles pris de vertige, *entre un chant d'oiseau et un tintement de clochette*. Elle se pencha vers lui, l'embrassa à son tour.

– Écoutez, dit-il en se laissant tomber par terre, je dois retrouver mes sœurs.

Elle se posa gracieusement près de lui, rutilante, étincelante, éblouissante, au point de le forcer à fermer les paupières. Mais, là encore, les éclairs parurent éclater en lui, suivis d'un tonnerre aux éclats de vitre brisée. Charles bondit en arrière.

– Il n'y a pas un seul nuage !

– Non, c'est la Gemme, expliqua-t-elle patiemment. Cela se produit quand on la manipule.

– Quoi ? Cœur de Bravoure ?

Elle en parut décontenancée et… oui, vexée.

– Non… l'autre.

– Laquelle ? Bon, on s'en fiche. Elwyn, il faut que j'y aille. Là où se trouve cette Gemme. Non… attendez ! Il faut d'abord que je retrouve mes sœurs. Elwyn… (Il la saisit par les épaules, la secoua.) Elwyn, je sais que c'est difficile pour vous mais, bon sang, essayez d'écouter pour une fois !

Alys, Janie et Claudia étaient debout, toutes mouillées, au milieu de la clairière, quand l'élan apparut. Un sourire triomphant aux lèvres, Charles en descendit.

Après quelques rapides explications de part et d'autre, au cours desquelles Alys ne cessa de fixer Elwyn, Charles se sentit tenu de les réconcilier.

– Cet élan… demanda Alys. Il en existe d'autres comme ça ?

– D'autres élans ? s'étonna Elwyn. Oh ! Vous avez faim. Je pourrais…

– On n'a pas faim ! coupa Alys. (Les choses ne se présentaient pas bien pour qu'elle se mette à crier dès sa deuxième phrase.) On cherche un moyen de transport.

– Pour aller où ? demanda Elwyn, encore plus ébahie.

– Au Passage qui mène à Weerien ! Là où Morgana doit lutter à mort avec Thia Pendriel et Merlin, en ce moment même !

Elwyn parut hésiter, et Charles en vint à redouter qu'elle demande pourquoi. Mais ce n'était pas le genre de mot qu'utilisait souvent la jeune fille.

– Vous ne voulez pas essayer la ligne directe ? finit-elle par suggérer.

Elle semblait presque gênée de proposer une solution aussi simpliste.

– La quoi ? Où est-ce ? Où ?

Elwyn faisait de son mieux, mais elle ne saisissait vraiment pas la situation. Et Charles de s'aviser soudain que ce genre de conversation était aussi difficile pour elle que pour eux tous.

– Où est-ce ? répéta-t-elle, exactement sur le même ton. (Elle parut enfin se rasséréner.) Est-ce une devinette ?

– Mon Dieu ! souffla Alys.

– Écoutez, intervint Charles. C'est par ici ? Pourriez-vous juste nous montrer la direction ?

– La direction…

Elwyn sourit et, sans les quitter des yeux, pointa l'index vers le ciel, l'air de les considérer comme de dangereux cinglés qu'il s'agissait de rassurer.

– Là, ces lignes. Tu vois les lignes ?

– Non ! s'écria Charles en la prenant par ses fragiles épaules. Non, je ne vois pas…

Et puis… si.

Il la relâcha, regarda, l'agrippa de nouveau, les yeux rivés vers le ciel.

– Alys, touche-la, et regarde.

Sa sœur aînée posa une main prudente sur l'autre épaule d'Elwyn et poussa un hoquet de surprise. Claudia attrapa la main d'Alys, couina à son tour.

Janie se joignit à eux, complétant la chaîne. Au-dessus d'eux se dessinait un entrelacs de fils mince comme une toile d'araignée, qui émettait des lueurs dorées et argentées bien qu'il n'en ait pas du tout la couleur. Le ciel en était entièrement couvert, sorte de jeu de ficelle cosmique, chaîne et trame du temps et de l'espace.

– Et vous dites que ça peut nous mener à Weerien ? demanda Alys.

– Oh non !

Sans laisser à sa sœur le temps de réagir, Charles intervint :

– Ça peut nous mener n'importe où ? Au Passage, par exemple ?

– Oh oui ! répondit Elwyn, presque aussi vite.

– Alors on y va ! Tout de suite ! dit-il en l'entraînant dans une sorte de pas de danse.

Comme il s'y attendait, Elwyn sourit allègrement et suivit le mouvement, les attirant tous dans son sillage. Elle grimpa sur une première toile d'araignée que Charles vit aussitôt se transformer, non pas grandir, mais pivoter dans l'espace comme pour former un plan horizontal, une sorte de route lumineuse, à l'image d'un rayon de lune sur la mer ; en montant dessus, il eut aussitôt l'impression de se déplacer vite et en souplesse.

Le vent lui souffla au visage, déposant un goût de sel sur ses lèvres.

– L'ancienne ligne directe, murmura Janie.

Il la regarda en souriant.

16

L'Archon

La voie directe s'inclinait vers la terre.

– Où est-on ? cria Alys.

Ils sautèrent la dernière marche et atterrirent – sauf Elwyn – brutalement, à quatre pattes. Quand ils se redressèrent, la ligne avait disparu.

– Quelque part à Point Reyes, dit Janie en regardant autour d'elle.

Ils se trouvaient sur une pointe de sable, une mini péninsule entourée d'eau sur trois côtés. Le ciel leur parut des plus ordinaires, avec ses étoiles lointaines, ni aurore boréale, ni arc-en-ciel, ni éclair. Mais il régnait un formidable silence.

– Ce doit être le point le plus au nord du Passage, dit Janie en contemplant la lande qui s'étendait devant eux. Et de la faille. Ce morceau de terre n'est en principe pas du tout attaché au continent. C'est une île de la plaque Pacifique qui devrait s'accrocher à l'Alaska dans quelques millions d'années.

– Où sont-ils ? s'impatienta Alys.

– Passés par là, certainement, eux aussi. Elwyn, j'aurais besoin de votre aide. Le Passage est par là ? Toujours ouvert ?

Le regard bleu s'était posé sur un point derrière Janie.

– Juste une fissure, souffla la jeune fille.

– Alors c'est ça. Ça doit provenir du dernier séisme. Ils sont passés par là. On suit ?

Alys hocha la tête, tout en s'étonnant de ne pas découvrir la lumière bleu électrique des miroirs ou la turbulence dorée d'un portail. Mais le Passage apparut sous la forme de la plus simple distorsion dans l'obscurité, une ondulation, comme si elle observait des objets au-delà d'un miroitement d'air chaud.

– Ça ne se passe pas comme avec les miroirs, expliqua Janie. On ne peut pas s'en approcher directement. On doit se trouver à un angle précis pour passer par la « fissure ».

Après quelques pas, tous main dans la main, Elwyn s'arrêta brusquement.

– Vous ne venez pas ?

– Là-bas ? s'écria-t-elle, surprise. Ce chemin va vous mener à Weerien, droit au Conseil !

– Parfait, souffla Alys, soulagée.

Le Conseil Weerul, bien que sévère, était juste. Ils avaient envoyé une phalange de Serpents à Plumes porter assistance à Morgana l'année précédente. Dès qu'ils auraient compris qui était Thia Pendriel, ils sauraient comment la traiter.

Elwyn secouait la tête avec effroi :

– Ils ne sont pas drôles ! assura-t-elle en dévisageant les autres avec pitié.

Ce fut la dernière chose qu'Alys vit en passant de l'ombre à la lumière : l'expression navrée de la jeune fille.

Ils débouchaient sur la même bande de terre, sous le même ciel, mais les étoiles en disparaissaient presque, telles de faibles bougies inondées par les ruissellements de lumières jaillis de toutes parts. Ils atterrirent entre les deux premières colonnes d'une allée de marbre qui s'étirait vers un bâtiment blanc sur une colline.

Aucune trace de Morgana, ni de personne. Ils se retrouvaient seuls dans cette colonnade de lumière.

– Restez où vous êtes.

Envahie par la chair de poule, Alys s'immobilisa, aussitôt imitée par les autres. Elle se retourna lentement pour découvrir deux sorcières armées et casquées.

Ils durent marcher longtemps pour atteindre le siège du Conseil, ce bâtiment blanc qu'elle avait vu de loin. Les gardes refusaient de leur parler. Peu après les avoir capturés, l'une d'elles avait levé le bras, libérant une sorte de bracelet noir serti de corail qui avait déployé ses ailes pour s'envoler dans le ciel. Alys le suivit des yeux, le souffle court. Son serpent était de cette taille et il s'enroulait de la même façon autour de son bras ; elle se demanda ce qu'il était devenu. La maison de Morgana détruite, il n'avait plus rien à garder. Peut-être, comme ce messager, avait-il été employé par le Conseil.

Le bâtiment blanc était en fait une citadelle fortifiée. Alors qu'ils approchaient, la colonnade s'inclina légèrement jusqu'à former un énorme portail incrusté de ce qui aurait ressemblé à de l'ébène et à de l'ivoire. Il s'ouvrit silencieusement sur des jardins en terrasse et une volée de marches menant au dôme central. Rien ni personne ne bougeait, à part eux. On se serait cru dans un rêve.

Au sommet apparut un autre portail, semblable au premier, surmonté d'une plaque de marbre portant une inscription qu'Alys ne put déchiffrer. Ils le franchirent pour déboucher sur un long corridor pavé de marbre.

Blanc. Tout était blanc. Et silencieux. Comme une gigantesque sculpture de glace. Même la femme qui s'approchait du fond du corridor était vêtue de blanc, une Crosse Blanche à la main.

Alys fut contente de voir quelqu'un d'autre que ces gardes taciturnes, d'autant que cette femme affichait une expression bienveillante. Soudain, dans son esprit passa l'image d'une Crosse Blanche cassée en deux sur le sol de la forêt. Alys s'avisa que cette femme avait les cheveux châtains et non cuivrés, des yeux noisette et non verts. Ce n'était donc pas Viviane…

– Je suis Terziane Logren.

Stupéfaite, Alys jeta un coup d'œil vers Janie. Terziane Logren était la cousine de Cadal Forge, celui-là même qui avait supplié Morgana de l'aider autrefois. L'amie de Morgana. Une alliée. Alys dut se retenir de ne pas se précipiter dans ses bras.

– Nous venons pour Morgana. L'avez-vous vue ? Et Thia Pendriel. L'ont-il attrapée ?

Elle se rendit compte qu'elle bafouillait, respira un bon coup.

– Nous sommes des humains, reprit-elle plus lentement. Je m'appelle Alys…

– Je vous connais très bien. Le Conseil a reçu un rapport sur vos activités cet hiver. Vous êtes Alys ; vous, Charles ; vous, Janie ; et vous, Claudia.

Alys n'en fut que plus stupéfaite. Après le solstice, elle s'était imaginée devenir célèbre à Weerien, louée par des poèmes épiques et des ballades rapportant ses hauts faits. La réalité était déconcertante.

– Vous savez tout de nous ?

– Pas tout. Quant à vos autres questions, oui, j'ai vu et Morgana et la Magistresse Thia. Elles se trouvent en ce moment devant le Conseil. Je suis envoyée pour vous y mener aussi.

Le flot d'adrénaline qui avait maintenu Alys alerte et concentrée depuis qu'elle avait retrouvé Morgana fit place à une onde de soulagement. Elle ressentait soudain son épuisement et se réjouissait à l'idée que ce serait bientôt fini. C'était désormais au Conseil de s'occuper de Thia Pendriel et de Merlin.

– Nous vous suivons, dit-elle avec un sourire las mais radieux.

Tout en longeant le corridor, elle vit, à travers l'agréable brume qui l'avait envahie, que Janie semblait tendue et loin de jubiler. Il n'y avait qu'elle pour ouvrir une douche froide sur une fête… Non.

– Qu'est-ce qu'il y a, Janie ? Ça ne va pas ?

– J'espère que je me trompe.

Les yeux violets de sa sœur restaient fixés sur le troisième portail qui se dressait devant eux.

– On va vite le savoir, ajouta-t-elle. De toute façon, on ne peut rien faire. Il faut y aller.

– Janie…

Elle n'en dit pas plus. Les portes s'ouvraient sans bruit.

Une nouvelle salle de glace, qui sentait la neige fraîche. Le cœur d'Alys avait commencé à se serrer aux paroles de Janie ; en pénétrant dans la salle, elle eut l'impression de sentir un vent glacé lui fouetter le visage.

Le sol était si décoré de marbre poli et de perles qu'elle eut presque l'impression de se trouver devant un torrent de montagne ; le dôme présentait le même aspect. Autour des murs circulaires courait une spirale montante de niches, et dans chaque niche apparaissait une forme sinueuse. Des Serpents à Plumes de diverses tailles. Les Gardiens du Conseil. On les distinguait dans leurs moindres détails devant les murs d'albâtre, de la plus petite écaille à la pointe de leurs ailes griffues.

En atteignant le fond de la salle, Alys vit douze sièges, presque des trônes, sur une estrade. Les sorciers installés sur certains ressortaient d'autant plus sur le fond blanc que leurs robes de couleur avaient l'éclat transparent du verre givré. D'autre sorciers, jeunes pour la plupart, se tenaient debout çà et là, entre les sièges ; il y avait même quelques animaux : une panthère au collier d'or, un paon, quelques rapaces. Quatre sièges restaient vides, trois sur le côté et un juste à la droite du centre.

Trois sièges pour trois anciens conseillers devenus fous, songea Alys, *et un pour…*

Thia Pendriel. Elle se tenait tranquillement devant l'estrade, aussi majestueuse et belle que dans le souvenir d'Alys. Ses cheveux roux foncé, presque mauves, formaient une couronne de tresses autour de son bandeau d'argent. Elle portait toujours ses couleurs préférées, le bleu marine piqué d'argent. Une mince chaîne, fine comme un collier, liait ses mains devant elle. Cela paraissait plutôt symbolique, mais

Alys aurait parié qu'il n'en était rien. Plus vraisemblablement, la chaîne était magique car, sans sa crosse ni ses autres instruments, une sorcière restait aussi impuissante que tout un chacun face à la magie. Et la Crosse d'Argent de Thia Pendriel gisait sur le sol devant le siège central.

Mais c'était aussi le cas d'une Crosse d'Or. Pas celle de Merlin. Une crosse qui, loin des mains de sa maîtresse, perdait éclat et vie pour ne plus ressembler qu'à un vieux tison de cuivre.

– Morgana ! s'écria Claudia.

Alys lui étreignit le bras pour la faire taire. Morgana se tenait à côté de Thia Pendriel, toute petite et insignifiante parmi ces personnages rigides ; elle aussi avait les mains liées devant elle avec la même petite chaîne. Au cri de Claudia, elle jeta un regard par-dessus son épaule et se raidit. L'assistance avait maintenant reporté son attention sur eux.

Le cœur battant à tout rompre, Alys supportait à grand-peine ces regards, et encore plus de passer au milieu de ces gens dans un tel silence. Elle se plaça devant Claudia et tous quatre restèrent groupés, suivis par Terziane, tandis qu'ils arrivaient entre Morgana et Thia Pendriel, juste en face du siège central.

L'homme aux cheveux blancs qui s'y tenait les accueillit d'un regard bienveillant. Il était vieux, même s'il ne présentait pas de rides, avec sa peau fine, quasi transparente, qui laissait apparaître ses veines bleues. Il portait un large bandeau sur le front, non pas une couronne mais un cercle de métal incrusté de pierres précieuses.

– Archon, voici ceux qui ont traversé le Passage.

La voix de Terziane s'élevait derrière Alys, et le regret qu'elle y sentit, qu'elle vit aussi sur le visage du vieil homme, la fit frémir.

– Qu'ils approchent un par un et déposent leurs armes.

Sa voix était étonnamment profonde, mesurée et résonnante.

Je ne peux pas, se disait Alys. *Je ne peux pas*. Elle jeta un regard éperdu à Janie et vit que celle-ci avait compris et manœuvrait pour passer la première.

– Non, lui murmura sa sœur aînée.

Elle parvint à effectuer deux pas vers l'Archon et s'inclina pour placer Caliborne au sol.

– Je… commença-t-elle d'une voix cassée.

– Alys Lawschildes d'Irenahl, es-tu entrée dans ce monde de ton plein gré ?

Comment connaissent-ils mon deuxième prénom ? se demanda-t-elle, indignée. Irenahl correspondait au monde des humains.

– Oui, parvint-elle à répondre.

Elle recula d'un pas incertain. Elle commençait à se faire une idée des dangers qu'ils couraient.

Chacun à son tour, les autres s'avancèrent.

– Jane Eleanore d'Irenahl, es-tu entrée dans ce monde de ton plein gré ?

– Oui.

Un murmure de surprise et de désapprobation s'éleva quand l'assistance aperçut la baguette prodigieuse de Janie.

– Charles Edward d'Irenahl, es-tu entré dans ce monde de ton plein gré ?

– Oui.

Il leva ses mains vides – et quelque peu crasseuses – pour montrer à la salle qu'il n'était pas armé, puis les passa dans ses cheveux en haussant les épaules. Après quoi, il rejoignit ses sœurs, sombre et tendu.

– Claudia Diana d'Irenahl, es-tu entrée dans ce monde de ton plein gré ?

La fillette avança d'un demi-pas et hocha la tête, les lèvres tremblantes. Puis, sous le regard sévère de l'Archon, elle serra Benjamin plus fort.

– Claudia, souffla Janie en lui posant une main sur le dos, tu dois le déposer. C'est un familier et, selon leurs lois, il est considéré comme une arme.

– Non !

Dans le silence qui s'ensuivit, Alys jeta un regard implorant vers Morgana et vit avec surprise la petite sorcière se mordre les lèvres. Sans doute imaginait-elle l'Archon ou l'un de ses gardes venant arracher le lapin des bras d'une enfant de huit ans. Apparemment, plusieurs autres conseillers eurent la même idée, car quelques sourires furent réprimés çà et là. Le vieil homme acquiesça de la tête et Benjamin resta où il était.

Mais ce furent bien les derniers sourires. Le petit groupe fut autorisé à reculer pour assister à la procédure, visiblement commencée avant son arrivée. Alys n'y comprit pas grand-chose. Janie, pour sa part, suivait attentivement chaque orateur et semblait en capter davantage.

– Qu'est-ce que c'est ? Qu'est-ce qui se passe ?

– Tu n'as pas compris ? C'est un procès.

– Mais où est Merlin ?

– Merlin ? répéta Terziane Logren derrière elles. Où devrait-il être ? Il est mort depuis des centaines d'années.

– Il n'est pas mort, c'était Morgana qui l'avait pris au piège. Et Thia Pendriel l'a délivré. Ce n'est pas pour ça qu'on la juge ?

– Mais non ! Vous assistez au procès de Morgana Shee, pour des crimes commis contre le Conseil cet hiver et cette nuit. La Magistresse Thia est un témoin clef contre elle, mais elle est également accusée d'avoir négligé ses devoirs et troublé l'ordre public à Weerien en se battant avec Morgana dans les rues, cette nuit.

– Troublé l'ordre public ?

Alys n'en croyait pas ses oreilles. Elle avait terriblement peur. Comment la situation pouvait-elle avoir ainsi déraillé ? La voix de l'Archon retentit avec une autorité qui fit taire cette conversation murmurée.

– Le Conseil va maintenant prononcer son jugement. Quatre enfants d'Irenahl sont entrés dans Findahl de leur plein gré et au mépris des lois du Conseil. Les peines contre cette effraction sont établies depuis longtemps. Néanmoins, l'un de ces enfants n'est humain que de naissance. Il est réclamé par les Quislais et peut se prévaloir de cette affinité. Approche, Charles Edward.

Charles s'avança lentement.

– Charles Edward, les Quislais et leurs élus ne sont pas soumis aux lois du Conseil. Si tu le désires, tu peux quitter ces lieux.

Involontairement, Charles porta la main à son front, là où l'empreinte d'Elwyn brillait légèrement. Il se tourna vers Alys, Janie et Claudia, mal à l'aise.

– Qu'est-ce qu'il veut dire ?

– Que tu peux t'en aller, souffla Janie. Tu peux sortir tout de suite.

– Et vous, alors ?

– Ne pose pas de questions idiotes.

Charles réfléchit un instant, puis un étrange sourire étira ses lèvres. Il se tourna vers l'Archon.

– Non merci, dit-il d'une voix blanche. Si ça ne vous dérange pas, je crois que je vais rester avec mes sœurs.

Il recula, le regard fier. Alys lui prit la main.

Qu'exprimait donc le visage de l'Archon ? Encore du regret ? Une admiration forcée ? Peu importait. Il se tournait maintenant vers Morgana.

– Oyez, oyez ! Sachez que Morgana Shee, porteuse de l'Or du Soleil, bannie de Findahl, est déclarée coupable d'être revenue dans ce monde en dépit de l'interdiction formelle du Conseil, d'enseigner les Arts Sauvages aux humains, et d'inciter les humains à défier les lois du Conseil. Ces accusations se sont avérées fondées. Morgana, avez-vous quelque chose à ajouter ?

– Oui, répondit celle-ci d'une voix ferme.

Elle tournait le dos à Alys, ses cheveux sombres tombant en désordre sur ses épaules, tout son corps dressé dans un mouvement de mépris.

– Les preuves des actes dont on m'accuse s'affichent beaucoup trop clairement devant vous. Je suis là, donc je suis coupable. Je n'ai jamais imploré l'indulgence de ce Conseil, ni jamais attendu de bon sens de sa part. Mais je vous préviens, l'un de vos magistrats est coupables de plus grands crimes que ceux dont on m'accuse. Et laissez-moi vous dire que ces quatre humains sont des mineurs dont les volontés sont assujetties à la mienne. Ils ne sont pas responsables de leurs actions.

– Les primitifs pensent rarement d'eux-mêmes. Ceci a été pris en considération.

Alys voyait pourtant une profonde tristesse dans les yeux noirs du vieil homme. Elle en eut froid dans le dos. *La mort*, pensa-t-elle. *La punition pour les humains qui entrent dans Féerie est la mort.*

– Oyez, oyez ! continuait la voix grave. Sachez que Thia Pendriel, porteuse de Glace d'Argent, Magistrate de Findahl, est déclarée innocente concernant les accusations portant sur son départ de ce monde et les troubles de cette nuit. Ces actes ont été commis en accord avec les lois du Conseil et dans le but d'arrêter une criminelle désignée.

Sous l'œil incrédule d'Alys, un garde s'avança pour libérer Thia Pendriel de ses chaînes. Elle se retourna vers ses frère et sœurs : Charles semblait abasourdi, Claudia incrédule et apeurée. Seule Janie la regarda, les lèvres serrées.

– Pourquoi pas ? dit celle-ci en haussant légèrement les épaules. On n'a rien à perdre.

Le souffle court, Alys voulut s'éclaircir la gorge ; pourtant sa voix s'éleva, encore rauque, tremblante.

– Et tout ce qu'elle a fait en plus ?

Le garde s'immobilisa. Tous les regards se posèrent sur elle.

Un jeune homme brun, accompagné d'une panthère allongée à ses pieds, prit la parole :

– Il n'y a aucune autre accusation contre la conseillère.

– Ce serait pourtant indiqué. À moins que votre monde n'accepte les tentatives de meurtre, le vol de Gemmes de Pouvoir et le complot avec des sorciers tels que Cadal Forge…

– Silence ! s'écria la femme assise à côté de l'Archon.

Cependant, Thia Pendriel enchaîna :

– Magistresse Zoe, j'ignore autant que vous la teneur de ces accusations. Mais j'aimerais les entendre pour pouvoir y répondre. Je tiens à ce qu'il ne subsiste aucun doute sur la sagesse des jugements de l'Archon. (Elle parlait de son ton habituel, courtois et si calme qu'Alys en vint presque à la croire.) Parle, à présent, mon enfant.

Alys déglutit et commença, non sans difficulté :

– Vous avez comploté avec Cadal Forge pour pénétrer dans notre monde, afin de vous en emparer.

Le bandeau argenté de Thia Pendriel scintilla alors qu'elle secouait la tête.

– Non, dit-elle doucement. J'ai gagné la confiance de Cadal Forge, afin de pouvoir révéler ses projets. J'ai essayé de le devancer et, n'y parvenant pas, l'ai suivi dans votre monde afin de le livrer à la justice.

– Vous avez volé Cœur de Bravoure.

S'ensuivirent des exclamations, non plus désapprobatrices, mais furieuses.

– Cœur de Bravoure est l'une des Gemmes Oubliées, détruite il y a longtemps, au cours des guerres qui ont précédé le Temps du Chaos.

– Cadal Forge le détenait, et vous l'avez volé…

– Enfant, dit gentiment Thia Pendriel, si j'avais une Gemme de Pouvoir, serais-je ici ?

Elle leva ses mains liées en un petit mouvement d'impuissance.

Oui, se dit Alys, *parce que ça va te permettre de te laver de tout le reste. D'obtenir tout ce que tu voudras.*

– Vous avez envoyé des créatures contre nous. Un métamorphe et des centaines d'élémentaux. Ils ont failli nous tuer.

– Vraiment ? Moi ? Comment le sais-tu ?

Alys chercha des yeux l'appui de Janie, mais celle-ci regardait ailleurs, l'air concentré.

– Vous avez tiré Merlin de la gangue de son arbre. Et lui aussi possède une Gemme.

Furieuse, elle se mordit les lèvres, certaine de la réponse de la conseillère : pas de preuve, encore une fois.

– J'ignore de qui et de quoi tu parles, répondit fermement Thia Pendriel.

La voisine de l'Archon, la Magistresse Zoe, se pencha en avant, l'air grave.

– Tu parles encore des Gemmes de Pouvoir, petite. Mais qu'en sais-tu ? Elles ont toutes été perdues depuis une éternité, à part les trois qui restent sous l'éternelle surveillance des Gardiens ici présents, dans le Nid du Serpent. Elles n'appartiennent à personne et personne, pas même moi, pas même l'Archon, ne pourrait les voler à un Serpent à Plumes.

– Ce ne sont pas les Gemmes dont je parle ! Je parle de Cœur de Bravoure et de Miroir du Ciel...

– Perdues, toutes les deux.

– Absolument pas !

Mais nous, oui, se dit Alys. *Quel que soit le plan de Thia Pendriel, elle va le réaliser. C'est sa parole contre celle de quatre petits humains malpropres.*

L'Archon intervint :

– Nous avons entendu vos accusations. Avez-vous une preuve de ce que vous avancez ?

Alys se tourna vers les autres, de moins en moins sûre d'elle.

– Où est Merlin ? souffla-t-elle Si on pouvait le trouver, ils nous croiraient. Et, où qu'il soit, il a Miroir du Ciel. Et Cœur de Bravoure, où est-il ?

Pas de réponse de ses frère et sœurs, bien que Janie se soit brusquement tournée vers elle.

Lentement, Alys revint vers l'Archon, mais ce fut Janie qui prit la parole, les yeux brillants.

– Oui ! dit-elle. Nous avons une preuve ! Du moins, nous pouvons prouver ce que nous disons.

Portant une main à sa poche, elle en sortit un sac de plastique tout aplati. Alys se demanda si elle n'avait pas perdu la tête.

– Voici de la Feuille du Monde.

L'Archon ne put cacher sa surprise.

– De la Feuille du Monde ! Mais elle ne pousse plus à Findahl depuis longtemps !

– Morgana en garde depuis des siècles, et nous ne l'avons utilisée que pour convaincre d'autres personnes de nous croire lorsque nous disions la vérité. Mais je ne vois pas pourquoi elle ne pourrait pas servir dans l'autre sens, pour détecter le mensonge.

Elle s'approcha de Thia Pendriel :

– Alors, supposons que je donne ceci à l'Archon et que vous lui répétiez votre histoire…

Ce fut le chaos.

17

Miroir du Ciel

Les fines chaînes d'or autour des poignets de Thia Pendriel se brisèrent comme des toiles d'araignées et une lueur rouge scintilla entre ses doigts. Alys comprit avant même que Janie reprenne la parole. Cœur de Bravoure.

– Évidemment, elle l'avait.

La grande conseillère, plus rapide à la détente qu'Alys ne l'aurait imaginé, reprit sa Crosse d'Argent. En un instant derrière elle, Janie plongea. Alys crut qu'elle voulait récupérer sa baguette prodigieuse, mais ce fut la Crosse de Morgana qu'elle envoya dans les airs. La petite sorcière l'attrapa au vol et ses chaînes s'ouvrirent dans un éclat doré. Elle la tourna vers Thia Pendriel, cependant que deux conseillers, l'homme en noir et la Magistresse Zoe, brandissaient les leurs et les dirigeaient contre elle. *Des alliés de Thia Pendriel*, se dit Alys, épouvantée. Les autres membres du Conseil parurent aussi médusés qu'elle… mais tout changea en un instant. Alys eut une impression confuse de robes virevoltantes, d'une invasion de serpents au milieu des cris d'effroi. Thia Pendriel courait, Morgana à ses trousses. Les élémentaux « fabriqués », ces créatures que Janie appelait boujeums, arrivaient de toutes parts – anguilles soyeuses, limaces rampantes, glaçons de feu tremblotants. Alys plongea près de Janie et attrapa l'épée, essayant d'entraîner sa sœur au passage.

– Viens avec moi !

– Je dois rejoindre Morgana !

– Janie, non ! Écoute-moi…

Mais celle-ci se dégagea et s'enfuit. Un nuage de fumée ou une nappe de brouillard pénétra dans la salle par gros nuages tourbillonnants, éclairé par les couleurs hyalines d'une énergie occulte. Des mains tombèrent sur Alys par derrière et elle cria, fit volte-face vers Charles, qu'elle saisit par le bras, avant d'en faire autant avec Claudia. Elle aperçut de justesse le rectangle sombre d'une porte sur un mur incurvé, et ils la franchirent pour déboucher dans la nuit, comme poursuivis par le brouillard.

– Asseyez-vous et restez là ! Charles ! Où est Morgana ?

– Je n'en sais rien. Je ne vois rien.

Le brouillard les avait envahis, plein de lumière colorée.

Non, pas le brouillard, la brume, se dit Alys.

– Janie ! Janie, j'ai besoin de toi !

Quelque chose tomba sur elle à travers les vapeurs bouillonnantes. Elle leva un bras pour se protéger et la chose se posa dessus, referma ses ailes.

– Ma Dame Alys…

– Toi !

Elle n'en revenait pas. Ce n'était pas une illusion ; elle retrouvait bien son propre serpent, qui la regardait toujours avec la même adoration. Le corps bleu et corail s'enroula sur son bras de façon que les yeux noirs puissent la fixer.

– Oh, c'est bien toi ! Tu ne sais pas à quel point tu m'as manqué… (Elle s'interrompit, sa voix s'altéra.) Ou… combien j'ai besoin de toi. Là, tout de suite ! Tu peux m'aider ?

Le serpent siffla doucement.

– Ma Dame, je vous dois la vie. Quoi que vous me demandiez, je le ferai. Vous le savez.

– Alors, mène-moi au Nid du Serpent. Vite !

Elle se tourna vers Charles et Claudia.

– Vous deux, restez là. Si vous voyez Janie et Morgana, dites-leur où je suis, je vais essayer de l'arrêter.

– D'arrêter qui ?

Mais elle repartait déjà vers la porte, précédée par le serpent.

Elle parvenait à peine à le suivre dans les brumes turbulentes, mais sentit qu'il la conduisait par d'autres portes derrière la grande estrade. Dans le couloir qui venait ensuite, la brume diminua jusqu'à ne plus être qu'un tourbillon blanc à ses genoux, cachant le sol. Elle sentait bien qu'elle ne marchait plus sur du marbre, mais plutôt sur une sorte de granite qui la retenait. Elle courut jusqu'au bout, vers une autre salle.

Une salle gigantesque, apparemment taillée dans le roc, éclairée par des torches accrochées aux murailles. D'énormes colonnes soutenaient le plafond ; on aurait dit qu'elles avaient été sculptées à même la roche d'origine quand on avait creusé la salle. La brume n'était pas assez haute pour cacher les tas d'or, d'argent et de pierres brutes qui jonchaient le sol. On se serait cru dans une de ces grottes gardées par un Serpent à Plumes, pourtant le sien la conduisait vers une arche au fond de la salle. Elle dut enjamber tous ces trésors, qui la ralentissaient autant que n'importe quel tas de cailloux.

Derrière l'arche apparaissait une autre grotte, identique à la première, à cette différence près que celle-ci contenait des armes. Ensuite en venait une troisième, pleine de vaisselle d'or et de ce qui ressemblait à des instruments de magie. À bout de souffle, égratignée, Alys s'arrêta un instant à l'entrée de la quatrième.

L'arche en était plus haute que les autres, et la lumière bloquée par un grand mur incurvé à quelques pas de l'entrée. Alys posa une main dessus et fut surprise par sa texture, tiède et rêche, qui semblait quelque peu céder sous la pression de ses doigts. Elle regarda à droite, à gauche, sans plus savoir que faire.

– Il y a un moyen de continuer ? D'entrer là-dedans ?

Le serpent se posa sur son épaule, la queue toujours enroulée autour de son bras.

– Nous sommes à l'intérieur, dit-il. Mais je puis vous guider au centre si vous le souhaitez.

Comme elle acquiesçait, il se redressa, battit des ailes pour la guider par la gauche. Le mur incurvé sur sa droite se rapprochait de la muraille de granite sur sa gauche, et elle dut se mettre de profil pour se glisser au milieu. Elle se trouvait dans une sorte de labyrinthe, dont les corridors allaient et venaient parmi les colonnes naturelles. Le mur tiède la stupéfia : sous les torches bleues sans fumée, il brillait de mauve et de noir, et semblait s'abaisser à mesure qu'ils progressaient. Quand elle parvint en un endroit où il se croisait lui-même, formant deux grands cylindres, elle se figea.

Une voix douce lui murmura à l'oreille.

– Vous pouvez grimper par là, ma Dame. Le centre est juste derrière.

Avec précaution, elle posa un pied sur la courbe la plus basse. La rugosité lui fournit de quoi accrocher les doigts de ses mains et ses pieds, et elle atteignit le sommet pour s'y asseoir à califourchon. Essoufflée, elle tourna la tête pour voir de l'autre côté.

– Non. Oh non !

Elle ferma un instant les yeux. Le labyrinthe était un serpent. Un énorme serpent, beaucoup trop gros pour pouvoir quitter la grotte. Ses boucles et méandres louvoyaient parmi les colonnes tel un nœud celtique, formant un dédale vivant.

Du moins l'avait-il formé, car il était mort maintenant. Ses yeux, tels de gros blocs d'obsidienne, paraissaient vitreux. Un peu de sang, noir à la lumière des torches, coulait de son front vers le sol. Une mince silhouette drapée dans une cape bleue se tenait à côté.

– Va-t'en ! souffla-t-elle en s'accompagnant du même geste que le garde pour lancer le serpent.

Elle avait failli le faire tuer une fois, cela ne devait pas se reproduire.

– Chercher de l'aide ?

– Oui, oui, si tu veux. Va vite.

À son immense soulagement, il obtempéra.

Elle se pencha sur le Gardien mort, observa la silhouette de l'homme. Il occupait ce qui semblait constituer le centre de la salle, dans un cercle de flammes bleues qui brûlaient comme le cercle de sel de Janie.

Des remparts, se dit Alys.

Il les abaissa. La tête de l'homme était légèrement inclinée au-dessus d'un piédestal taillé dans le même granite que les colonnes. Au sommet, reposait un coffre d'ivoire. Elle vit briller un éclat argenté dans une main de l'homme, un éclat doré dans son autre main.

Respirant à peine, elle mesura la distance qui la séparait de lui. Pouvait-elle se glisser jusqu'au centre sans faire de bruit ? Pouvait-elle traverser le cercle et frapper avant qu'il ne sente sa présence ? De terribles secondes d'hésitation s'écoulèrent jusqu'à ce que quelque chose en elle se mette à rire amèrement.

Pas dans le dos.

Elle glissa le long du mur tiède pour atterrir sur ses pieds. Lentement, sans un bruit, elle se dirigea vers la bordure de feu.

– Merlin…

Il se retourna.

Elle poussa un bref soupir. Elle savait à quoi il ressemblait ; ses bribes de rêves le lui avaient montré et elle reconnut le visage qu'elle avait vu au-dessus de l'entrelacs de fils dans la sphère de vision de Morgana. Pourtant, elle restait stupéfaite, comme lorsqu'elle avait vu Elwyn pour la première fois. Sans doute était-il à demi Quislai, mais sa beauté demeurait irréelle, avec ses cheveux de la couleur de ceux d'Elwyn et ses yeux…

Ses yeux. Argentés eux aussi, mais si dilatés qu'elle avait l'impression de regarder dans le vide.

Un éclat doré tomba au sol, à ses pieds, un éclat argenté s'éleva comme une salutation.

Les dents serrées, Alys leva sa propre épée, imitant son geste.

Une forme ailée jaillit de la brume au-dessus de la tête de Charles.

– Attends ! Où est Alys ?

Le serpent voleta sur place.

– Dans le Nid du Serpent, à se préparer au combat. Elle m'a envoyé chercher de l'aide…

– Un combat contre qui ? Le Serpent ?

Un sifflement outré lui répondit.

– Certainement pas ! Un sorcier que je n'ai jamais vu, très puissant, mais Dame Alys…

– … est devenue folle ! Elle ne peut pas lutter contre la magie ! Viens… il faut trouver quelqu'un qui le peut.

Claudia se blottit contre le mur en le regardant partir, les yeux clos, serrant contre elle Benjamin. Plus que tout au monde, plus encore que de retourner à la maison, ou se retrouver avec sa mère ou dans son lit à comprendre qu'elle n'avait fait que rêver, elle souhaitait que Benjamin fût la renarde. La renarde prenait toujours soin d'elle, la protégeait, lui disait que faire. La renarde lui dirait ce qu'il faudrait faire en ce moment.

À l'extérieur du grand dôme de la salle blanche, la bataille faisait rage. Les ombres émergeaient de la brume, le sol tremblait et le grondement continu du tonnerre s'accompagnait de cris brefs et d'explosions. Et voilà que, par-dessus tout, s'élevait le *Fava-se-rá* de la Chasse Sauvage.

Claudia gémit. Cet appel terrifiant ne cessait de se rapprocher. Janie avait dit de ne pas courir devant eux, mais elle voulait courir, prendre la fuite. Il fallait prendre la fuite. Impossible de rester là plus longtemps.

Que dirait la renarde, si elle était là ?

Va-t'en donc, semblait murmurer une petite voix sèche dans son esprit. *Mais ne cours pas.*

Cependant, Alys lui avait dit de rester…

Alys ! Alys ne sait pas tout. Elle ignorait que la Chasse arrivait.

Claudia hésita, puis se leva, Benjamin toujours dans ses bras, tremblant de terreur. Tous ces bruits le paralysaient, si bien que ses maigres pouvoirs de communication avaient disparu. Seul son regard l'implorait encore.

– On va s'en aller maintenant, lui souffla-t-elle. N'aie pas peur. Je vais m'occuper de toi. Tout ira bien.

Sans cesser de lui parler, la tête basse, pas après pas, elle retournait vers la salle blanche.

Merlin l'attaqua avec une incroyable rapidité. Comme durant sa lutte folle avec le faux lynx, toute pensée rationnelle la quitta pour laisser agir son corps. L'épée parut participer, comme si elle lui disait que faire. Elle plongea, para, bloqua… dans un style efficace s'il n'avait rien de gracieux. L'éclat de l'acier et les lueurs d'argent rayonnaient au-dessus d'eux.

Elle n'avait évidemment aucune chance et le savait, au plus profond d'elle-même. Non seulement son adversaire la surpassait, et de loin, en matière d'escrime, mais il avait l'avantage de la force, de la taille, du poids. D'autant qu'à chaque coup de son épée, brillait la Gemme Bleue. Alys n'avait aucune chance de l'emporter, mais il était trop tard pour passer à autre chose.

Ils se retrouvèrent vite à lutter au milieu des anneaux du serpent géant, hauts comme le genou à cet endroit. Portée par son instinct, elle se tourna pour sauter sur le corps du Gardien, courut dessus. Dans un mouvement de sa cape bleue, Merlin l'y suivit.

Charles se frayait un chemin à travers la brume en criant. La bataille entre les partisans de Thia Pendriel et ceux du Conseil virait à la panique. Haut et clair, l'appel des chasseurs résonna encore, achevant d'égailler les sorciers en tous sens.

Le serpent plongeait et remontait sans cesse, guidé par quelque instinct que Charles ne possédait pas. Il parvint à ne pas le semer et lâcha soudain un sifflement de triomphe.

– Janie !

Elle se trouvait au beau milieu de la mêlée, ses yeux violets brillant plus que jamais. Le *Fava-se rá* résonna encore et, faisant volte-face, elle apostropha quelqu'un.

Il la prit par la main, la ramena vers lui :

– Janie ! Ça ne va pas pour Alys. Il faut l'aider !

Des adultes s'étaient joints aux chasseurs pour se lancer à leur poursuite. Charles tenta de maîtriser l'affolement qui s'emparait de lui.

– Je ne peux pas ! La Chasse Sauvage s'en prend à tout le monde… pas seulement aux gens de Thia Pendriel, à tout le monde ! Morgana a besoin de moi !

– C'est Alys qui a besoin de toi ! Janie, je crois qu'elle se bat contre Merlin…

Janie jeta un regard tourmenté vers une poche de brume qui brûlait comme une flamme dorée. Puis elle se retourna vers lui.

– Où est-elle ?

– Par là !

Ils suivirent le serpent. À la porte, Charles s'arrêta.

– Où est Claudia ?

Tous deux se regardèrent. Il la poussa en avant.

– Vas-y, toi. Moi, je vais la chercher.

– Ne cours pas !

Déjà, il n'entendait plus sa voix que dans le lointain. Il ralentit, mais parvint à se maîtriser plus facilement qu'auparavant. Alors qu'il se frayait un chemin au milieu de la brume, une grande silhouette noire vint se poser juste devant lui. Automatiquement, il recula. Un rire argenté le prit par surprise.

– Alors là, lança une voix de clochettes et d'oiseau, ça devient drôle !

Alys se tenait sur l'énorme tête aplatie du serpent. Derrière elle, c'était le vide. Devant elle, Merlin.

Rapide comme l'éclair, la lame du sorcier traça face à elle un étrange dessin dans les scintillements éblouissants de la Gemme. Elle vit sa propre épée former des ondulations avant de se fondre à celle du magicien telle une goutte de mercure, et ne put que contempler sa main vide, incapable d'admettre que Caliborne avait disparu, comme ça, si facilement. Elle recula, mais son pied se trouva dans le vide et elle trébucha.

Elle atteignit le sol, se releva en courant, apercevant au passage la cape bleue de Merlin qui atterrissait à son tour. De nouveau, elle reculait, mais seulement pour se retrouver face au cercle de feu. Sans hésiter, elle sauta à l'intérieur et fit face à l'enchanteur. Il l'y suivit aussitôt et les flammes grandirent soudain, les encerclant, la bloquant là. Comme elle tournait sur elle-même à la recherche d'une issue, ses jambes se dérobèrent sous elle et elle tomba.

Il se trouva instantanément au-dessus d'elle, lui offrant son beau visage étrange. Dès qu'on fixait ses yeux, on ne pouvait plus se détacher de ces pupilles dilatées, noires avec, au centre, cette petite flamme qui brûlait de l'intérieur. La salle s'éloignait d'elle. Rien n'existait plus, qu'elle et Merlin au cœur d'une obscurité dansante.

Janie s'était mise à courir quand elle émergea devant la grande masse du Gardien. Elle l'attaqua aussitôt, s'agrippant aux grosses écailles qui lui blessaient les mains. La baguette prodigieuse coincée dans sa ceinture, le serpent enroulé autour du cou, elle progressa peu à peu, glissant, se rattrapant, jusqu'à atteindre le sommet. De là, elle aperçut Alys qui entrait dans le cercle et se retournait, aux abois. Elle-même atteignit le cercle à l'instant où il explosa dans une sorte de conflagration ; elle recula, attrapa le serpent.

– Non ! Ces remparts tuent toute force et tu n'aurais pu la sauver de toute façon.

– Alors, ma Dame Janie, faites appel à votre magie…

– Contre une Gemme ? Ce n'est pas la magie qui m'aidera. Tiens-toi tranquille !

À travers les flammes, elle voyait Alys tenter d'échapper au sorcier puis tomber lourdement. Janie comprit qu'il ne lui restait qu'une chance et, plongeant la main dans sa poche, en sortit une brin de Feuille Sauvage qu'elle écrasa avant de la jeter dans les flammes. Comme en montait une odeur âcre et infecte, elle murmura :

– Alys, souviens-toi. Merlin, souviens-toi. Souviens-toi…

Au-dessus d'Alys, l'épée de Merlin ne formait plus qu'une ligne de lumière, alors qu'elle se laissait emporter par son regard infini. Soudain, tout se transforma.

Une odeur, forte et caractéristique, emplit l'air. C'était épicé, pénétrant, cela semblait abattre des barrières dans sa tête, balayant l'obscurité et les nuages, le flou qui habitait sa mémoire. Et dans cette acuité nouvelle, elle perçut une voix, d'abord lointaine puis de plus en plus forte :

– Souviens-toi… Souviens-toi…

Alors, une marée de réminiscences lui arracha un cri. Elle s'assit lentement, toute peur oubliée, n'éprouvant plus qu'un immense étonnement.

Le sorcier s'était tourné vers ce qui avait provoqué cet embrasement, pour découvrir Janie derrière les flammes. Envahi par la fumée, il tenta de se dégager, mais ses yeux ne distinguaient plus rien.

Alys se leva.

Merlin se retourna pour lui faire face. Elle restait immobile, soutenant son regard.

– Merlin… souffla-t-elle d'une voix presque étonnée.

Elle lui tendit la main.

Et ils demeurèrent ainsi, les yeux dans les yeux, un temps qu'ils n'auraient su eux-mêmes compter, tandis que les flammes dansaient autour d'eux. Alors le sorcier sourit, d'un étrange et beau sourire. D'un geste paisible, il se débarrassa de sa cape azur et plaça l'épée d'Arthur dessus.

Sur ce coussin improvisé, il la lui offrit.

18

Le Conseil Weerul

Enfin, elles se faisaient face dans ce brouillard arc-en-ciel, curieusement approprié à la scène. Elles s'étaient toujours trouvées l'une et l'autre à chaque extrémité du spectre, se dit Morgana.

Glace d'Argent avait déjà été brandie contre elle, de même que Cœur de Bravoure. Mais pas ensemble. Bien que les Serpents à Plumes volent dans sa direction, bien que l'Archon et les conseillers s'approchent, elle savait que Thia Pendriel pourrait la tuer avant d'être capturée.

Elle entendit alors le *Fava-se-rá*.

Prise au dépourvu, Thia Pendriel fit volte-face. La seule terreur que ce son ait jamais représenté pour Morgana était la tentation de s'y joindre, mais il n'y avait plus de danger qu'elle y cède maintenant. Elle attaqua sans hésiter, jetant un sort de séquestration. Après quoi la lutte fut intense, mais elle ne pouvait s'achever que d'une façon. Quand ce fut terminé, la Gemme rouge gisait au sol entre elles. Et Thia Pendriel en loques, fière et haineuse, étendue non loin, attendait que Morgana s'empare de Glace d'Argent aussi. Tout en guettant l'arrivée de l'Archon et de ses gens.

L'appel de chasse résonna plus proche. Thia Pendriel se raidit en frissonnant, les yeux révulsés. Elle se débattit de nouveau :

– Libère-moi !

Morgana fit non de la tête, mais elle était fatiguée et sentit le sort de captivité faiblir, fondre sous l'impact de la menace de Glace d'Argent.

– Pendriel, non !

Sa magie épuisée, Morgana ne pouvait plus la retenir que physiquement. Mais la terreur de la conseillère décuplait ses forces. Elle n'avait plus qu'une pensée : s'échapper.

Quand les ombres obscures se dispersèrent autour d'elle, Morgana comprit que c'était trop tard. La haute silhouette avait disparu dans le brouillard. Et l'appel résonna, haut et clair.

Elle ramassa Cœur de Bravoure.

*

* *

Alys contemplait le tunnel doré du portail qui fondait et s'éteignait. Merlin était parti sans prononcer une parole. Et elle n'avait pas tenté de l'en empêcher.

Un léger soupir l'interpella : le cercle de feu s'apaisait, s'éteignait, et le serpent vint s'enrouler autour du cou d'Alys. Ensemble, silencieusement, ils se tournèrent vers le piédestal où reposait le coffre d'ivoire ciselé de scènes de bataille et d'inscriptions.

Après avoir soigneusement posé la cape et l'épée au sol, Alys saisit le fermoir doré entre le pouce et le majeur.

Le couvercle se souleva aisément. À l'intérieur, trois pierres reposaient sur un nid velouté ; pas du tissu, put-elle constater en y plongeant les doigts, ils s'y enfonçaient comme dans de l'eau, mais elle ne sentit que de la fraîcheur.

La première Gemme se glissa doucement dans sa paume, en forme de poire et opaque, d'un vert forêt entouré de volutes bleues.

– Ruisseau de Prairie, énonça Janie.

La deuxième était une améthyste, un bonbon de violette et de pensée.

– Crépuscule.

Janie prit la dernière, masse d'ambre cristalline.

– Et Portez-vous bien, conclut-elle en la rangeant. Elles sont toutes là. Les trois Gemmes des conseillers rebelles.

– Et Miroir du Ciel, dit Alys en montrant le pommeau de l'épée de Merlin... son épée à elle, maintenant.

Elle ferma le couvercle du coffre. Quand elle voulut le rouvrir, elle n'y parvint pas.

– Voilà, dit Janie. C'est tout.

Alys se surprit à regarder de nouveau dans la direction du portail évanoui. Elle soupira, se retourna vers sa sœur.

– Janie, je...

Dans la lumière bleue, les yeux de Janie prenaient la couleur de la Gemme de pensée.

– Avec plaisir, dit-elle solennellement.

Elle lui sourit. Alys lui sourit à son tour et toutes deux restèrent là un instant. Puis Alys enveloppa l'épée dans la cape.

– On devrait remonter, maintenant. Tout peut arriver.

*
* *

Quand elles arrivèrent, la bataille semblait avoir pris fin. La salle du Conseil restait intacte mais, là où avait régné la tranquillité, pesaient à présent les séquelles hébétées du Chaos. Les conseillers gisaient à travers la salle, leurs robes formant de vives taches de couleur sur le marbre ; les serpents allaient et venaient en l'air. Sur le seuil, tentant de faire le point, Alys aperçut Morgana et l'Archon qui venaient dans leur direction. Claudia les accompagnait, les deux bras repliés sur ce qu'elle portait comme un trésor. Alys et Janie se mirent à courir.

– Claudia, où est Charles ?

– Je sais pas. Il est parti.

Morgana les rejoignit, les cheveux plus emmêlés que jamais, mais sa voix restait ferme.

– Il ne court aucun risque en ce moment, Alys. Ne t'inquiète pas, ni pour lui ni pour Thia Pendriel. Nous nous en sommes chargés.

– Bon, dit Alys.

Nimbée de sa sérénité retrouvée, elle ne demandait qu'à croire Morgana.

– Ça va ? demanda-t-elle à Claudia.

La fillette fit oui de la tête, le menton posé sur Benjamin. Elle ne prononça pas un mot, et ses yeux bleus restaient secs, presque calmes.

– Tu es courageuse, tu sais ?

– Je sais.

– Où étiez-vous ? s'enquit Morgana.

– Dans le nid, à combattre Merlin…

Elle ne put en dire davantage, car l'Archon lançait :

– Merlin ! Ainsi, c'était donc vrai…

Il s'interrompit. Soudain, son visage sans rides parut vieillir. Il leva une main tremblante vers Alys.

– Les Gemmes…

– À l'abri, affirma-t-elle. Le Gardien… malheureusement, il est mort. Mais les Gemmes sont à l'abri.

Un peu rasséréné, l'Archon se tourna vers un serpent en plein vol qui s'en alla aussitôt, suivi de quelques autres.

– Je suis contente, dit Morgana. Mais pas vraiment surprise.

– Moi, je suis surpris, reprit l'Archon, par tout ce qui s'est passé cette nuit. À l'évidence, le Conseil était aveugle et manipulé. Mais je connais maintenant toute l'histoire. Saurais-tu, Morgana, rétablir l'ordre dans tout ce capharnaüm ?

– Peut-être, dit celle-ci sans quitter Alys des yeux. Mais je crois qu'il vaudrait mieux pour vous et le Conseil d'entendre ces primitifs. Vous pourriez avoir encore des surprises.

L'Archon haussa les sourcils et finit par incliner la tête.

– Voyons cela.

On installa des chaises sur l'estrade pour Alys, Janie et Claudia. Morgana refusa de s'asseoir. Comme les sorciers regagnaient leurs places, Alys compta qu'il restait seulement six conseillers. L'homme en noir et la Magistresse Zoe avaient disparu.

En quelques minutes, le calme était revenu dans la salle. Morgana rompit le silence.

– Janie, nous feras-tu l'honneur ? Ou toi, Alys ?

– Pas moi.

Bien qu'elle n'ait plus peur des conseillers – en ce moment, elle n'avait plus peur de rien –, Alys se sentait dépassée par les événements.

– Je ne saisis pas bien moi-même ce qui s'est passé. C'est Janie la tête pensante. Si elle connaît les réponses, j'aimerais les entendre autant que n'importe qui d'autre.

L'air modeste, Janie baissa la tête ; mais quand elle la releva, elle affichait un air des plus sérieux.

– Si j'ai des réponses à vous offrir, c'est simplement parce que je les ai déduites.

Elle marqua une pause, comme pour rassembler ses idées, tandis que Claudia se levait pour aller s'asseoir sur les genoux d'Alys, qui adopta un mouvement de balancier.

– Je vais commencer, dit Janie en se tournant plutôt vers elle, par la question de base, celle que tu m'as posée : qu'attendait Thia Pendriel de notre monde ? Non pas Cœur de Bravoure. Elle aurait pu facilement s'échapper avec pour revenir à Findahl avant que les miroirs soient brisés. Pourtant, elle a préféré rester. Elle cherchait donc autre chose... Elle ne cherchait pas non plus à s'emparer de notre monde : elle ne voulait pas régner sur des animaux. Ce n'était pas davantage se venger de Morgana : elle aurait pu le faire dès le début. Non, elle guettait une chose qu'elle ne pouvait faire cette nuit-là, une chose pour laquelle il lui fallait attendre.

– Miroir du Ciel... dit Alys, quelque peu dubitative.

– Oui, elle en avait besoin. Mais, plus que tout, elle avait besoin de Merlin.

Un murmure parcourut l'assistance.

– Encore une fois, dit l'Archon, il semblerait que nous ayons été trompés. Merlin passait pour mort depuis longtemps, et Miroir du Ciel perdu.

– Ce n'était le cas ni pour l'un ni pour l'autre. Morgana avait jeté sur Merlin un sort de sommeil avant de l'enfermer dans une cachette au cœur de notre monde. Il aurait dû y rester à jamais, puisqu'elle avait utilisé Miroir du Ciel pour la sceller, avant de placer cette Gemme à ses côtés. Rien ne saurait briser le sceau d'une Gemme... excepté une autre Gemme.

– Comme Cœur de Bravoure, que détenait Thia Pendriel ! lança Alys, de plus en plus animée.

– Oui, avec Cœur de Bravoure elle pouvait le libérer, pour autant que Morgana ne tente pas de l'en empêcher. Mais le sceau ne pouvait être brisé que le jour où il avait été fermé, le soir du Premier Mai, à Beltane, la fête du printemps. Elle savait que Morgana serait plus que jamais sur ses gardes ce jour-là. Voilà pourquoi elle s'est arrangée pour se trouver dans les parages... (L'air interrogateur, Janie se tourna vers la petite sorcière.) Elle l'avait réveillé avant votre arrivée ?

– Oui, articula Morgana entre ses dents. Elle savait que j'arriverais avant Beltane pour défendre les lieux. Et c'est ce que j'ai fait. Ainsi, bien qu'elle ne puisse libérer Merlin avant Beltane, elle a utilisé sa propre Gemme pour l'éveiller. Au début, il devait être un peu perdu, léthargique, j'imagine, mais il s'est bientôt rappelé comment manipuler Miroir du Ciel. J'aurais dû reconnaître les signes qui manifestaient l'éveil de la Gemme.

– Tout ce qui s'est produit dans le ciel, conclut Alys les yeux écarquillés. Miroir du Ciel, des arcs-en-ciel, des anneaux autour du soleil, et l'aurore boréale...

– Oui, dit Janie. C'était Merlin, encore à moitié endormi, qui s'emparait tout juste de la Gemme, sans doute. Mais avec l'arrivée de Beltane, il s'est complètement réveillé. Sur le coup de minuit, Morgana était là, qui attendait, prête à une attaque de l'extérieur contre les remparts. Cependant, Merlin et l'arbre se trouvaient à l'intérieur avec elle. En se servant de Miroir du Ciel pour s'échapper, il l'a complètement surprise. Heureusement, les remparts se sont écroulés sur elle ; il ne pouvait donc plus s'en prendre à elle. En outre, il a dû ouvrir immédiatement un portail pour rejoindre Thia Pendriel et le Passage.

– Mais pourquoi ? demanda Alys. Pourquoi aider Thia Pendriel ? Il n'avait jamais été de son côté.

– En fait, il n'agissait pas tant pour elle, précisa Janie, l'air impatienté, que contre Morgana. Et j'imagine que sa coopération était le prix exigé par Thia Pendriel pour le libérer. Car il occupait une place essentielle dans ses plans… ce qui nous ramène à la question initiale : que cherchait Thia Pendriel ?

– Les trois autres Gemmes ? suggéra Alys. Celles que le serpent gardait ?

– Oui, oui, mais tu vois encore un peu trop petit. Elle ne voulait pas juste ces trois Gemmes, ni quatre ou cinq. Elle voulait les douze. Il les lui fallait. Ainsi, elle pourrait recomposer la Crosse Noire…

– … de Darion Beldar ! s'exclama Alys. Mais elle ne pouvait pas ! Les autres Gemmes ont été détruites !

– Non. Perdues. Oubliées. Réfléchis, Alys. Les vieux conseillers, ceux qui se sont battus contre les rebelles pendant la Guerre de Mille Ans, savaient qu'ils devaient se débarrasser des neuf Gemmes en leur possession, afin que les rebelles ne mettent pas la main dessus. Alors ils les ont placées dans le seul endroit où on ne les trouverait jamais, où les sorciers ne se rendraient jamais. Du moins s'ils voulaient garder leur santé mentale. Ils les ont cachées dans les Zones Chaotiques.

« Je me suis interrogée sur ce point quand j'ai su que Cadal Forge avait trouvé Cœur de Bravoure dans une Zone Chaotique. J'ignore comment il y a survécu. Peut-être qu'il était fou depuis le début. Tout ce qu'il voyait en Cœur de Bravoure, c'était un moyen parfait de se venger de notre monde. Il ne s'est pas demandé ce que cette Gemme faisait là.

« Tandis que Thia Pendriel s'est posé cette question dès qu'elle l'a appris… et elle l'a appris parce qu'il le lui a dit. De même, elle savait depuis longtemps que Merlin avait une Gemme. Et d'où la tenait-il ? Il a dit l'avoir trouvée par hasard en se promenant… ce qu'on peut assimiler à une plaisanterie tant qu'on ne prend pas en considération les endroits où il pouvait se promener. Les Zones Chaotiques. Il courait avec les Quislais et les suivait jusque-là.

« Voilà. Thia Pendriel a fait la relation. Et elle a compris qu'elle pourrait s'emparer de toutes les Gemmes. Cependant, elle ne pouvait les atteindre seule, et aucun pur Quislai ne saurait se laisser prendre à cet argument. Ça ne les intéressait pas. Tandis que Merlin…

« Il convenait à la perfection. Il détestait Morgana. Il avait une dent contre le Conseil. Il se laisserait soudoyer contre sa liberté. Bien sûr, elle voulait aussi Miroir du Ciel, mais ça elle ne le lui a pas dit.

« Elle comptait ramener Merlin à Findahl, lui faire voler les trois Gemmes dans le Nid tandis qu'elle continuerait de tromper le Conseil, avant de rassembler les autres Gemmes une à une. Et quand elle y serait parvenue… Quoi de plus beau qu'une Crosse d'Or ? Une Crosse Noire. La seule et unique Crosse Noire. Elle en tirerait plus de puissance que le reste du Conseil dans son ensemble.

Léger soupir. Alys leva les yeux et vit l'Archon hocher la tête.

– Je la regretterai. Elle possédait de grandes qualités. Elle a choisi de mal les employer.

– Elle possédait ? Elle est…

Alys n'osa poursuivre. Ce fut Morgana qui répondit.

– La Chasse Sauvage l'a emmenée. Elle l'a bien voulu. Et… je dirais… pour le meilleur. Elle n'aurait pu supporter l'emprisonnement, l'ignominie.

Alys se remémora combien elle avait eu peur de Thia Pendriel, peut-être même l'avait-elle haïe. Mais cette femme avait été auréolée d'une certaine magnificence. Au fond, elle la comprenait.

– Ainsi, reprit l'Archon, Cœur de Bravoure est à l'abri. Mais pas Miroir du Ciel. Nous avons échangé un ennemi armé d'une Gemme contre un autre.

Alys hésita. Puis, laissant Claudia glisser à terre, elle se pencha pour ramasser le paquet.

– J'ignore si Merlin est votre ennemi ou non, dit-elle à l'Archon, mais il n'a pas de Gemme. Il me l'a donnée.

Dans le profond silence qui suivit, elle ouvrit la cape. Une lueur bleue scintilla. L'Archon se leva, tendit la main, s'immobilisa.

– Il te l'a donnée… Mais pourquoi ?

Sur le point de répondre, Alys en appela encore à Janie.

– Eh bien, dit celle-ci avec un demi-sourire, je crois que ma sœur lui rappelait quelqu'un qu'il avait connu. Il y avait... une ressemblance de famille.

– La pierre, intervint Morgana, n'appartient pas au Conseil. Miroir du Ciel est passé d'un voleur à l'autre et n'a pas vraiment de propriétaire. Les trois Gemmes dans le Nid ont toujours appartenu de droit au Conseil. Mais celle-ci a été trouvée par Merlin, qui l'a offerte à un humain. Aujourd'hui, elle a été rendue à la descendante de cet humain et nul ne saurait le contester. Toutefois, ajouta-t-elle à l'adresse d'Alys, il te revient de la donner. Nul ici ne saurait t'y forcer, mais je te conseille de la laisser. Elle a déjà causé beaucoup de peine. Seuls les sorciers peuvent la manipuler sans danger.

Alys hésita, de nouveau, contemplant la Gemme qui brillait du même bleu que les iris de Claudia, puis elle interrogea les yeux violets de sa sœur cadette, à côté d'elle.

– Alors, je la donnerai à une sorcière, dit-elle en posant l'épée sur les bras de Janie.

Celle-ci contempla un long moment le cadeau de son air un peu perdu, comme quand elle considérait d'éventuelles expériences scientifiques. Et puis elle soupira, sourit à Alys avant de venir placer l'épée aux pieds de l'Archon.

– Sachez que Miroir du Ciel et Cœur de Bravoure seront conservés à l'abri, auprès de leurs semblables, jusqu'au retour de Darion ou jusqu'à la fin des temps.

Au grand étonnement d'Alys, l'Archon les salua, d'abord elle, puis Janie et Claudia. Rougissante, Alys lui rendit son salut. Janie fit mieux, gracieuse et déterminée, l'air plus sorcière que jamais dans son jean troué. Quant à Claudia, elle s'accrochait en silence à sa sœur aînée.

– Alys Lawschildes, Jane Eleanore, et Claudia Diana d'Irenahl, écoutez ceci. Vous et votre frère êtes dispensés de la sentence de mort imposée par le Conseil. Tant que les Passages sont ouverts, vous pouvez aller librement à travers toutes les terres de Findahl. Que nulle créature magique ne lève la main sur vous. Et que la paix règne entre votre peuple et le mien.

Il veut dire entre notre famille – la maison – et les Finderlais, se dit Alys. *Forcément.*

Jamais la paix n'avait régné entre les deux mondes, du moins pas depuis l'Âge d'Or de Findahl.

Le soudain changement d'expression de l'Archon et la respiration précipitée de Morgana l'obligèrent à se retourner. Le portail s'emplissait de gens étranges – et d'étranges choses. Silencieusement, sans fanfare, la Chasse Sauvage était revenue.

Aussitôt s'élevèrent toutes les crosses de l'assistance. Pourtant, la tension électrique et l'aura prédatrice des chasseurs avaient disparu, et ils paraissaient à présent d'une étrange beauté.

À son grand étonnement, Alys reconnut le magnifique jeune homme assis sur l'animal de tête, Elwyn derrière lui ; sa chemise était en lambeaux.

– Charles ! Qu'est-ce qui s'est passé ?

Il sauta à terre et gagna l'estrade, suivi par le reste du groupe.

– Je suis tombé dans un buisson de ronces en chassant Thia Pendriel. Mais je l'ai quand même attrapée.

Non sans fierté, il tourna la tête vers Elwyn, éclata de rire.

– Tiens, dit Alys en lui tendant la cape. Tu dois geler.

– Pas du tout, assura-t-il en riant de nouveau.

Dans cette lumière, ses yeux parurent plus gris que bleus – presque argentés.

Alarmée, Alys se tourna vers Janie, qui échangea un regard avec Morgana.

– C'est ça, dit la sorcière. Il est temps de partir, pour nous tous, ajouta-t-elle à l'adresse d'Elwyn.

Sa demi-sœur lui opposa un sourire ingénu. L'une des montures trépigna. Morgana appuya sa crosse contre le siège de l'Archon et s'approcha de la jeune fille.

– Tout de suite, Elwyn !

Dans un soupir bruyant, celle-ci se pencha sur le côté pour décocher un sourire à l'Archon, puis tourna les talons.

Suivie de Charles.

– Tu as entendu, Charles ? dit Alys en l'attrapant par l'épaule. On doit s'en aller. À la maison. On a tous besoin de se reposer.

– Oui, renchérit Janie. Rappelle-toi : « Je crois que je vais rester avec mes sœurs », c'est bien toi qui l'as dit, non ?

Alys sentit sa résistance diminuer.

– Ah oui…

Le mouvement d'Elwyn vers lui fut devancé par Morgana.

– Bon, alors au revoir, dit-elle avec un rien de nostalgie.

Pourtant, elle n'attendit pas de réponse, sauta sur sa monture et partit sans se retourner, suivie de toute la Chasse.

Morgana examinait le front de Charles :

– Je croyais t'avoir dit de le surveiller.

– C'est ce que j'ai fait, rétorqua Janie, sur la défensive. Les choses se sont juste un peu compliquées.

– Enfin, bon ! Il n'y a pas de mal… pour cette fois. Nous en reparlerons plus tard. Partons, à présent.

L'Archon salua encore une fois.

– Morgana de Findahl et d'Irenahl, tu n'es plus en exil. Va, tu as la gratitude du Conseil, et reviens-nous, quand tu le voudras, avec notre bénédiction. La querelle qui nous opposait a pris fin.

En retournant vers la colonnade de lumière, Alys se sentait toute rêveuse. *Sans doute la fatigue*, se dit-elle en apercevant les premières lueurs de l'aube à l'horizon.

– Qu'est-ce qui est arrivé à ton aiguille à tricoter en platine ? demanda Charles avec une gaieté un peu forcée.

– Oh ! L'épée ? Merlin est passé par là.

– Et, ajouta Janie, tu as donné l'autre au Conseil. Tu aurais pu te contenter de leur laisser prendre seulement Miroir du Ciel, tu sais.

– Je… n'en voulais pas, murmura Alys sans trop savoir comment s'expliquer. Je ne suis pas trop pour les armes.

Ce fut tout ce qu'elle trouva, mais Morgana comprit.

– Si le besoin s'en faisait sentir, dit la sorcière, je t'en fabriquerais une autre. J'espère que ce ne sera pas nécessaire.

Alys acquiesça. C'était exactement ce qu'elle attendait d'elle.

– Caliborne… vous savez qu'elle m'a donné des rêves ?

– Oui. Où s'est terminé le dernier pour toi ?

– Euh… sur le champ de bataille. Quand Arthur… quand le roi… mourait. Il vous a donné l'épée et vous avez promis de veiller sur Guenièvre.

– Et j'ai tenu ma promesse… ainsi que l'autre, que j'avais faite longtemps auparavant à sa mère. De protéger sa descendance. La descendance d'Arthur. Merlin me l'a demandé aussi. Ce furent d'ailleurs ses derniers mots.

– L'enfant… se rappela Alys. Je croyais qu'il parlait d'Arthur.

– Moi aussi, à l'époque. Mais il ne radotait pas. Il savait. Par exemple, que la lignée d'Arthur allait se poursuivre, qu'elle aurait besoin de protection, la petite fille que j'ai élevée chez moi, puis son enfant, et ainsi de suite. Même lorsque j'ai renoncé un temps à la magie, le sort qui me liait à sa descendance a persisté. Je les voulais près de moi, au cas où. En prenant l'épée, tu l'as réveillée, une fois de plus. Elle avait toujours entretenu une communication entre Arthur et moi. Ensuite, cette relation s'est portée sur toi. Mais la renarde le savait, pourquoi ne te l'a-t-elle pas dit ?

Silence. Jusqu'à ce que Morgana s'avise :

– Où est la renarde ?

La famille Hodges-Bradley tira mentalement à la courte paille, et ce fut Alys qui perdit. Elle dut raconter ce qu'elle savait à la sorcière. Comme elle s'y attendait, Morgana blêmit et se figea en apprenant ce que la renarde avait déclaré à Claudia ; en fin de compte, elle dit simplement :

– Je vois.

– Je suis désolée, dit Alys en lui prenant le bras.

– Pas tant que moi. D'autant qu'elle avait tort. Elle était libre. Elle l'a toujours été. Peut-être qu'elle s'en rend compte, à présent.

Claudia se rapprocha. Alys crut qu'elle allait se plaindre d'être fatiguée, jusqu'à ce qu'elle voie son visage.

– Qu'est-ce qu'il y a ?

La fillette considérait la forme blanche dans ses bras, dont la lumière douce des colonnes faisait briller la douce fourrure.

– Benjamin, dit Claudia, veut être libre lui aussi.

Abasourdie, Alys s'agenouilla devant elle.

– Tu veux dire...

– Il veut rester. Et je le comprends. Je... je suis d'accord. (Elle leva la tête vers Morgana.) S'il ne risque rien.

– Il ne risque rien ici, assura la sorcière, un peu durement au goût d'Alys. D'ailleurs, il porte le signe magique qui devrait le protéger.

Claudia s'accroupit doucement, ouvrit les bras. Au dernier moment, elle écarquilla les yeux devant Janie.

– J'ai oublié...

– Oh, ne t'en fais pas pour moi ! assura sa sœur. Je suis complètement d'accord.

Claudia lâcha Benjamin, qui resta un instant assis sur place, les moustaches frémissantes. Puis il sauta en avant, une fois, deux fois, leva les yeux sur Claudia, qui hocha la tête en se mordant les lèvres. Alors il bondit dans l'ombre derrière les colonnes et disparut. Alys prit sa petite sœur dans ses bras en cherchant un moyen de détendre l'atmosphère.

– J'espère, lança Charles, qu'ils ont toujours cet iguane chez ProPets !

Janie lui envoya une claque.

– Tu es insupportable ! Et nul ! Non mais regarde-moi ça, tu es dégoûtant !

– Qu'est-ce qu'il y a ? J'ai juste besoin d'un bain. Et puis, tu ne t'es pas regardée…

Ils trouvèrent le moyen de se disputer ainsi jusqu'au Passage.

19

Solstice d'été

On était le 21 juin, jour du solstice d'été. Le plus long de l'année. En se rendant au manoir de Morgana, Claudia n'eut pas le temps d'admirer la beauté du monde autour d'elle. La voix d'Alys au téléphone était impérative. Elle avait interrompu sa petite sœur en plein cours particulier de lecture pour la convoquer d'urgence.

La porte de derrière de Fell Andred restait grande ouverte. Dans un coin de la cuisine tiède, Charles, Janie, Morgana et Alys se penchaient vers le sol. Alys gardait toujours son serpent enroulé autour du poignet. Et tous souriaient.

Claudia se fraya un chemin parmi eux, et poussa un cri avant de fondre en larmes.

– Oui, oui, dit la renarde en remuant sur sa couverture. Mais attention aux petits. Ils n'aiment pas l'humidité.

– Oh, qu'ils sont beaux ! s'écria Claudia en la relâchant.

Elle tendit un doigt vers un minuscule renardeau à la fourrure sombre, mais hésita, trouvant sa main sale.

– Pour cette fois, ça va, dit la renarde. Et le prochain qui essaie, je le mords.

Charles s'adossa au mur en souriant. Il se sentait visé.

– Quatre, dit-il. Un pour chacun de nous.

– Il n'y en a pas un pour vous ! corrigea Morgana. Ils n'appartiennent qu'à eux-mêmes.

– Un pour tous, tous pour un, gazouilla Claudia en caressant le petit. Je suis si contente que vous ayez décidé de revenir !

– Notre terrier a été dérangé.

Pourtant, Claudia s'aperçut qu'elle ne se rebiffait pas quand Morgana la gratta sur la nuque, là où, autrefois, elle avait porté un collier, pas plus qu'elle ne chercha à mordre quand la sorcière caressa le plus petit des renardeaux.

– Celle-ci, c'est Ortie. Elle ressemblera à son père, j'en ai bien peur. Et puis voici Groseille, Pissenlit et Chardon.

– Je ne savais pas que vous leur donniez des noms, s'étonna Charles. Vous n'en avez pas, vous.

– Bien sûr que si ! Ma mère m'en a donné un, c'est dans l'ordre des choses. Il se trouve que je ne l'aime pas.

– Qu'est-ce que c'est ?

La renarde prit un air de martyre. Charles se joignit à sa petite sœur pour l'implorer, la caresser. Sur un geste de Morgana, Janie et Alys s'éloignèrent.

– As-tu réfléchi à la proposition du Conseil ? demanda-t-elle en sortant de la maison.

– Oui, dit Alys en appuyant sa joue sur le serpent. Et… je ne sais pas, Morgana. Je voudrais bien participer, je ne demanderais pas mieux que de devenir l'ambassadrice de notre monde... mais je ne sais pas si j'en serais capable.

– Tu es la meilleure que nous puissions proposer.

– Non, vous ne comprenez pas. Ce n'est pas par fausse modestie, c'est que... je commets tant d'erreurs. J'ai entrepris tellement de choses qui ont mal tourné...

Elle s'interrompit. Morgana riait.

– Eh bien, en cela au moins, tu lui ressembles. À Arthur. Il a commis à peu près toutes les erreurs possibles. Mais, un certain temps, il a uni les gens autour de lui, leur faisant oublier leurs différences. Il leur a rendu l'espoir. Pour lui, tous essayaient de se montrer meilleurs qu'ils n'étaient. Même moi, j'ai essayé.

– Mais...

– L'important, c'est de savoir unir les êtres, de susciter une compréhension. Et tu possèdes cette qualité. Je ne dis pas que ce projet hardi du Conseil va marcher. Les créatures magiques se méfient des humains, autant que les humains se méfient d'elles. Il ne sera pas facile de les réunir. Ce ne sera sans doute même pas possible. Les temps ont changé depuis que les sorciers étaient adorés comme des dieux.

– Et je ne crois pas que ces temps-là puissent jamais revenir.

– Entre mépris d'un côté et peur de l'autre ? s'exclama Morgana. J'espère bien que non ! Si la brouille doit s'apaiser, il faudra trouver un autre moyen.

– Alys, n'oublie pas, intervint Janie, que sans ton accord express rien ne garantit qu'ils laisseront le Passage ouvert. Ça veut dire que je ne pourrai jamais conquérir ma crosse. Tu ne veux pas que je devienne sorcière ?

– Je pense que tu l'es déjà presque.

Alys se tourna vers Morgana :

– Bon, j'accepte. Pour une année, comme vous me l'avez recommandé. Ce sera un honneur.

Soudain, elle éclata de rire :

– Vous vous rendez compte ? Claudia qui sait lire, Janie qui va devenir une vraie sorcière, et moi…

– … une héroïne…

– Alors là ! Les héros se battent contre les dragons.

– Mieux vaut, dit Morgana, forger des alliances et dresser des ponts. C'est beaucoup plus difficile.

– Et Charles…

– Quoi, Charles ? lança celui-ci depuis l'entrée. Morgana, la renarde veut vous voir.

Celle-ci se précipita, ce qui fit sourire Alys. Puis elle jeta un regard sur son frère, paresseusement adossé contre l'encadrement de la porte, un rayon de soleil dansant sur ses cheveux. Un instant, il lui apparut différemment. Plus âgé, plus farouche et plus beau. Mais aussi triste. Et puis il sourit, se gratta le cou, et le charme se brisa.

– Tu n'as pas beaucoup vu Elwyn, ces derniers temps, observa-t-elle.

– Elwyn quoi ? Oh, tu veux dire cette nouille avec tous ces cheveux ? Non, c'est vrai, mais bon…

– Il garde son bracelet de cheville dans un tiroir, glissa Janie à l'oreille d'Alys. Je te jure !

L'aînée écarta de son esprit Thomas le Rhymer et le père de Morgana, ainsi que tous les autres mortels tombés amoureux de Quislais. Cela se passerait très bien pour Charles, elle le savait.

– Il va me manquer, dit-elle en le regardant s'éloigner de sa démarche indolente. Tout le monde va me manquer.

– Même moi ?

– Surtout toi. Comment vais-je faire sans plus personne avec qui me disputer ?

Janie détourna vite les yeux, s'éclaircit la voix.

– Tu n'es pas obligée d'aller à Findahl avant un moment. En attendant, si on s'amusait encore entre sœurs ?

– Comment ?

– Je ne sais pas. En massacrant quelques monstres, en battant quelques magiciens, en nettoyant quelques Zones Chaotiques, en négociant quelques traités…

– Et après le déjeuner ?

Janie lui décocha un délicieux sourire.

– Je te dirai ça.

Héroïne et sorcière remontèrent le chemin main dans la main.

IMPRIM'VERT®

Imprimé en France
par Corlet Imprimeur S.A.
Dépôt légal : juin 2012
N° d'impression : 147206
ISBN : 978-2-7499-1633-0
LAF 1396